U0133485

满族口头遗产传统说部丛书

尼山萨满传

（上）

荆文礼 富育光 汇编

吉林人民出版社

图书在版编目（CIP）数据

尼山萨满传：上下册 / 荆文礼，富育光汇编．-- 长春：吉林人民出版社，2019.5
（满族口头遗产传统说部丛书）
ISBN 978-7-206-16902-1

Ⅰ．①尼… Ⅱ．①荆… ②富… Ⅲ．①满族－民间故事－中国 Ⅳ．①I277.3

中国版本图书馆 CIP 数据核字（2019）第 293288 号

出 品 人：常　宏
产品总监：赵　岩
统　　筹：陆　雨　李相梅
责任编辑：李　锌　周立东
助理编辑：王　磊
装帧设计：赵　谦

尼山萨满传（上下册）
NISHAN SAMAN ZHUAN

汇　　编：荆文礼　富育光
出版发行：吉林人民出版社（长春市人民大街 7548 号　邮政编码：130022）
咨询电话：0431-85378007
印　　刷：吉林省优视印务有限公司
开　　本：720mm×1000mm　1/16
印　　张：43.5　字　数：710 千字
标准书号：ISBN 978-7-206-16902-1
版　　次：2019 年 5 月第 1 版　印　次：2019 年 5 月第 1 次印刷
定　　价：155.00 元　（全两册）

出版说明

满族口头遗产传统说部是具有较高社会价值和文化价值的满族文化的百科全书。整理发掘满族说部的项目工作被文化部列为中国民族民间文化保护工作试点项目，并被国务院批准列入第一批国家级非物质文化遗产名录。

“满族口头遗产传统说部丛书”是千百年来满族各氏族对祖先英雄事迹和生存经验的传述，一代一代口耳相传，保留下来的珍贵的满族遗存资料。经过近三十年抢救整理，从二〇〇七年到二〇一七年的十年间，根据整理文本的先后，我社分四次陆续出版了五十部说部和三本研究专著。此套丛书无论从社会价值和文化价值来看，都是一套极具资料性、科研性和阅读性融为一体的满族文化的百科全书。

此次出版对以下两个方面做了调整：

一、在听取各方专家建议的基础上，对原丛书进行了筛选，选取最有价值、最有代表性的四十三部说部，删去原版本中与文本关系不紧密的彩插，对文本做了大幅的编辑校订，统一采用章回体表述方式，并按照内容分为讲述萨满史诗的“窝车库乌勒本”、讲述家族内英雄人物的“包衣乌勒本”、讲述英雄和历史人物的“巴图鲁乌勒本”、讲述说唱故事的“给孙乌春乌勒本”等，突出了说部的版本特色。

二、保留研究专著《满族说部乌勒本概论》，作为本丛书的引领，新增考古发掘的图片和口述整理的手稿彩色影印件。

特此说明。

吉林人民出版社

编 委 会

序

冯骥才

任何民族的文学都包括两大部分。一是个人用文字创作的、以书面传播的文学，一是民间集体口头创作的、口口相传的文学。后一部分文学是前一部分文学的源头，是根性的文学。中国作为东方文明的古国，口头文学的历史去之遥远。就像西方文学始于古希腊罗马的神话故事，我国文学史上第一部作品是《诗经》，即民间口头文学集，这表明口头文学是一个民族文学的源头。在漫长的历史中，这两部分文学一直同根并存，相互滋育，各自发展，共同构成一个民族文化与精神的极为重要的支撑。

中华民族有着巨大文学想象力和原创力。数千年间，各族人民以口头文学作为自己精神理想和生活情感最喜爱和最擅长的表达方式，创作出海量和样式纷繁的民间文学。口头文学包括史诗、神话、故事、传说、歌谣、谚语、谜语、笑话、俗语等。数千年来，像缤纷灿烂的花覆盖山河大地；如同一种神奇的文化的空气在我们的生活中无所不在；且代代相传，口口相传，直到今天。

我们的一代代先人就用这种文学方式来传承精神，表达爱憎，教育后代，传播知识，娱悦生活，抚慰心灵；农谚指导我们生产，故事教给我们做人，神话传说是节日的精神核心，史诗记录文字诞生前民族史的源头。它最鲜明和最直接地表现中华民族的精神向往、人间追求、道德准则和价值取向。中国人的气质、智慧、审美、灵气、想象力和创造力，充分彰显在这种口头的文学创造中。

这种无形地流动在民众口头间的口头文学，本来就是生生灭灭的。在社会转型期间，很容易被忽略，从而流失。

特别是在这个现代化、城市化飞速推进的信息时代，前一个历史阶段的文明必定要瓦解。口头文学是最脆弱、最易消亡。一个传说不管多么美丽，只要没人再说，转瞬即逝，而且消失得不知不觉和无影无踪，所以联合国教科文组织把口头传统和表现形式，包括作为非物质文化遗产媒介的语言列为非物质文化遗产之一。

在中国，有史诗留存的民族并不很多，此前发现的有藏族史诗《格萨尔王传》、蒙古族史诗《江格尔》、柯尔克孜族史诗《玛纳斯》、苗族史诗《亚鲁王》。作为满族民族历史和文化传统的重要载体——“说部”，是满族及其先民世代相传的极其宝贵的精神财富。它最初用“乌勒本”（满语 ulabun，为传或传记之意）指称，后受汉文化影响，改称为“说部”或“满族书”“英雄传”。说部最初用满语讲述，至清末满语渐废，改用汉语并夹杂一些满语讲述。在漫长的历史进程中，满族各氏族都凝结和积累了精彩的“乌勒本”传本，如数家珍，口耳相传，代代承袭，保有民族的、地域的、传统的、原生的形态，从未形成完整的文本，是民间的口碑文学。“满族说部迥异于其他文类，不仅涵盖了口头传统，也吸纳了民俗学中多种民间文艺样式，包容性极强。”

我以为，对于无形地保留在人们记忆与口口相传中的口头文学，抢救比研究更重要。它是当下“非遗”工作的重中之重，要清醒地认识到文化和文明于人类的意义。当社会过于功利的时候，文化良知就要成为强音，专家学者要在抢救非物质文化遗产中勇于承担责任，走进民间帮助艺人传承与弘扬民间艺术，这也是知识分子的时代担当。

让人感到欣喜的是，经过吉林省的专家学者近三十年的抢救、发掘和整理，在保持满族传统说部的原创性、科学性、真实性，保持讲述人的讲述风格、特点，保持口述史的原汁原味的基础上，将巨量的无形的动态的口头存在，转化为确定的文本。作为“人类表达文化之根”的满族说部，受东北地域与多族群文化的影响，内容庞杂，传承至今已逾千万字。此次出版的《满族口头遗产传统说部丛书》为四十三部说部和一本概论。“说部”分为讲述萨满史诗的“窝车库乌勒本”、讲述家族内英雄人物的“包衣乌勒本”、讲述英雄和历史人物的“巴图鲁乌勒本”、讲述说唱故事的“给孙乌春乌勒本”四大部分。概论作为全套丛书的引领，从学术研究的角度对乌勒本产生的历史渊源、民族文化融合对其的影响、发展和抢救历程等多方面深入思考。

多年来“非遗”的抢救、保护、研究和弘扬，已取得卓越的成就。但未来的路途依然艰辛漫长，要做的事情无穷无尽。像口头文学这样的文化遗产的整理和出版，无法立即带来什么经济利益，反而需要巨大的投资和默默无闻的付出，能在这个物质时代坚守下来，格外困难。

文化传统和传统文化不是一个概念，我们的终极目的不是保护传统文化，而是传承文化传统。传统文化是固定的、已有既定形态的东西。我们所以要保护它，是因为这些文化里的精神在新时代应以传承，让我们的文化身份不会在国际资本背景下慢慢失落。

现在常把文化自觉与文化自信并提，这两个概念密切相关同时又有各自的内涵。文化自觉是真正认识到文化的重要性和自觉地承担；文化自信的关键是确实懂得中华文化所具有的高度和在人类文明中的价值。否则自信由何而来？

对传统文化的抢救与整理，不仅是为了传承，更为了弘扬。我们的民族渴望复兴，复兴的重要精神支撑在我们的传统和文化里，让我们担负起历史使命，让传统与文化为民族的伟大复兴发挥它无穷的力量。

冯骥才

二〇一九年五月

上册

下册

《尼山萨满》与北方民族

富育光

在满族民间口承文学遗产中，《尼山萨满》家喻户晓，至今在我国北方诸民族中颇有影响。自二十世纪二十年代初，俄国人在黑龙江省齐齐哈尔、瑷珲等地，在民间陆续发现满文《尼山萨满》手抄传本，并于一九六一年公之于世，使《尼山萨满》享誉国内外。自《尼山萨满》面世至今四十余年间，又有不少国家先后用德、英、日、朝、意等文字译注发表，评介之文无法数计，国内外已形成专门研究《尼山萨满》的“尼山学”，足见其深远的文化感染力。

一

早年，《尼山萨满》引起世界学者的青睐与重视，究其因不外以下两点。其一，《尼山萨满》自身的情节故事以离奇、生动、感人著称。故事主人公尼山萨满虽是一位普普通通的乡野寡妇，但她更是一位身藏高超神技、心地善良、怜爱族众的萨满，经她几番机智周折，救回被阎罗王掠走的无辜孩子，最终使员外家皆大欢喜，而尼山萨满本人则蒙罪被投井而亡。后人赞赏她、缅怀她，永世听到井中不息的神鼓声。尼山萨满拯救黎庶的无畏精神深受世人颂扬，成为满族包括北方各族妇孺长幼口中的美谈。其二，《尼山萨满》公之于世引起人们的兴趣，还有一个因素：自从一九一一年辛亥革命之后，随着清王朝退出历史舞台，有清一代社会上曾经作为重要语言文字交流工具之满文亦随之被扬弃。民国施政，社会动荡，满文又失使用功能，在社会生活中被人渐忘、消逝。在不少人士的知识视野中，满文似乎已无复可见，或只可在某些藏书馆中问津了。正因满文长期离开人们生活，有不少人士不知满文字体，甚或不知满文在有清二百余年间在国内外所产生和遗存下来的文化历史价值。从这种意义上讲，还应该感谢俄国A.B.戈列宾尼西科夫等先生们，将在中国得到的满文《尼山萨满》手抄本最终公之于众，使我们有幸目睹绘有尼山萨满图像和《尼山萨满》满文的真迹，犹如陡瞻阔别之故人，重新点燃起满学文化之光，激励人们鉴赏研究。这也算是当时文化史上一桩喜事，推动了满学的迅速发展。

长期以来，人们会思索一个问题：俄国人为何能在黑龙江省齐齐哈尔、瑷珲及符拉迪沃斯托克一带发现《尼山萨满》满文手抄本？大家知道，任何一种社会文化形态的出现与传播，必定与其相适应的特定地域的社会历史和生产生活紧密相关。俄国人获得《尼山萨满》满文手抄本，绝非偶然。这就令人不由得记忆起黑龙江往昔那段悲怆的民族史。

《竹书纪年》等古文献记载，黑龙江地方早在公元前两千多年前，就是北方各族先民世代开发并繁衍生息之广袤沃土。历史可考，满族祖先肃慎人远在帝舜时代便向中原王朝贡献弓矢。肃慎人隋时称其为靺鞨人，分有粟末、白山、黑水等七部。唐时，有黑水军、黑水府。唐开元年间，唐册封靺鞨政权首领震国王大祚荣为渤海郡王，后来大祚荣建立渤海国。辽灭渤海，靺鞨时分两部，居松花江一带为“粟末靺鞨”，加入辽籍；仍居黑龙江一带靺鞨人则称“黑水靺鞨”，其首领阿骨打后来在上京会宁（今阿城地方）创建了大金王朝。可见，黑龙江一带，自古就是满族先世黑水靺鞨人的故乡。清初时，达斡尔人也居住在黑龙江流域，俗称萨哈连部、萨哈尔察部，与鄂温克等族泛称索伦部，分布在“外兴安岭以南精奇里江流域，东起牛满江（俄国布列亚河），西至黑龙江上游北岸石勒喀河河谷地带”。[①] 满族先民黑水女真人，特别是随着地方民族政权在东北腹地会宁的开拓与建立，从辽金元以来就陆续由黑龙江南下，选择并定居在松花江、牡丹江流域的平畴沃野。农耕业的发展，使诸部较早进入以农耕为主的定居生产模式。尽管如此，从满族诸姓家传可知，辽金以来，女真各部为了贡赋与谋生，年年要重渡黑水，北涉外兴安岭的北海（即鄂霍次克海）、堪察加、库页岛等故地，从事捕鹰和打貂等业。黑龙江便是温馨的中转宿营地，至今留有动听的萨哈连神话与传说。回眸上述历史，清楚可知，在相当漫长的历史进程中，黑龙江沿江两岸人烟稀罕，是一片林莽遮天、兽奔鱼跃的原始猎场，是达斡尔人、索伦人祖祖辈辈的祭猎乐园。

严格说来，黑龙江真正的开发史始于清康熙年代。清政府康熙十三

① 《黑龙江省志·民族志》第五十六卷，第一百九十九页，黑龙江人民出版社一九九八年出版。

年移吉林水师分驻瑷珲；康熙二十二年调满洲八旗劲旅，远戍黑龙江。《黑龙江志稿》载："康熙二十二年，由宁古塔来征讨罗刹，编为八旗十六佐，共一千六百六十三户，共七千五百九十三丁口。"后又陆续从盛京、吉林、宁古塔调来满族等八旗丁勇戍边瑷珲。黑龙江将军衙门初建江东，后迁江西筑建起至今闻名的瑷珲新城。康熙二十九年将军衙门移驻墨尔根（即嫩江），康熙三十八年再移驻齐齐哈尔。瑷珲为副都统衙门所在地。无名的小鱼场"爱呼霍通"，顿时篝火人喧，雄踞前哨，凝聚来北方的达斡尔、鄂伦春、鄂温克、赫哲、锡伯、汉、蒙等各族兄弟，一霎时荒漠无垠的空旷北疆，人声鼎沸、充满生机。在我国近代史中，成为清前期可与盛京、吉林、宁古塔比肩的重镇。《黑龙江述略》载：清廷为筑造新瑷珲，"对黑龙江地区实行移民屯垦、戍守边疆的政策，定居精奇里江口和松花江口的满洲人最多，仅瑷珲以下至小兴安岭即有一千二百个帐篷，一万五千万余人"[①]。并以瑷珲为中心辐射形成驿路，最频用者有三条：第一条从瑷珲经大岭、克洛、墨尔根（嫩江），直达省城齐齐哈尔；第二条从瑷珲经西岗子、辰清，南下吉林、盛京，直抵京师北京；第三条驿路便是瑷珲水师营的黑龙江水路交通，统辖萨哈连对岸和沿江上下诸地大小哨卡、官庄[②]，妥善安置戍边北疆的满洲旗丁眷属。各官庄、旗屯以军务骑射为先，有事出防，无事兼操农牧渔猎，井然有制。从黑龙江上，帆船北上呼玛儿重镇，下抵奇克特、乌云、车陆屯寨。两岸兴安逶迤、平畴沃壤，宜垦良亩，瞬间便出现星罗棋布的屯田"地营子"。雍乾嘉之后愈加富庶，直至光绪朝百余年间，黑龙江畔满族聚居村落鳞次栉比，田园万顷，人丁兴旺，成为名噪北疆的塞北盛境。瑷珲声名日振，集宁古塔、吉林满族之萃，文化深邃，古风淳厚。满族著名民俗笔记《瑷珲十里长江俗记》载："瑷珲蒙雍乾嘉道几朝修葺，堪有固北锁匙之誉。十里流波，龙旗舡舰，林岸嵬木石阵，商旅乐聚，物阜昌裕，两翼官学与塾馆齐盛"。满族著名民间长篇说部《萨大人传》亦有类似记述。

瑷珲以北疆英姿，诱引多方人士的关注。历史上最富戏剧性的人物当首推俄国西伯利亚总督穆拉维约夫，在清咸丰年间曾三临瑷珲。一八五五年受他之命，俄人马克率队进瑷珲很长时日，写出《黑龙江旅行记》一书，记述所耳闻目睹之实况："在用栅栏围绕的城市的主要部

---

① 《黑龙江省志·民族志》第五十六卷，第十八页，黑龙江人民出版社一九九八年出版。

② 官庄，满语称"托克索"，也俗称"旗屯"。

分旁边有一条街道从我们停泊地通向城里，我们顺这条市街来到这个城堡的南门，门旁有哨兵守卫。整个街道两旁排列一些不大而简陋的土房，其中只有一栋看来稍微美观一些，这栋房子上挂着一块满文牌匾。”①“要我们交出护照，我将总督先生发给我的附有满文译文的证件交给他们”。②“昂邦的翻译是一个满族军士，他出生在额尔古纳河畔，除本族语外，还懂蒙语，稍通俄语”。③“全村居民都讲满语，而我的哥萨克却不懂这种语言。”④“房间墙壁上贴着一些写着汉文和满文的红白纸幅。”⑤“满人对我们的怀疑和不信任，是由于先我不久到过瑷珲的一些俄国人的古怪的和不够妥当的行为造成的。满人怀着一种恐惧和厌恶的神情谈论这些旅行者。他们甚至不愿意相信这些俄国人。”⑥笔触生动细腻，读后如临其境。有关清代瑷珲城的记载匮乏，这确是难得的当年实录。值得一提的是，日人鸟居龙藏氏，曾在马克之后的民国时代，日本大正八年到过瑷珲等地考察。此时瑷珲古城，早经庚子年俄难，一片萧条凋败。他慨叹劫后的瑷珲：“知今之瑷珲，为清光绪二十八年新造之市街。自古所知之瑷珲，不在此处；已光绪二十五年为俄兵所焚毁，……昔之瑷珲，颇为殷盛，户数五千，人口有万五千之谱；今不及其十分之一。”⑦“寺庙之类，无非新物，非有甚古之来历者。以历史上有名之瑷珲而言，觉其不称也。”⑧

无数人士崇仰瑷珲古城，颂扬她的民族荣耀和尊严。远在三百多年前，在愚氓荒芜了几千年的漠北，最先燃起文化复兴的火花，绽放出曙光，瑷珲成为崛起的象征。我从孩提懂事时起，就常听长辈们以无比自豪的心情讲述满族说部《黑水精英传》《萨大人传》，众多前赴后继、开拓北疆的英雄业绩，久已铭心刻骨。说部讲述清康熙二十一年八月，清军都统郎谈、彭春，副都统玛拉大人，奉旨星夜数日由京师抵瑷珲，马背上除驮着干粮水囊外，还带来康熙帝赏赐瑷珲地方的汉书和满文读本。

---

① （俄）P. 马克著：《黑龙江旅行记》第三百七十五－三百七十六页，吉林省哲学社会科学研究所译，商务印书馆一九七七年出版。

② 同上，第三百七十六页。

③ 同上，第三百七十七页。

④ 同上，第三百八十八页。

⑤ 同上，第三百九十三页。

⑥ 同上，第四百零二页。

⑦ （日）鸟居龙藏著：《东北亚洲搜访记》第一百二十九页，商务印书馆一九二六年出版。

⑧ 同上，第一百三十二页。

清军八旗各族将士，空暇时由彭春、玛拉教授满文，世代游猎为生的达斡尔、鄂伦春、鄂温克等族将士，本族没有文字，日常生活和传播文化凭口耳相传，将军萨布素和瓦里祜帮助学写满文字。不久，不少达斡尔、鄂伦春将士，能看马拉大人带来的满文书籍和用满文节译的《刘皇叔招亲》《武松打虎》，还能用满文书写账目、函件和说部故事。《瑷珲十里长江俗记》载："瑷珲满文长于宁古塔，儿族同窗，共延满师，日久打虎儿、索伦有国学绝精者，盖兴旺自圣祖朝彭春公之创。"故此，满文在瑷珲地方得以破格传播与弘扬。

当年，清军大营中还留下排序讲唱满族说部的传统。八旗丁勇，来自吉林、盛京、宁古塔等几地应召，初驻北域，且又各族乍聚，语言习俗迥异，帐外风雪坚冰，寒夜难度。都统彭春公率先给大营众将士讲唱满族说部，还让各旗牛录领兵大人都要参与讲唱，达斡尔、鄂伦春将士也讲唱本族故事。讲者痴，听者醉，唱述优胜者由统领亲赏鹿脯和美酒。大营龙腾虎跃，士气昂扬，灯笼篝火，照暖寒疆。清军胜利回师后，瑷珲各族将传播满文、唱讲说部之风，一直传习下来。

康熙三十四年，黑龙江将军萨布素于墨尔根（嫩江）两翼各立一学，这是黑龙江设立最早的官学，使瑷珲满学从此持久地开展起来。当时，在瑷珲、齐齐哈尔等地都相继建立了满洲官学。[①]据《萨大人传》记载甚详：官学办得有声有色。生员除多数为满洲各旗姓氏子弟外，还有附近一些部落的达虎儿（达斡尔）、栖林（鄂伦春）、索伦（鄂温克）各佐送来的幼童。从乾隆朝一直到咸丰、同治年间，瑷珲地方官学始终坚持了下来，培养出众多北方各族子弟。又据老辈人传讲，"在早，瑷珲当地没有纸张和笔，乍学满汉文化真不易。薄木板上先涂兽油，再撒匀一层小灰，然后在上面写字，用完抹净，涂撒后再写。后来，鄂伦春族老妈妈发明在熟好的白板兽皮块上，用熄灭的黑火炭秸写字，简易适用，很受大家喜欢。当时习称鄂伦春族人为'栖林人'，便将这种写字皮板美名叫'栖林板'。"[②]随着社会发展，瑷珲、齐齐哈尔、墨尔根等地，许多满族、达斡尔族等望族之家，自己出资，办家堂私塾，召请文师傅和武师傅，教授满学、汉学或武功。子弟乡试、殿试名列魁元者，历朝有之。由于满文在北方各民族中得以普及，满文的应用亦甚广泛，有清一代齐齐哈尔、瑷珲、墨尔根文化荟萃，影响四周集镇。当年各地诸种满文传抄件甚多，

① 《瑷珲县志》第六百一十八页，北方文物杂志社一九八六年出版。

② 据一九八〇年，笔者在瑷珲县大五家子村访问满族著名文化人杨青山老人时的笔记摘录。

直至民国期间亦甚突出。当年，若在齐齐哈尔、瑷珲的满族、达斡尔族等人家住户中，见到装订齐整的满文书册或各类手抄译稿，是极为平常的事情。鸟居龙藏先生在《东北亚洲搜访记》中，还专就中国已进入了民国二十年，发现齐齐哈尔北部的海拉尔地方，满语仍很盛行的惊人现象有很多详述："唯此处最在满洲内地，与奉天等不同，罕受文化之影响，多少存有昔时面貌。""海拉尔为各民族之集合地，语言各异。便自然当有一定的标准语，用之则一般甚为便利，即满洲语是也。……蒙古人大抵尊重满洲语，中流以上，皆习满洲文字，如欧洲之于拉丁文。……俄国似以注重及此，领事书记生之类，通满语者不少。如海参崴[①]东洋学院满语科所述，世间几成死语之满洲言文，东洋学院以之教人，乍观似属费解，……特不能不服俄人之用心周到矣。"该书还讲述："齐齐哈尔大街上，至有满洲旗人，出卖其家谱者，此外如康熙、乾隆所下之圣训，御制勤政要旨之类，皆多有出卖，余亦稍稍购得之。在今日若欲购满文所书各物者，在齐齐哈尔可以极廉价值得之。"[②]这些都充分说明满文满语等，在北方市镇中久有遗存和传播，俄国人当年能在中国北方文化区域得到满文《尼山萨满》手抄件，不足为奇，是很容易的事情。

二

在北方最有代表性的满文书目，首推者还是满族说部。这是康雍乾以来逐渐形成的文风，在东北乃至京师，都颇有名气。《尼山萨满》便属于满族说部艺术，家喻户晓。满洲说部，满语称"乌勒本"(ulabun)，即传或传记之意，历史久远，发端于氏族祖先和英雄崇拜观念，后世又俗称"满洲书"。在氏族内讲唱满族说部"乌勒本"者，主要是族中德高望重的妈妈、玛发、萨满或族中专责讲唱"乌勒本"的"色夫"(师傅)，靠口耳相传，代代传咏。清初创制满文后，满文在社会上畅行，讲述者与传承人渐用满文书写"乌勒本"提纲或全文，便于记忆和传播久远。迨到晚清乃至民国期间，在北方乡镇中常可见到各种样式的用工整满文书写的满族说部传抄本。"乌勒本"内容宏富，大致可分四类：讲述族史家

① 海参崴：符拉迪沃斯托克旧名，本书引文中出现此名不做修改。

② 以上诸条均引自鸟居龙藏著《东北亚洲搜访记》一书，第五十一页，第七十七页，商务印书馆一九二六年出版。

传的“包衣乌勒本”；歌颂英雄业绩的“巴图鲁乌勒本”；以韵文说唱故事为主的“给孙乌春乌勒本”；以弘扬萨满多神崇拜观念为宗旨的“窝车库乌勒本”，内容神圣，一向被敬称为“神龛上的故事”。“窝车库乌勒本”源出于氏族成员对原始宗教萨满文化的世代虔诚信仰与崇拜，以及讴歌和赞美萨满们拯救黎庶之神奇功绩。满族诸姓世代流传下来这一类说部故事，绚丽多彩，名目甚繁，可惜因岁月的变迁，不少故事久已佚散。诸如，《漠北精英传》《萨大人传》《飞啸三巧传奇》《雪妃娘娘和包鲁嘎罕》《顺康秘录》《天宫大战》《恩切布库》《西林玛发》《奥都妈妈》《音姜萨满》(即《尼山萨满》) 等名传遐迩的满族说部。《瑷珲十里长江俗记》中，就有“满洲人家祭祖奉先，必动鼓板之乐，敬诵‘萨将军、母子坟、三啸剑、救儿魂’，以消长夜”的记载，“敬诵”者，除指上述满族说部外，其中所说“救儿魂”即指《尼山萨满》故事而言。

《尼山萨满》所以能在北方民间流传久远，正如前述，是由于该故事充满了人民性，与满族等北方民众生活、信仰、习俗息息相通，反映民众的生存理念与美好愿望，期盼在愚昧的时代里，能出现身怀神技奇术、情系族众的热心萨满，庇护一方平安，求得生存的安宁与幸福。特别是该故事中多次讲到酱、狗、马等生活细节，都是满族等北方民众须臾不可或缺的生活必需品和伙伴，很富有浓重的社会情味，令人感到分外亲切。满族传统说部夹叙夹唱，《尼山萨满》颇具代表性。全故事的咏唱糅入许多衬词、衬音，表现了满族古歌的特征，既抒发了深沉的情怀并极致地渲染了故事，又加深了古色古香的生活气息，悱恻动人，百听不厌。也正由于此，它在满族众多传统说部中，独树一帜，活泼生动，不同于《萨大人传》《东海沉冤录》等长篇说部，讲唱需费时日，而是篇幅短小，便于记忆，在暂短时辰里即可听全完整故事，很适宜于随机应变答对必要的应景余兴。因此，《尼山萨满》最易于普及，大大提升了它的传播率和知名度。这也正是《尼山萨满》在北方诸民族中影响深远的主要原因所在。

整个清代直到清末，使用满文记述说部讲唱提纲，在满族诸姓望族中是普遍现象。一般大的部族为保持和传承本家族说唱“乌勒本”的古习，多有用满文书就的各式文本。只是由于清光绪二十六年庚子发生“江东六十四屯”血案之后，瑷珲古城和乡村被焚，一切物质文化践毁一空，沿江百姓逃难省城齐齐哈尔。自此两年后，瑷珲地方才重新有了生息的屯落，诸姓家祭与家藏满文书稿开始多了起来。M. 沃尔科娃在《尼山萨满的传说·序》中讲：俄国人戈列宾尼西克夫是“从施密特那里得知在满洲有一部叫《尼山萨满的传说》后，毅然决定要找到手抄本”。当时寻找满文书或有可能，事实不一定如此，当时的历史事实是，从M.沃尔科娃的“序”中亦可看出，俄国人对黑龙江沿岸经常介入，来访者很多，是很熟悉当时黑龙江地方实况的。A.B.戈列宾尼西科夫能在清光绪三十三年至清宣统年间，见到满文手抄本，恰适逢庚子俄难后社会缓定，满族人家生活步入常规，经他“收购”或“请写”《尼山萨满》，都有了可能的缘故。

我的故乡大五家子离瑷珲城四十五里，也是清康熙年间与瑷珲同期在黑龙江畔创建的重要官屯，与瑷珲畛域相辉。就以本地讲唱《尼山萨满》等故事为例，从清代到民国乃至新中国成立初期，能有十几位阅历广、造诣深的满族诸姓说部传人：吴扎喜布、发福凌阿、伊郎阿、郭霍洛·美容、德子玉、祁世和、张石头、杨青山等先辈，相继谢世。在我们瑷珲等地民间，都习惯将《尼山萨满》叫《音姜萨满》《尼姜萨满》或《阴阳萨满》。记得，我少年时代在家乡，听过满族吴扎拉氏八十多岁高龄的托呼保太爷爷，讲唱满语《尼姜萨满》。太爷爷讲完还嘱咐我们别学费扬古，不听大人言，出外好贪玩惹成了大乱子。《尼姜萨满》就是民间启蒙教科书。早年，瑷珲和大五家子满族人家都有老习惯，逢年遇节、婚嫁、祭礼等喜庆吉日，大车小辆地接迎南北四屯的亲朋，欢聚一炕听唱说部故事。满族说部故事，长短段子名目繁多，老少随意点唤，说唱人击鼓开篇，但常常都少不掉《尼姜萨满》。在瑷珲、大五家子一带能讲唱《尼姜萨满》的人，不单是老年和成年男女，就连年轻人也会几段。听我的祖母讲，民国十二年，住在小五家子屯的达斡尔人德力布爷爷、住在下江奇克特镇沾河屯的鄂伦春人莫水花奶奶，他们清末都进过满文学堂，被接到瑷珲城和大五家子屯，跟当地的满族人会歌。

俄国A.B.戈列宾尼西科夫所得的满文《尼山萨满》，与长期流传在齐齐哈尔、瑷珲民间一带的满语《音姜萨满》(或称《尼姜萨满》)内容大同小异，都属于同一传说故事的不同名字。特别值得提及的是，宋和平先生在探讨俄国人获得《尼山萨满》抄件的满文缮写人时，提到访问笔者本族长辈富俊山[1]爷爷等人，并通过他们知道了德子玉[2]，确有此人。笔者听老辈人常讲，清末至民国年间瑷珲当地出过一些名士，其中有位叫德子玉，通晓满文，做过塾师，还被府衙聘过代书，住过海兰泡、符拉迪沃斯托克。他根据平时熟悉的记忆，用满文撰写《尼山萨满》，是完全能够办好的。在北方各族中喜用满语记录满族说部等故事的人家，非常普遍。由此想起一桩往事，记忆尤深。一九四七年新春，当时我家搬到了孙吴镇，随父回故乡大五家子拜年，看望阖族总穆昆全连二爷。我们进了上房，巧遇老人家正在西暖阁火炕上，小心翼翼地烙着因仓房霜雪洇湿了的三册旧书，原来是用茅头纸订成的《刘皇叔招亲》《武松打虎》《尼姜萨满》满文抄本，是我们富察氏家族珍藏多年的遗物。这是我生平第一次目睹祖先手迹，只准看，不让用手摸。在我父亲喜爱和一再恳求下，允许在他家里复写一份《尼姜萨满》，送给我们留念。

民国以来在瑷珲地区，当地满族人就习惯把《尼山萨满》称为《音姜萨满》。从我们童年时代起，在老辈人的口述中始终听到《音姜萨满》(或称《尼姜萨满》)的名字。在瑷珲城如此，在齐齐哈尔一带，民间也这么称谓，颇有影响。德子玉先生用满文书就《尼山萨满》之先，《音姜萨满》的名字便早已在瑷珲及齐齐哈尔一带流传甚久了。《尼山萨满》和《阴阳萨满》的叫法，在当地也不是完全一致。如，时光已进入二十世纪八十年代，黑河市祁学俊先生到瑷珲下马场农村考察，还曾记录到当地满族人家讲述《阴阳萨满》故事。[3]其实《阴阳萨满》，就是与《音姜萨满》名称不同的同一故事，可见这个故事不仅广为流传，而且相类似的名字也很多。追溯《音姜萨满》或《尼姜萨满》的核心情节，是讲述人间与阴曹地府之间矛盾冲突的故事，是满族先世传统萨满信仰文化与汉文化的相糅产物，有不少关于阴曹冥府的描述。这与其他众多满族传统说部古朴的内容相悖，传说中浸润着汉文化的强大影响。阎罗王，为中国民间家喻户晓的冥府主宰。《洛阳伽蓝记》载:“阎罗王检阅，以错名放免。”“阎罗，乃古梵语之音译，原为古印度神话中之阴间主宰。后佛教有地狱轮

---

① 富俊山，满族，瑷珲县大五家子村农民，宋和平采访时他是富氏家族的穆昆达，满族文化知情人和满族说部传承人，德高望重，我们晚辈十分敬重他。他所讲述德子玉情况是很可靠的。此外，笔者为此还于一九八三年冬求教满族文化人士徐昶兴先生和满族长者祁世和、吴保顺等人，他们也听老人讲过德子玉故事，曾在符拉迪沃斯托克给俄国人教满洲书。

② 宋和平《〈尼山萨满〉研究》和季永海在《民族文学研究》中，在介绍瑷珲当时情况时，均提到德子玉，确有此人。我在年轻时代，曾有几位长辈都讲述过他是一位满汉齐通的著名人士。

③ 据二〇〇七年元月，笔者同祁学俊先生电话访谈记录，并赐当年样稿，收入本册。

回说，遂借此神为地狱王。”“隋唐以后，民间虽尊崇东岳大帝，而对阎罗王的信仰却最为普遍。”[①] 阎罗观念虽最初源于佛教，进入我国后历代“酆都故事”日益高扬，加以充实润化，深入民心。《音姜萨满》故事，就是在这种强大信仰观念下的民族民间文化艺术结晶，故而在该故事的表述中显示出这种文化痕迹。如“音姜”“尼姜”“阴阳”等称呼，仔细推敲皆出自汉语“阴阳”一词。从我往昔生活体验中理解，瑷珲等地故人们说满语时，在表达接触汉文化最密切的人和事时，在满语中一时又找不到最贴切的表意新词，就往往喜欢采用便捷的方式，直接将汉语关键词收入满语中，形成了诸多满语标音的汉语词，日久成习，约定俗成，交流中欣然认可，很自然地糅入满语句法对话中使用，日久增添成为满语新词。《音姜萨满》《尼姜萨满》中的“音姜”“尼姜”，便是汉语“阴阳”或“阴间”的转音。这种满语增补规律，自辽金以来与强大汉文化交往磨合中，就已经是常出现的语言互用现象。笔者从小在本家族里就听过祖父母用满语讲唱《音姜萨满》，祖父母的祖辈也是用满语讲唱《音姜萨满》，可见《音姜萨满》的叫法时间应该是很久了。德先生用满文书就《尼山萨满》，因由俄国人正式公布于世，《尼山萨满》的冠名，便成为这一故事享誉世界的名称了。多年来，我们访问过仍说满语的老人，都一致认为“尼山”本身不是满语，而其实际含义仍是汉意的满语标音。笔者认为，齐齐哈尔、瑷珲民间从小耳濡目染中听《音姜萨满》长大的，应该非常熟悉这个故事。他使用满语“尼山”标音的来源，当然也是源出汉字“阴间”或“阴阳”一词转音。德先生用满文书就《尼山萨满》后，因由俄国人最早又正式公开发表于世，《尼山萨满》的冠名，便为各方人士最先尽知，成为这一故事享誉海内的名称了。德子玉先生凭本人满语的造诣，语言表述的自如，文句运笔的娴熟，创造满语“尼山”一词拼音还是很合理贴切的，规范了《尼山萨满》故事名称，无可厚非。

三

俄国A.B. 戈列宾尼西科夫于一九〇八年、一九〇九年、一九一三年三年中共获得五个《尼山萨满》手抄本，其中有一本齐齐哈尔本，有两本瑷珲本，另两本是符拉迪沃斯托克本。这里就产生一个问题，《尼山萨

① 引自宗力刘群著：《中国民间诸神》第四百九十四页，河北人民出版社一九八七年出版。

满》流传地究竟在哪里？符拉迪沃斯托克出现《尼山萨满》，“此手稿原为教授满文之满洲人德克登额之手稿。德克登额在弗拉第夫斯托克就记忆所及书写成稿后交于格勒本兹可夫。”[①] 宋和平先生认为：“可以断言，用满文记录“海参崴本”《尼山萨满》的人，是瑷珲人，并非海参崴人，而文本也并非海参崴人所藏。”[②] 笔者同意这种看法，从个人亲身感受亦认为，《尼山萨满》故事的世代传播区域，就是在齐齐哈尔、瑷珲一带满族等北方诸民族生活的聚居地方。所以能在符拉迪沃斯托克有了《尼山萨满》，是德子玉先生在该地“就记忆所及书写成稿”，然后交给俄国人的。正如前文所述，在齐齐哈尔、瑷珲一带久已流传着家喻户晓的《尼山萨满》型说唱故事。特别应该强调指出的是，在我国北方众多民间口承文学中，古老的《尼山萨满》独有特点。它不仅广泛流传在中国北方满族民众之中，习惯将它叫《尼姜萨满》《音姜萨满》《阴阳萨满》《阴间萨满》，而且在达斡尔、鄂伦春、鄂温克、赫哲、锡伯等民族民间有着活态传承，用民族的语言讲唱着，受到广泛喜爱。《尼山萨满》在满族中流传有许多名字，在其他民族中也有各自的叫法。如，在达斡尔族中流传《尼桑萨满》，鄂伦春族中流传《尼海萨满》《尼顺萨满》《泥灿萨满》，鄂温克族中流传《尼桑萨满》《尼荪萨满》《尼桑女》。这些不同名字的故事，都是《尼山萨满》在这些民族中的传播，内容大同小异，甚至情节完全一致。所以出现这种罕有的文化交融现象，是因为有着北方诸民族所形成的特定历史文化机缘。长期以来，尚有更多的探索与口承文学现象的比较研究。正如前文详述，《尼山萨满》型故事在北方诸民族中相互融会贯通，完全是与清康熙朝以来北方诸民族社会历史的重大发展紧密相关的。激扬慷慨的历史，造就了各民族亲密无间的团结互助，形成各民族有史以来广泛的凝聚、接触与联系，促进北方各民族最大的文化交流与融合。笔者因久对《音姜萨满》有着童年的情结，从一九七八年春进入吉林省社会科学院起，很注意搜集流传在东北地区各民族中传讲的《尼山萨满》型故事。一九八〇年，在著名民间文艺理论家贾芝先生指导下，在从事中国北方萨满文化挖掘、抢救、翻译与研究的同时，确立对东北地区满族等诸民族《尼山萨满》现实遗存形态的普查研究，并承蒙赵展、宋和平等满学师友的帮助和鼓励，以及日本河野良平、俄国雅洪托夫·柯

① 庄吉发译注:《尼山萨蛮传》第五页，台湾文史哲出版社一九七七年印行。

② 宋和平著:《尼山萨满研究》第三十页，社会科学文献出版社一九九八年出版。

司加热心支持，提供满文《尼山萨满》符拉迪沃斯托克本、莫斯科藏本，尤触动我们苦研满文的毅力和恒心。

一九八四年秋，笔者与马名超、隋书金两位先生，曾商定在黑龙江与吉林两省，分别搜集在各族中长期咏讲不衰的口碑书目《尼山萨满》型故事，终因各自研究任务重，未能完全如愿。一九八八年春，我们在吉林省少数民族古籍领导小组大力支持下，决定将多年来所汇集之满文《尼山萨满》译注稿、本家族传藏之《尼姜萨满》在扬州出版，非常痛心地是竟因出版过程中部分书稿丢失，致使多年努力和企盼成书的大计落空。尽管如此，我们未有气馁，没有锐减对《尼山萨满》文本的征集和继续社会调查之钟情。我们从一九九九年夏以来，分别选取满语保留较好的黑龙江省瑷珲、孙吴、逊克等地，遍访满族老人，首先对满文满语的传播现状进行了细致调查，其次对《尼山萨满》型故事在民间讲唱情况兼做调查。大多数满族人不认识满文，会识写满文字并会浅用满文书面语的人相当稀少了。在宁安市依兰岗村认识一位八十多岁的满族关姓萨满关玉林，热心满语，还在勤学。二十多年来我们始终关注《尼山萨满》的流传情况。在长期对满族等北方诸民族文化考察中，在东北诸民族中《尼山萨满》型民间口碑文学蕴藏十分丰富。《尼山萨满》在北方民族中的传播，不仅仅局限于满族群众，在达斡尔、鄂伦春、鄂温克、赫哲等民族中都有广泛流传和影响。各族在保持原型故事基本情节外，依本族生活习俗和喜好与夙愿，均有各自的发挥，表现了浓厚的民族性，进而增加了《尼山萨满》的生命力和传播力。一九八六年春，我们曾就《尼山萨满》的流传情况，到黑龙江省塔河县十八站鄂伦春族民族乡和呼玛县白依纳鄂伦春族民族乡调查，发现都有人能用本民族语言讲《尼山萨满》型故事。孟秀春告诉我们，鄂伦春族著名文化传承人、萨满孟古古善老人，生前就能用流畅的鄂伦春族古歌讲唱《尼海萨满》，而且还能用流畅的满文写《尼山萨满》故事。我们访问了鄂伦春族萨满孟金福，能讲唱《尼顺萨满》。据孟金福介绍，鄂伦春族《尼海萨满》或《尼顺萨满》故事，都是康熙年先人们参加雅克萨保卫战，从满洲八旗兵弟兄中学来的。经过长久流传，故事里糅入本民族的生活习俗和观念信仰，甚至故事主人公的出身、家产、身世，以及主宰宇宙的天神和阴间的魔怪都有不同的变化，生动而形象地反映游猎民族不同的生产进程和崇拜观念。孟金福向我们讲解《尼海萨满》故事与《尼山萨满》故事情节不同的原因时说："我们鄂伦春人喜欢尼山萨满这位女萨满，心肠好，肯帮助人，很像我们民族性格。故事里讲她送给伊尔蒙汗的礼物不是大酱，是狍子腿和野猪肉，完全是我们鄂伦春族的女英雄形象。”孟金福的话，恰恰反映出鄂伦春族所讲唱的《尼海萨满》的内容变异。实际上，可以说这是鄂伦春族的《尼山萨满》。一九九九年，我们到同江市街津口乡再访赫哲族尤翠玉老人，她为我们讲《尼新萨满》，实际就是凌纯声先生早年《一新萨满》的简略本。

欣喜二〇〇二年，由吉林省文化厅建立了中国满族传统说部艺术集成编辑委员会，积极组织挖掘和征集满族说部文化遗产的工程项目。《尼山萨满》的调查与搜集有了新的契机，重又被列入编选书目。我同荆文礼同志赴黑龙江省齐齐哈尔、呼玛、瑷珲、逊克等地考察，并多次到我美丽的童年时代故乡孙吴县沿江乡四季屯村，专访何世环老人。她的祖籍今属俄远东地区黑龙江对岸的“江东六十四屯”地方。一九〇〇年庚子俄难其先人逃过江，在下马场世代耕地打鱼谋生。其父何蔼如先生通晓满汉文，曾任下马场屯小学校长，丈夫何文元是何姓家族萨满，均已相继离世。她很小就会说满语，记忆力好，至今还能说一口流利的满语，能用满语讲《音姜萨满》和满语故事。我们还访问逊克县车陆乡满族八十二岁高龄的孟秋英老大娘和九十二岁高龄的何金芝老大娘、宏卫乡满族七十九岁高龄的富新荣老大娘，都能讲满语并能说几段满语《音姜萨满》，可惜这三位老人已于二〇〇六年夏相继病逝，对满学遗产的抢救与研究确是重大损失。满语《尼山萨满》在民间至今仍有流传，其意义是深远的。它有力地昭示我们，时光虽已进入二十一世纪的今天，满语及满族许多珍贵的文化遗存，并未因现实社会的发展与变革而完全在满族民众中消逝，民族文化历来植根于民族生存土壤之中，永葆不息的生命力。人类自身生老病死的客观规律，则是不以人们意志为转移的。我们应以百倍的热忱，加速民族文化抢救步伐，增强急迫感和责任感，使更多祖先创造的文化遗产得以保护下来，为我国社会的发展做出应有的贡献。

二〇〇七年元月六日

第一章　音姜萨满

何世环　讲述　富振刚　翻译　蒋　蕾　整理

今年年景挺好的，风调雨顺，眼看就要丰收了，因为这个，我们满族人到吴玉江家给老祖宗上香、磕头、祭拜。这是老祖宗一辈一辈传下来的，爹传给儿子，儿子传给孙子，这是咱们满族人的习惯。我借这个机会，给族人讲讲满族的故事。

过去有个屯子，住着一户有钱的人家，是个财主。这家老两口挺会过日子，他们过来过去，过富了，家有良田千顷，牛马成群，伙计无数，就是没有儿子。夫妇俩心地善良，经常周济穷人，天天上香祈祷，求天神保佑生个儿子。他们天天如此，年年这样。慢慢地他女人就有喜了，不久就生了个宝贝儿子。屯里人说，你老年得子，这是大喜事，你得请我们吃一顿。一天，财主让伙计杀猪宰牛，请亲朋好友、屯里人坐席，大吃大喝了三天。

这夫妇俩对儿子太娇惯了，要啥给啥，没有不答应的。一来二去，这孩子就长到十五六岁了。一天，他跟额莫[①]说，我长这么大都没到外边看看，让我出去玩玩吧。额莫不敢做主，他就央叽阿玛。阿玛也不答应，他就大哭大闹。夫妇俩实在没招儿，只好答应下来，让他小心，早去早回。

有一天，这孩子带着伙计，选了最好的马，套上最漂亮的轿车就出发了。在山上，他们看到很多野鸡、兔子、狼和狍子，可高兴坏了。这孩子会打猎，打了不少野鸡、兔子和狍子。突然刮开风了，先刮的小风，不一会儿，就刮大风，是旋风。风转来转去，就把这孩子转死了。伙计们一看小主人死了，都吓坏了。赶紧套车，把小主人的尸首装在车上拉回家。

夫妇俩一看儿子真死了，哭得死去活来。屯里人劝他们，总这么哭

① 额莫：母亲。

也不是办法，赶紧发送孩子吧。他们正在筹办丧事的时候，突然来了一个挺脏的老爷子，像是个要饭的。这个老爷子进屋就对财主说：我来你们这儿，不要吃的，也不要喝的，我想领你们去找音姜萨满，她能救活你儿子。

老爷子领财主来到一个村子，看见一个老太太就问，音姜萨满在哪住？老太太说：在河边洗衣裳那个媳妇就是音姜萨满。他们到了河边，见到了音姜萨满。财主就跟音姜萨满说：你要什么我都给，只要把我儿子救活就行。老爷子在一边也跟着央求。音姜萨满是个热心肠的人，就一口答应下来。

音姜萨满到了财主家，穿上神衣，戴上神帽，打起神鼓，施展神术，请来神鹰，把这个孩子的魂从阎王殿里叼了出来。小鬼知道了，赶紧到阎王爷那儿告状，阎王爷打发小鬼拦住，不让音姜萨满带着孩子的魂回去。音姜萨满说：就是你阎王爷来了我也不怕，我一定把孩子的魂带走，不能让他跟着你们回阎王殿。一路上都有小鬼阻拦，可是谁也拦不住，阎王爷只好放行了。

音姜萨满带着孩子的魂来到了一个地方，见道边站着一个人，是谁呢？是音姜萨满死去多年的掌柜的。他一把就把音姜萨满拽住了，就说：你能救别人的孩子，为什么不能救你丈夫呢？救活我，咱们夫妇好团圆。音姜萨满说，你死了多年，尸骨已腐烂，救不活了。她掌柜的说：你不救我，我也不让你回去。他死死拽着音姜萨满不放，这时旁边的油锅都烧开了，他就想把音姜萨满扔到油锅里。音姜萨满一怒之下，让鹰神把她掌柜的魂叼起来扔进污泥河中，使他今后永远不能转世。就这么的，音姜萨满才带着孩子的魂回到阳间。小鬼没拦住，她的丈夫也没拦住，音姜萨满就这么厉害。

音姜萨满把孩子救活了，财主可高兴了，又杀猪，又宰牛，请亲朋好友、屯里人大吃大喝了三天。财主对音姜萨满说：你救活了我儿子，我很感激，你要什么金银财宝我都给。可是，音姜萨满什么东西都没要。

音姜萨满回到家里，把在阴间见到自己丈夫的事告诉了婆婆。她说：你儿子让我把他带回来，我为什么没带呢，因为他的尸体光剩下骨头没有肉，已救不活啦。她婆婆一听挺生气，就说：你没把我儿子带回来，光自己回来了，你怎么这样坏呢！音姜萨满说，他在阴间挺好的，那儿什么都有。她婆婆听到这话更生气了，就说，我到皇上那儿告你去。

皇上看了音姜萨满婆婆的状子，就说：最毒不过妇人心。她不救你儿子，我也不让她活着，把她杀了。她婆婆一听挺满意。于是，皇上让卫士把音姜萨满捆绑起来，扔到枯井里，把神帽、神鼓也一起扔到井里。音姜萨满在枯井里经常打神鼓、唱她跳神的歌，世人都听到了，皇上也听到了。音姜萨满的后半生就是在枯井里过的。

二〇〇三年七月二十一日——二〇〇五年八月四次访问黑龙江省孙吴县沿江乡四季屯何世环老人。

依照二〇〇五年八月一日讲述译稿整理。

第二章　尼姜萨满

富希陆　整理[①]

德昂古，德昂古，阿不达额芬端上啦，
德昂古，德昂古，爱辛托里供上啦，
德昂古，德昂古，占出浑奴勒斟上啦，
德昂古，德昂古，年期仙点上啦，
德昂古，德昂古，尼姜萨满的美名呀，
像尼玛琴代代响九天……[②]

相传，清初以前，松花江下游有个闻名的古城叫依罗哈达[③]。依罗哈达东边柳条通不远的地方，有个噶珊，噶珊里住着一家大粮户叫巴葛图巴彦[④]。巴葛图有位美丽贤惠的妻子叫鲁依勒。夫妻俩平日乐善好施，宽厚待人。所以，在噶珊里挺有人缘。可是，年近半百，身边无有儿女。从前虽有过一个儿子，但不幸早年夭亡。两口子终日忧伤思虑，祖宗龛前日夜香烟缭绕，祈祷阿布卡恩都力[⑤]降赐贵子！

说来很奇，鲁依勒真有孕啦！不久，就生个眉清目秀的胖小子。巴葛图夫妻俩乐得合不拢嘴，心里甜如蜜。小孩满月，忙唤家人，到猪圈

---

① 《尼姜萨满》过去有不少手抄本流传在民间。本故事系富希陆老人，根据其母口述和当地富、吴、祁姓族传手抄本残本内容整理而成的。此故事的手抄本流传在瑷珲、齐齐哈尔一带，有多种讲唱本。《尼姜萨满》为传统流传本中很有影响的一种。整理者童年时代在故乡便多次听母亲及邻里长辈用满语讲述，曾于一九五九年、一九六一年、一九七二年、一九七九年根据口述，陆续整理，核校三次，一九八〇年病逝前遗留残稿。

② 德昂古：是萨满祭神歌的衬音，没有具体含义。
阿不达额芬：苏叶饽饽；　爱辛托里：金镜；
占出浑奴勒：甜米酒；　　年期仙：年期香；
尼玛琴：萨满手鼓。

③ 依罗哈达：古代沿江山岭名。

④ 巴彦：就是有财富的富人。

⑤ 阿布卡恩都力：天神。

里选了三口没一点杂毛的“黑壳郎”[①]，碾好上风头的黄米，酿好清甜的米酒，选定良辰吉日，祭祖还愿。喝！还愿那天，全噶珊的男女老少，附近村庄的亲朋好友，有的赶着大车小辆，有的骑马，有的步行，齐来道喜、庆贺。人们弹着口弦琴，唱着乌春[②]，跳着蟒式舞，吃了祭祀肉和打糕、小肉饭，三天尽欢而散。

巴葛图和鲁依勒夫妻两人，幸喜中年得子，给孩子起个名叫费扬古。他们整天亲手悠啊悠摇车，抱着怕吓着，放下怕哭啦，真是爱如掌上明珠。转眼间，费扬古已满七岁，巴葛图请来远近闻名的老色夫[③]教授满文汉学，习练弯弓盘马。小阿哥费扬古，聪明过人，满汉知识、骑马射箭，技艺日渐长进。时光像穿云的箭，费扬古很快就十五岁了，已长成英俊少年，出口成章，箭射天雕，更是百发百中。一天，费扬古跟随行的家人说：“松阿里乌拉[④]流向天边，老林窝集是百兽的乐园。你我回家跟阿玛说说，我们也该到远处逛逛喀！”费扬古说完，跑进上屋。巴葛图夫妻俩正在暖阁小炕上，盘腿对坐，叼着烟袋喝着茶，见宝贝疙瘩来了，鲁依勒忙叫侍女给倒茶让座。费扬古扑在额莫怀里说：“噶珊有句老话：要看猎人弓法，得上额林哈达[⑤]比试比试。我想去额林哈达打围，一来试一试我的骑射本领；二来想逛逛那里的山光水色！”

巴葛图听了心咯噔一跳，脸上笑容立刻全消了，忙跟妻子说：“阿哥起小没出过远门。额林哈达高入云霄，离这儿百八十里远，而且猛兽、恶魔很多，实在放心不下呀！”鲁依勒说：“额真说得对，还是不去为好！”费扬古只好默默回到自己书房。

过几天，小费扬古还是不死心，又去苦苦缠着父母，哭喊着要去。鲁依勒心疼爱子，巴葛图更架不住小阿哥白天闹，晚上磨，搅得夫妻俩没咒念，心就慢慢软了。一天，巴葛图叹口气说：“唉！你这刚长几根翎毛的小鸟，要飞上额林哈达，我们也不能阻拦。不过，那里野兽成群，荒无人烟，可要事事留神，免得我们日夜牵挂呀！”费扬古乐得趴在地上，给双亲磕了三个响头，然后高兴地跑出准备行装。可是，巴葛图不放心哪，赶忙叫来两个心腹家奴，一个叫阿哈吉，一个叫巴哈吉，嘱咐他俩

---

① 黑壳郎：经过阉割后的黑毛猪。

② 乌春：歌。

③ 老色夫：老师傅。

④ 松阿里乌拉：松花江。

⑤ 额林哈达：传说中的高山。

带小主人去额林哈达，早去早回。

第二天大清早，费扬古骑上走马，肩上架着芦花雀鹰，一帮猎狗围着走马东蹿西跳。阿哈吉和巴哈吉带着几十名家奴，身挎弓囊箭袋，手提刀、矛、棍棒，五辆大轮车上装着帐篷、铁锅、干粮和马草，暴土扬尘地朝额林哈达奔去。巴葛图夫妻俩一直送出很远才回家。

费扬古主仆们，像一窝出笼的鸟，活蹦乱跳，一路上高兴极了，催马扬鞭，穿林绕岭，很快来到额林哈达围场。嘿，额林哈达果真天下奇秀，松涛树海，百花争艳。峭壁陡立的山崖上，一群群香獐和梅鹿，穿山跨涧，追逐鸣叫。几只大山雕，在争食山鸡，嘎嘎怪号，翅膀张开遮黑了天，扇得石岭上的花草一个劲儿地摇晃。山顶流泉，飞落百丈涧底，溅起无数水珠，彩虹耀眼，水敲石板像百神弹琴，那么动听。阿哈吉和巴哈吉把小主人搀下马，走进刚搭好的熊皮大帐。帐篷外边，早支好石灶，篝火烤上狍子腿和松鸡肉，舀来泉水做肉粥。主仆们痛痛快快吃了一顿饱饭。费扬古心急火燎地催阿哈吉和巴哈吉领他进山。阿哈吉和巴哈吉“诺”“诺”点头，忙唤家奴们，带着猎狗，先钻进密林去轰撵野兽。在锣鼓声中，鹿群向山洼聚来。费扬古跳上马，被眼前惊慌奔跑的鹿群迷住了，纵缰追赶，张弓发箭，不一会儿，打的獐、狍、鹿、兔像一堆堆小山。家奴们欢欢喜喜地剥兽皮、解骨肉，驮在马背上。这时，冷不丁地从林子里传出嘎嘎的哀叫声，一只小白鹰翅膀滴着血，从树丛里逃出，后面一只大天雕紧追，巨爪眼看要抓到小白鹰脊背上了。费扬古张开大弓，猛地一箭刺穿天雕双眼，天雕扑通通摔死在石崖下边。小白鹰被追得筋疲力尽，落在费扬古马前，一动不动。费扬古叫阿哈吉抱起来，给擦了擦膀子根上的血，喂了几滴马奶。小白鹰又飞上天空，在众人头上盘旋三圈，钻进羊毛云里了。

单说，主仆们从早晨忙到下半晌，正猎得起劲儿，忽然，打西南刮来一阵旋风，围着费扬古兜几个圈儿就没影了。费扬古只觉得一阵恶心难受，迷糊在马鞍韂上。阿哈吉和巴哈吉吓得马上鸣锣停猎，把小主人抱进帐篷。费扬古病势越来越邪乎，奴仆们赶忙收拾猎场，抬起小主人连夜往家跑，真是恨不能身生双翅，赶紧飞到家。他们不停地跑啊，跑啊，这时，阿哈吉用点着的松树明子一照，哎呀，费扬古伸腿咽气了！小主人一死，奴仆们个个号啕大哭。阿哈吉擦擦满脸的泪痕，对大伙儿说：“我们光哭，也哭不活小主人呀！巴哈吉，你带领弟兄抬着小主人尸首往回走。我呀先骑马赶回，禀报老主人喀！”阿哈吉说完飞身跨马，一溜黄尘没影了。

阿哈吉赶到家，跳下马，嗵嗵嗵跨过三道门跑进内堂，慌慌张张地跪在老主人巴葛图跟前，磕头痛哭。巴葛图十分震惊，忙站起身，瞪着眼睛问："奴才，你为啥哭着回来？"

阿哈吉哭声像牛嗥。巴葛图急得直跺脚，阿哈吉还是头不抬，眼不睁，哞哞痛哭。巴葛图厉声嚷道："该死的阿哈吉，出啥天大的祸啦？难道你的舌头让猫咬掉了吗？"

阿哈吉涕泪满面，磕着响头说："小阿哥，他，他，他死在额林哈达……"说着，哭昏过去。

巴葛图听了，如同五雷轰顶，一下子从太师椅上晕倒地上。家奴们慌忙抱起老主人。巴葛图醒来也呜呜大哭起来。这时，鲁依勒从里屋跑出来，听说小阿哥病死了，活像万把钢刀剜心，两眼向上一翻，手脚抽筋，半天才哭喊出"我的——哈哈济①"也直挺挺地昏倒在地……

晴天一声雷。巴葛图家像翻江水，全乱啦！奴仆们进进出出，哭声惊动了全噶珊。这时，巴哈吉哭得跟泪人一样，带着众家奴进了门，给巴葛图夫妻俩磕了头，跪着说："小阿哥尸体进院了！"巴葛图夫妻俩更是哭得死去活来。噶珊的人搀扶着夫妻俩，出门迎进了费扬古尸体，安放在外屋地上。全族的亲友围着小阿哥，哭得惊天动地。

巴葛图转身向阿哈吉和巴哈吉吩咐说："快去预备祭品吧，需要什么，尽管从库里拿，不要舍不得！"阿哈吉、巴哈吉按照额真的吩咐，又叫厨师挑选十头牛，六十只羊，七十口猪，做十六碟十六碗的吊丧席。

巴葛图又叫来女奴阿兰珠和沙兰珠，吩咐她们说："你们从噶珊里找几个沙里甘居②做帮手，预备蒸白面饽饽七十桌，奶油饽饽六十桌，黄米面饽饽五十桌，荞麦面饽饽四十桌，烧酒十坛，鹅二十只，鸭四十只，鸡六十只，摆两桌水果，每桌用上等鲜果五样，若有怠慢，决不饶恕！"她们说声"喳"，就急忙准备去了。

不大一会儿，众人把灵堂前供果摆得像山丘，堆起的珠塔满地生辉。然后，开始洒酒祭祀，众人痛哭起来。巴葛图夫妻俩眼泪就像松阿里的水，滔滔不绝地流啊，流啊，流不断啊。

正在人们万分悲伤的时候，忽然大门口来了一个瘸瘸颠颠、罗锅弯

① 哈哈济：满语，儿子。

② 沙里甘居：满语，姑娘。

腰的要饭老头，瘦得像根烧火棍，长长的白发辫缠在腰间，浑身脏得直冒怪味，就听老头唱道：

德昂古，德昂古，传报额真不要哭，
赏给我饽饽，送给我粥，
德昂古，德昂古，人老会看百年路……

守门的家奴，忙着迎接宾朋，见老头堵门口唱，就举棍想赶走疯老头。哪知，越撵老头越不走。家奴们气得要绑他。巴葛图闻讯出来，喝住家丁，然后恭恭敬敬地给老头打个“千”，说：“请，请，院内有山一样高的饽饽，海一样多的美酒，可怜的玛发，你尽情吃个够吧！吃够了，我让奴才套上花轱辘车送你回家喀！”众奴才一见额真对老头恭敬有礼，都跪地给老头磕头，推推拥拥地把老人让进内室。老头进了屋，一不恋吃，二不馋酒，来到费扬古灵前，拜了三拜，转了三转，捶胸痛哭起来：

“可爱的小阿哥啊，哎呀呀命多短呀，哎呀呀，你生得聪明又伶俐，连我这穷苦的奴才都很高兴啊！”

老人悲痛万分，站在旁边的人，哭得更厉害了。巴葛图劝老人节哀，老人百般惋惜地对巴葛图说：“巴彦啊，难道你不思念聪明的儿子吗？我看他是让恶鬼偷走了魂魄。你为啥光坐在家里啼哭，不去接神通广大的萨满救救小阿哥呢？”

巴葛图难过万分地说：“唉，我们屯儿的标棍萨满[①]是些白吃饱，修炼不高，不但救不了别人，就连自己什么时候死，他们也不知道。唉，上哪块儿去请能叫人起死回生的大萨满啊？”

老头笑了笑说：“你鬼迷心窍了吧？尼什哈河边，有个尼姜萨满，她为人正直、无私，本领高超，要是请她来，甭说一个费扬古，就是十个，她也管保救活。唉呀呀，你为啥不找她呀！”说完，老头走出门，化只白鹰朝尼什哈河方向飞走了。

巴葛图豁然开朗，惊喜地说：“好啊！好啊！这是阿布卡恩都力指点我啦！”他马上跑进马圈，牵出银蹄青鬃走马，带着阿哈吉、巴哈吉，盯着小白鹰飞去的影子，去找尼姜萨满。他们走啊，走，白鹰不见了。巴葛图下了马，顺着尼什哈河往前走。只见东边有块黄花松林，林里有间

① 标棍萨满：满语，即家萨满。

围着柞木障子的土房，有个年轻媳妇正在河边洗衣裳。巴葛图上前问道："这位格格，请问尼姜萨满在哪里住？"这个媳妇边低头搓衣服，边说："住西头。"巴葛图牵着马，带着家丁们按照年轻媳妇说的方向，来到了屯西头，望了望，见前边走过来一个老头，忙打"千"问道："尊敬的玛发，尼姜萨满在哪儿住？"老头指着河边东下坎，说："才刚你见到的那个洗衣裳的媳妇，就是尼姜萨满。你来请她，千万要诚心恭敬，她若推辞，你可要耐心恳求，她心肠热，会答应的。"

巴葛图飞身上马，又返回屯东头小房，在门口拴好马，进了院，瞧见上屋南炕上端端正正地坐着一位白发如霜的老妈妈，口叼二尺长烟袋，炕沿边上摆着一个擦得油黑锃亮的菱花小火盆，旁边站着一位给老太太装烟的年轻媳妇。巴葛图走过去，忙给老太太跪地磕头说："好心的萨满色夫，快快救命吧！……"老太太说："站在地上给我装烟的儿媳妇，才是萨满呢。"巴葛图忙调过头，又给年轻媳妇磕头。

那个媳妇忙扭过身子说："唉，你走错门了吧，还是到别的地方请萨满吧！"巴葛图眼泪唰唰淌，跪在地上不起来。炕上的老妈妈心软了，说："唉，你就应下吧。她就是尼姜萨满，有事就求她吧。"

年轻媳妇一听婆婆说话了，不吭声了。巴葛图跪在地上，给年轻媳妇磕头恳求说："萨满色夫，你的名声远震四海，世上数你最神通无边，护佑儿孙，开开恩吧，救救我的哈哈济吧！"

年轻媳妇笑了笑说："巴彦玛发，请快起来，我不骗你，我仅仅是个学了几个奥云[①]的小萨满，神法不高，修炼不深，恐怕耽误了你的大事。山外有山，天外有天。你还是赶紧去请更有名望的老萨满吧！"巴葛图只是跪在地上一个劲儿地磕响头啼哭，苦劝也不起来。院子外边的阿哈吉和巴哈吉，也都来到风门口扑通跪在地上，哀求尼姜萨满帮忙。

尼姜萨满为人心肠热，心地善良，平日不贪吃，不求穿。噶珊的人挑选她当萨满，天大难事都敢应承，尽心出力。这时，她被眼前一片诚心感动了，说："好吧，我用托里[②]给你看一看。"她梳头洗脸，从西炕神箱里拿出用黄绫子包着的一个小托里。她点上了年期香，就见神案上的小托里转起来。她往托里仔细看啊，看，然后又把小托里包好放进神箱里。她走过来说："你有个属鸡的男孩，今天去额林哈达打围，让吹来的

---

① 奥云：表示学萨满的时间，时间越长萨满能耐越大。

② 托里：即铜镜。

一股妖风夺走了魂窍。你是五十岁时生的小儿子，他的名字叫费扬古。巴彦，你不要逢迎，我说的是真还是假？”

巴葛图听了尼姜萨满的话，虔诚敬服地磕头，说：“尼姜色夫，阿布卡赐给你一双慧眼，你说的完全是真的呀！请快帮帮吧，拯救我那个像狗崽子一样可怜的孩子吧！救活了我的哈哈济，我杀百口猪，宰十头牛，家祭三年，还要世代感激你的恩情！”

尼姜萨满见巴葛图巴彦哭得老眼像红灯笼，一片诚心，便说：“唉，我是一个年轻无能的萨满，怎敢揽这个重担啊！既然你诚心实意地恳求，那么，我拾掇拾掇神箱用具，忙完家里活计，马上动身。”

巴葛图高兴得磕头离去，到了家，忙叫女奴们打扫庭堂，男奴们淘米做糕，又叫老奴们做跳神供品，叫小童去噶珊给同姓的家族和亲朋送信儿。这时，阿哈吉和巴哈吉已经用轿车接来了尼姜萨满，同行还请来一位闻名的“老栽力”[①]叫霍根克。巴葛图忙请进屋，神箱神案摆西炕，杀猪，磕头，吃过饭，尼姜萨满问巴葛图，有没有在你小儿子今年生日时才降生的花腰子猪？杀了，小儿子魂可以附在猪身上复活。同时，还让预备狗和鸡，备好纸和大酱，死去的人吃了家乡的大酱，尸体不烂，见到家乡的狗和鸡，魂魄就能早回家。巴葛图都一一照办。然后，尼姜萨满洗手焚香，戴上神帽，系上八条扇的神裙，绑好镶着四十对晃啷的腰铃带，尼玛琴鼓敲得山摇地动，头上神帽九只铜雀叫着转起来，长长的彩带飘啊飘起来。阖族老少围得里三层来外三层，激扬的鼓声传十里。尼姜萨满苗条的身子像风摆柳，双眼紧闭，口唱神歌，越唱全身越抖劲。神灵已降，附在她身上了，她唱道：

手鼓敲啊天地动，
鼓鞭啊晃动神鬼惊，
最得心的帮手，霍根克贴近身边站吧，
最敬佩的帮手，霍根克竖竖耳朵听吧，
拯救被魔鬼拐走的魂灵，
你我同心协力驱逐万难。
鹰神开道，我上九层天，

---

① “老栽力”：栽力，满语，即扎里，祭神时萨满的助手。老栽力，指年老侍神经验多的助神人。

蛇神引路，我下三层地。
紫花云彩里我要走三遭，
檀香木山里我要绕三天，
四海龙宫里我要搜三月，
妖洞鬼府里我要找三年。
好好守护我躯身，
猫儿不叫过，狗儿别靠前，
烟袋锅火炭别烧了我的肉和衫，
二十桶井拔凉水勤洗面，
四十桶井拔凉水常浇身……

尼姜萨满在神像前点上年期香，敲着鼓拜三拜，边跳翁滚舞边接着唱：

最得心的帮手，霍根克贴近身边站吧，
最敬佩的帮手，霍根克竖竖耳朵听吧，
搭救让黑暗夺走的生命，
你替我备上降魔的祭品。
快快拴好公鸡的膀，
快快捆紧花狗的腿，
快快备好百碗酱呀，
快快捆好毛头纸呀，
纵使火海刀山，我要赴汤蹈火，
纵使灾祸重重，我要百折不回。

尼姜萨满唱着，唱着，昏倒过去。老栽力霍根克走上前扶她躺好，给她整理了腰间的铃铛，绑好了公鸡和狗，脚下摆好一排酱纸供品。尼姜萨满在众神护送下，寻找费扬古的灵魂。虎神和熊神替她开路，飞虎神和鹰神驮她在天上巡游，海鸟神和水獭神引她进水府搜寻，蛇神和蟒神领她下岩穴中查看，找了三千三百个穴洞，问过三千三百位尊神，都不知费扬古的踪迹。尼姜萨满最后打怀里取出爱辛托里①，用宝镜照天，

① 爱辛托里：满语，金镜，即铜镜。

天是白亮亮的；用宝镜照山川，山川也是白亮亮的；用宝镜照地狱，地府闪着黑光，宝镜里呜呜叫，现出伊尔蒙罕[①]凶恶贪婪的绿脸。尼姜萨满知道费扬古的下落了，忙把爱辛托里装进怀里，按照宝镜的指引，率领众神到地府找伊尔蒙罕索取费扬古的魂魄去了。

尼姜萨满不顾疲劳，走啊，走，眼前横着一条白浪滔滔的大河。河上雾蒙蒙，岸边悬崖立陡立陡的。她正着急地张望着，突然，瞧见河对岸有个人，撑着一支独木船。尼姜萨满高声唱道：

神歌唱啊天地动，
手鼓响啊鬼神惊。
管船的玛发听我说：
我是神威无敌的尼姜萨满，
寻找一位阿玛丢失的爱子，
寻找一位额莫失散的男婴，
要到他们先世的曾祖家，
要到他们死去的亲朋家，
要到遥远的伊尔蒙罕城。
救回可怜的幼小魂灵，
阖家欢聚，世代安宁。
好心的管船的玛发啊，
快送我过河赶路程……

管船玛发用单臂撑竿，独木船嗖嗖嗖，很快靠近岸边。尼姜萨满仔细打量，吓了一跳。这老头独眼、单耳、歪鼻、缺唇、秃头、瘸腿，望着尼姜萨满说："尼姜色夫，多少人经我这儿，都没有送他们过生死河。你威名远扬，心肠慈善，快，快请上船吧！"尼姜萨满问："请问玛发，你见没见到有人过河？"瘸老头说："方才伊尔蒙罕的亲戚鲁呼台领着个小孩过去了。"

尼姜萨满高兴地上了独木船，瘸腿艄公拿长竿将船猛劲一撑，不一会儿，就渡到对岸。尼姜萨满十分感激，赏给他香喷喷油汪汪的三碗豆酱，三捆毛头纸，然后带领众神朝前赶路。走着，走着，来到蛇妖把守

① 伊尔蒙罕：满语，阎王。

的毒水河。这水啊翻着三尺红浪，野雀飞到河上掉进水里，野兽被卷进浪里，尸骨融成血水。恶浪震得尼姜萨满头晕目眩。尼姜萨满望了望毒水河里漂着的兽毛鸟羽，解开身上的腰铃放到河上，毒水河马上风平浪静了。她把手鼓扔在腰铃上，然后坐在鼓面上，像清风一样忽忽悠悠掠过了浪尖，停在对岸。尼姜萨满祭奠了河神，赠送了陈酱、毛头纸，继续朝伊尔蒙罕城堡走去。

走了一程又一程，来到一座高高的古城。城门紧闭，旌旗飘展。尼姜萨满望着城楼叫门。城楼上守城的两个恶鬼，一个叫铁头鬼，一个叫噬血鬼，瞪着鹰眼，咧着红嘴喝问："你是何人，胆敢闯闹冥府？威严的伊尔蒙罕命我俩守卫城门，你速速退下，小心我们掏出你的肝肠，喝干你的血！"

尼姜萨满把百斤重的腰铃一抖，十三斤神帽的铜雀一晃，九只神雀鸣，腰铃排山吼，震得土城乱颤悠，吓得两个恶鬼干张嘴说不出话来。尼姜萨满泰然地笑了笑，说："我有天上的三百颗星辰照路，我有地上的三百位野神护身，惩恶扬善，救济无辜。尼什哈河边有个尼姜萨满，你们可知我的名字？"

两个鬼一听是尼姜萨满驾到，慌忙俯身施礼说："尼姜色夫名贯日月，谁不知晓，谁不敬服啊！我们送你再过两道鬼门关吧。"说着，锵啷啷打开兽石铁门，让进尼姜萨满。尼姜萨满拿下背着的陈酱和酒篓，分赏给他俩美酒和豆酱，乐得二鬼连连叩头。尼姜萨满问道："是谁抓走了费扬古，从你们城门路过？"二鬼犹豫了半天，惧怕尼姜萨满手中的鼓鞭和系在身上的大腰铃，忙说："不敢隐瞒，你要找的费扬古，是阎王舅舅鲁呼台，奉阎王伊尔蒙罕命令把他抢来，方才打小城里经过。尼姜色夫，你想救费扬古很难啊，他早被藏进了禁城。天有多高城有多高，我等都难进得去。城由勇猛的鲁呼台守卫，神鬼难抵呀！"

尼姜萨满命二鬼领路，顺利通过两关，都分赏他们礼物，然后，让二鬼回去，自己来到了鲁呼台守卫的禁城。尼姜萨满看见鲁呼台，喝问道："凶狠的鲁呼台，你为什么把一朵小花摘掉？你为什么把刚学过日子的小孩偷来？你为什么把长命百岁的人带进地府？"鲁呼台说："尼姜格格请息怒，我是奉伊尔蒙罕谕旨带来的。"尼姜萨满说："既然如此，好吧，你是奴才，我去跟阎王要人！"她望着禁城仔细看哪，阴森森，雾茫茫，插入云天，果真险要。尼姜萨满瞧见费扬古正跟一帮小孩玩呢，忙命众神相助，唱道：

阿布卡哩，阿布卡哩，
弯嘎山九层金楼子里住着的白鹰，
章京峰八层银楼子里睡着的神鹏，
山尖洞里，七条大蛇呀，
山腰洞里，六条大蟒呀，
长白山的五只猛虎，
兴安岭的四只花熊，
榆树通的三只青狼，
笸箩沟的两只白獾……
依兰乌西哈照明，
那丹乌西哈指路，
像流星降落伊尔蒙罕的城吧，
像闪电追照费扬古的踪迹吧，
用巨爪扣紧他，用肩膀背上他，
快把魂灵送到我的金鼓上……

单说，伊尔蒙罕让鲁呼台从额林哈达抢来费扬古的魂灵后，藏在深宫花园里，着天让众鬼妇殷勤侍候。伊尔蒙罕很喜欢费扬古魁伟英俊，机灵聪明。他在高杆上挂上一枚铜钱，让费扬古骑马射三箭，箭箭都射中铜钱眼；让费扬古跟花鹿斗架，能缚住花鹿；让费扬古跟白豹厮斗，费扬古驯服了白豹，勇武超人，乐得伊尔蒙罕一心要收为皇子。他正兴高采烈地饮酒听歌时，忽然，鲁呼台跑来禀报，说："圣明的罕啊，大事不好，来一只铺天盖地的大鹰，落进皇城，把费扬古抓走了！"

伊尔蒙罕听了鲁呼台禀报，勃然大怒，说："我为一方之主，人间地下的生死凭我安排，谁不畏惧呀！快去追查，谁胆大包天，竟敢抢走我的爱子呀？"鲁呼台慌忙磕头，战战兢兢地说："圣明的罕啊，听鬼卒禀报，尼姜萨满寻访费扬古来到阴间，她可是举世无双、最有神通的萨满呀，想必是她抓走了费扬古。奴才前去追赶，请罕息怒。"鲁呼台说完，退出宫殿，追赶尼姜萨满去了。

尼姜萨满得到了费扬古，万分高兴，拉着他的手往回走。走出没多远，听鲁呼台大声呐喊："尼姜色夫停停脚，你胆敢偷进宫阙，不辞而别。伊尔蒙罕怒火万丈，命我来追捕你，快快留下费扬古！"

尼姜萨满说：“我领回费扬古，秉公无私。伊尔蒙罕倚仗权势抢掠可怜的费扬古，天理能宽恕吗？尼姜萨满的禀性你会耳闻，阿布卡恩都力下界，我也据理三分。伊尔蒙罕能吓住我吗？我可不怕哟！你不当谏臣良将，反助恶凌弱，难道让我用神鼓惩治你吗？快快收起你那淫威，好言了结了吧！”

鲁呼台惧怕尼姜萨满的神鼓和腰铃声，很想顺水推舟，送个人情，但又怕伊尔蒙罕不饶，就缠住尼姜萨满不放。聪明的尼姜萨满笑了笑，说着拿出两捆烧纸送给了鲁呼台。鲁呼台说：“哎哟，哎哟，就给这丁点东西？”尼姜萨满又给三捆烧纸，三碗酱。鲁呼台说：“宽宏大量的萨满格格，舍出薄礼能打动伊尔蒙罕的心吗？他不应允不好办，我要身遭毒刑的。萨满色夫求你怜悯。伊尔蒙罕白天打围没有狗，早晨起炕没有鸡打鸣，把你带来的鸡、狗留下吧！”尼姜萨满说：“看你面子我就留下吧，不过，你得给费扬古增加寿限。”

鲁呼台说：“那就给增二十年寿禄吧！”

尼姜萨满说：“哟，一个毛孩子能干啥？”

鲁呼台说：“那我给他延长到三十年吧！”

“唉，阅历不足有啥用？”

“那，我给他延长到四十年吧！”

“唉，难挑大业有啥用？”

“那，我给他延长到五十年吧！”

“唉，韬略不精有啥用？”

“既然这样，我给他延长到六十年吧！”

“六十岁的本领，弯弓射箭还没练到家，能有啥用啊？”

“既然这样，那就给他延长到七十年！”

“七十岁的本领，世上的活计也不样样精啊，领回家有啥用？”

“照你这么说，我给你八十年寿禄吧！”

“八十岁的本领，难成个好穆昆达，族里大事小情不透彻，祖业难继承，不行，不行！”

“尼姜色夫，我让费扬古活到九十岁，没病没灾，儿孙满堂。你该满意，不可强求了！”

尼姜萨满谢过鲁呼台，送给他狗和鸡。鲁呼台问：“我怎么把它们领走呢？”尼姜萨满说：“你叫鸡喊‘阿什！’；叫狗喊‘绰！’”鲁呼台照尼姜萨满教给的话一喊，鸡和狗都向相反的方向跑，跑到尼姜萨满身边了。

鲁呼台很奇怪，忙喊道："萨满格格，难道我的声音刺耳，还是你开啥玩笑？发发善心，让我平安回吧！"尼姜萨满笑着教他说："好好记住吧，喊鸡时要叫'咕——咕，咕——咕'；喊狗时要召唤'哦——哩'，'哦——哩'。"鲁呼台擦了擦冷汗，照尼姜萨满说的话再喊，大公鸡晃着红冠，猎狗摆着尾巴，跟他见伊尔蒙罕去了。

尼姜萨满拉着费扬古的手疾步而行，走着，走着，突然，前边有个黑骷髅骨拦住道路，手拿麦秸点火烧着油锅，气哼哼地对她说："薄情负义的尼姜萨满，还认识我不？你能舍命来救外人，难道不想救活同你拜堂的畏根[①]？快快施神法，把我领回家夫妻团聚！"尼姜萨满仔细一瞧，是自己死去多年的男人，蹲身打"千"，恳求说："想念的男人啊，夫妻离别，怎不苦思苦想？可惜你人死多年，身上关节已断，血肉已干，骨架已碎，咋能还阳呢？可怜咱家有老母，宽恕我吧，放我过去，我要回家给咱妈煮饭，给猪烀食，喂鸡、喂鸭、磨面到月牙儿偏西。"黑鬼咬牙切齿，气愤地打断尼姜萨满的话，说："想逃出我的手，除非你长九对翅膀！尼姜萨满，竖起你的耳朵听着，你过去待我不亲你清楚，如今你还不念夫妻情面救活我，我对你也该报仇怨。翻开的大油锅滚冒着蓝烟金花，这是替你张罗的油棺材，你是自己跳下呢，还是让我抱你进呢？"黑鬼摇拳跺脚，尼姜萨满苦苦哀求，黑鬼拦住妻子不让走。尼姜萨满在阴间哪敢多逗留，一心要领费扬古早见双亲，怕耽搁在路上多惹事端。尼姜萨满气得咬咬牙，脸发青，摇动着神帽，甩着腰铃，唱道："特尼林特尼昆[②]，狠心的丈夫细听真，你活着时留下什么？一领炕席三指土，粮囤没粮跑癞蛛。我心肠善良不求功禄，不贪银财，帮助乡邻除邪祛病，尊老爱幼，才挣来咱家好名声。你活着贪杯无赖不养妻娘，至今不改前非。恨你敬酒不吃吃罚酒，特尼林特尼昆，盘旋在林子尖上的大白鹰，快快扇起百里飓风，抓起我的丈夫黑骷髅，把他扔进酆都城[③]，永世沉沦黑泥河，化成臭水，再不能投生！"尼姜萨满念着，飞来一只白鹰，大翅一煽呼，黑鬼早随风无影无踪了。

尼姜萨满手拉着费扬古，众神护送，像轻风疾驰，像白云飘飞，走

---

① 畏根：满语，丈夫。

② 特尼林特尼昆：萨满神歌中的衬词。

③ 酆都城：迷信传说中的阴城。在满族、达斡尔族和鄂温克族民间传说中，都讲到尼桑萨满将其丈夫的灵魂打入"深不可测的井"、"无底深潭"或"地脐"之中，故后来尼桑萨满本人被皇帝依样处罚。

啊，走啊，眼前来到祥云缭绕、古松参天的子孙娘娘宫。她给门神赏了礼品，见到了威严的佛里朵渥莫西妈妈[①]，众奴婢正在捏制童男童女。渥莫西妈妈让尼姜萨满由婢女领着，到阴间地狱去看善恶典例和各种酷刑，让她告诉世上的人，多行好事……

尼姜萨满拜别渥莫西妈妈，领着费扬古往回走，又来到毒水河，把腰铃和鼓放到河里，安全过了河。走不多远，来到了生死河。瘸子艄公见了尼姜萨满忙摆船，把她们送过岸。尼姜萨满厚谢了好心的管船的玛发，又走了好久，才回到了巴葛图的家。

“老栽力”霍根克见尼姜萨满脸色发红，手脚微动，忙搁下给她擦洗身脸的水桶，点上年期香，给尼姜萨满熏了熏，不一会儿，她就醒了过来。

全屋的人，正跪地磕头，瞧见尼姜萨满睁眼坐起，惊喜地围上来。这时，就听外屋地上，一阵呻吟，费扬古慢慢坐起来，急着下地说：“额莫，额莫，睡得好累呀，快给我水喝吧！”巴葛图夫妻俩乐得搂着宝贝儿子喜泪满面。巴葛图巴彦家一连七天七宿，杀猪宰牛，大摆宴席。全噶珊的人都来庆贺。东西南北，大小村屯，几百里外都传遍了尼姜萨满的美名。巴葛图乐得忙唤阿哈吉和巴哈吉，吩咐他俩说：“快去告诉放马奴们，把最肥壮的牛羊骡马赶来，分给尼姜色夫一半吧！”巴葛图夫妇给尼姜萨满不少金银财宝和牲畜，她同“老栽力”霍根克一起，回尼什哈河畔去了。费扬古后来娶妻生子，掌管家业，热心扶持贫弱，致力农牧，活到九十无病而终。

且说，尼姜萨满的威名一下传到了皇宫，皇上甚喜，忙派车轿接尼姜萨满进京陛见。皇上身边新打外地请来几位大喇嘛，一个个胖头胖脑，嫉贤妒能，知道尼姜萨满神通广大，挖空心思在皇上跟前使坏，暗害她。事也凑巧，尼姜萨满的老婆婆，从噶珊风言风语里，听说儿媳妇打阴间回来时，碰见自己不着调的儿子了。尼姜萨满不但不想救活他，还让大风给吹进黑泥河里，永世不能登岸。婆婆十分恼怒，一天，她把尼姜萨满唤到跟前，问道：“听说你把你男人丢进黑泥河，果有此事？”尼姜萨满跪地磕头，将事情原委详细给婆婆讲了一遍，说：“他肌体已朽烂，怎能救活？确有此事。”婆婆听了更加气愤。正愤愤不平呢，让喇嘛知道了，就把老婆婆悄悄领进京城刑部大堂，教她嗑，告下了尼姜萨满杀夫大罪。喇嘛背地又在皇上跟前，添油加醋地说：“尼姜萨满崇信邪恶，对夫不敬

① 佛里朵渥莫西妈妈：满族祭奉的子孙娘娘，祈福神。

不仁。皇上若留这种人，必被中原大国耻笑。杀一儆百，国人全服啊！”皇上下旨，处尼姜萨满死罪，秋日斩首。兵卒们把尼姜萨满的神帽、腰铃、神鼓、托里等神器，全给装到箱子里，用绳捆绑，扔进了枯井里。

尼姜萨满含恨被处死后，京师父老们夜夜都听到枯井里腰铃和手鼓的震耳响声。托里像流星打井里飞上飞下，闹得皇宫院内天天不消停。皇上坐不稳、立不安。众臣们跪求皇上开恩。尼姜萨满确系含冤而死，勤苦敬老，性好助人，应追功树碑。皇上准奏。说来很奇，一夜间枯井隆起，天上飞来百鸟叼走了井里的神帽、腰铃和手鼓。大井转瞬间变成蜿蜒百里的千顶山。千顶山里还隐隐听到尼姜萨满的腰铃声和鼓声。都说，打那以后，满族敬萨满的风俗才代代留下来。

原黑龙江省瑷珲县大五家子村郭霍洛·美容老人讲述于民国初年。她从小听其母和族人讲述。最初完全用满语讲唱，生动感人。尼姜萨满故事在瑷珲地区流传很广，其中唱词互有变化，这是代表性的一种。后来郭霍洛·美容传给其子富希陆。本稿系富希陆讲述稿，赵小凤、吴保顺等亦参与回忆讲述，并由富希陆先生用汉语执笔整理，由富育光在父病逝后收存。原稿于一九八六年在扬州出版时丢失。

第三章 阴阳萨满

祁学俊 整理

从前有一个员外，家里过得很富裕，到了五十岁时才生了一个儿子。老两口待这个儿子如掌上明珠。孩子长到十五岁了，一天出去打围，突然重病死了。老两口伤心得要死。正在哭哭咧咧的时候，外边来了一个老头，对他们说："怎么不请萨满救救你的这个孩子？"员外说："我们屯的萨满是混饭吃的，不但救不了别人，就连自己什么时候死都不知道。"老头说："你不知道，就离这不远的地方有个阴阳萨满，能起死回生，为什么不去找她呀！"说完这老头指指方向就不见了。员外认为是神灵指示他，非常高兴，于是带着家人按照老头指的方向去找阴阳萨满。

员外带领家人到了一条河边。在东头一家门外见一个年轻媳妇正在洗衣服。员外上前问了一声："这位姐姐，请问阴阳萨满在哪儿住？"这个媳妇指示说："在西头。"员外按照这个媳妇指引的方向来到屯子西头。见到一位老头，上前问道："阴阳萨满在哪儿住？"老头说："刚才你见到那个洗衣服的就是一个女萨满。"员外又返回东边那个小房。进了屋见一个老太太坐在炕上，误认为就是女萨满，马上跪下磕头，请求给他儿子看病。老太太说："站在灶门口的我媳妇才是萨满呢。"员外调过头又给这个年轻媳妇磕头。开始阴阳萨满不答应，推辞说："我年轻，初学不久，神灵不到，恐怕误事，你还是另请高明吧！"员外流着眼泪连连磕头，苦苦哀求。阴阳萨满见员外心诚，也就答应了。

阴阳萨满带着神箱装上神帽、手鼓等祭器上了车，来到员外家。员外将阴阳萨满请进屋，把神箱摆在西炕上，点了香，磕了头。阴阳萨满洗了脸，吃了饭，提出有没有和你小子同日生的花腰子猪？要是有，抓来杀了，你这个小子的魂就可以附在猪身上复活。还提出要狗，要鸡。员外都一一照办了。然后阴阳萨满戴上神帽，系上腰铃、裙子，手拿手鼓开始求神。阴阳萨满跳着、唱着，二神随声附和。不一会儿阴阳萨满昏迷跌倒了。二神走上前去，扶她躺下，把鸡、狗、猪等供品摆好。

阴阳萨满随同神灵，牵着鸡、狗、猪来到了阴间，去找阎王爷。阴阳萨满走着、走着，来到一条河边。河上有个瘸子老头撑着一只小船。阴阳萨满问这个瘸子："见没见有人渡河？"这个瘸子说："是阎王爷的亲戚领着一个小孩过去了。"阴阳萨满给了他几摞纸，请求这个瘸子把她摆过去。瘸子答应了。

过了一道河，又遇到一道河。河边，有蛇等各种野兽把守着。阴阳萨满又给了一些纸，然后把手鼓向河里一抛，她坐在鼓上边忽忽悠悠过了河。

到了第三关，遇到领着小孩的那个人，原来他是阎王的舅舅。阴阳萨满见到他问："人家是个好好过日子、还没到寿限的孩子，为什么把他带来呀？"阎王的舅舅说:"我是奉阎王爷的谕旨带来的。""好！你是奴才，我去找阎王爷。"阴阳萨满说完来到阎王爷的宫殿。

在阎王爷宫殿的门外，阴阳萨满见死去的那个小孩正和一群小孩玩呢。阴阳萨满念了一套神歌，让一只大鸟把小孩叼了过来，阴阳萨满领着就走了。

众神见势不好，马上进殿禀报阎王爷，阎王爷把他舅舅找来问怎么回事？他舅舅说:"一定是阴阳萨满把小孩领走了，我去追。"

阎王的舅舅追上阴阳萨满说："你平白无故把孩子带走，不留点工钱，阎王爷要是生气了，我怎么交代呢？"阴阳萨满说:"你要是好话相说，我可以给你留点工钱，如果倚仗阎王爷势力，我可不怕呀。"说完，留给他一些烧纸。阎王的舅舅说:"给得太少了，我们阎王爷白天打围没有狗，晚上睡觉没有鸡啼鸣，把你带来的鸡狗留下吧！"阴阳萨满说："看你的面子可以留下，不过得给小孩增加寿限。"阎王的舅舅说："那就增加十岁吧！"阴阳萨满说："十岁能干什么呢？""那就增加二十岁吧！""二十岁又能干什么呢？"最后一直答应增到九十岁。阎王的舅舅领到鸡和狗问："我怎么把它们领去呢？"阴阳萨满教给他说："你叫鸡时就喊："阿晒！"叫狗时喊"绰！"阎王的舅舅照阴阳萨满教给的一喊，鸡、狗都向相反的方向跑了。阎王的舅舅说："萨满姐姐你怎么开玩笑呢？"这回阴阳萨满又教给他喊鸡为"咕、咕！"，喊狗为"哦哩、哦哩！"。

阴阳萨满领着小孩在回来的路上又遇见早已死去的丈夫。她丈夫对她说:"你能把别人救活，为什么不把我救活？"阴阳萨满说:"你死得早，现在尸骨都已烂了，不能还阳了。"她丈夫架起一个油锅说:"你不救我，就把你下油锅炸了。"阴阳萨满一气之下，使用神术把她丈夫压到了阴山背后。

阴阳萨满在员外家整整躺了七天七夜，不吃不喝，到了第七天头上醒过来了，向人们讲述了她在阴间的过程。死去的小孩也救活了。

本文是根据黑河市瑷珲区大五家子村大萨满和孙吴县四季屯村满族张姓老太太等几位老人讲述整理，一九八四年八月采录。

第四章　宁三萨满（残本）

傅英仁　讲述　蒋　蕾　整理

狍皮鼓，柳木圈，
鼓鞭一打上通天。
安息香，光万字，
腰铃摆动哗啰啰。

不唱乌林斗黑斤，不唱呼尔哈各路神仙。得鲁特，得鲁特。

萨克沙霍罗有个嘎山[①]。嘎山住着巴尔都巴颜。巴尔都本是贝勒罕，牛成甸子马成山。阿哈珠申无其数哟，金银大库四十八间。

巴尔都猪年生个小阿哥。聪明伶俐非等闲，得鲁特，得鲁特，聪明伶俐非等闲哪！

一岁两岁怀里抱着，三岁四岁闯五关了，七岁八岁把书念了，九岁十岁练弓箭了。小阿哥十五岁啰，出围打猎横狼山啰。得鲁特，得鲁特，打猎行围九天整，身得暴病赴黄泉啰。得鲁特，得鲁特，身得暴病赴黄泉啰。

巴尔都夫妇眼看爱子暴病身亡，哭得死去活来，哭得天昏地暗。嘎山百姓议论纷纷，都说巴尔都待人狠毒，罪有应得。这话传到巴尔都耳朵以后，老贝勒感到羞愧难当。打那以后，冬舍棉衣三千六，夏舍单衣六千三。东西配房一日三餐招待无家可归孤身要饭之人。老贝勒一晃舍善十年，嘎山老百姓都齐声赞扬。好心惊到天和地，就在五十岁那年巴尔都贝勒福晋[②]又生一个男孩，老两口子大请乡亲赴宴，烧香祭祀神灵。给儿子起个名字叫色尔代。

① 嘎山：屯子。
② 福晋：满语，汉译为“贵妇”“夫人”。

得鲁特，得鲁特，
一岁两岁怀里抱着，
三岁四岁闯五关喽，
七岁八岁把书念哪，
九岁十岁练弓箭啦，
小阿哥十五岁喽。

色尔代十五岁那年，长得一表人才，文武双全。有一天色尔代来到二堂拜见父母说："孩儿听说横狼山狍鹿很多，为了练练弓马刀箭的本领，看看技艺有无长进，想进横狼山打猎，不知二老意下如何？"

巴尔都一听孩子要进横狼山打猎，吓得半天没说出话来，待了半天才哭诉着说：

"德世库，费扬古，叫声孩子你要听真。上东上西随你便呀，跑马射箭我都依呀。横狼山，横狼山，悲痛往事记在心间。你哥哥也是十五岁呀，一心打猎上横狼山！去了九天和九夜，一命呜呼染黄泉。孩儿啊！你还是不去为妙。"

色尔代二番跪地说："孩儿听说，男子汉大丈夫应该走南闯北见见大世面才能发迹。如果一辈子关在家门，怎能算男子汉呢！人生死有命，富贵在天。井里该死江里死不了，请您老人家放心吧。"

巴尔都觉得孩子说的在理，只好点头同意。千叮咛万嘱咐，并委派阿尔吉阿哈[1]和巴尔吉阿哈，备上一匹上等枣红马，在祖神前祷告说：

宁古塔哈拉祖神听着，
有你子孙猪年生的色尔代，
德世库，德世库，
要到横狼山出围打猎。
恩都力保佑他，
出围顺利，一路平安，
百病不生，平安归来。

① 阿哈：满语，即奴才。

祷告完了，忙命两个阿哈把祖传皂雕弓装好，把虎头犬喂饱。两个阿哈答应一声“嘛”赶忙操办去了。

第二天，色尔代拜别父母，骑上枣红大马，虎头犬紧紧跟随。两个阿哈前后护卫，众家丁驾鹰引犬，整个狩猎大军直奔横狼山而去。

大队来到横狼山，
抬头一看好凶险的大山。
费扬古，费扬古。
黑乎乎的山怪石像魔鬼一样蹲在山腰，
阴森森的风像刀刮似的扑向人脸。
费扬古，费扬古，
山前、山后野鸡成群，
山上、山下乱枝子闹瞎塘。
使人看了心胆寒。

两个阿哈拦住色尔代马头，苦劝道：这山是恶山，这水是恶水，请阿哥赶快回家。色尔代笑了笑说：

这山野牲口成群结队，
是狩猎好围场。
怎能白来一趟，
一定要满载而归，
让阿玛、额莫高兴一番。

说完，马鞭一挥，排开队形。弓箭齐发，枪刀四起，群兽惊散。色尔代正玩得高兴的时候，忽然一阵冷风吹到后背，立刻感到浑身发冷，有如掉进冰窖一般，忙命人生火取暖。可是过了一会儿，浑身发烧，好像坐在火盆里一样。就这样忽冷忽热，顿时浑身抽搐，站不起来。阿尔吉、巴尔吉一看不妙，忙用二马搭成担架把色尔代放在上面，飞奔回府。当他们走在半路上，色尔代睁开病眼有气无力地说：“看来，我不行了，赶快派人先回去告诉二老，就说我不能侍奉老人，不能尽孝子之心了，请二老注意身体。”说完就与世长辞了。众阿哈扑到色尔代身上号啕大哭，哭得天昏地暗，哭得地动山摇。

两个阿哈马不停蹄先跑回报丧。巴尔都一听儿子又暴病死在横狼山，犹如五雷轰顶，大叫一声“儿啊！”立刻昏倒在地。老福晋听到儿子死的消息，看到老贝勒昏了过去，又是哭儿，又赶忙抢救老巴尔都。她一面揉着老贝勒胸口，一面痛哭地说：阿布卡恩都力，像索伦杆一样呆呆地站在那里，也不保佑我们了。接着大哭一声也昏倒在地。

这可吓坏了众家丁，赶忙把二位老人扶到炕上，给他们捶胸抚背，半天才苏醒过来。巴尔都夫妻俩刚刚醒过来又呼天抢地哭了起来。大家也跟着放声痛哭。嘎山诸申听到消息后，也都来到府上吊丧。

二位老人，忙给色尔代换上寿服，尸体停在堂中，门口竖起大幡。大家又痛哭一阵，有几位老人过来劝道：“阿哥已经走了，哭也哭不回来，还是赶快安排后事吧！”巴尔都这才止住哭声叹口气说：“儿子已经死了，我即便有金山银山，现在也没什么用了。”赶忙唤来阿尔吉、巴尔吉两个阿哈，命令他们带领众家丁，操办后事。他们请来棚工，搭起三层楼子的灵棚。请来了最好的司祭人。杀了九九八十一头黑毛猪，又选出二十七头牛和三十六只羊。并告诉女仆和女眷们，做好七色糕五十桌，萨其马五十桌，黄米面饽饽五十桌，大麦酒五十坛，米儿酒五十坛，白酒五十坛。鹅鸭五十对，鸡鱼五十筐。干鲜果品七十桌。

祭吊那天，宾朋如云。亲友们都纷纷到灵前吊丧。老夫妻俩分别坐在儿子灵旁。四个阿哈披麻戴孝，陪灵守孝。巴尔都哭道：

厄里赫，厄里赫，
阿八哈厄里赫，
我五十岁那年厄里赫，
阿布卡恩赐了阿哥色尔代厄里赫。
生下来就那么可爱，
聪明又伶俐，
厄里赫，厄里赫。
长到十五岁时，
就像一只山鹰似的，
厄里赫，厄里赫。
可是可恨的横狼山夺走了我的小阿哥，
厄里赫赫，厄里赫赫。
满山牛羊谁来掌握厄里赫，

肥壮的骏马谁来乘坐，
厄里赫赫，厄里赫赫。
满库金银谁来继承，
厄里赫，厄里赫。
虎头猎犬，海东青谁来驾驶，
厄里赫，厄里赫。

老太太也哭道：

额莫的心肝，
色尔代阿哥，
厄里赫，厄里赫。
为了有你额莫我呀，
东烧香，西许愿，
广行布施祷告天呀。
厄里赫，厄里赫。
五十岁那年，
总算生了你，
厄里赫，厄里赫。
好容易把你养到十五岁呀！
厄里赫赫，厄里赫赫。
又聪明、又伶俐，
十人见九人夸呀，
厄里赫，厄里赫赫。
能骑马啦、能拉弓啦，
使鹰驾犬样样通啦，
厄里赫，厄里赫。
要命的鬼呀，
放开我儿吧。
回到阳世三间吧，
厄里赫，厄里赫赫。

老夫妻俩正哭得痛心的时候，不知从哪来一个罗锅腰的老头，高声唱道：

德世库，拔尔浑，
你家死了独根苗。
应该想法急救才好，
为什么只是傻哭。
德世库，拔尔浑，
哭能救活阿哥吗？咱们就哭。

巴尔都贝勒一见来的老人衣衫褴褛，赶忙脱下自己的大掛，披在老人身上，还把老人让到正堂摆上酒菜。这位老人来到死者身旁，看了又看，瞧了又瞧，然后哭着说："这个阿哥啊啦火罗，多么聪明。生他时候，我也知道。阴世魔鬼看中阿哥，抢去三魂和七魄啦。啊啦火罗，啊啦火罗，多么好的阿哥与世长辞了。"老人哭了一阵，回头对二老说："你这孩子走得不远，要找一位神通大的萨满，还能招回魂灵，起死回生。"

巴尔都叹口气说："何尝没想过呀！好心的玛发。我们前后嘎山的萨满都请遍啦，一个个只会喝酒，吃鸡，拿饽饽。只能主持祭祀，别说救活别人，连自己什么时候死都不知道。怎么能救活我的阿哥。"

老人唱道：

啊啦火罗，厄里赫赫，
从这往西北走三山哟，
过五河哟。
一条大河尼西哈河哟，
河岸住着宁三萨满。
啊啦火罗，厄里赫赫，
法术高明，道行大呀，
能够招魂起死回生。
真能请来这位女萨满呀，
准能救活你的阿哥。
啊啦火罗，厄里赫赫。

老人说完，茶也不喝，饭也没吃，一转身走出门外，一阵清风不见

了。巴尔都贝勒这才知道是神人指点。赶忙烧香跪拜，感谢神灵指点。

巴尔都贝勒备好青鬃马，驮上各种礼品，率领家丁向西北方向走去。过了三山五河，来到尼西哈河。只见河边一处嘎山，真是山清水秀柳树成行。来到村东头，只见一位年轻妇女正在院内洗晒衣服。巴尔都上前问道：“请问宁三萨满住在什么地方？”那妇人看了看巴尔都，问道：“你找她做什么？”巴尔都说：“请她为我儿子招魂。”年轻的妇女说：“宁三萨满不会招魂，请去也白搭。”巴尔都正要走开，路旁过来一位女人说：“你要请的宁三萨满，远在千里，近在眼前，这位年轻妇女就是宁三萨满。她是乌林萨满顶门弟子，乌林萨满归天后，她便是堂堂正正的大萨满。”说完笑了笑，便扬长而去。

巴尔都恍然大悟，赶忙双膝跪倒，苦苦哀求。宁三萨满叹口气说：“不是我推辞，无奈丈夫死了不到两年，家母不许我外出治病。”巴尔都又进到屋里，果然一位白发老太太坐在西屋，叼着烟袋坐在炕头。巴尔都二番跪倒，口尊老妈妈行个方便吧。老太太翻着白眼说：“寡妇门前是非多，你还是另请高明吧。”巴尔都忙命家人拿出礼品，黄金二十两，白银一百两，用托盘送到老太太面前说：“这一点小礼给老太太买包茶喝，买袋烟抽。”老太太一见黄澄澄金子白花花银子，眼睛眯成一条缝说：“哪有见死不救的道理。何必费这么大的心。”说完，扯着鸭子嗓喊道：“媳妇呀！你收拾收拾去吧，要尽一切办法把小阿哥救过来。”宁三萨满，洗洗手，漱漱口，摆上香案，敲动皮鼓，唱道：

狍皮鼓，敲三敲，
各位祖神请听着，
巴尔都大人独生子，
四月十五赴黄泉，
请神查查归何处，
什么原因命归天。

唱着，唱着，忽然鹰神附了身，又高声唱道：

叫声香主巴尔都听着。
艾库勒，也库勒，
两个阿哥都走啰。

前一个阿哥不能返啦，
后一个阿哥魂已走啰。
走了五关，过了阴阳河，
国王殿里座上客了。
要想取回三魂魄呀！
艾库勒，也库勒。

说明：这是宋和平先生于一九八五年在宁安傅英仁处搜集到的残本。傅先生原有一个完整的《宁三萨满》手抄本，被别人借去阅读，一直未还。这个残本是没借之前尚未抄完的本，送予宋和平先生。宋和平在与傅先生谈话中，曾谈到有关《宁三萨满》的情节有二：一是宁三萨满与助手好；二是宁三萨满被发配到北方而死，其原因是她救活的孩子的母亲把丈夫（也就是孩子之父）杀了。为什么杀她丈夫原因不明。为此把宁三萨满发配到北方，孩子与母亲被处以死刑。

第五章　女丹萨满的故事[1]

金启孮　整理

女丹二十多岁时，她的丈夫就死了。她为了抚养年老的婆婆，学了萨满。女丹学萨满以后，善于给人治病。后来竟能在人死后不久到阴间去把死人的魂灵取回来，放在死人的尸体内，使死人复活。这样，女丹萨满的名气就一天天地大了起来。

有一次皇帝的儿子太子得了重病，皇帝请了两个喇嘛医治，百治无效，太子的病越来越重，终于死去了。皇帝非常悲痛。这时听人说女丹萨满能取回死人的魂，就立刻派人套车去接她。

女丹萨满正在家里洗衣服，见皇帝派车来接，就带了她的鼓，上车去了。

两个没有治好太子病的喇嘛，听说皇帝派人去接女丹萨满，又愧又恨。他俩藏在午门门洞里准备暗害女丹萨满。走在路上的女丹萨满早已知道了这回事。当车走到午门前的时候，她从车上下来，将带着的大鼓鼓皮朝上放在地下，她便坐在鼓上飞起来，越过午门楼顶直飞进皇宫。因此两个喇嘛的阴谋没能得逞。

女丹萨满坐着鼓飞到皇帝殿前，下了鼓来见皇帝。皇帝见她坐着鼓飞进来，心中便不大高兴，暗想："我的文武大臣都不能随便进午门，你这一个萨满竟敢从午门楼顶上飞进来，太有点没王法了。"但是皇帝正急于救活太子，没有说什么，只吩咐女丹赶快到阴间去把太子的魂取回来。

女丹萨满领了皇帝的命来到阴间，走在路上，忽然看见她已死多年的丈夫正在油锅旁烧油锅。她的丈夫猛一看见她，以为她也死了，便赶上来问原因。女丹就把自己怎样学了萨满、怎样能取回死人的魂、这次又怎样由皇帝派来取太子魂的事，原原本本都告诉了她的丈夫。她丈夫

[1] 这个故事最初是听当过家萨满的计海生讲述的。计海生对萨满教情况极为熟悉，当时年老卧病在家，所谈资料极为宝贵，即此一故事，外国研究萨满教诸书也没有这样完整的。

听了之后，便说："你既然能替别人取魂，为什么不把我的魂也取回去，岂不夫妻又团聚了！"女丹说："你死的年代太久了，尸体已经腐烂，纵使把魂取回去，没有尸体，也还是活不了。"她丈夫不依，二人争吵起来。后来她丈夫挡住去路，不放女丹萨满过去。女丹萨满生气了，使用法术把她丈夫的魂扔到酆都城里一个深不可测的井中，让他永远得不到托生的机会。女丹就在这一件事上损了阴德。

女丹摆脱了丈夫的纠缠，往前走，去寻找太子的魂。她发现太子的魂正在一所大殿下游玩，她高兴极了，取了太子的魂回到人间，就救活了太子。

皇帝见太子复活，非常高兴，于是盛排筵宴，大赦天下。皇帝正在高兴的时候，忽然想起死去的妹妹，又命女丹萨满把他妹妹的魂从阴间取回来。女丹萨满回答说："皇帝的妹妹已死了三年，尸体已烂，取回魂来没有尸体还是活不了。"皇帝见女丹萨满拒绝，很不高兴，又勾起她飞进午门的事，甚至要发怒了。这时，没有治好太子病的两个喇嘛，看见有机可乘，便对皇帝说："女丹本可以做到的，她是故意违抗皇帝命令。"皇帝在喇嘛的调唆下，终于大怒了。立刻命人把女丹萨满扔到西方的一个井中，并用茶碗口粗细的铁链压满在上面。女丹萨满被喇嘛陷害，就这样死在井中了。

女丹萨满死了以后，皇宫中立刻黑沉沉如暗夜一般，连着有三天看不见太阳。皇帝问大臣们："这是怎么回事？"一个大臣仔细向天空观察了之后，便对皇帝说："这不是阴天，好像有一只巨大的飞禽的翅膀遮在皇宫上，可以叫一个善射的人向天空射一箭试试看。"皇帝便叫一个善射的将军向空中射了一箭，结果射下一根鹰尾巴上的羽毛。这支羽毛非常大，用一辆大车才拉得动。[①] 大臣说："这必是女丹萨满死得冤，听说她生前能役使'雕神'，这是她冤魂不散的缘故！"

皇帝听了大臣这话，也有些后悔。便说："女丹，你如果真是死得冤，我让你永远随着佛满洲祭祀时受祭。"皇帝说完这话之后，皇宫的上空立刻亮堂了。从此佛满洲祭祀祖先时，旁边还要祭雕神，便是从这里来的。[②]

---

① 萨满与鹰的关系，据专门研究萨满教的Georg Niora-dz 在他著的《Doerscnamanismus bei don sidirisohen Vo Lkern,Strecker undscnroder in stuttgart》一书中有详尽说明，如布里亚特蒙古人传说最初之萨满系一大鹰。雅古特人传说：雅古特人中最伟大之萨满皆神鹰之裔。布鲁加之萨满自以本身乃受鹰之差遣。萨满与鹰之关系的传说，非只限于满族。

② 满洲祭"雕神"之事，昭梿《啸亭杂录》卷九《满洲跳神仪》中有云："唯舒穆禄氏供昊天上帝、如来菩萨诸像，又供雕神于神位侧。"（"雕神"通行本误作"貂神"），与本故事中所说正合。

女丹萨满就是萨满的创始人。

直到现在，有人从女丹萨满死处的井口路过时，常听井中在跳大神。也有人打算把压女丹萨满的铁链从井里拉出来，可是多少人试过，永远也拉不完。

以计德焕讲述为主，以陶金寿、计海生讲述补正。

（原载于《满族的历史与生活》金启孮著　一九八一年黑龙江人民出版社出版）

第六章 一新萨满

凌纯声 整理

（一）

当明末清初的时候，松阿里南岸有一个人，名登吉五莫尔根[①]，占据松阿里南岸三姓[②]附近一带，自称本德汗[③]。在三姓东面五六十里，有一个禄禄嘎深[④]。屯中有一富户，户主名巴尔道巴彦，娶妻卢耶勒氏。夫妻都是性情温和，生平乐善好施信神敬仙。二人年近四十，膝下缺少儿女，因此夫妻时常忧虑，恐无后嗣承继香烟。因此更加虔诚行善，常祝祷天地神明，求赐一子。果然在卢耶勒氏四十五岁的时候，怀孕十月，产生双胎。一对男孩，生得方面大耳，声音洪亮，俱非凡相。巴尔道夫妻二人欢喜非常，远近亲友都来贺喜。众人都说，他们夫妻二人平素虔心敬神，行善好施，感动天神，如今得到一对好儿子，真是天赐。巴尔道听了众客恭喜的话，更觉欢喜非常，叫家人杀猪羊等物，预备酒饭，厚待那些贺喜的亲友。众人宴后，各自散去。

巴尔道夫妻二人自从得了一对儿子之后，加意抚养，宝贵得像掌上明珠一般。大儿子取名斯勒福羊古，小儿子取名斯尔胡德福羊古。兄弟二人，从小聪明，长得眉清目秀，面貌相似，真是一对英俊人物。至七八岁的时候，就学习弓箭刀枪；到了十五岁，箭法已很纯熟，百步之内百发百中。枪刀也很熟练，时常带领家人，在本屯四方附近打猎。巴尔道巴彦夫妻常常嘱咐这两个儿子，不要往远处去打猎。倘若山中遇见虎豹猛兽，恐怕不免受伤。他兄弟两个因遵守父母之命，不敢远游，只

① 莫尔根：英雄，好汉，对男人的尊称。

② 三姓：原名依兰哈拉；依兰，三，哈拉，姓，故译称三姓；即今黑龙江省依兰县。

③ 汗：可汗，有城主或国王之意。

④ 嘎深：屯。

在近地打猎。不过那屯附近所有獐、狍、兔、鹿等野兽，被他弟兄打得一天天少了。因此他们和父母商议说："近处所有的野物，已被我们打完了，人家说在正南百里外，有一座大山，名叫赫连山，周围有二三百里，山中野兽很多。我们兄弟两个，想到那赫连山境内去打围。一来我们能多打野物，二来我们看看山水景致。"巴尔道巴彦听说他两个儿子要往赫连山境内打猎，同时观看山水风景，就同妻子商议说道："如今咱们两个儿子，已经十五岁了，未曾出过远门，现在他们兄弟二人，一定要上赫连山打猎，我总有些放心不下，你看怎么办好？"妻子说："照我的意思，还是不叫他们去为是。"斯勒福羊古兄弟二人，看他父母商量多时，结果还是不叫他们出门，只好遵从亲命暂时作罢。

过了几日，又在父母面前，请求往赫连山境内打猎。一连商量两三天，巴尔道夫妻二人暗地里商议说道："我们两个儿子，一心要去打猎，明天不如准许他们前去一遭，同时看看山景，料想也没有什么意外的事情发生。"次日清晨起来，把两个儿子叫到面前说道："你们天天要上赫连山，今日你们可带领几十名家人，一同前去打猎。"随后又叫忠心的家人两名，一个叫阿哈金，一个叫巴哈金。二人来到主人面前行礼说道："唤小人们来有何吩咐？"巴尔道说道："今天二位小主人上赫连山打猎，同时观看山景。故令你们二人带着五十名人马护卫他们二人前去，路上一切事情，应当格外小心。现在快去预备马匹，收拾帐房①锅灶等物。"两个家人听得主人吩咐，急忙退下去办理各物。斯勒福羊古兄弟二人听得父母应允，都很欢喜，随带弓箭武器，收拾妥当，拜别父母，各上坐骑，带了五十余名家人，直奔正南而去。前面有阿哈金引路，后面有巴哈金护卫。

走了一天，到日落的时候，才到了赫连山境界。就找了一块平地，扎下帐房。众人一齐埋锅造饭，饭烧好后，众家人用饭，随后将马匹喂好。到了晚上，阿哈金、巴哈金二人吩咐众人说道："你们都在二位小主人的帐房四面围着睡觉，不要远离！"众人一齐答应，各自安眠。次日很早就起来，用完早饭之后，斯勒福羊古、斯尔胡德福羊古弟兄一看今日天气晴和，山中雀鸟乱叫，二人精神焕发，催着阿哈金、巴哈金急速收拾，起身上山打围。家人听得主人着急，各将马匹备齐。阿哈金、巴哈金把二位小主人的马匹拉过前来，兄弟二人向前急忙攀鞍上马，带领众

① 帐房：露宿用的布棚。

人直奔山林而去。

来到山麓，吩咐家人一齐排好，走进山林，齐声喊叫，不准乱走。[1]众家人答应，一齐催马进林，一面喊叫，一面向林中前进。野兽听着众人的喊叫声，一齐惊走。斯勒福羊古兄弟二人另带领着阿哈金、巴哈金，从这树林旁边，绕道而行。跑到前头，找那紧要的路口，等候野兽。他主仆四人正在一高岗上，听众家人在那树林中乱叫乱喊，不多时，看见那树林中跑出两个大马鹿[2]直奔前来。斯勒福羊古兄弟二人，在这边急忙拿着弓箭，看那两只鹿跑近前来，他们一人瞄准一只大鹿，一齐射将出去，这两支箭都中了鹿身。一只当时射死，另一只中箭就向旁边跑去。兄弟两个，又各加射一箭，也都中的。那鹿还未跑到十步，就死了。二人看见射死两只大鹿，欢喜非常。正在观看那死鹿的时候，阿哈金、巴哈金在前面说道："那边又来了野物了。"二人听得有野物，便抬头一看，果然又有六七只狍子，奔向前来。弟兄两个又各射死一只，剩下的五六只狍子都转身向后跑去。此时后边的家人也都赶到，把这五六只狍子四面围住，乱打乱喊，不多时，把这几个野物，打死的打死，活捉的活捉，众家人将打死的狍鹿都放在一处，欢欢喜喜地依次把皮剥去，解开骨肉，收拾完毕，都载在马上。斯勒福羊古说道："你们仍旧回到昨晚住宿的地方住下便了。"众家人听主人吩咐，便一齐回到原处。

斯勒福羊古兄弟，带领阿哈金、巴哈金两个家人从西山脚绕道回去，一路在马上观看山景。四人在途中说说笑笑很是快乐。走到离昨晚住宿的地方三里地所在，从西南方忽然来了一阵大旋风，就在斯勒福羊古兄弟两个马前马后转两三个圈子，仍往西南方去了。当那风旋转的时候，他们兄弟二人，都打了一个冷战，当时心中即觉得非常难受。阿哈金、巴哈金两个忠心家人，看见这情形，很是惊慌，急忙向前护卫，不一刻，来到昨晚住宿的地方。家人早已来到，正在生火造晚饭，大家看见二位小主人忽然面色如土，吃惊不小，都面面相看。阿哈金、巴哈金把小主人扶下马来。众人连忙就地铺好被褥扶他二人来到铺上坐下。弟问兄道："你心里怎样？"兄答道："就是那旋风过去之后，我心里不知何故一阵一阵地昏乱起来，现在更觉得昏迷了。"他的兄弟斯尔胡德福羊古惊异地说道："奇怪极啦！我们兄弟二人怎么会同时得了一样的病症？莫非我们

① 赫哲人打猎方法有两种：(一) 用许多人在山中赶野兽，一人或二三人在前面等候，来到时用箭射击，便叫"围猎"。(二) 一人独自往各山林中寻找野兽，便叫"流猎"。

② 马鹿：吉林省产两种鹿一名马鹿，一名梅花鹿。

得罪了哪方的神仙不成？”便叫阿哈金、巴哈金二人急速往各位神仙面前焚香祝祷。阿哈金、巴哈金不敢怠慢，就向空跪拜，祈祷说：“当地山神大仙以及远方家庙诸神听禀，今因我家小主人兄弟二人，忽然得了疾病，难以回家，因此祈求诸位神仙，保佑他们兄弟病愈回家，自当杀宰猪羊祭祀诸神，酬报保佑之恩。”

祷告完毕，起身来到主人面前，一看兄弟二人痛得大叫不止。此时已经日落天黑，二人病状愈见沉重；到了半夜，病势更加厉害。阿哈金、巴哈金异常着急，只得吩咐众人迅速去寻找大树的外皮，快快制成两架卧板。众人一齐上山找大树，剥去外皮，做成两个抬板。又令众人急速收拾，预备马匹，随后将二位小主人放在两个抬板上，八个人用杆子把两个抬板抬起，连夜起程回家。走了二十多里，阿哈金向前探望，斯勒福羊古已经气绝而死。当时阿哈金未敢骤然说出，恐怕二小主人知道悲伤，病上加病，唯对巴哈金低声说道：“大小主人已经死去多时了，暂时勿令他阿弟知道，等到天明再说便了。”他二人暗地里悲叹，恨不得一时便回到家中。走到东方发白的时候，已离赫连山境五十多里。阿哈金听见二小主人哼了几声，后来也就没有动静了。向前一看，只见他面如金纸，瞪眼不语。阿哈金吃惊不小，就叫众人站住，众人一齐向前观看，那时斯尔胡德福羊古也气绝长逝了。此时众人方知大小主人已经死了多时，众人恸哭不止。阿哈金、巴哈金哭得死去活来。

哭了多时，阿哈金止住悲恸，对巴哈金说道：“我们众人就在此地哭死，也是无益。况且人死不能复生，依我看来，不如你先骑马火速回去禀报老主人知道，我与众人抬这两个小主人的尸首，随后赶到。”巴哈金急忙骑马飞奔而去。不多时，进了屯子，来到大门外下马，将马推在门旁，一直来到上屋。巴尔道巴彦和卢耶勒氏夫妻二人，正在屋中闲谈，忽然看见心腹家人巴哈金来至近前，双膝跪下，尚未开口，就不住地流泪，后来竟放声大哭起来，巴尔道惊问道：“巴哈金，你哭什么？莫非两个小主人打了你吗？”巴哈金听了愈觉悲伤。巴尔道巴彦追问了两三声，巴哈金仍旧啼哭。巴尔道看此光景，大怒说道：“可恨的奴才为何只是啼哭，不发一言？你再不说，我可要打你了。”巴哈金看主人动怒，便止住悲伤，擦去眼泪，往上叩头，把两个小主人在山上忽然得病，半路相继身亡的话，禀告老主人。巴尔道夫妻听到两个儿子相继身亡的话，二人都是哎哟一声，往后仰倒，顿时昏去，不省人事。

（二）

巴尔道夫妻二人昏去后，屋中所有众丫鬟人等，看了都惊慌，上前把老夫妻慢慢扶起，众人一齐叫唤多时，始见他夫妻二人渐渐苏醒过来，喊道："巴拿[①]！"随后就放声大哭，哭得死去活来。后来巴尔道止住了悲伤，说道："巴哈金，速备两匹快马，你带我去迎接你两个小主人的尸首。"巴哈金听了，哪敢迟慢，立刻出门，来至马棚内拉出两匹快马，把鞍鞯预备妥当，回上屋禀明。巴尔道来到大门外，巴哈金把马拉过来，巴尔道向前攀鞍上马，巴哈金也上了马，在前引路。主仆二人策马加鞭，走出十多里路，看见阿哈金率领众人，抬着两个死尸，迎面走来。

阿哈金看见老主人前来接灵，遂吩咐众人站住，把尸首放在地上。巴尔道走近前来一看两个儿子的死尸，心中好似钢刀刺心，几乎从马上掉下来，幸有巴哈金急忙上前扶着。老主人走到两个尸首面前，抱住了两个爱儿放声大哭，众家人也都是悲悲切切地哭了一场。阿哈金、巴哈金看见老主人一边守着一个尸首哭得昏迷过去，二人恐怕老主人伤了身体，便上前跪下，苦苦地相劝。巴尔道止住悲伤，歇了一会儿，吩咐阿哈金、巴哈金令众人仍把两个尸首抬走。众家人急忙抬起，向禄禄嘎深走去，巴尔道自己骑马在前，自思自想："我夫妻一世未尝做过恶事，上天无眼断我后嗣，如今我夫妻年均六旬，虽有万贯家财，也无人承继，我的两个儿子真死得奇怪极了！"想到这里，不觉已到自己家门，便吩咐把尸首抬进上屋，卢耶勒氏见两个亲生儿子的尸首到家，向前抱住一对儿尸，痛哭起来，巴尔道也痛哭不止，家中婢仆人等，无不悲伤落泪。

这时候屯中远近亲友都来慰问，众亲友见他夫妻哭得十分厉害，一齐上前解劝，夫妻二人方才收住眼泪。随后吩咐家人，把两个尸首放在屋中。卢耶勒氏上炕，开了衣箱，取出新衣服数件，亲自将两个儿子的旧衣服脱下，换上新衣。又命家人抬过两架新板床，把两个儿子放在板床上[②]，仍旧痛哭不止。巴尔道叫阿哈金、巴哈金两个家人来到面前，吩咐道："你们二人上那马群里去挑选红马十匹、白马十匹、青马十匹、黄

① 巴拿：老天，凡人在危急之时总叫"巴拿"，就是"天啊"之意。

② 赫哲风俗，人死之后，在屋中板床上停卧三日，始行入殓。

马十四、棕色马十四，快去快来，预备作为二位小主人过火[1]之用。”阿哈金、巴哈金二人听了，即去选马。又唤一个家人叫库克库的来至面前，说道：“你领着几个人捉肥猪十只、肥羊十只、牛十头，立刻宰杀，把肉煎熟，预备祭奠。”库克库遵命下去办理；随后又唤来一个家人名叫年麻喀的前来，家人向前跪倒，说道：“老主人叫奴才前来，有何使唤？”巴尔道吩咐道：“你去买纸箱两大车、烧酒一百箱，作为祭奠之用，快去快来！”年麻喀领命下去；又叫来十几个女婢吩咐说道：“你们快快做成散吉哈[2]，五巴其库[3]和泥泥如[4]各一百以上，各物明日就要应用，务须快速办齐，不可有误！”

吩咐完毕，众家人都分头办理去了。巴尔道夫妻二人仍旧守着两个尸首，悲痛不止。幸有亲友人等，都来劝解。到第三天，家人巴哈金、阿哈金、库克库、年麻喀以及十多个女婢一齐前来叩头禀道：“我们已把主人所吩咐的物件，一一预备妥当了，请老主人过目。”巴尔道听说所要的东西都备齐了，就走到门外，向院内一看，果然预备得整整齐齐。巴尔道正在院内查看这些过火用的物件之时，有一个守大门的家人，名叫布库力，来至巴尔道面前禀道：“大门外来了一个老头儿，要给两个小主人祭灵，我们看他的模样大概是讨饭的乞丐，因此没有准他进院。”巴尔道听说有一个讨饭的老头儿要来祭灵，随即吩咐家人布库力快去领他进院，叫他随便吃喝。

家人布库力领命来到大门外，请老头儿进院喝酒吃肉。谁知这老头儿进来后不吃不喝，直奔向屋内的两个尸身。走到前面，他就放声大哭。巴尔道一看这老头儿哭得如此伤心，亲自向前劝阻说道：“你老不必过于悲伤，你且歇息，到厨下随便吃喝去吧！”这老头儿正色说道：“我并非是为了吃喝来的，我听说你家两个儿子死在山中，死得甚是奇异，你何不去请一个萨满来过阴捉魂或者能有回生的希望。否则再过几天，死尸腐烂，那时即使有萨满能行这个过阴法术，也是难望复活。”巴尔道听到这话，急忙让这老头儿坐下，问道：“你老人家倘能知道有本领的萨满就请你告诉我，以便前去拜请。”这老头儿说道：“在这西面离此五十里，

---

① 过火：赫哲人发礼，人死之后，焚化纸箱，再用活马从东北向西南在火上走过去，便是“过火”。过火以后的马能到阴间，不过火的马不能到阴间。

② 散吉哈：用小米粉做成。制法：将小米粉做成盘蛇形，叠成数层，用油炸熟即成。

③ 五巴其库：是皮鞋底的意思，以面粉做成皮鞋底式样，中有小孔，用油炸熟即成。

④ 泥泥如：用柳条编成的大筐。

有一泥什海毕拉[①]，河东岸有一个嘎深，嘎深北首有一位女萨满，外人称她一新萨满，是一个寡妇。她的婆婆，年近八旬，婆媳二人相依度日。我听人说，她能过阴追魂，使死者回生。”老人略略指说一会儿，往外就走。巴尔道苦留不住，一直送到大门外面，他一路走去，也不回头，出门，走了十多步，一会儿这老头儿连影儿都不见了。巴尔道和众亲友都惊异不止。

（三）

巴尔道巴彦看这老头儿一转眼便化风而去，就知道他是神人前来指引。他回到上房，把神人指引的话告诉他妻子说道：“有一位老人，嘱我前往泥什海毕拉邀请一新萨满来行过阴法术。我去了以后，你须格外小心，看守这两儿的尸首！”他又嘱托亲友众人帮助看守。随后吩咐阿哈金、巴哈金说道：“从速给我备上一匹快马，套上一辆小车，我骑马先去，你们两个随后乘车赶来！”说完往外就走，到大门，早有人拉过马来，巴尔道上马往西而去。不多时，来到泥什海毕拉。河东边果然有一屯子。巴尔道直奔屯的北首，到了那里，看见有两间小正房，有一个中年妇人在院中洗衣裳。巴尔道急忙跳下马来，把马拴在大门一旁，来到院中，站在那洗衣的妇人面前，恭恭敬敬地施礼，说道：“富金格格[②]，借问一声，此屯中有个一新萨满在哪所屋子里居住？”这个妇人带笑答道：“你向那边的几个人一问便知。”

巴尔道抬头一看，在南面不远，果然有几个修盖房屋的人，便谢过妇人，走出大门，将马牵着来到几个人的面前，施礼说道：“这几位莫尔根阿哥[③]，我借问一声，此屯有个一新萨满在哪里居住？仰求指示。”这几个人中，有一个老者向北一指。说道：“方才在那院子里和你讲话的那个妇人就是一新萨满。”巴尔道谢过了众人，急忙回到原处，又把马拴在外边，往内便走，来到里屋，一看北炕上坐着一个白发老妇，在南炕上坐着方才讲话的那位中年妇人。巴尔道向着那妇人双膝跪下，眼中落泪，说道：“萨满格格，可怜我年老丧子，素知萨满格格神通广大，法术无边。

① 毕拉：河。

② 富金格格：对妇人的称呼。

③ 莫尔根阿哥：对男子的称呼，“阿哥”即兄长之意。

今因我家两个儿子，在赫连山行猎，忽然得病，死在半路。因此特来邀请萨满格格替我想个法子，或能过阴捉魂还阳，使我那两个儿子起死回生，我情愿将家中所有牛马牲畜等物，分一半给你，务望不要推却！”说罢连连叩头。

这位一新萨满急忙把他扶起，让他坐下，随后说道：“我虽是个萨满，不过法术也很平常，没有什么大的本领。今日你老既然到此求我，待我先请神下山，看看你那两个儿子致死的原因。”一面说话，一面拿过一盆洁净清水，把脸洗净。在西炕上摆了桌案，上边放了一个香炉，炉内燃着僧其勒[①]。右手拿着鼓鞭，左手拿着神鼓。跪在尘埃上，一面敲鼓，一面口中喃喃念着请神的咒语。不多时，神便下来附在她的身上，口中便唱道：“巴尔道巴彦听着，你那大儿子斯勒福羊古因注定寿数已到，万无回生之理。不过你那次子斯尔胡德福羊古如果请有本领的萨满，依赖神力过阴，急速找寻他的真魂，摄回阳间，叫他附在原身，就能复活。”说完这话，神就离身去了。

巴尔道听说次子还有回生之路，再向一新萨满跪下叩头，苦苦哀求。她看这光景，知道无法推辞，只得允诺，对他说道：“你老快快起来，我跟你前去便了，但有一件事情，你要应允。”巴尔道应声答道：“萨满格格，别说一件事，就是十件二十件，我也情愿应允。”一新萨满说道：“既然如此，我就替你过阴，寻找斯尔胡德福羊古真魂。如能摄魂还阳，你要年年秋后，预备肥猪十只，肥羊十只，牛两头，祭祀我所领的众神，其余别的谢礼，一概不受。”巴尔道连声应允说道：“萨满格格，请你放心，别说一年一次的祭祀，就是一年两次，也能办到，绝不食言。”此时阿哈金、巴哈金二人早已坐着一辆小车来到了。一新萨满一看车马已在外等候，就把前去之事，禀明婆婆。随即上炕将衣箱打开拿出几件新的衣服穿上；梳洗完毕，令巴尔道把萨满所用的神鼓、神帽、神裙等件，用皮口袋装好，送到车上。这位女萨满走到婆婆近前说道：“我去禄禄嘎深不知何时回来，你老人家在家好好地看守门户。家中若有事情，我自能知道。”告辞后，往外就走。来到车前，不慌不忙地上车，坐在当中。巴尔道吩咐阿哈金、巴哈金迅速赶车，自己在车后骑马前进。

不多时来到禄禄嘎深。一新萨满在车上看见大门外有许多妇女前来迎接。车到近前，众妇女围着车辆。一新萨满随即下车，这些妇女向前

① 僧其勒：一种香草名，赫哲人用以敬神。

扶着，纷纷道辛苦。她说道："我们坐车子来的，没有什么辛苦。"一面说话，一面向院里走去。众妇女在后面跟着，一直来到上房门首。众人让进屋内，请她坐下。她看见兄弟两个死尸放在板床上，心中也很悲痛，丫鬟装烟的装烟，献茶的献茶。卢耶勒氏这两天守着两个死尸哭得两眼都睁不开了。这时听说一新萨满来了，一时又忧又喜，便扶着小丫鬟，来到一新萨满面前跪倒，号啕大哭不止。

一新萨满上前双手扶起，劝解说道："请大嫂不要过于悲伤，我在家已经把你两个哥儿死的缘由查明了。你大儿子斯勒福羊古万无回生之法，因为是依尔木汗[①]注定他在十五岁某月某日某时归阴。你两个儿子在赫连山得病的日子，阴间的依尔木汗差遣一个鬼头，名叫德那克楚，前来捉拿斯勒福羊古的真魂。这个鬼头，领着依尔木汗的命令，用旋风来到禄禄嘎深，看不见斯勒福羊古，再追踪来到赫连山。他兄弟二人正在骑马赶路，德那克楚看他兄弟两个，容貌完全一样，简直分不出哪一个是斯勒福羊古。当时旋转两三回。终究没有认明。后来出于无奈，便把兄弟二人的真魂，一齐捉回阴间。查看之后，方才认出哪一个是斯勒福羊古。遂把兄弟二人的真魂，先领到自己的家中，将斯尔胡德福羊古的真魂，留在家中，令他的妻子好好地看守。后来又带领斯勒福羊古来到依尔木汗的面前交代完毕。回到自己家中与他妻子商议说：'这个小孩长得令人喜爱，我们不如把他留下，当作亲生儿子。'他的妻子听丈夫的话，欢喜非常。现下斯尔胡德福羊古的真魂，就在他家。今天不是我夸口，三天以内必叫他还阳，起死回生。"说得众人十分惊异，都是半信半疑。巴尔道吩咐厨下急速预备上等菜饭，不多时，酒菜一齐摆上。巴尔道亲自奉敬一新萨满酒菜，还有几个女亲戚陪着。不多时，吃完了。家人把碗筷撤去，重行装烟斟茶。这时候巴尔道专等一新萨满替他的二儿子过阴捉魂，附体还阳。

（四）

一新萨满吃完了酒饭，对巴尔道说道："过阴之事不可迟延，恐怕死尸腐烂，就不好办了。你快快去请一个熟通甲立[②]的人来和我所请到的

① 依尔木汗：阎王。

② 甲立：汉人称为二神，萨满请神时和他对答之人。

众神对答，以明过阴之理，急速请来为要！”巴尔道急忙吩咐巴哈金、阿哈金二人在本屯请来两三个有名的甲立。一新萨满看见请来两三个甲立，就吩咐在院中摆上香案，上面放着香炉。一新萨满走到门外，来至香案前面，亲自焚烧僧其勒，随后将自己带来的皮袋打开，拿出萨满所用的胡也其[①]，什克[②]，竹什必廷[③]，喀钟[④]等物，把过阴穿戴的东西穿戴整齐，手里拿着闻田[⑤]，就在院中跳起来了。跳舞一回，那神便附身问道："为了何事请我们到此？"这两三个甲立对答了几句话，那神就不问了。一新萨满对巴尔道说道："这几个有名的甲立全然不通神理，请你再急速邀请一位懂神理的人来！"巴尔道听一新萨满说那几个甲立全都不明神理，就向前说道："萨满格格，我这屯中就出了这几个甲立，此外再无别人能当甲立了。恳求萨满格格你若知道外屯如有明神理的甲立，请告诉我，以便火速去请来。"一新萨满听得他如此说法，就对他说道："倘使你们屯中实在没有甲立，让我来指明一个罢。在西南方离这屯三十里地，有一个竹布根嘎深。这个屯中有一人，名叫那林福羊古，此人熟通甲立之道。你急速差遣家人前往，把他请来，我好放心过阴。他若是不愿前来，你们就说一新萨满有口信请他快去。他知道我在这里，就一定来了。"巴尔道就差遣阿哈金、巴哈金二人骑着快马，又带了一匹马，到那屯请那林福羊古去了。

二人领命飞奔前往，来到竹布根嘎深。看见屯前有一群人正在那里练习弓箭，阿哈金下马来至近前，和众人施礼，口称："众位阿哥，借问一声，这个屯中有一位那林福羊古吗？请问他家住哪里？"阿哈金话还未完，从那人群中间走出一个人来，上前问道："你是从哪个屯里来的？你问那林福羊古的家有什么事情？"阿哈金答道："我是禄禄嘎深巴尔道巴彦的家人，因为我家两个小主人死后，我主人把一新萨满请来过阴，无奈缺乏甲立，因此一新萨满叫我们来请那林福羊古。"这时候后面又来了一个少年，手指着问话的人向阿哈金说道："这位就是那林福羊古。"阿哈金急忙深深行了一个礼，说道："小人不知你老在此，所以当面提起贵人名字，请你恕罪。"那林福羊古笑道："既然如此，你们跟我来吧！"

---

① 胡也其：神帽。
② 什克：神衣。
③ 竹什必廷：围裙。
④ 喀钟：腰铃。
⑤ 闻田：神鼓。

转身往屯中走去。阿哈金、巴哈金二人跟他来到一家门首。那林福羊古回头说道："你们二人暂且在此略等片刻。"说完这话，进院去了。他来到上屋，向他父母禀告，把巴尔道巴彦来延请的事，细说了一遍，他的父母说："人家既来请你，你就去吧！"那林福羊古就脱去旧衣，换上了一身新衣，穿戴完毕，拜别了父母，转身来到大门外。阿哈金急忙拉过马来，请那林福羊古上马。阿哈金与巴哈金二人也上了马，阿哈金在前头引路，巴哈金随后跟着。策马加鞭，飞奔而去。

不多时，到了禄禄嘎深巴尔道巴彦的大门前。这时候早有家人禀报巴尔道。他听得那林福羊古已经请到，急忙到大门外去迎接。那林福羊古看见有人前来迎接，不用人说就知道他是巴尔道巴彦，急忙跳下马来，巴尔道慌忙向前施礼说道："有劳莫尔根阿哥，不避辛苦，远道而来。"那林福羊古应声说道："巴彦玛法，谁都免不了有急事的，不要太客气了。"说罢走进院内。一新萨满正在屋内谈话，忽听得门外有人说话，留神一听，知是那林福羊古的声音，急忙离座上前迎将出来，在里间屋内相遇。一新萨满带着笑容说道："我知道你是难请的贵客。"那林福羊古也笑着说道："你这个萨满真是难侍候，今日我若不看巴彦玛法的分儿上，就不来的了。"巴尔道请那林福羊古坐下，便吩咐家人预备酒饭。不多时酒饭已预备好，就请那林福羊古和一新萨满喝酒吃饭。此时一新萨满向巴尔道说道："现在甲立已经来了，你可以到院中设立香案，以备请神过阴。"

巴尔道听说，便急忙把香案和一切所用物件，布置妥当，一新萨满起身走到门外，来到香案近前，又将神衣神帽等物，穿戴整齐，手拿着神鼓，跪在香案面前，一面敲鼓，一面口中念念有词。那林福羊古也到香案前焚烧僧其勒。不多时神来附体，一新萨满忽然站起身来绕着香案四面跳起舞来。那林福羊古也手拿着鼓，对答半天。随后向巴尔道说道："急速预备板床一个，公鸡两对，黄狗一只，黑狗一只，酱十斤，盐十斤，纸箔百匹，将鸡狗杀死和酱纸箔一并焚烧，以备萨满过阴时带到阴间，在路上使用，迅速办理为要！"巴尔道急忙吩咐家人照样办理不可有误。家人不敢怠慢。立即办理妥了，用火焚烧。这时候一新萨满躺倒在地，就像死人一般，过阴去了。那林福羊古看见一新这般光景，就知道已经过阴去了。他急忙吩咐巴尔道把卧床抬来，放在院中，再把一新萨满抬到卧床上面。又用白布盖好她的身体，另用大布棚在上边遮蔽着日光，差人看守着，自己也不远离。

一新萨满正在院中跳舞，忽然头昏眼黑，立即不省人事。不多时忽然明白过来，睁眼一看，她所请的众神，威风凛凛，都在面前围绕着。唯有那林福羊古在院中看守着一具死尸。近前仔细观看，原来就是自己的身体。这才省悟，自己已经过阴了，就向那林福羊古说道："我赴阴之后望你小心看守我的身体！"一连说了几次，只见那林福羊古仍和巴尔道讲话，不来理她。这时她的爱米[①]走过来对她说道："你在阴间，他在阳世，阴阳相隔，别说说话听不到，就是打他也是不会觉到的。"一新萨满才明白了，回头见那方才叫他们焚烧的鸡狗酱盐纸匹等物，仍在院中，那些鸡狗还是用绳绑着，随即吩咐众神，携带所用的物件，又令她的爱米前头引路，往西南大路走去。不多时到了一座高山。一新萨满问她的古热[②]是什么山。古热答道："这阿林[③]就叫卧德尔喀阿林[④]，凡人死后到此山顶，才知道自己已死。"话未说完，已经到了山顶，一新萨满站住了脚步，回头看见禄禄嘎深好像就在眼前，看见那林福羊古和巴尔道还在院中看守着她的身体，连巴尔道两个儿子的死尸也都见了。她心里想往四面观看，但众神等一齐催促她往前赶路。一路上众神不离左右前后护卫。又走了一会儿，眼前有一条贯通南北的大河，到河边一看，两岸并无船只，一新萨满一看并无渡船，就把手中的神鼓抛在河中。这鼓到了水面上，立时变成一只小船。她和众神一齐上鼓。这鼓自己飘飘荡荡地渡到西岸。

一新萨满等大家上了岸，回头把船拿起，仍变成一面小鼓，再向西南大路走去。尚未走出一里路，路旁有一个安吉那安库[⑤]，里面出来一个人挡住去路。一新萨满一看，就是三年前死去的丈夫德巴库阿。原来他三年前因病身亡之后，他的真魂就在这阴阳河边居住，打猎捕鱼，时常拦路劫财。今日看见一新萨满携带许多东西打这路上经过，心里想道："这必定是富人归阴，我何不向前抢劫他的钱财等物呢？"想罢，手拿着木棍，跳出来拦住去路。近前仔细一看，认得是自己妻子，向前惊问道："你为了何事来到阴间？"一新萨满说道："我因禄禄嘎深富户

---

① 爱米：神名。萨满能够通神明，完全是得到神的辅助；她能抵抗恶魔，亦是得到神的保护。他们称保护和辅助的神叫作"爱米"。

② 古热：萨满的一种问事神。

③ 阿林：山。

④ 卧德尔喀阿林：望乡台。

⑤ 安吉那安库：从前赫哲人在山林中行猎时，夜间睡觉，就用草或树叶四面围着，当中烧火，人睡在火旁，这就叫作"安吉那安库。"

巴尔道巴彦的两个儿子死了，求我过阴，追魂还阳，因此我现在赴阴寻魂，经过此地。”德巴库阿听了这话，上前一把抓住一新萨满的衣襟，大怒说道：“你这个贱妇，能与人家过阴追魂，起死回生，何不将我的魂追回阳世呢？一来我们夫妻仍得团圆，二来家中七旬老母，有人奉养。你今日须先送我还阳之后，再赴阴寻找巴尔道儿子的真魂。否则，我万万不能放你过去。”一新萨满说道：“你要想还阳，可是万难了，因为你的身体早已腐烂完了，身体不全，无法还阳。”德巴库阿听到不能复活的话，愈加怒气冲天，紧紧地拉着他妻子的衣襟。一新萨满一看这个光景，忽然心生一计。说道：“丈夫，你倘要复活，请你将手放下，坐此鼓上，我将你送回阳世就是了”。德巴库阿听说使他还阳，就在那鼓面上坐了下来。一新萨满看他坐在鼓面上，回头吩咐她的萨满神名叫爱新布克春[①]，急速带他到那括文库阿林[②]后面，把他掷下，快去快回。爱新布克春就把鼓和人一齐抬将起来，一会儿早已不见影踪了。一新萨满仍奔西南大道去了。不一刻到了一个关口，不少饿鬼，拦住道路，不让她过去。

（五）

一新萨满来到关口，原来就是鬼门关。两旁出来许多饿鬼冤魂拦住去路，向她要关钱。她就把携带的金、银、酱、盐等物，都给了一些。他们便各自散去了。一新萨满一看鬼魂散了，她就过关往前奔走。正在走的时候，看见爱新布克春坐在鼓上从西南飞来了。来到近前，慢慢地落在地上。一新萨满问道：“你把他带到什么地方掷的？”爱新布克春答道：“我把他送到那括文库阿林后面掷下了”。说着，一面赶路。走了一会儿，看见这条大路分开三条支路。一新萨满走到那三岔路口停住脚步，问她的众神道：“赴阴的路为什么有三条呢？”众神答道：“世人若被枪刀打死的都奔左边的那条支路，若是上吊水淹服毒而死的都走右边的那条支路，若因注定寿数已终而死的都走这中间的大路。今天我们走这中间的大道，就是了。”一新萨满听了众神的话，就向那当中大道走去。

---

① 爱新布克春：萨满所领一种神。

② 括文库阿林：阴山。

不多时，见前边有一小河阻路。一新萨满又问众神："我们到了什么地方了？"众神说道："这就是富尔金毕拉[①]。世人死后，来到此河岸的时候，非常口渴，看见河水，总想饱饮一顿。如若饮了这水，他就会忘掉在阳世的一切事情。"说这话时，已经到了河岸。一新萨满喊叫一声，当时有人答应，从上流来了一只小船，船中坐着一人，手执小竿，顺流航来。船到近前，一新萨满仔细观看，此人甚是面熟，就说道："请问这位老丈尊姓大名？"这老人说道："我名叫达哈。"她听得达哈二字，忽然想起来了，这达哈便是她娘家的一个心腹家人，在十年前，已经死了。当他在世的时候，一新萨满还没有出嫁，所以听说是达哈，她就想起来了。一新萨满叫道:"达哈，你认识我吗？"达哈在小船上站起身来，揩着眼睛，仔细一看，说道："你不是安邦德斗格格[②]吗？"一新萨满答道："正是。"达哈听了这话，急忙跳上河岸，向前施礼，说道："德斗格格你不在阳世居住，反到这阴间来是何原因？"她就把赴阴寻找斯尔胡德福羊古的事说了一遍。达哈说道："我离开阳世十余年了，在这十年中，德斗格格学成了这样神通广大的萨满，真是奇事。"一新萨满说道："我赴阴赶路要紧，你急速把我送过对岸去吧。"达哈就把小船靠近河岸。她和众神等一齐上船，达哈也上了船，送他们到了那一岸。送给达哈酱盐纸钱等物，然后仍奔阴路。

走了多时，看见前面有一座大城。一新萨满回过头来问众神道："前面的城是什么城，竟这样的壮丽高大呢？"爱米在前头接口答道："这就是那个依尔木汗的城池，这城周围有三道城墙。进城时要经过三道关门，各门都有守门官把守。"说话时已经来到第一道城门，有两个门官把守。这两个门官一叫斯立克土，一叫斯合勒土。面貌凶恶，手执钢叉，上前拦住去路，问道："你进城所为何事？"一新萨满说道："因为城内鬼头德那克楚前天在阳间错捉斯尔胡德福羊古的真魂，因此进城向他要回这个真魂。我今天经过你们这个城门，当奉上些金银，请你放我过去。"就吩咐跟随的神给他们每人五千纸钱。斯立克土、斯合勒土一见纸钱到手，各自退后，放他们进去了。一新萨满便领了众神向前走去。不多时又到第二道城门，仍有几个把门的恶鬼，拦住去路。她也送他们许多的纸钱，才得过去。走了一刻，到了第三道门，一看有八名鬼头把守，他们都面

① 富尔金毕拉："富尔金"，红色；"毕拉"，河。

② 安邦德斗格格："安邦"，大；"德斗格格"，小姐。

貌奇特，凶恶非常，上前拦路。一新萨满央求多时，终是不得过去，多给纸钱，亦是无用，她看来实在是不能过去的了。便摇身一变，变成一个阔里[①]，刹那间竟腾空而起，飞进城中去了。

飞不多时，到了德那克楚的屋子上面，往下观看，院中并无一人，便轻轻地落在屋面上，但是不知斯尔胡德福羊古居住在哪个屋子里。正在左思右想的时候，忽然看见那东厢房门开了，从屋内出来一人，年约十五六岁，长得眉清目秀，真是一个俊秀人物。一新萨满一看，心里想道："我在阳世，虽然未曾见过斯尔胡德福羊古，大概此人就是他了。"看他一出门外就往这院子的西南角上走来，她从屋上急忙飞来，到他的面前，轻轻落到地上，说道："你不是斯尔胡德福羊古吗？"斯尔胡德福羊古一看有个阔里落在地下，同他说话，便答道："正是我，不错。你是谁？"一新萨满说道："这里不是讲话的地方，请你急速坐在我的背上，我把你带回阳世去吧！"斯尔胡德福羊古听说回阳间的话，心中欢喜非常，急忙走上了这阔里背上，坐定下来。一新萨满叮嘱他千万不要睁眼。斯尔胡德福羊古连连答应，将眼紧紧地闭住。她便腾空飞起，飞到阴城第三道门外，轻轻地落下。众神还都在此等候。一新萨满叫斯尔胡德福羊古下来，自己又摇身变成原形，催众神带领斯尔胡德福羊古照旧路回去，自己在后面跟着。不多时回到福尔金毕拉的西岸。一新萨满又把达哈唤来，一齐上船，渡到东岸，又送给达哈许多纸钱而去。

那鬼头德那克楚自从那天把斯尔胡德福羊古收留在家，以后，他夫妇二人，待他如亲生儿子一般，命他家人好好看守，自己每日上阎王殿前听令，如有公事，他就去办，无事便回到家中，天天如此。这一天清晨上殿听令，阎王命他往阳世去办理公事。德那克楚办完了公事，回到阴间，走到半路，遇见一新萨满迎面而来。德那克楚看见一新萨满身上穿着护身神衣，头戴神帽，一身的神威令人害怕，又见她领着一个少年。留神看时，并非别人，就是那斯尔胡德福羊古。德那克楚看见他收养的儿子被她领走，大怒向前问道："你是哪里来的萨满？为何把我的儿子拐来？你若是知道情理，快快给我留下，万事都休，如若不然，你休想回阳。"一新萨满站住了脚步，不慌不忙地对那德那克楚说道："我在阴间没有工夫来问你的罪，你在此地吵闹，实在是讨苦吃。我今问你，你为何将斯尔胡德福羊古的真魂捉到你家，私养为儿？今日我遇见了你，正

① 阔里：神鹰，妇女在战时，大多数能变成阔里，在空中战斗；男子亦有变的，但甚少。

是凑巧，你我二人同回阴间，上殿见阎王，按照法律治罪便了。”说完这话，就要走回阴间。

（六）

德那克楚听一新萨满说出同去见阎王的话，立时吓得面孔变色，就在一新萨满面前跪倒，苦苦哀求，说道：“萨满格格不必如此动怒，只因那日我奉阎王的命令，上阳间去捉拿斯勒福羊古的真魂，正遇见他弟兄二人，一同骑马行猎，我一时不能分辨，因将他两个人的真魂一并捉到阴间。后来方始查明他们是弟兄两个。就把斯勒福羊古送交阎王，把斯尔胡德福羊古领到家中。我想当时就将他送回阳世，又怕延误阎王的公事，况且阎王如若知道此事，不但我有擅专的罪名，并且遭抄家的难，所以我和妻子商议将斯尔胡德福羊古暂留家中。如有人知道的时候，就说他是我的亲生儿子。现在已被萨满格格将他捉回，阎王既没有知道我的过失，那么再侥幸没有的了。今日我因一时粗鲁，多多失礼，请勿见怪！”说完连连叩头。一新萨满向前将他拉起，说道：“你若是已经知道有罪，我也不愿和你争论。不过有一件事情要你帮忙，你若答应我的请求，我一定重重谢你。这个斯尔胡德福羊古虽然回阳得活，然而他的寿限太短，我求你回阴之后，在阎王面前恳求，替他再添上几十年的寿。我现下送给你金银一袋，公鸡两对，黑黄狗各一只[①]。”德那克楚听得此言，应声说道：“替他添上三十年，你意下如何？”一新萨满算了一算，斯尔胡德福羊古原有的寿是五十八岁，再添上三十岁，共有八十八岁的寿命。一个人活到八十八岁也可以算长寿了。就把所带的鸡狗、纸钱等物，都送给德那克楚。二人又说了许多话，随后德那克楚向一新萨满告辞而去。

一新萨满领斯尔胡德福羊古的真魂和众神，欢欢喜喜地奔往阳世去了。不多时，来到禄禄嘎深巴尔道的院内。将斯尔胡德福羊古的真魂一直领到上屋。来到斯尔胡德福羊古的死尸前面，就把他的真魂推进他的死尸里面，使他附入本体。随后自己走到院中，看见那林福羊古仍旧在她自己身旁看守着。随即扑入原身，不多时，也就还阳了。那林福羊古在旁听得一新萨满渐渐呼吸，又见她手脚动起来了，那林福羊古急忙令

① 赫哲人相信鸡和狗在阴间是一种贵重礼物。

人焚香，自己击鼓，口中不住念还阳咒语。过不多时，一新萨满翻身坐起来，跳在地上，至香案前喝了三口净水。然后来至上屋，吩咐巴尔道将斯勒福羊古的尸首抬到外边，预备入殓葬埋。巴尔道急忙吩咐家人一一照办。

这一新萨满绕着斯尔胡德福羊古尸首跳舞起来，跳舞了一会儿，就令巴尔道向前用手摸斯尔胡德福羊古的身体，有无热气。巴尔道还未曾动手，他妻子卢耶勒氏急忙向前，以手伸入她儿子的胸膛，摸了一会儿。说道："萨满格格，真有点儿热了。"一新萨满仍旧在地上跳舞，打鼓，口中不住也唱着萨满还阳歌。那林福羊古跟着她敲鼓唱歌。巴尔道夫妻一看斯尔胡德福羊古身上有热气了，他夫妻不住地伸手探摸。又等了一会儿，只听得斯尔胡德福羊古徐徐地吸气。夫妻在旁听得儿子吸气的声音渐渐大起来。二人欢喜得了不得。过了片刻，斯尔胡德福羊古左右手脚齐动，随后翻身坐在床上，睁眼往四面观看，心里只觉好像做了一场大梦似的。但是他在阴间的事情记得很清楚。今见一新萨满在前跳舞，就认得她是领自己回阳的妇人。那时一新萨满把所穿的萨满衣帽一齐脱下，坐在炕上，见斯尔胡德福羊古已经醒过来了。

斯尔胡德福羊古见一新萨满坐了下来，他就急忙站起身来走到她近前，深深地行了一个全礼，说道："多蒙萨满格格活命之恩，实在无以为报。"一新向前拉起说道："请起，坐下谈话吧！"斯尔胡德福羊古又向他自己的父母叩头。然后坐下，和一新萨满谈起那阴间的事。巴尔道夫妻和众人听他二人讲阴间的事情，都惊异不止。巴尔道看见斯尔胡德福羊古已经复活，夫妻二人又喜又悲，喜的是次子复活，悲的是长子长逝。随后一面办理丧事，一面办理斯尔胡德福羊古还阳的喜事。一连忙了几天，才办理完毕。又吩咐家人阿哈金、巴哈金另行替一新萨满杀猪羊等物，预备祭祀她所领众神，酬报过阴之劳。并向那林福羊古道谢他的辛劳。阿哈金、巴哈金遵命办理妥当。一新萨满就将众神祭祀完毕。大家就在巴尔道家中欢欢喜喜地住了几天。

一日，一新萨满对着巴尔道说道："巴彦阿哥，你的事已经办理完了，我也应该回家去了。因为我那老婆婆无人侍奉。"巴尔道答应："萨满格格，不要忧虑，老婆婆那里我早已差人去侍奉了。"一新萨满听了，称谢不已。甲立那林福羊古也要回家，巴尔道说道："有劳莫尔根阿哥，我无以为报，今在马群中选出这两匹快马，请你收纳，万勿推却！"那林福羊古听了他一片诚意的话，只得将礼物收下。巴尔道巴彦随即遣差家人将那林福羊古送回去了。后来一新萨满也要回家，巴尔道就命阿哈金预备小车，将她所带的衣帽等物，都装在车上，又添了两个大包袱，包里面都是新衣等物，是巴尔道送给她的。一新萨满上车，巴尔道亲自骑马送她回家而返。

（原载《松花江下游的赫哲族》，凌纯声著，国立中央研究院历史语言研究所单刊甲种之十四，一九三四年，南京版。）

第七章　尼桑萨满

达斡尔族　萨音塔娜　整理

古时候，有一个罗罗村，村里有一个叫巴尔都巴彦的人，他有万贯家产。这个巴尔都巴彦夫妻年轻时有过一个儿子，名叫飞扬古。他生来聪慧、机智，到了十五岁那一年，有一天他与父母商议，领着村镇的人到南边的和凉山去打猎。飞扬古带领家仆阿哈尔吉、巴哈尔吉二人，牵着黑猎犬，手托着猎鹰，率领五百精兵前去狩猎。一天，到了和凉山，那里野兽很多，飞扬古打猎正起劲的时候，忽然身患重病。他立即叫来阿哈尔吉、巴哈尔吉二家仆，命他们堆起劈柴烧火，想要烤烤身体。但病越来越重，于是他对家仆们说：

“我的病很重，你们赶快想法，把我抬回家，不得有误。”可是他刚一上路，病势转重，逐渐不省人事，话也说不出，终于双目紧闭，停止了呼吸。家仆阿哈尔吉飞身上马，先跑回来，把公子暴死的噩耗向老爷、太太详细地哭诉。一听此信，巴尔都巴彦夫妻昏倒在地，半天才苏醒过来。村镇的人们听了也都惋惜痛心。不久，飞扬古的灵柩被安置在大堂，家人杀牛、宰羊，各种野味堆积如山，准备得非常齐全，隆重地发送了飞扬古。

独生子飞扬古死后，由于求神、拜佛，巴尔都巴彦夫妻到五十岁的时候，又生了一个儿子，起名叫色尔古迪·飞扬古。他从小聪明过人，膂力超人。读书识字，骑马射箭，样样都行。十五岁的时候，他就成了远近有名的莫日根。

有一天，他与父母商议，想把村镇的人召集起来，去和凉山打猎。父母无奈，只好同意他去。商定后，点起精兵三百，带领家仆阿哈尔吉、巴哈尔吉，牵着猎犬，托着猎鹰，骑着黄骠马，急如风雨，走了几天后，来到和凉山，安营下寨，开始狩猎。他们包围了很多野兽，射杀得正起劲的时候，色尔古迪·飞扬古刚爬到山顶就感到头晕眼花，心里苦闷，他随即叫来阿哈尔吉、巴哈尔吉，叫他们传令收猎。阿哈尔吉、巴哈尔吉急忙把色尔古迪·飞扬古扶到山麓，堆起干草烧起来，想烤暖色尔古迪·飞扬古的身体。但毫无效果，他的病反而越来越重。色尔古迪·飞扬古把家仆阿哈尔吉、巴哈尔吉叫到身旁，痛苦地向他们说：

“你们把我所说的话转告老爷和太太。我本想爬到山顶杀死更多的野兽，然后，愉快地与父母相见。想以此报答父母抚育的厚恩，使二位老人幸福愉快地度过晚年。谁知今天遭到这种横祸，先于父母死去，不但不能为父母送终，反而使双亲为我痛苦。这是多么不幸，多么悲痛啊！我不能继承父母给我的财富，留下年迈的父母死去。唉！多么可惜，多么遗憾，多么痛心啊！”他捶胸痛哭，还想继续说下去。但已经说不出话，很快咽了气。阿哈尔吉、巴哈尔吉和三百多个家仆都聚集到轿旁，以震天动地的声音号啕大哭起来。阿哈尔吉停止哭泣，向巴哈尔吉说：“你别哭了，小主人已经死去，你还不快马加鞭回去给老爷送信。我留在这里，护送小主人的遗体，你先快走，我也连夜赶回去。”

巴哈尔吉飞身上马，带着十几个人疾驰而去。不久到了罗罗村，来到家门口，跳下马急促地走进屋来，在老爷、太太面前双膝跪下，哭泣不止。巴尔都巴彦笑着说：“巴哈尔吉，你为什么哭啊？是公子打了你吗？”但巴哈尔吉只顾哭不说话。老爷一看这种情景大怒，随即大声喝道：

“你这个奴才为什么不说话，只顾哭，快说，到底是怎么回事？”巴哈尔吉停止哭泣，擦干眼泪，三叩首后禀道：

“老爷请息怒，让奴才详细向您老人家回诉，前天我们跟色尔古迪·飞扬古公子到和凉山打了不少野兽，公子特别高兴，正在兴致勃勃地打猎时，他突然患病，我们护送他，不幸在途中去世。我特此前来禀报老爷。”

巴尔都巴彦一听，如同晴天霹雳，大喊一声：“儿啊！”就仰面朝天倒下去了。家里人大惊失色，急急忙忙扶起来，连呼带喊，半天才醒过来，家人大声痛哭。正在这时，护送公子尸体的人们也来到了。亲朋好友都聚集起来，出门迎接公子的遗体。大家哭着接到家里，安置在大堂上。巴尔都巴彦夫妻在儿子的灵柩旁大声哭道：

宽宏大度的儿子呀！
你是我们祈天告地才得来的呀！
可爱英俊的公子啊！

我们日夜向巴日肯祈祷才有了你呀！
今天你扔下我们先走了，
我们的万贯家产由谁来继承啊！
今日你离开我们着急地走了，
我们的十群马谁来骑乘啊！

老爷捶胸顿足地哭个没完。灵柩的另一旁母亲早已成了泪人儿，嘴里说：

我的色尔古迪公子啊！
是我五十岁那年生下的。
你生下后，我真是如获至宝。
珍珠般漂亮的儿子啊！
你是妈妈的眼珠，
你是妈妈的心肝。
白玉般纯洁的儿子啊！
你的脸盘是那么洁净，
你的心灵是那么样的纯正！
心肝般的儿子啊！
哪一个人见你不羡慕，
哪一个人看你不眼馋。

夫妻二人痛哭不已，几次昏过去。看到这种情况，亲戚朋友们都来劝：

“你们的公子已经不幸离开了你们，看来这也是天命。你们再哭，公子也活不过来了，望你们还是保重身体，还是先考虑怎样办理公子的葬礼，这是当前要紧的事情。”巴尔都巴彦听众人劝告，停止哭泣，擦干眼泪说：

“你们大家说得对。我的儿子已经死了，这些家产还能留给谁呀!?还是好好发送我的儿子吧！”说完叫来两个家奴吩咐道：

“你们二人到马群里去抓来一对铁青骟马，还有九月里下的一对海骝骟马、五月里下的一对黄骠骟马、二月里下的一对血红骟马和一对黑嘴黄马。这几对马都要备上金马鞍，套上金嚼子。另外，要马上准备好为公子祭灵的牛、马、羊、猪。要多多准备酒和点心、果品。”

阿哈尔吉、巴哈尔吉二人立即召集各马群头领，吩咐赶快照老爷说的去办，他们又吩咐说：

“马要抓其马鬃，牛要抓其犄角，羊要抓其尾巴，猪要抓其胸口，挑选最肥的，每样拿来一百。”又吩咐妇女们赶快准备鸡鸭鹅肉，瓦特、西热格勒等等点心。

家人们整整忙碌了一天，备齐了各种祭品；禀报了老爷以后，巴尔都巴彦领着亲戚、朋友、众人，把所有的祭品摆在儿子的灵柩前，然后斟满酒杯，亲自祭灵。他举起杯哭道：

“在你父亲五十岁的时候生下来的色尔古迪·飞扬古你的英灵如果知道，你仔细听我说：你的父亲，我给你烧的金箔、银箔五十万两，为祭祀杀牲五百口，各种白面点心果品一百桌，粟稷米面做的各种点心饽饽一百桌，其他果品一百桌，上等好白酒一百桶，各种色酒一百罐。各种点心果品堆积如山，金箔、银箔叠成山峰，各种色酒成池。所有这些东西，你如果知道，就如数收下吧。”说完正在哭的时候，大门口来了一位白发苍苍、驼背弯腰、牙齿脱落、很难看的老人，口中念念有词：

看门的人，德耶库，德耶库，
快去通报你们主人，德耶库，德耶库。
将进棺材的老人，德耶库，德耶库，
想看公子的遗体，德耶库，德耶库。
要和遗体告别，德耶库，德耶库，
请让我进去吧，德耶库，德耶库。

看门人听了，不敢怠慢，马上进去禀报了老爷。巴尔都巴彦告诉家人说：

“叫他进来吧。让他把给公子准备的堆积如山的肉、果子、点心吃个够吧。把酒池中的酒喝个够吧！”

家人把那老人领进来的时候，那个老人慢腾腾地穿过了堆积着的酒池肉林，来到色尔古迪·飞扬古的灵前，捶胸痛哭道：

宽宏大度的公子啊！
听说你生在世上，

无能的奴才我多么欢喜；
威武英俊的公子啊！
听说你生下来，
无家产的奴才我曾坚信你长命百岁！
出类拔萃的公子啊！
听见你诞生，
无福分的我多么惊喜呀！
聪明机智的公子啊！
知道你降生，
痴情的奴才我多么欢喜呀！

攫去公子灵魂的催命鬼呀，请你发发慈悲，送回公子的英灵，把我带走吧。说完，哭得更加悲切。巴尔都巴彦一见此景很是感动，很怜悯这个老人，连忙把穿在身上的黄缎子衣服脱下来送给了他。那个老人接受了衣服穿在身上，然后慢慢地抬起头来说：

"巴彦老爷，光哭没用啊！你不能这样眼看着阎王带走公子啊！还是应该请来有名望的雅达干(萨满)，求他把公子的灵魂追回来才是啊！"巴尔都巴彦听了这话便说：

"尊敬的老人，到哪儿去找有名望的雅达干？我们这个村子附近的雅达干都是些无用之辈。除了偷吃供果、点心、奶粥，别的什么也不会。您老人家要是知道哪儿有神通的雅达干，请您马上告诉我，我立即前去拜访他。"

老人说道："从这里往南走，有一条尼苏海河。在这河边住着一位叫尼桑的萨满，颇有神通，能起死回生，你何不去请她呢？"说完走出大门不远，便乘五彩云腾空而去。家人一见此景，禀报巴尔都巴彦，巴彦听了又惊又喜。

他想：这不是恩都热在帮忙吗？说完跪在地上，向天磕了三个头。

巴尔都巴彦磕完头，立即骑上四肢上有黑条纹的黄骠马，飞也似的来到尼苏海河边。村西头有几户人家，有一家门口，坐着一个女人洗衣服。巴尔都巴彦急忙跳下马，向前迈了几步，问那个女人：

"请问，尼桑萨满的家在哪儿？"

那个女人抬起头看了半天，笑着说：

"你找错了，尼桑萨满的家在村子的尽东头。"

巴尔都巴彦重新上马，跑到村东头一看，有一个女人正苫着房子。

巴尔都巴彦问：

“尼桑萨满的家住在哪儿？”

苫房子的女人回答道：

“老大哥！你刚才问的那个洗衣服的女人就是尼桑萨满。”

巴尔都巴彦听了这活，马上调转马头，来到那间房前，把马拴在大门外。进屋一看，炕上坐着一位老太太，巴尔都巴彦跪在地上哀求道：

“雅达干姐姐，请您发一下慈悲，可怜可怜我，把我的儿子救活吧！”

老太太忙回答说：“你认错人了，我不是萨满，我的儿媳妇是雅达干。那不是，她就坐在西炕上，你去求求她吧！”

巴尔都巴彦听了这话，抬起头一看，西炕上果然坐着一位年轻的媳妇。看上去，大概只有二十来岁，长得眉清目秀，脸好似轮明月，又如一朵春天的鲜花。

巴尔都巴彦跪在地上，哭着哀求道：

“雅达干姐姐，你要是可怜我的话，请你救救我的儿子吧！我早就听说过你的尊姓大名。据说你是对付妖怪的利刃，对付魔鬼的钢刀，你的威严胜过二十个萨满，你的才能超过四十个雅达干，所以，我特来向你求救。”

那个女人笑着说：“巴彦大哥，请起，看在你亲自来的情分上，我去看一看吧！”

她让巴尔都巴彦坐在炕上，给他敬了一袋烟。然后，用清水洗了脸和手，供桌上点了香，把大铜镜放在水里，绕着看了半天，用威严的声音唱起来：“霍格、耶格，霍格、耶格……”

不一会儿，尼桑萨满的神灵附体，开始叙述道：

巴彦大哥来祈求，库乐，耶库乐，
巴彦大哥请倾听，库乐，耶库乐。
当你三十岁时，库乐，耶库乐，
生过一个男孩，库乐，耶库乐；
当他十五岁时，库乐，耶库乐，
曾出去打猎，库乐，耶库乐。
盘踞那个山的恶魔，库乐，耶库乐，
攫去了他的灵魂，库乐，耶库乐，

夺去了他年轻的生命，库乐，耶库乐。
从那以后，
你没再养儿女。
可当你五十岁时，
又得了个男孩。
长得英俊又聪明，
你们夫妻俩特别疼爱他。
当他十五岁时，
又去和凉山打猎。
猎到大量野兽，库乐，耶库乐，
因为名声远扬，库乐，耶库乐，
阎王爷看着眼红，库乐，耶库乐。
派蒙果尔迪鬼，库乐，耶库乐，
抓走了他的灵魂，库乐，耶库乐。
因而你的儿子夭折，库乐，耶库乐。
前来询问的巴彦大哥，库乐，耶库乐，
你要不信便罢，库乐，耶库乐，
你要信，我就想办法。

巴尔都巴彦急忙磕头说："大神灵指点的，众翁古热叙述的，全都属实。"又问："那么，怎么能让我的儿子复活呢？"

尼桑萨满说道："大哥，你家里若有一只库列狗(黑灰色的狗)和一只花公鸡的话，你就可以请一位大萨满，先把色尔古迪公子的灵魂追回来。"

巴尔都巴彦乞求道："雅达干姐姐，我衷心地乞求你，希望你在百忙中，抽出点时间亲自去一趟吧！如果能把我儿子的灵魂追回来，你的恩情我们永世不忘。你需要多少金银财宝，我都不吝惜，你需要做衣服，我家的绫罗绸缎任你挑选，你想要牛、马、羊，我毫不吝惜地奉送。"

萨满听了，非常高兴地说："咱们现在就动身吧！"

巴尔都巴彦一听这话，乐得合不拢嘴，马上飞身上马，领着家人飞奔回家中。

家里的人们，一听说有救了，大家停止了哭泣。

巴尔都巴彦把阿哈尔吉、巴哈尔吉叫来，吩咐道："你们赶快准备好轿车，去接雅达干姐姐。”

两个用人很快就准备好了，套上轿车飞奔尼苏海村，找到了尼桑萨满的家，转告了主人的厚意。尼桑萨满打扮了一番，然后上了轿车，不一会儿，来到罗罗村。巴尔都巴彦率领全家在大门口迎接，把尼桑萨满请进屋里，让她在正席上入座吃饭。

吃完饭，尼桑萨满说：“巴彦大哥，你赶快请来擅长击鼓的萨满帮我，我马上就去追回公子的灵魂。时间太长了，恐怕救不活了。”

巴尔都巴彦马上就把本村的卓尔宾嘎萨满请来了。尼桑萨满马上穿上法衣，拿起鼓槌敲响鼓，稳稳地跳起来。可是，卓尔宾嘎萨满的鼓点却伴不上她的跳动。

于是，尼桑萨满说：“巴彦大哥，这个萨满跟不上我的鼓点，这样，怎么能救活人呢？”

巴尔都巴彦说：“这个卓尔宾嘎，在我们村还算是有名的萨满呢！除他以外，再没有人了。”

尼桑萨满说：“这样的话，我给你介绍一个人，尼苏海河畔的霍罗村里有一个叫那力·飞扬古的萨满，他是被叔叔抱养大的，很能干，能敲鼓，打锣，他能合上我的鼓点。要是他能来，那就好了。”

巴尔都巴彦马上叫来阿哈尔吉、巴哈尔吉吩咐道：“你们快骑上我的黄骠马，把那力·飞扬古萨满给我请来。”

阿哈尔吉、巴哈尔吉飞马加鞭，很快来到霍罗村，进村里一看，有一群人聚在一起射靶。

阿哈尔吉、巴哈尔吉跳下马，上前问一个人道：“你们村里的那力·飞扬古家在哪儿？”

话音刚落，从人群里走出一个年轻人喝道：“什么地方的人，竟敢叫出我家小阿哥的名字！”

阿哈尔吉、巴哈尔吉知道是那力·飞扬古的家人，便赔着笑脸说：“如果不叫出你家小阿哥的尊姓大名，怎么能打听到他的家呢？”

正说着，那力·飞扬古从人群里挺身而出，喊住家人。然后走到近旁问道：“尊贵的哥哥，你们有什么事来找我呀？”阿哈尔吉、巴哈尔吉连忙施礼说：“我们家的小阿哥色尔古迪·飞扬古不幸身亡，我们请来尼桑萨满之后，她说你能通精灵、能随唱，因此，前来请你。”

于是，他回头对家人说：“你们回去告诉二位老人，就说尼桑萨满把我请去了。”说完，便和阿哈尔吉、巴哈尔吉一同来到罗罗村。

不一会儿，那力·飞扬古做好准备，敲起鼓来。尼桑萨满身穿八种宝贝装饰的巫衣，头戴神帽，围起巫衣裙，手拿鼓和鼓槌，站在屋子中央的地上，向神祈祷，高声唱起巫词。大声诉说，小声祷告，她的九十个骨节开始活动，八十个肢骨开始摇动，以洪亮的声音唱起来："霍格、耶格，霍格、耶格。"

从天上请下她所祭祀的神，并对那力·飞扬古说："那力·飞扬古，我到黑暗的地方去追回灵魂，到恶魔出没的地力去索回色尔古迪·飞扬古的生命；到阴间去要回死者。你准备绳子，到时候把我捆上；然后挑选五个有力气的小伙子抓住绳头。等我的神灵附在我身上的时候，你在我的鼻子周围点上二十滴水，在我的脸庞周围点上四十滴水，把库列狗和花公鸡拴在我的脚旁。"听了吩咐后，那力·飞扬古"嗻"一声，跟着敲起鼓来。

不久，神灵附在尼桑萨满身上，她昏迷过去，倒在地上。那力·飞扬古立即停止敲鼓，把萨满姐姐紊乱了的服装整理一番，把库列狗和花公鸡拴在脚旁，把一百张纸钱和一百把大酱放在头旁，把二十滴水滴在鼻子周围，把四十滴水滴在她的脸庞上。然后他守坐在尼桑萨满的身边。

却说尼桑萨满率领诸神灵、满盖，把各种野兽集中起来，连蹦带跳地奔向阴间。不久就来到望乡台，她问诸满盖："这是什么地方，为什么聚集这么多人？"

神灵回答说："这些都是刚死的人，他们站在这个高处，回头遥望人间。"

尼桑萨满说："那么，咱们不要管那些闲事，往前走吧！"

不一会儿，走到一个三岔路口。

尼桑萨满问道："这个三岔路口都通到哪儿？"

满盖回答说："这东边的一条是死于各式武器的人走的；中间这条是活到老、病死的人走的；西边这条是寿命未尽的人走的，色尔古迪·飞扬古刚从这条路走过去。"

尼桑萨满说："那么，咱们也应该走这条路啊！"

说完，她领着众精灵和满盖们，朝西边的路走下去。走出去不远，来到一条大河边。

尼桑萨满问道："这是什么河？"

精灵们告诉她："这是无际河，由瘸腿拉盖守着，给他渡河钱，就能渡过去！"

尼桑萨满摇动着铜铃唱起巫词道：

摆渡的人们，霍格，耶格，
瘸腿拉盖，霍格，耶格，
竖起耳朵听吧！霍格，耶格。
把你的木舟，霍格，耶格，
快点划过来，霍格，耶格，
让我们渡过去吧，霍格，耶格。
要是毫不阻挠，霍格，耶格，
让我们渡过，霍格，耶格，
我拿大酱来谢你，霍格，耶格，
火速让我们过的话，霍格，耶格，
送钱财来酬谢，霍格，耶格。

她刚唱完，从对岸划过来一只小木舟。尼桑萨满看那把划子的人，只见他头发斑白，牙齿脱落，腰背弯曲，一只胳膊伸不直，一条腿瘸着，是个一只眼睛的独眼龙。那人划近后，高声说："是什么人竟敢指名道姓地呼唤我？这位年轻女人我好像认识你，你是谁呀？"

尼桑萨满说：

你这要死的老人，德尼库，德尼库，
你好好听吧，德尼库，德尼库。
人间里扬名的我，德尼库，德尼库，
来追回死人的灵魂，德尼库，德尼库。
我在尼苏海河畔住，德尼库，德尼库，
尼桑萨满就是我，德尼库，德尼库。

瘸子拉盖听了以后，笑着说："多么奇怪啊，当我在世的时候，你刚生下来，还是个婴儿。多么快呀！你已经成了萨满，动起大武器，来到这阴间，要追回人的灵魂，来到这阴间要取回死人。"

尼桑萨满说：

瘸腿老人任你笑吧，内库耶，内库耶，

弯手的老人啊，内库耶，内库耶，
你惊奇地听着吧，内库耶，内库耶。
由于上天旨意，内库耶，内库耶，
学成了大萨满，内库耶，内库耶；
由于供奉三精灵好，内库耶，内库耶，
得到了尊贵之称，内库耶，内库耶；
由于神佛保佑，内库耶，内库耶，
学到了卓绝之巫术，内库耶，内库耶。
你这烦躁孤独的老人，内库耶，内库耶，
有兴致地倾听吧！内库耶，内库耶。
年老的爷爷，内库耶，内库耶，
要有怜悯的话，内库耶，内库耶，
快让我们渡河吧，内库耶，内库耶。

瘸腿拉盖划着船靠岸后，尼桑萨满问："今天，从这里渡过人吗？"

瘸腿拉盖说："什么人也没渡过，昨天蒙果尔迪舅舅带着巴尔都巴彦的儿子渡过去了。"

渡过河后，尼桑萨满拿出三把大酱、三把纸钱作为渡河费交给了瘸腿老人。然后又继续向前走去。不久就到了红河。欲渡无船，正在上下跑着找船的时候，看见一个身穿皮袄、头戴沙狐皮帽子的人从东边骑着马走过来。尼桑萨满上前对他说："大哥，你能不能帮助我们渡河？"

那人说："大姐，我没有工夫帮你渡河，我有别的急事。"说完走了。

尼桑萨满很气愤，她把鼓钹扔进水里，念起咒语，带着众满盖和精灵们坐在鼓钹上渡过了红河。到了对岸，怕河主抱怨，给他扔下三把大酱、三把纸钱，又往前走去。

不大工夫就来到了阴曹地府的第一关。他们想进去，可是守城的鬼不让进去。

尼桑萨满大怒，便向众神灵求告说：

生来能干的满盖们，俄依库乐，耶库乐，
刚毅的满盖们，俄依库乐，耶库乐，
帮我闯过这一关吧，俄依库乐，耶库乐。

她刚说完，满盖和精灵就把她抬过去了。走出不远，来到了第二道关，守关的色勒格图、色吉勒图两个鬼大声喝道："哪里来的阳间活人，敢闯过这一道关？我们是奉阎王之命把守此关，说什么也不能放你过去。"

尼桑萨满向前走了一步，哀求说：

色勒格图、色吉勒图，荷耶，荷耶罗，
你们靠近点，听我说，荷耶，荷耶罗。
你们快点让我过去吧，荷耶，荷耶罗，
我会酬谢你们的，荷耶，荷耶罗，
送给你们大酱，荷耶，荷耶罗。

色勒格图、色吉勒图听了，笑着说："我以为是谁呢，原来是风流的女萨满，有什么事来到这阴间？是送你的灵魂来了吗？"说着就叫尼桑萨满过了关。

尼桑萨满问道："从你们这儿有人过去没有？""没有什么人过去，只有蒙果尔迪舅舅带着巴尔都巴彦的儿子色尔古迪·飞扬古过去了。"

尼桑萨满过关后，留给他们三把大酱、三张纸钱，继续向前走去。不久就来到了蒙果尔迪舅舅的家门口，并叫众精灵将蒙果尔迪的家包围了三层，然后高声喊道：

蒙果尔迪舅舅，迪库，迪库耶，
请你出来，迪库，迪库耶。
你为什么把好好的人，迪库，迪库耶，
还没到死的日期，迪库，迪库耶，
就把他的生命夺来了，迪库，迪库耶。
你如可怜我的话，迪库，迪库耶，
把色尔古迪·飞扬古，迪库，迪库耶，
还给他的父母吧，迪库，迪库耶。
我不会白领走，迪库，迪库耶，
我会给你东西酬谢，迪库，迪库耶，
我绝不撒谎，迪库，迪库耶，
我会掏出纸钱，迪库，迪库耶，

还送给你大酱，迪库，迪库耶。

蒙果尔迪舅舅笑着说："尼桑萨满，你怎么这样无耻，我偷了你什么东西？"

尼桑萨满说："虽然你没偷我什么东西。但是，你把一个活得好好的人，没等到死期，你就把他的灵魂攫来，这是无礼的，更是不合情理的。"

蒙果尔迪说："尼桑萨满，请你息怒，也不要责怪我。我把色尔古迪·飞扬古领来与你有什么相干呢？我们的汗——阎王听说色尔古迪·飞扬古聪慧，机智，特派我去接来的。我好不容易才接来！我们的汗——阎王让色尔古迪·飞扬古跟喇嘛布库、狮子布库摔跤，可是两个布库都被色尔古迪·飞扬古给摔倒了。所以，我们的汗——阎王像对待自己的亲生儿子一样爱护着他，抚养着他，哪会有退还给你的道理呢？你只是白白地游玩一趟罢了。"

尼桑萨满听了非常生气，将众精灵叫到跟前，一起去看阎王的城堡。到跟前一看，城门紧闭，无路可通。她气呼呼地叫道：

转游天际的，内内耶，
众精灵听着，内内耶。
你们飞越城门，内内耶，
进入城堡里，内内耶，
把色尔古迪·飞扬古，内内耶，
抢救出来，内内耶。

众精灵飞上去一看，色尔古迪·飞扬古正和一群小孩子玩金钱嘎拉哈。尼桑萨满最大的一个精灵飞翔下去，把色尔古迪·飞扬古攫起就飞出来了。一群小孩看这情景大吃一惊，赶紧跑回去禀报了阎王。阎王大怒，叫众鬼喊来蒙果尔迪舅舅，申斥道："蒙果尔迪，看你现在怎么办？你拿来的色尔古迪·飞扬古不知被什么东西拿走了，你得赶快追回来！"蒙果尔迪叩头禀报道："大王请你息怒，攫去色尔古迪·飞扬古的不是别人，正是人间活人国里出名的尼桑萨满，是她派她的精灵给攫去的。我追上跟她好好说一说。"说完，他走出城堡追赶去了。

尼桑萨满找到了色尔古迪·飞扬古非常高兴，挽着他的手正走着，忽然，回头一看，见蒙果尔迪舅舅从后边赶上来了。

蒙果尔迪气急败坏地说："尼桑萨满，你是多么坏的坏女人呀！你把我辛辛苦苦拿来的色尔古迪·飞扬古想要无代价地拿回去！是不是？"尼桑萨满和蔼地对他说："蒙果尔迪舅舅，你要是这样说的话，我给你留下一点钱用吧！"说完就拿出十张纸钱、十把大酱给他。

蒙果尔迪说："萨满姐姐，你给的这些不算少吗？阎王惩罚我的时候，我怎么会受得住呢？"

尼桑萨满说："你还嫌少的话，再给你两个纸钱。"

蒙果尔迪说："那还是少。我们的阎王打猎时，没有猎狗，夜里没有打鸣的鸡。你要是把你领来的狗和鸡给我留下，我可以跟阎王说一说，也算是一点脸面吧！不然，我们的汗——阎王要严加惩办我的，我怎么受得了啊！"

尼桑萨满说："蒙果尔迪舅舅，你想白要我的猎狗和公鸡吗？"

蒙果尔迪说："萨满姐姐，你这样不信任我，什么也不给我，我还有什么脸去见阎王，怎么对付他对我的惩罚呢？"

尼桑萨满说："那么，你要是同情的话，就给色尔古迪·飞扬古长点寿命吧！"

蒙果尔迪说："看在你的面子上，给他加二十年吧！"

尼桑萨满说："鼻涕汁都未来得及干，鬓发都来不及长的年龄要它干什么？"

蒙果尔迪说："那么，给他加三十岁吧！"

尼桑萨满说："心神还来不及稳定的岁数，要它有什么用处？"

蒙果尔迪说："要是那样，给四十岁吧！"

尼桑萨满又说："还享受不到荣华富贵，这样的年龄要它有什么用？"

蒙果尔迪说："那么，给五十岁吧！"

尼桑萨满说："还未到成熟的年龄，要它有什么用？"

蒙果尔迪说："这样的话，给他六十岁吧！"

尼桑萨满说："哼！在骑射武艺上还来不及成熟，这个年龄也没用。"

蒙果尔迪说："这个年龄还不行，那就给他七十岁吧！"

尼桑萨满说："这个年龄还来不及体会世上事情的真正意义，要它也没有用处。"

蒙果尔迪说："那么，叫他活到八十岁总算可以吧！"

尼桑萨满说："连章京的官衔都来不及戴的年龄，当然也没有用。"

蒙果尔迪最后下了狠心说道："那就这样吧，就叫他活到九十岁，活到牙齿脱落、白发苍苍、智慧用尽、驼背弯腰的时候，让他身边有二十个男孩儿。这样，你们总算满意吧！”

尼桑萨满这才向他道谢，交给他狗和鸡。刚要拉着色尔古迪·飞扬古的手走，蒙果尔迪突然喊：“唉！尼桑萨满姐姐，你的狗和鸡不跟我呀！”

尼桑萨满告诉他：“你对着狗叫楚喔、楚喔！对着鸡叫华希、华希。”

蒙果尔迪按照尼桑萨满告诉的那样，对狗叫了声楚喔、楚喔！对鸡叫了声华希、华希，刚一叫，狗和鸡都跑到尼桑萨满的身边去了。

蒙果尔迪央求道：“尼桑萨满，我要是领不走你的狗和鸡，我怎么去见阎王呢？”

尼桑萨满说：“蒙果尔迪舅舅，你这样说的话，我就真实地告诉你吧！你对狗叫漠！漠！对鸡叫咕！咕！”

蒙果尔迪按照她教的一叫，果然不错，狗和鸡都跟他走了。

于是，尼桑萨满就拉着色尔古迪·飞扬古的手往回走。走着走着，到了一个地方，看见了她的丈夫。他用艾蒿煮开一锅油等着她，说啥也不让过去。

他看见尼桑萨满就骂起来：“你这轻佻、不要脸的女人。你能救别人的命，怎么不来救救我？难道我们白白一起生活了那么多年？”

尼桑萨满恳求着：

我至亲的丈夫，耶格，耶给耶，
请你好好听，耶格，耶给耶。
你若念从小在一起生活，耶格，耶给耶，
是否把我放走？耶格，耶给耶，
要说起你呀，耶格，耶给耶，
死亡已经多时，耶格，耶给耶。
你的骨头已经发黑，耶格，耶给耶，
皮肉已早腐烂，耶格，耶给耶，
肋条也全断，耶格，耶给邪，
你是按期回来的，耶格，耶给耶，
这我怎能救活你？耶格，耶给耶。
你若怜悯我的话，耶格，耶给耶，
把我放走吧，耶格、耶给耶。

男人说啥也不让过，并威胁说："我要到伊热木汗那儿告你去。"

尼桑萨满急了，只好说："你不信的话，咱们一块儿去看看你的骨头吧！"

尼桑萨满拉着色尔古迪·飞扬古的手，男人跟在后边，来到放他棺材的地方。打开棺材一看，里面都是发黑了的骨头架子，上面爬着密密麻麻的虫子，再细看他的鼻梁骨早已掉了。看到这般情景，尼桑萨满说："你看，你的骨头都发黑了，鼻梁骨都掉了，人中都歪了。再说，你是按时回到阴间的，我再有法术，也没法救你。"她的丈夫听了这番话，更加生气，他把牙咬得咔吧咔吧响，气愤地说，"轻浮的萨满，你看我死了，不好好守家业，到处游逛。我一直在这等着你，今天正好遇到了，哪有放过你的道理呢？"

尼桑萨满气愤地说：

你好好听着，嘿都，嘿都耶，
快收回你恶毒的话，嘿都，嘿都耶，
我要撕破你的嘴，嘿都，嘿都耶，
你死的时候，嘿都，嘿都耶，
把老母亲留下给我，嘿都，嘿都耶，
我一直孝顺奉养，嘿都，嘿都耶。
你现在看见我，嘿都，嘿都耶，
却忘了我的恩情，嘿都，嘿都耶。
要想把我杀死，嘿都，嘿都耶，
现在把你抛进酆都城，嘿都，嘿都耶。
叫你万代不得再生，嘿都，嘿都耶。

她说完就从天上叫来大精灵，把她的丈夫拖走，关进酆都城里。尼桑萨满说：

没有丈夫快乐着过吧！海鲁，海鲁，
没有丈夫放肆地过吧！海鲁，海鲁。
到处游逛，海鲁，海鲁，
欣赏好景色吧，海鲁，海鲁。

说完，拉起色尔古迪·飞扬古的手继续往前走。忽然看见前面有一束金光，还有一座桥，桥的左边有一座楼阁。这座楼阁完全用宝石砌成的，从那门里放射出五色霞光。尼桑萨满很惊奇，爬上桥头一看，有一个鬼怪抓着三个男人坐在那里。尼桑萨满走近跟前问道："大哥，这座楼阁里住着什么人？你要是有怜悯心，就告诉我吧！"

鬼怪回答说："这楼里住的是敖米娘娘，她使人类从根上繁殖，从枝丫、分杈上旺盛。"

尼桑萨满给那个鬼三张纸钱，三把大酱，拉着色尔古迪·飞扬古上楼去了。宝楼的门旁站着两个身穿铠甲、手持铁棍的守卫，看见尼桑萨满就吆喝道："不要命的鬼魂，你们是什么地方来的？快往回走！再往前走，就打死你们！"

尼桑萨满恳求道："两位神仙哥哥，我不是恶鬼。我来自人间，名字叫尼桑萨满，特意来给敖米娘娘磕头的。"两个鬼听了，放她进去了。

尼桑萨满噔噔上楼去，看见正面座位上坐着一位老婆婆，有许多小孩围坐在她周围玩。尼桑萨满磕头后，娘娘说："我认不出你是谁？从什么地方来的？"

尼桑萨满说："你怎么不认得我呀！我是从你这里去的，从你的根子上繁衍出来的，从你的枝丫分杈的。"

敖米娘娘说："你若是从我这里繁殖出的话，叫什么名字？让我记下来吧！"

尼桑萨满说："我是活人国里的萨满。"

敖米娘娘说："那么，你就是尼桑萨满吗？那个男孩又是谁呀？你不是没有孩子吗？"

尼桑萨满磕头后，说道："娘娘听我说，我十七岁时丈夫就死了。我孝顺婆婆过日子。忽然，有一天从房梁上掉下一面镜子，正好落到我的身旁。当时，我什么也看不见了。以后，病了三年，许愿当萨满后，病才好了。这个孩子是阎王派他的蒙果尔迪鬼给抓来的，我已付钱要回来了。正要带回去。敖米娘娘，请你发发慈悲，能不能给这个孩子定下他的后代子孙？"

敖米娘娘说："看在你的面子上，给色尔古迪·飞扬古五个男孩，三个女孩吧！"敖米娘娘说完，拉着尼桑萨满的手下了楼。

尼桑萨满问道："娘娘，那一棵树为什么格外青？"

敖米娘娘回答说："那就是人间孩子们繁盛的标志。"

尼桑萨满接着又问道：“娘娘，那一棵树为什么枯萎了？”

敖米娘娘说：“那就是没有自身儿女的标志，因为那些人无缘无故烧毁了牛马要吃的草。”

尼桑萨满又问：“那边的夫妻二人，穿着那么单薄的衣服，还嫌热，他们还扇着扇子，那是怎么回事儿呢？”

敖米娘娘说：“他们在人间生活的时候，夫妻间互相信任，相亲相爱。到了阴间，他们穿得虽然单薄，还觉得热。”

尼桑萨满说：“那边的夫妻俩为什么披着两条棉被还在发抖呢？”

敖米娘娘说：“那是因为他们有罪，在人间生活的时候，他们互相欺骗，爱情不专一。所以，到了阴间受到这种惩罚。”

尼桑萨满指着另一个人说：“你为什么把那个人的筋钩住，吊起来？”

敖米娘娘说：“那个人活着的时候，净干欺骗人的勾当。不是大秤进，就是小秤出，到了阴间就用这种刑法制裁他。”

尼桑萨满又问：“那一群人为什么头顶着大石头往山上爬呢？”

敖米娘娘说：“那些人在人间干活儿的时候，在从山上搬木头或石头时，让石头和木头到处乱滚，曾经碰疼了白那查(山神爷)的头。死后就受这种刑。”

尼桑萨满看见一群人在油锅里煎，看他们挣扎的那个样子，她惊奇地问：“那群人又是怎么了？”

敖米娘娘说：“他们在人间生活时，到处拦路抢劫，为非作歹，害死过好人。当他们死后，就让他们在油锅里煎熬。”

尼桑萨满问：“那边一群妇女为什么被毒蛇缠身噬吮呢？”

敖米娘娘说：“她们活着的时候，背着丈夫和别人寻欢作乐，死后就判这个刑。”

尼桑萨满问道：“那一群人为什么都侧身卧着，用锯锯他们？”

敖米娘娘说：“他们活着的时候，对自己结发妻子残暴，而且和别的女人勾勾搭搭的，死后该判这个刑。”

尼桑萨满又问：“那些张着嘴的人，为什么都没有舌头呢？”

敖米娘娘说：“那些人活着的时候不干净，用清净的水洗各种污秽的东西，污染了圣洁的水。所以，在这儿割掉他们的舌头作为惩罚。”

尼桑萨满问：“为什么把那一群女人的衣服都脱光，往扎枪、箭镞上扔啊？”

敖米娘娘说：“那是因为她们活着的时候，对公婆不孝，吃穿不洁净、不节俭的缘故。”

尼桑萨满说：“敖米娘娘，你给我这么多的指教，我实在感谢不尽，现在我该走了。”敖米娘娘对她说：“你回到人世间后，对不孝的男女好好地告诫吧！”说完，娘娘回到宝楼去了。

尼桑萨满拉着色尔古迪·飞扬古的手没走多久，到了红河，给河主三张纸钱，三把大酱，渡过红河后，疾驰如风往前奔，不一会儿就来到瘸腿拉盖守护的、漫无边际的大河边。又给瘸腿拉盖三张纸钱、三把大酱，渡过了河。走着走着，没走多远，就来到了巴尔都巴彦家的大门口。他们一进屋，屋里躺着的尼桑萨满忽然摇动了巫衣的铜铃，全身抖擞起来。跟她敲边鼓的那力·飞扬古就知道了是怎么回事，他赶紧在她的鼻子周围点了二十滴水，在她脸庞上点了四十滴水。尼桑萨满忽然跃身而起，拿起神鼓和鼓槌敲起鼓，转着圈子跳了一阵。然后坐在板凳上唱起了巫词：

巴彦大哥，奎乐，奎乐，
将你儿子的命，奎乐，奎乐，
舍着生命，奎乐，奎乐，
好不容易要回来了，奎乐，奎乐，
你快去打开棺材盖儿，奎乐，奎乐。

她刚一唱完巫词，巴尔都巴彦等人一起奔过去，急急忙忙打开棺材盖儿一看，色尔古迪·飞扬古点着头说：“给我一点水，我的嗓子干得受不了。”巴尔都巴彦非常高兴，抱起儿子放在炕上，给他吃了点热汤软饭。色尔古迪·飞扬古站起来叫了声：“娘、爹！”就给他的父母磕头。巴尔都巴彦夫妻二人如获至宝，欢喜异常，赶紧摆上丰盛的筵席，请尼桑萨满坐在三层炕垫上，夫妻俩领着色尔古迪·飞扬古忙给尼桑萨满磕头答谢救命之恩。

尼桑萨满赶紧扶起他们，说道：“巴彦大哥，你的儿子能得九十长寿，从今以后，无病无灾。”说完，移向那力·飞扬古，拍着他的肩头说：“尊贵的那力，你可出力不小，请你从我手里喝一盅酒吧！”

那力·飞扬古笑着说道：“萨满姐姐，你请喝，弟弟我听你的就是了。”巴彦家举行了盛大的宴席，直到半夜。

到了第二天，色尔古迪·飞扬古和原来毫无两样，精神焕发了。尼桑萨满要回去的时候，巴尔都巴彦为了报答尼桑萨满的恩情，送给她金银一千两，花蟒袍十车，牛马一大群，其他衣服三车，全鞍辔马三对，然后，把他们送出十里开外，又设筵畅饮一天，吃喝到日落才分别。

却说尼桑萨满回家之后，孝顺婆母，过起了富贵的生活。巴尔都巴彦从那以后，整天和妻子守着色尔古迪·飞扬古，不叫他出远门，这样直到十八岁。等到他二十岁那年，娶了个性情贤淑，又会做针线、又会干活的姑娘。婚后生活美满，互敬互爱，据说两个人都活到九十岁，生了五个儿子，三个姑娘。

再说，尼桑萨满的名字从此传开了，成了举世闻名的大萨满。可是，他的男人成天到伊热木汗那儿告状，又到皇帝那儿告状。伊热木汗到皇帝那儿商量，都觉得这位女萨满不可等闲视之。她的男人是按期回到阴间的，骨头发黑、鼻梁骨脱落，这倒是事实，她虽有能耐，也无法救活。但是，只要她活着，世上的人刚死，她就来救，那么，世上的人就会放不下了。那可怎么得了！

于是，皇帝下了个旨意，传尼桑萨满到宫廷给国母治病。没想到，她费了好大劲儿，还是没治好国母的病。皇帝正好抓住这个借口，以谣言惑众、欺骗百姓为名，把她逮捕起来，用很粗的铁绳捆绑起来，然后扔进了九泉之下。

据说，她往下沉的时候，抓住自己的头发往上拽，由于她的头发长，又加上她使了一下法术，她的头发就露在地面上，露出了多少根头发，达斡尔族就有了多少个萨满。正因为如此，达斡尔族的萨满至今未断根，还有很多萨满给人们除灾灭病呢！

流传地区：莫力达瓦达斡尔族自治旗
　　　　　鄂温克旗

关于尼桑萨满的故事，在北方各族中广为流传，变体很多，并富有神话色彩。我在整理的过程中，以巴达荣嘎提供的资料为主，糅进了奇克热（莫力达瓦旗腾克公社）、金贵德（鄂温克族巴音托海镇）两位老人口述的故事。

萨音塔娜在《达斡尔民间故事选》的后记中写道："《尼桑萨满的传说》是巴达荣嘎老师提供的，他是由满文资料译成汉文的。我在采风时，由奇克热和金贵德两位老人讲述过该故事。整理时，我在该译文基础上糅进了口述的内容，并在文字上稍加改动。”

一九八五年八月于呼和浩特

（原文载于《达斡尔族民间故事选》萨音塔娜　内蒙古人民出版社　一九八七年出版）

第八章　尼顺萨满

鄂伦春族　黄玉玲　讲述　王朝阳　整理

从前，在一个鄂伦春族的部落里，有一对夫妻没儿没女，就天天给老天爷磕头，盼望着老天爷赐给他们一个儿子。

过了一些日子，妻子就有孕了。生下来一看，是个小子。夫妻俩别提多高兴了，就把小子当眼珠子那么爱护。

孩子长到十三岁了，他见到爸爸去打猎，闹着嚷着也要去。他妈说："孩子，你还小哇！"

小子不听，等他爸爸打猎走了，他也偷偷地跟着一个老猎人打猎去了。老猎人进了山，才发现有个小孩子跟着，怕他走失了，就带着他一起打猎。走到一个大山阴坡上，他们看见一只四叉的马鹿，就拼命地追呀，追呀！绕着这座大山转了好几个圈儿，谁知跑得太急，小孩竟累死了。老猎人回家一路打听，才找到了他的爸爸、妈妈。

夫妻俩听说孩子死了，哭得死去活来。到山上把小子弄回家，放在门前，哭了三天三夜，眼泪哭干了，才把他葬了。

以后，夫妻俩就又天天给老天爷磕头，盼望着老天爷再赐给他们一个儿子。

过了一些时间，妻子又有孕了。生下来一看，又是个小子。不用说，夫妻俩更是当眼珠子那么爱护他。

老夫妻俩又把儿子养到了十三岁。儿子见到他爸爸要去打猎，他也要去。他妈又说："孩子，你还小哇！"

小子还是不听，等他爸爸打猎走了之后，他就偷偷地跟着一个老猎人打猎去了。走到一个大山阴坡上，他也看见一只四茸叉的马鹿。他就拼命地追呀，追呀！绕着这座大山转了好几圈儿，这小子又累死了。老猎人又回家告诉了他的爸爸妈妈。

老夫妻俩听了，哭得死去活来。又到山上把儿子弄回家来，又哭了三天三夜，眼泪哭干了。这回，老夫妻俩舍不得把儿子埋葬，就放在棚子上了。

这老夫妻俩的哭声感动了老天爷。老天爷就派了一个白胡子老头下凡，对老夫妻俩说：“你们别哭了！再哭也没有用了。你们去请尼顺萨满吧，她会让你们的儿子活过来的。”

老夫妻俩听了，万分感激，问道：“到哪儿去请尼顺萨满呀？”

白胡子老头往东一指，说：“一直往东走，走一天就到。”

老夫妻俩谢过白胡子老头，骑上马就往东走。整整走了一天，走到一个地方，看到河边有个女人在洗衣裳。

老夫妻俩便上前去问：“请问，尼顺萨满在哪儿住哇？”

那个女的回答：“东边那个撮罗子就是。”

老夫妻俩就到那个撮罗子跟前，看到屋里有个老太太。老夫妻俩就给老太太跪下了，说：“尼顺萨满，请您老人家救救我们的儿子，让他活过来吧！”

尼顺萨满说：“好，我到你们家看看去。”说完，就跟着老夫妻俩走了。

到了老夫妻俩的家里，尼顺萨满看见他们的儿子还躺在棚子上呢。她就说：“你们给我准备一只飞龙鸟，一个犴鼻子。”

老夫妻俩就给尼顺萨满弄来一只飞龙鸟，一个犴鼻子。

接着尼顺萨满就跳起大神了。跳了一阵子，尼顺萨满就闭上了双眼，躺在地上，不动弹了，就像死了一样。就这样“死”了三天。

这三天，尼顺萨满到哪儿去了呢？她为了救活老夫妻俩的儿子，到阎王爷那儿为老夫妻俩的儿子要灵魂去了。

尼顺萨满一直往东走，走着，走着，面前出现了一个大海，她过不去了。她对大海说：“大海，大海！我给你一只飞龙鸟，你让我过去吧。”说着，她就往大海里扔进去一只飞龙鸟。

说也真怪，她刚把飞龙鸟扔进大海里，一眨眼，大海不见了，眼前成了陆地。

尼顺萨满又往前走。走着，走着，眼前又出现了一片大海。尼顺萨满又说：“大海，大海！我给你一个犴鼻子，你让我过去吧。”说着，她就往大海里扔进一个犴鼻子。

说也真怪，她刚把犴鼻子扔进大海，一眨眼，大海不见了，眼前又成了陆地。

尼顺萨满就又往前走。走着，走着，见到阎王爷了。阎王爷问她来干什么，她对阎王爷撒谎说：“我们那里有个小孩子要出世，我到这里要弄个灵魂。”阎王爷听了，就给她一个灵魂。

尼顺萨满就把这灵魂带了回来。“死”了三天的尼顺萨满醒过来了。

尼顺萨满把要回来的灵魂，还给了老夫妻俩的儿子，老夫妻俩的宝贝儿子就复活了。

老夫妻俩感动得不知说什么好。

因为尼顺萨满真的把死去的孩子救活了，所以，人们便传说尼顺萨满能起死回生，后来，有些人挂上铃铛说自己是尼顺萨满，跳起大神来了。因为真的尼顺萨满已死了，所以，以后鄂伦春族中所有的尼顺萨满都是冒充的。

流传地区：内蒙古鄂伦春自治旗古里

一九八七年四月采录

《尼顺萨满》，这篇故事在鄂伦春族、鄂温克族、赫哲族、达斡尔族和满族中均广为流传。鄂伦春族的尼顺萨满就是能往返阴间和人世的使者。

（原载《鄂伦春族民间故事选》上海文艺出版社一九八八年九月出版）

第九章　泥灿萨满

鄂伦春族　孟玉兰　讲述　叶　磊　整理

从前，有这么一家，就老两口子，都在四十多岁，身边有两个孩子，都挺大了，不幸死在了猎场上。两口子发愁没有孩子了，可是这老太太五十岁那年又生了个小子，起名叫萨尔固旦片挂[①]。

时光飞逝，一晃这小子十八岁了。

有一天，他对爹妈说："我要上库木儿山打围去！"爹妈不同意。

"我要去！"孩子坚决地说。

他爹妈没有办法，也就同意他去了。走的时候带了几个仆人。

到了第二天，他带的几个仆人回来说："萨尔固旦片挂死了。"他爹妈在乌力楞里找了几个人把萨尔固旦片挂的尸体拉回来了，放在家里。爹妈失去了唯一的儿子，心里挺难受。

萨尔固旦片挂的爹挺有钱。他说："唯一的孩子死了，我愿拿出全部家产，为他安葬。"当他说完这句话的时候，他手下人走进了撮罗子，说："门外有个穿得挺破的老头，岁数挺大，想见你！"

"把他请进来吧！"

老头说："你唯一的儿子死了，怎么能随便埋葬了呢？"

萨尔固旦片挂的爹说："他已经死了，我也没有什么办法。"

老头说："我给你出个主意吧！在涅开河东边有座大城，城的东头有一间挺小的房子，房子里住着泥灿萨满，你要用九辆大轱辘车去请她，她能救活你的孩子。"萨尔固旦片挂的爹按照老头的吩咐，带了很多人去找泥灿萨满。

他们走到涅开河边，看见一个穿蓝彩袍的妇女在那儿洗衣服。

他们问妇女："泥灿萨满家在哪儿？"

妇女指着前面说："在那儿呢！"

---

① 萨尔固旦片挂：鄂伦春语，最小的孩子。

萨尔固旦片挂的爹领着一伙人走到了萨满的家。萨尔固旦片挂的爹朝着老太太双膝下跪，给她点上旱烟。老太太说："我不是萨满，你为什么给我跪下，我的儿媳妇是萨满，她上河边洗衣服去了。"

不大一会儿，老太太的儿媳妇回来了，萨尔固旦片挂的爹说："我唯一的儿子死了，请求你把他救活吧！"

泥灿萨满想了想说："试试看吧！"说完以后，泥灿萨满带了二神，来到了萨尔固旦片挂的家。问萨尔固旦片挂的爹："你儿子怎么死的？死了几天了？"

萨尔固旦片挂的爹悲痛地说："我儿子上山打围死的，已经九天了。"

这时，萨满戴上神帽，穿上神衣，左手拿着鼓，右手拿着鞭，开始跳神。她一边唱，一边跳，当跳到神灵附身的时候，她开始说话了："我在这儿睡九天，你们每天在我脚上浇上一桦皮桶水。"

在沉睡的九天中，二萨满每天给她祈祷，浇水。泥灿萨满沉睡了，她的灵魂也就上天了。

萨满的灵魂上天时，要求带只小鸡，领条黄狗。一边走一边唱，唱了很长时间，走到门官儿带河边上。

河岸上住着萨尔固旦片挂的舅舅。萨满的灵魂招呼萨尔固旦片挂的舅舅，让他把她送过河。过了河，又走了一段很长的路，来到库纳森河岸。那里住着一个瘸子，萨满的灵魂招呼他送她过河。过了河，又走了一段很长的路，看到一座城，那就是阎王爷住的地方。

阎王殿有三道铁门，萨满灵魂没有办法进去。往里一看，萨尔固旦片挂的灵魂正在那儿呢！

萨满灵魂请求阎王爷："请你把萨尔固旦片挂放了吧！"

阎王爷说："我不放！"

阎王爷一道铁门也没有给她开，她再三请求，阎王爷也不搭理她。她毫无办法，只好招呼老鹰神。

老鹰神来了以后，就把萨尔固旦片挂的灵魂给叼走了，阎王爷一看萨尔固旦片挂的灵魂给叼走了，就使劲追，但怎么追也没追上。

他们又走到了库纳森河岸，让瘸子给他们摆渡。过了河，走了一段很长的路。来到了门官儿带河口。萨满灵魂唱着歌请求萨尔固旦片挂的舅舅：

舅舅舅舅，求求你，

快快给我来摆渡。
给你狗，给你鸡，
库基呀嘎，库基呀嘎。

唱了两遍之后，舅舅答应给萨满灵魂摆渡，他不同意让萨尔固旦片挂的灵魂过河。萨满灵魂又请求萨尔固旦片挂的舅舅：“让萨尔固旦片挂灵魂和我们一起过河吧！”

萨尔固旦片挂的舅舅说：“如果这次让他过河的话，让他二十岁回阴间，怎么样？”

萨满灵魂说：“二十岁，他还是一个小孩，啥也不懂！”

萨尔固旦片挂的舅舅问：“三十岁，怎么样？”

“三十岁也干不了什么大事！”

“那么四十岁，怎么样？”

萨满灵魂说：“四十岁，还是干不了什么重大的事。”

就这样，萨尔固旦片挂的舅舅问到八十岁，萨满灵魂还是那句话：“干不了什么大的事！”

萨尔固旦片挂的舅舅问：“九十岁，怎么样？”

萨满灵魂说：“九十岁，可以让他回阴间了！”

于是萨尔固旦片挂的舅舅让萨尔固旦片挂灵魂过了河。临走时，萨满灵魂把小鸡和小狗送给了萨尔固旦片挂的舅舅。

萨尔固旦片挂的舅舅问：“小鸡，怎么招呼它？”

萨满灵魂告诉他：“斯！斯！斯！”其实这个动静表示向外撵的意思。

萨尔固旦片挂的舅舅问：“小狗，怎么招呼它？”

萨满灵魂告诉他：“去！去！去！”这动静其实也表示向外撵的意思。

萨尔固旦片挂灵魂和萨满灵魂告别了舅舅，离开了河口。

萨尔固旦片挂的舅舅“斯！斯！斯！去！去！去！”地招呼小鸡和小黄狗。结果小鸡和小黄狗跟着萨满的灵魂跑了。

萨尔固旦片挂的舅舅见小鸡和小黄狗跑了，就在后面追，好容易追上了萨满和萨尔固旦片挂的灵魂，对他俩说：“我招呼了半天，怎么小鸡和小黄狗跟着你们走了呢？”

萨满灵魂说：“我记错了，招呼小黄狗应该是‘西维嘎！西维嘎！’，招呼小鸡应该是‘咯！咯！咯！’”

这样，萨尔固旦片挂的舅舅把小鸡和小黄狗领回去了。

萨尔固旦片挂灵魂和萨满灵魂又上路了。走了一段路，他俩遇见萨满男人的灵魂。萨满男人已经死了多年了，他正在大锅旁烧油呢！见萨满来了，就对她说：“你能使别人死而复生，怎么不能把我救活呢？”

萨满灵魂说：“那时，我还没有多大的本事呢！”

萨满男人的灵魂说：“那你现在把我救活吧！”

“你死的时间太长了，骨头也酥了，能救活你吗？”

萨满男人的灵魂说：“如果你不同意的话，我就油煎你！”

这么一说，可把萨满灵魂惹生气了。她请来了主管神，由主管神把她男人扔到九天之外，使他永世不得翻身。

萨满和萨尔固旦片挂灵魂又上路了。他俩走着走着，来到娘娘庙。娘娘庙里有身形巨大体态肥胖的老太太。她身上长着挺多咂咂[①]。不少婴儿在她怀里吃奶玩耍呢！有时，她还伸手来打孩子的屁股，那个被打的孩子就使劲地跑了。

萨满和萨尔固旦片挂灵魂问娘娘：“你为什么打孩子？”

娘娘说：“我让孩子上人间去！他们走的时候，我还给他们一些东西。”

萨尔固旦片挂灵魂问娘娘：“什么东西？”

“有的给子弹，有的给鼓。”

“为什么给子弹和鼓呢？”

娘娘说：“给子弹让他长大以后当个好猎手，给鼓让他们长大以后当个好萨满。”

萨满灵魂请求娘娘说：“请您给老头、老太太一个聪明、能干、漂亮的小子，行吗？”

娘娘说：“好的，我可以给你！”

萨满和萨尔固旦片挂的灵魂，告别了娘娘，又上路了。快要到第九天了，他俩已经到家了。

萨满到了家，就给萨尔固旦片挂跳神，没多长时间，萨尔固旦片挂也就醒了，他自言自语地说：“我怎么睡了这么长时间呢？”

萨尔固旦片挂的爹妈见孩子活过来了，都很高兴，很感激萨满，把家产的一半送给了她，并把她送回家去了。

这件事被额真知道了，他对手下人说：“你们把泥灿萨满给我杀了！”

“怎么个杀法？”手下人问。

---

① 咂咂：方言，乳房。

“你们挖个坑，准备好石头！”

额真让手下把萨满找来，让她跳大神，正当跳到神灵附身的时候，他手下人就把萨满推到了坑里，并用石头压上。

萨满被压在坑底下，她使劲地往上拱也拱不开，她神衣上的彩条，从石缝中钻了出去，飞上了天。萨满被压在坑里面，不长时间，也就死了。

这些布条飞到人间，落到谁家，谁就可以当萨满。

当萨满被杀的消息传到萨尔固旦片挂爹的耳朵里，他就问额真：“你怎么把这么好的萨满给杀了呢？”

额真说：“如果死人都给她救活了，那么天下的人就搁不下了。就是这个原因我才把她杀了。”

萨尔固旦片挂的爹说：“她是我的救命恩人，你把她杀了，我也和你拼了。”说完，拔出猎刀，把额真给攮死了。

一九八六年九月采录于呼玛县白银那鄂伦春民族乡。

（原载《中国民间故事集成·黑龙江卷》）

第十章　尼海萨满

鄂伦春族　孟古古善　关玉清　讲述
鄂伦春族　孟秀春　关金芳　翻译整理

很久很久以前，居住在大兴安岭深山老林之中，有一户人家叫白都白彦。祖上给他留下无数的金银财宝，成群的马匹，成群的牛羊，以及数不清的鸡鸭鹅狗，生活非常富有。家中有不少家奴，他们相处得亲如兄弟。

白都白彦二十多岁时，经父母包办娶了临近村庄乌力嫩的姑娘章格乌娜吉。她长的容貌胜过仙女，红扑扑的脸蛋上一笑有两个酒窝，白都白彦对她像掌上明珠一样的喜爱，在院内造了一个小楼，专为她做绣花、剪纸的用房。她房内剪的云雾图案一层又一层，绣的各种动物，如鱼、鹿、犴、狍子，栩栩如生，活灵活现。这给白都白彦在生活上带来不少的快乐，他们就这样一年复一年的度过。平时夫妻俩性情温和，积德行善，救济贫民，还好施信神敬仙，给方圆几百里的人留下极好的印象。人们总是祈祷他们平安无事，好人有好报。可是白都白彦已年近五十，膝下仍无儿无女，因此夫妻俩时常唠叨后嗣承继香火之事，为此更加虔诚行善，祈祷天神赏赐一子。白都白彦五十大寿时，大摆酒席，并请来一位萨满跳神，请求天神赐给他一个儿子。

第二年妻子真的怀孕了，十个月后生了一个儿子，白都白彦给起名为射吉德遍都，意为太阳保护他。这孩子生的肥头大耳，声音洪亮，白嫩的皮肤，红润的脸蛋，加上十分的聪明，白都白彦夫妻俩非常喜欢，远近的朋友都来贺喜。众人都说：是你们平时虔诚敬神、行善好施感动了天神，天神才赐给你们一个这么可爱的宝贝。白都白彦听了恭喜的话，更加高兴，叫家奴杀猪、宰羊，预备很多酒菜，诚心招待贺喜的朋友，众人宴后都高兴地回家了。

平时，白都白彦对儿子视如珍宝，加意抚养，什么山珍海味他都吃个遍，所以长的结实、健壮，加上眉清目秀，聪明过人，真像一个莫尔根[1]。射吉德遍都长到十一岁的时候，就能射箭弄刀舞枪了。到十五岁时，箭法已很纯熟，百步之内百发百中，刀枪也很熟练，时常到附近的山上打猎。白都白彦夫妻俩常常嘱咐儿子不要到远处打猎，怕碰上虎豹猛兽吓着你。他受父母之命不敢远游，把附近的狍子、獐子、兔子、鹿、狎打得一天比一天少了。

一天，射吉德遍都跟父母说："近处的动物被我打得差不多了，听人家说，在正南百里外有一座大山，那里有很多的鹿，这座山叫一屹山，到处是陡崖，古树参天，是鹿生活与避难的好地方，其他野兽也很多。我想到一屹山境内去打猎，到那能打着很多的鹿。另外，我还可以看一看山清水秀的一屹山。"他父母不让去，只好服从亲命，暂时作罢。

过了几天，他又向父母请求到一屹山打猎去，一连请求了四五天。白都白彦暗地跟妻子商量说："儿子一心要打猎去，不妨明天就让他去。"

第二天清晨，白都白彦把儿子叫来说："你天天要上一屹山打猎，今天你可带三十名家奴一同前去打猎。"随后又叫来忠实的家奴阿波，白都白彦对阿波说："今天小主人非要到一屹山打猎，还要看看山的景色，你带三十名人马护卫他，路上要格外小心。你现在快去备马匹，收拾搭撮罗子的东西，带好锅碗瓢盆，快去快回。"

阿波听完主人吩咐后，急忙退下准备打猎需带的物品。射吉德遍都听说父母应允，高兴得跳起来，立刻准备随身携带的弓箭、衣物。一切收拾妥当，拜别父母，骑着马同家奴直奔正南飞驰而去。

射吉德遍都骑马走在中间，前后有家奴保护，走了一整天，快要日落西山时，才到了一屹山的境界。他们找了一块平地，搭起几个撮罗子，众人一齐搭锅烧饭。他们吃完饭后，又把马匹喂上。到晚上阿波对众家奴说："你们都在小主人周围睡觉，不准远离。"众家奴齐声答应，然后就各自睡觉去了。

第二天清晨，小主人一看天气晴朗，风平树静，山中雀鸟乱叫，他心情兴奋，催阿波让家奴急速收拾行囊，起身打猎去。家奴听小主人吩咐，急忙备马，直奔一屹山而去。很快，他们来到山脚下，小主人叫家奴把马拴好，上山时不准乱走乱叫。人太多，目标大，动物发现后在很远的地方就跑了。小主人说：你们到那边乱喊乱叫，把野兽赶过来，我绕道而行，在前头的山石崖下等着。不到一个时辰，家奴轰赶的野兽跑

① 莫尔根：即英雄之意。

过来了，射吉德遍都急忙用弓箭向大鹿射去，接着又向另一只鹿射去，一连射出几箭，个个都射中鹿、狎、野猪。这时，从他背后又跑来一群狍子，他连射几箭，又射死五六只狍子。

过不一会儿，家奴跑过来，把打死的野兽都堆放在一起，欢欢喜喜地剥皮、剔骨，收拾皮、肉，准备回宿营地。射吉德遍都领十个家奴，从西山角绕道回去。一路上骑马观看群山美景，心情格外兴奋，又说又笑，很快就要回到昨晚的宿营地。忽然从西南刮来一阵大旋风，在射吉德遍都的马前转了三个圈子后，风又往西南方向刮去。当旋风转的时候，射吉德遍都打了一个冷战，心中觉得非常难受，家奴阿波见此情景，急忙上前护救，催马很快来到了昨晚住宿的撮罗子。

一些家奴早已做好了饭，见小主人回来脸色如土，都吃惊地看着他。他们急忙把小主人扶下马，放到铺好的被褥上，众人问小主人怎么了？他说："就是那旋风过后，我心里一阵一阵地昏乱起来，现在头昏脑涨，心难受。"众人一齐说："可能是我们打猎得罪了哪位神仙，应马上焚香祈祷。"阿波马上向空地跪拜祈祷说："一屹山的山神大仙以及家族的众神保佑我们的小主人病愈回家，而后我们杀猪、宰羊祭祀诸神，报答保佑之恩。"说完，阿波磕了三个头，然后回到小主人身旁，一看他疼得大哭大叫，此时已经日落西山，不起程回家了。

到了半夜，小主人的病情更加严重，阿波吩咐几个家奴去找大树，剥外皮做抬板，由八个人抬射吉德遍都，其他人备马连夜赶路。走了几十里路，阿波上前看看小主人，人已气绝而死。众家奴悲痛万分，哭了多时，阿波说："咱们在这里哭得死去活来也无济于事，况且人死也不能复活，依我看不如一人先骑马火速回去报告老主人，我们抬小主人的尸体随后赶到。"说罢，让家奴阿罕骑马急奔而去。

不多时，阿罕骑马回到主人家的大门外，把马拴一旁，一直跑到上屋，见白都白彦夫妻俩正在闲谈，阿罕急忙跪下，尚未开口就不住地流泪，后来就大声地哭了起来。白都白彦问阿罕哭什么，一连追问了三声，见阿罕还是哭个不停，他大怒说道："可恨的奴才，为何只哭不说一句话？"阿罕见老主人大怒，才慢慢地擦去眼泪，不住地叩头，把小主人得急病死在山上之事禀报给老主人。

白都白彦夫妻俩听儿子身亡，只喊一声哎哟，便不省人事，昏死过去。家中所有的丫鬟见此情景非常着急，众人一齐呼唤老夫妻俩。后来慢慢苏醒过来，随后又是不停地大哭，哭得死去活来。不久，白都白彦止住了哭声，悲伤地说："阿罕速备两匹快马，带我迎接你小主人的尸体。"

阿罕立刻去备好马，他们就一齐上路了。他们走了几十里路，看见阿波领众人抬着儿子的尸体迎面走来。阿波看见老主人，吩咐众人站住，把小主人尸体放在地上。白都白彦走近儿子尸体心里好似刀割一般，几乎从马上掉下来。阿波急忙扶住老主人走到儿子尸体面前，老主人抱着儿子的尸体就大哭起来，哭得昏迷过去。众家奴怕老主人伤身，集体跪下，苦苦哀求他别哭了。白都白彦才止住了悲伤，命家奴抬着儿子的尸体回家。白都白彦跟在后头，边走边想：我夫妻俩一生一世敬神，未做坏事，天神为什么断我后？我年近七十，家财万贯，没人继承，我儿子死得好惨啊！想着想着已到家门口，便吩咐家奴把儿子尸体抬到屋里。

白都白彦妻子见到孩子尸体抱着就哭起来，众家奴也一齐跟着哭。这时附近的亲友都来劝白都白彦夫妻俩别太悲伤、难过了，要注意自个儿的身体，他们才渐渐地止住了眼泪。白都白彦叫妻子上炕开衣箱，拿出新衣服给儿子穿上，然后把儿子放在木板上又痛哭不止。白都白彦让阿波、阿罕到马群中挑几匹各色的马作为儿子的阴间马群，又叫另一个家奴去杀猪宰羊，把肉煎熟准备举行祭奠。白都白彦又叫家奴到城里买十箱烧纸十箱酒，准备祭祀时用，又吩咐女奴给儿子做粮食口袋，装上五谷杂粮，还要做好被褥、枕头、鞋子等；又吩咐家奴做最好的弓箭，作为陪葬品。家奴们各自忙碌着，他们夫妻俩仍守灵悲痛不止。

第三天家奴都来禀报，该准备的物件一一都齐全了，请老主人过目。白都白彦出去一看，样样东西都整齐地放着，陪葬品备办齐全，准备入棺。就在这时，一个家奴跑来禀报，说外边来一个老人，穿的衣裳挺破，像是要饭的，他说是专程给小主人祭灵来的。白都白彦说："快让他进来。"

不一会儿，见老头进屋直奔尸体旁号啕大哭。白都白彦一看老人哭得这么伤心，便上前劝阻，说："你老不必太难过，你休息一会儿，然后到厨房随便吃喝吧。"老人郑重地说："我不是来吃喝的，我听说你儿子死得奇怪，你为何不去请萨满过阴取魂，或许能有还生的希望，否则过几天尸体腐烂，再请萨满也无用了。"白都白彦说："过去只知道喝小米粥能救人，萨满能救人吗？"老人说："你们到尼海毕拉[①]请尼海萨满，她

① 毕拉：河。

能救活你儿子的命。”白都白彦又说：“尼海毕拉在什么地方？请你告诉我，马上去请。”老人说：“我听说离你这儿有五千里地远，有一条尼海河，河东住着一位女萨满，她就叫尼海萨满。我听说她能过阴追魂，使死者回生。”老人说着说着就往外走，白都白彦怎么留也留不住。白都白彦只好跟他后边走出大门。

这时，白都白彦见老人用他的拐杖一指，他们便飞上彩云。他们在空中飞呀，飞呀，突然看见地上有一挂马车，这时他发现老人不见了，便知道这是神的指点。白都白彦落地后，向老人走的方向磕头感谢。然后来到马车跟前对马说：“请问尼海毕拉在什么地方？”这马会说话，它说：你上车吧。这时，白都白彦才看见马的头上及马的笼头上都系着鲜红的布条，他心里明白了，这是神人给系的，让萨满跳神救他儿子。他又磕头感谢老人一番，然后才上了车。

这匹马拉着车，不分昼夜地跑。来到一条河旁，马停住了，白都白彦看见一个女人在洗衣服，连理都不理他。白都白彦很有礼貌地问：“这位大姐，请你告诉我，尼海河在哪？”那女人答道：“这条河就是。”白都白彦又问：“尼海萨满在哪？”女人说：“在南边的屋里。”

白都白彦按女人的指点，来到南边的屋里，果真有一个白了头发的老太太盘腿坐在炕上。白都白彦很礼貌地问：“这里有尼海萨满吗？”老太太说：“刚才你不是看见了吗？你先给她磕三个头，她才会答应你的请求。”

白都白彦又回到河边，给洗衣服的女人磕了三个头，双膝跪着，两眼不停地流着泪说：“有一位神仙指引我来这里，尼海萨满请您可怜我老年丧子，我知道您神通广大，今因我儿子到一屹山打猎，忽然得病死在半路，请尼海萨满救救我的儿子，想个法子过阴捉魂还阳。我儿子如能死里回生，我情愿将家中的牛马、财产分给你一半，望不要推辞。”说罢，连连叩头。

尼海萨满急忙扶白都白彦坐下，对他说：“我虽然是个萨满，但法术一般，没有多大本领。今天你老求我，我就先请神下山看看是什么原因。”她一边说话，一边拿一盆干净水洗脸，然后在西炕上摆了香案，点着三炷香，口中叨念请神的口诀。不多时神下降附体，就说：“白都白彦，你孩子叫阴木堪抓走了，但他的死期没到，是别的小鬼抓错了，他还有生还的希望。”

白都白彦听说后，急忙给尼海萨满跪下叩头，苦苦哀求救救他的儿子。尼海萨满见此情景，无法推辞，只好答应。这时，她的神已经走了，上前对白都白彦说：“你老快起来，我跟你前去就是了，不过有一个条件你要答应我。”白都白彦马上说：“萨满姐姐，别说一件，就是十件、百件我都答应。”

尼海萨满说：“既然如此，我替你到阴间走一趟，如能成功，你在年年春祭时，给我的诸神准备十只狎、十只鹿、十只狍子、十只天鹅，作为供我的众神的祭品，其他我一件都不要。”白都白彦马上答应，一切照办。别说一年祭一次，就是一年祭两次也行。

尼海萨满又说：“你们那里不懂过阴神语，我带我二神一同去。”说着她就出门往屯里走。不大一会儿，她找来一个男人，介绍说：他是我的二神。白都白彦迎上前，用好言美语感谢二神一番。

尼海萨满临走时到婆婆跟前说：“我说过，白都白彦不知什么时候准会来的，果然来了。我跟他去，你老在家好好看守门户，家中有事我自然会知道的。”接着，尼海萨满让二神准备神衣。她的神衣很沉，一个人拿不动，只好分两个马车拉神衣。尼海萨满跟婆婆告别后，他们不分昼夜地坐着清一色马车朝白都白彦家里奔。

这时，射吉德遍都已死十四天了，家里人已做好了棺材，尸体放在棺材里，没有上盖，专等白都白彦老主人回来。尼海萨满打老远就看见大门外有一群妇女在迎接她，并纷纷围住尼海萨满，说你辛苦了，感谢你救命之恩。尼海萨满随即下车，同她们说：“不辛苦，坐车来的。”一边说，一边进屋坐在炕上，看见小主人的尸体放在棺材里，心里也很悲痛。丫鬟们给她装烟敬茶忙个不停。

这几天，白都白彦的妻子日夜守着儿子，哭得两眼肿得都看不见人。听说尼海萨满来了，忙叫用人扶她到尼海萨满跟前，双膝跪下磕头，感谢救命之恩。尼海萨满上前双手扶起老夫人，说：“不要过于悲伤，我在家里已经知道你儿子是被小鬼抓错了，把他灵魂抓到阴木堪，我去取他的魂就是了。”白都白彦的妻子听了尼海萨满的话，非常高兴，用最真诚的心感谢尼海萨满。尼海萨满说：“眼下不是夸我的时候，三天内必须叫他死里回生。”众人听了十分惊讶，都半信半疑。白都白彦马上让家人准备上等的菜饭，让尼海萨满坐上席，并亲自敬酒感谢一番。

到了晚上，就开始跳神。尼海萨满来时自带了一只黑狗，一只黄色的公鸡，这是准备过路时给小鬼的。在阴暗的室内，尼海萨满在跳神之前先穿神衣。她的二神拿不动，就把神衣分开一件一件地穿。先穿神衣，系后背镜，前心镜，然后再戴上九叉的神帽，左手拿神鼓，右手拿神鞭，敲打起来。请神速速下凡，口中念固定的神诀。不一会儿，她全身颤动，腰铃振荡，双眼紧闭，口斜眼歪，口中吐白沫，神已附体了。二神倾心注意传达尼海萨满众神的旨意。

这时白都白彦请求尼海萨满的通弘神，他叫领路神传达我的请求，我儿子已死十四天了，请求尼海的祖神帮助沿“不尼河道”到阴木堪那里过阴。古初卡神听明白后，通知主神下凡。过不大一会儿，俄古哲格神下凡，像旋风一样在院中转动，用不满的口气说：

俄古哲格在昆仑山中好好地休息，
我静坐在那里好好地修炼，
我在平坦的一块土地上静坐，
忽然在遥远的昆仑山上听到你的击鼓声。
我再仔细听，我主人的腰铃都在响。
有急事在叫我，
我越过千山万水，
我又越过平时修炼的境地三江发源地，
我又越过大片的烧荒地。
真是一路险境，一路修行，
我真不太愿意到你们这里来。
你们叫我有什么事？
请你们好好地讲来。

这时二神用虔诚的心对神述说：“白都白彦的儿子现在已死了十四天，但身体没腐烂，求你顺不尼河道到不尼霍通，求阴木堪放他的真魂，让他死里回生。白都白彦答应每年春祭时，供十只狍、十只鹿、十只狍子、十只天鹅祭祀你们众神，请举行一次危险的过阴险境。”祖神听后明白了事情的原委，便在院中狂舞起来，一边击鼓一边唱神歌，然后急速转三百六十度，不断地转动后，口中念念有词地说：“让白都白彦准备干净的草铺，让尼海身体躺下，众神到不尼河去。随身带着黄公鸡两只，黑狗两条，油盐各十斤，烧纸一箱，准备过阴用。”这时尼海萨满唱神歌：

黑暗的不尼河道是通向黑暗的阴间道，

阴阳各是另一个世界。
现在我在阳间同你们在一起，
过一会儿我到阴间去。
要求白都白彦马上准备供品东西，
我走后你们不要随便乱动。
不要任何人在尸体、尼海身旁走动。
以防他们在不尼河道阻挡我过不去，
不尼河道的开始是人间最后走完的世界。
人间的灵魂轻如毫毛浮浮摇摇飘往何方。
我一路仔细辨认，
我一路贿赂，把鸡、狗送给冥官，也防小鬼麻烦。
通过各种险境争取把孩子的真魂带回。
你们在这里要好好地侍候。

众来宾以虔诚的心一一答应。白都白彦把过阴用的东西放在院中，再铺上松林里干净的草，去掉淤浊的血气。这时，尼海再次摆动身体，一面击鼓一面转动，突然倒在草铺上，假死好几个时辰。她身边有众神站岗。二神不让任何人到尼海萨满跟前，怕踩了萨满走的道。一般过一道岭留一个神，萨满每到一个地方处理一件事情。她小声慢慢地唱，别人几乎听不见，只有二神明白她唱的啥意思。每唱一句，二神用石火镰在萨满的肩上打两下火。再往前走要经过十八道岭，不尼河道非常黑，萨满往回看有一点光亮。这时萨满本人神志不清，只有众神在阴间道（不尼河道）上活动。尼海萨满的众神往西走，看见一座高山，有乌云遮挡没能过去。他们仔细找地寻找，忽然在高山下发现有一条小道，渐渐进入一个无底的黑暗深渊。他们顺着这条小道下去，见一个杆子挡路，有两个小鬼把守，不让阴魂回阳间，但去阴间不挡路。他们在漆黑漆黑的道上约走了几十里路，看见前面有光亮，便出了洞，眼前还是羊肠小道。尼海萨满的神告诉她，阴魂过了这个洞才知道自己已经死了，这时人的头上长着青草。

尼海萨满站住，回头看了一眼，一屹山就在眼前，白都白彦的家就在附近，射吉德遍都躺在棺材里。她的身体依然躺在草铺上，二神忠心的看守着她。尼海萨满放心地同众神往前走。在这个洞留一个神看护，以便接迎她回来。因时间紧，众神催促她赶紧往前走，她的前后左右都有神保护着。

又走了一会儿，来到一条贯通南北的大河。这条河有两种水，河这边是黄水，河那边是红水。黄水干净，红水是女人来月经时在河里洗澡造成的。尼海萨满见两岸都没有船，附近有个瘸腿的鬼看守，她到跟前很有礼貌地说："古木楞大齐，让我过河取小孩的灵魂，你要什么，我给你什么。"瘸腿鬼说："我什么都不要，你别贿赂我。如让你过，阴木堪不会放过我，不让你过。"尼海萨满怎么恳求都不行，后来瘸腿鬼要用拐杖打她。尼海萨满没有办法，便用法术向河水一点，然后坐在自己的神鼓上漂流过河了。到了河对岸，马上跳了一会儿神，用法术去掉神鼓上的污血，又急急往前赶路。

尼海萨满在羊肠小道上又走了几里路，前面有个撮罗子，从屋里出来一个人，她一看此人正是五年前死去的丈夫。丈夫因病身亡后，他的真魂就在阴间这条河旁居住，打猎捕鱼，时常拦路劫财。今日见尼海萨满携带许多东西路过这里，他心想，一定是富人过阴，我为何不去抢劫。想到这儿，他拿起木棍跳出来挡路。等这个人走到跟前，他一看原来是自己的妻子，马上问："你为何来阴间？"尼海说："白都白彦请求我到阴木堪那里取回他儿子的真魂，请你马上让我过去。"她丈夫一听便抓住尼海的衣襟说："你这个贱妇，能为别人过阴追魂死里回生，为何不将我的魂追回阳世呢？一来咱们团圆，二来我可以照顾八旬的老母。今日你必须先送我回阳，然后你再为别人过阴。"尼海说："你已死了五年，身体腐烂，无法回阳。"丈夫一听火冒千丈，动手就打尼海，他们打了一阵后，丈夫对尼海说："你不找我灵魂，单找小孩的，是不是想找小孩做丈夫呀！"他边说边准备了一口锅，锅里装满滚烫的油，想用油烧死她。

尼海萨满气得不知说什么好，心想，我不能在这里耽误时间，得想办法甩掉他，便对丈夫说："你想复活就放手，坐在我的神鼓上送你回阳世就是了。"她丈夫高兴地坐在神鼓上，尼海萨满让神德日不阿，把神鼓上的鬼魂送往十八层地狱，速去速回。

尼海萨满处理了丈夫的事后，又奔西走。不一会儿到了一个关口，不少饿鬼冤魂挡路，向她要钱。尼海把带来的金银分给他们，拿到钱后这些小鬼就各自去了。她又继续赶路，来到三岔路口上，不知走哪条路。她问众神，不尼的道为什么有三条？一个神对她唱神歌，尼海在家也唱，二神把头偏低听，尼海萨满唱道：

格呀模，格呀模，(意为灵魂的神)
尼海萨满冒险走阴间小道，
你高尚的风格永远留人间，
你的众神永伴随你为人类服务，
你把阴间不尼路用神铺就光明之路，
以后不断的真魂从这里回阳世。
我们众神告诉你尼海，
阴间的冥官小鬼绊子多，
总想办法挡你回阳带真魂。
你回来时对着白光走，
各小鬼们会欺骗你的，
你不注意，真阳真阴分不清。
只有光明才能辨别真阳真阴，
真阴没有光明，真阳才有光明。
白都白彦家为你准备了火镰，
你到那里说一声要火，
你才能把射吉德遍都真魂往棺里扔，
火光象征生命，
火光象征着人类的明天。
我们面前的三条道是阴木堪根据人的死因分成的。

尼海萨满认真地听众神的话，他们说：不到时辰上吊而死的短命鬼走右边，到了时辰而死的人走中间这条路。尼海说一声我们走中间大道吧。走不远到了一条毕拉，尼海又问众神，这是什么河？众神答：这是浊水河，世人来到这条河，如喝一勺水，马上忘掉在世上的一切，所以小鬼们一心无挂地在这里生活。他们一边说一边来到河岸，尼海高喊有人吗？从河对岸划出一条小船，船上坐着一个人，尼海一看是她娘家十年前死去的家奴，现在在这里摆渡。尼海急忙跳上小船说：我过阴赶路，你要快快送我过河。家奴很快摆渡到了对岸，尼海及众神上岸，给家奴很多的油、盐和金银，向他感谢一番又上路了。

他们走了不多时，看见前面有一座大城市，尼海问众神这是什么地方？众神答：这就是不尼霍通阴木堪的首府。这城周围有三道城墙，进城时要经过三道关门，各门都有冥官、小鬼把守，得想办法过去。

尼海进城一路观看，这个城市同阳间一样。阴木堪的院子很大，栅栏很高，如同人间皇帝的宫殿金碧辉煌。这地方同人间一样什么都有，有商店，有酒馆，有旅馆。人死时穿什么在这里就穿什么，在阳世人死后供的酒肉、水果，活人烧的纸灰及火炭都有。阳世什么样，阴间也一样，真热闹，难怪人死了不想家呢。在阴木堪城里有娱乐活动，有赛马的、射箭的、摔跤的，好像还有玩球的，非常热闹。

尼海想，小鬼们忘记了过去的一切，在这也很开心，让他们玩吧，我找阴木堪去。不知不觉来到第一道鬼门关，有两个小鬼看门，长相挺凶恶，手持长矛拦路，不让过去。看门鬼问："你们进城干什么？"尼海说："因为城里的鬼头，错抓了一个小孩的真魂，让我进城要回真魂，各送给你们五千元钱。"看门鬼一听有钱，就答应让她过去了。

到了第二道鬼门关，尼海同样给了钱让她进城。到第三道关有八个鬼头把守，个个凶狠残暴，说什么也不让过去。尼海变一只雕鹰腾空飞进城中，到城里又变成尼海，大摇大摆地进了阴木堪的宫殿。这个殿富丽堂皇，非常壮观。阴木堪坐在皇位上，正在料理阴间的鬼案，有的打发还阳，有的留阴府当兵。尼海来到跟前行礼说："我来领射吉德遍都的真魂，求大人发发慈悲可怜这孩子，让他回阳吧。再求你查一查生死簿子，射吉德遍都的寿命是多少？"阴木堪见尼海萨满的神灵大，心眼儿又好，就答应送射吉德遍都的真魂回阳，还答应给查生死簿，一查看射吉德遍都能活九十九岁。阴木堪说，你把他的真魂领回去吧。尼海说声谢谢你，后会有期。

尼海从皇宫出来，在院中看见小鬼们正在训练，年龄大的站前排，年龄小的站后排，队列很齐，每人持长枪来回练步伐。射吉德遍都在最后一排，尼海把他领了出来。尼海想，第三道鬼门关的门鬼极其凶恶，领射吉德遍都的真魂出来，这些凶鬼若碰一下他，就会缩短寿命。不如我变成雕鹰背他飞过去。这时尼海用法术刮起一片黑云，在黑云中雕鹰抓住射吉德遍都的真魂从城墙飞过去，并嘱咐射吉德遍都要抓住她，闭上双眼，千万不能睁眼，咱们回阳世找你父母去。小孩的真魂听说回家，非常高兴，一一答应。

尼海萨满同众神欢欢喜喜地奔阳世走去，但不能走原路，因小鬼们怕尼海萨满带走真魂，又设了几道鬼门关，关门把得更严。尼海只好从别路回来，一路上有时传来受刑的鬼一片悲哭哀号、撕心裂肺地喊叫声，有时传来阵阵的钟声和木鱼声，她不顾这些，带着射吉德遍都的真魂急匆匆来到转生的地方。这里的主人是一位白了头的老太太，叫阿摸呼妈妈，她长有圆桌大的奶盘，奶盘上有九个奶头。这九个奶头在阴间代表着缺口的意思，有缺口才能再生，如果圆了永远是阴间的鬼。

尼海萨满进了她的屋，看见九个小孩吸她的奶，有的小孩吃饱了，阿摸呼妈妈就扒拉到一边，让他再生阳世去。尼海又来到另一个屋子，看见一个人的舌头用钩子钩住挂在房梁上，尼海问她的舌头为什么被挂着？阿摸呼妈妈说："这个人在阳世好传闲话，我惩罚她，让她再生后做个忠实的人。"在旁边还有一个人倒立挂在树上，尼海问这是为什么？阿摸呼妈妈说："他在人间好喝大酒，惩罚他。"在院子里还有背石头的，阿摸呼妈妈说："这个人好淘气，在人间经常把山顶上的石头往山下扔，现在惩罚他背回原处。"还有人一粒一粒地捡小米，尼海问这是干什么？阿摸呼妈妈说："因她在人间做饭时浪费粮食，现在惩罚她，回人间做个勤俭的人。"还有一个女人的脚后跟钩一个铁钩挂在树上，尼海问这是为什么？阿摸呼妈妈说："这个女人在人间逃婚，不安分过日子，现在惩罚她。"还有一男一女背对背坐着，尼海问这是怎么回事？阿摸呼妈妈说："他们两口子在人间经常打架，让他们反省。"还有一个人光着身子，让狗一口一口地吃他身上的肉，阿摸呼妈妈说："这个人在人间经常打狗，现在惩罚他。这里都是等待转生人的魂，我惩罚他们，让他们再生到人间做一个有用的人。"

尼海与阿摸呼妈妈又往前走，来到了一段像镜子一样滑的冰坡路，凡是转生的小孩必须过这个冰坡，这个镜子般的冰坡等于人间妇女产期的长短，所以有的小孩过得快，有的爬了几次也爬不过去，阿摸呼妈妈过来用木棍子打。爬不过去的孩子的屁股、后背被打得青一块、紫一块的。当这些孩子爬过冰坡后，阿摸呼妈妈给每个小孩一件东西，让他们拿在手中，如有的小孩手里拿鼓，到阳世就做一个萨满，小孩手中拿手巾，到人间就做一名歌唱家，有的小孩手中拿算盘，到人间就做一名账房先生。

尼海萨满告别阿摸呼妈妈后继续往前走，要过最后十几道岭，眼前是一个最难过的像捕鱼用的鱼亮子式的高栏。这个高栏像天那么高，就是雄鹰也飞不过去。有一个恶鬼领着两条狗在这儿看守，分别站在高栏的两边，张着血盆的大口，伸出的舌头有几尺长，露出的牙齿锋利可怕。这两条狗见尼海萨满过来就拼命往前扑咬她。尼海萨满给看守不少东西，把带来的鹿肉、狍肉、狍子肉全部给狗吃了，它们才停止了狂叫，并摇摇尾巴欢迎她。看守鬼还是不让过，要求把狗留下才能放过，尼海萨满答应了，临走时对看守鬼说：“你有事对狗说，车，车，车。”说完就走了。

尼海萨满走了几里地，听见有人喊她，回头看，见看守鬼边跑边喊地追她，三条狗猛劲往前跑。尼海萨满问怎么回事，看守鬼说：这几条狗不听我的话，非撵你不可。尼海萨满说：“我不告诉你了吗，对狗叫声车、车、车。”听到这个叫声，只见三只狗在地上滚了三次，然后站起来，跟着看守鬼跑回去了。

尼海萨满很快返回阳间，回到白都白彦的家，见射吉德遍都仍在棺材中，把他的真魂往尸体上扔下去，自己的魂回到自己的本体。不多时，她渐渐地呼吸，铜铃在慢慢地振响。二神马上击打神鼓，低声地学唱尼海萨满唱的神歌，就是还阳咒语：

可爱的射吉德遍都的真魂已回本体，
尼海萨满的众神经过千辛万苦还阳世。
尼海也从死亡的阴间还阳世了，
天神的众神赐给我们再次的温暖，
白都白彦快快焚香点火，以防鬼们再来麻烦。
面前的焚香象征人类的生命，
你们要好好感谢尼海的众神。
你们年年要用最好的礼物祭祀他们，
你们的射吉德遍都得救了，众神完成了使命。

二神唱完还阳咒语后，尼海萨满的神铃、铜铃都响起来，不断地撞击着。尼海萨满的身体不由自主地震颤着。这时，二神高喊，速来两个男人快快扶尼海萨满站起来。马上，来了两个男人把尼海萨满扶起来，她焚香敬神，清理道路，又用神鼓清理污秽的场地，然后跳起古老的萨满舞蹈。

尼海萨满一边跳舞一边唱神歌，述说过阴艰辛危险的情景。人们不断地感谢众神的勇敢，答应用最好的猝、鹿、狍子和天鹅祭祀他们。最后尼海萨满来到射吉德遍都的尸体旁转了三圈，边走边向尸体击鼓说：白都白彦你上前摸摸你儿子有没有热气。白都白彦的妻子马上过去摸摸儿子胸脯说：“萨满姐姐有热气了。”尼海萨满又敲起神鼓唱起还阳神歌，二神跟着唱，并不断地解释萨满说的神话。

这时，射吉德遍都开始慢慢呼吸，由小变大。白都白彦夫妻俩见了热泪盈眶，感谢萨满的神功救活了他们的儿子。不大一会儿，射吉德遍都的双手双脚在动，随后坐起来看看周围，发现自己坐在棺材里，好像睡一大觉，做了一个梦似的。但是他记得阴间的事情，马上认出在自己跟前跳神的大娘，是她从阴间，从阴木堪那里把他领回来。他向大娘招手，感谢救命之恩。

接着，尼海萨满举行了送神仪式。两个男人搀扶尼海萨满的身体，她深深吸了一口长气，打个哈欠，感觉很累。两个男人脱了她的神衣、神帽，让她坐在铺上。尼海萨满看见过阴的孩子已经死里回生，向她感谢救命之恩，她从心里特别高兴，更加喜欢这个孩子了。

白都白彦夫妻俩来到尼海萨满跟前，深深行了一个礼，说："多谢萨满姐姐的救命之恩。"然后让射吉德遍都双膝跪下磕头，好好感谢萨满大娘。尼海萨满说："不必太客气了，快起来坐下吧。"

白都白彦让用人做了丰盛的酒菜，感谢尼海萨满的救命之恩。吃完饭后，吩咐家奴杀猪、宰羊，把在山里打的狍、鹿、狍子和天鹅拿来，举行隆重的祭祀活动，酬报尼海萨满的众神过阴之劳。同时还感谢二神的辛苦劳累。

第二天，尼海萨满就要回去了。白都白彦劝她多住几天，尼海萨满说，家有八旬老母，放心不下，一定要回去。白都白彦挑最好的马车拉着神衣、神器，还送尼海萨满几匹马和大包小包的衣物，又送二神几匹马，便让他们上路了。屯里的人步行送尼海萨满，一直送了几里路才停下来。

从此以后，方圆几千里的人们，有重病都来请尼海萨满跳神治病，百治百好，她的名声越来越大。她经常过阴到阴木堪那里去，取了不少的真魂还阳世。兴安岭的人敬佩她、崇拜她，因为她把很多死的人都治活了，人死得越来越少了，使人口猛增，给人们生活带来极大的困难。皇上正为人口多解决不了吃穿犯愁呢，听说都是尼海萨满搞的，大怒道："她这样做，我们国家怎么办？人吃什么，穿什么？杀死她？"于是皇上派一队护兵，在深山里挖了一个很深的坑，找来穿神衣的尼海萨满，她还不知为什么找她，围观的人真是人山人海。尼海萨满问："这是什么地方？找我干什么？"一个大臣说："皇上圣旨下，你犯了死罪，把你埋在这里。"说完就命护兵把尼海萨满扔到坑里，然后用土埋。当土埋到尼海萨满的平胸时，她的神铃和铜镜飞向天空，流落到人间，从此鄂伦春人有了神灵的小萨满。尼海萨满死了，过阴回阳的法术打那以后就消失了。不过她的神铃和铜镜的法术还在鄂伦春中流传着，但本领远远赶不上尼海萨满。

第十一章　尼桑萨满

鄂温克族　龙　列　讲述　敖　嫩　整理
莫日根布　胡·图力古尔　翻译

很早以前，巴彦河边住着一位巴力图巴彦。要想知道他的马群数就用河沙计量，要想知道他的财富有多少，就是三天三夜也数不清。他结婚多年仍无儿无女，虽然那么富有，但是日子过得不美好。老两口经常祭敖包向长生天求子。

有一天，长生天闻到了人世间烧的香味，一掐算知道了人世间有个居住在巴彦河边的巴力图巴彦求子已有三年。

长生天有九位仙女，一天把她们叫到跟前。他从大女儿开始问："你有孩子吗？"大女儿生气地说："没嫁人哪有孩子呢？"问到最小女儿时，小女儿告诉他有一个三岁男孩。长生天对小女儿说："把你儿子送给人间的巴力图巴彦吧！"女儿虽然不愿意把儿子送给他人，但不能违背父亲的意愿，只好答应下来。

长生天把外孙子的灵魂装进药丸，然后叫来白翁老人，交给他说道："把这药丸放到住在巴彦河边的巴力图巴彦老婆的口里去！"

白翁乘着白云来到人世间，扭转云头就到了巴力图巴彦蒙古包天窗，从蒙古包天窗往里一看，老头和老太太正在进餐。白翁把药丸一扔，扔进了老太太的饭碗里，老太太把药丸子和饭吃进了肚子里。白翁高兴地返回去了。

从那以后，老太太的肚子一天比一天大，怀孕十个月后生下了白白胖胖的小儿子。老头老太太高兴得无法用语言表达，含在嘴里怕化了，放在手上怕掉了，深爱着宝贝儿子就像掌上明珠一样。孩子长到一周岁时，老头老太太宴请了亲朋好友左邻右舍。希望给儿子起个好名字，但来的客人起的名字没有合适的。

白翁来到人世间走动时眼睑跳动，他认真掐算，啊！巴力图巴彦给亲爱的儿子做一周岁生日喜筵求名，但没有一个人起上汗的名字。白翁变成要饭的老翁，穿着破烂衣服来到巴力图巴彦家门口。这要饭人非要闯进院内不可，家人不让进，两人相互争执起来了。听到吵吵声，巴力图巴彦在屋里说：

“快把可怜人请进屋吧！今天是我儿子一周岁生日喜庆的日子”。于是便把老人请进了屋，并让他坐宴会的上席，给老人敬一杯酒说道：“请老人家您给我儿子起个名吧？”老人把酒杯接到手后说：“起名叫斯日古勒迪批延考吧。”说完眨眼工夫老人不见了。大家知道了他就是白翁，给巴力图巴彦儿子起个好名字，人们尽情地祝贺，一直到很晚才散去。

转眼间，斯日古勒迪批延考已长到十五岁了。有一天，巴力图巴彦和儿子一起领着几百人上山打猎。打猎行程几百里，第五天晚上斯日古勒迪批延考突然失去知觉。巴力图巴彦停止打猎，赶紧返回，让族内萨满看病祛邪也没见效果，而且病情更加严重，眼看生命难保了。

白翁在人间行善助穷的时候，知道了巴力图巴彦儿子染上了重病快要失去生命的事。白翁又扮成了要饭的人，来到巴力图巴彦家说道：

“要想救儿子，就请住在嫩江的突姓尼桑萨满吧!”说完就乘白云而去。

巴力图巴彦立刻套上两匹马，驱车赶到突姓部落，找尼桑萨满，有人告诉住在南屯的西头第一家就是。

巴力图巴彦来到南屯的西头第一家，进屋以后看到炕上坐着一位老人，她的东侧也坐着一位妇女。巴力图巴彦向上座的老人下跪请安道：“我儿子得了重病，请尼桑萨满前去看病。”敬了一袋烟。

那位老妇说：“我不是尼桑萨满，尼桑是我儿媳妇。”

巴力图巴彦又向东侧坐着的妇女跪礼请安说：“我儿子病重，请尼桑萨满您前去治病。”他又敬了一袋烟。

那妇女说：“我不是尼桑萨满，尼桑是我弟妹，她挑水去了，一会儿就回来。”

不一会儿，一个年轻妇女挑着水进屋了。巴力图巴彦等她坐稳后问安敬烟说：“我儿子患了重病，白翁告诉我，只有请您才能治好我儿子病，远道而来请您了。”

尼桑萨满说：“问我妈吧，让不让我前去？”

巴力图巴彦给老人又敬一袋烟说：“老人家，请您儿媳前去治病吧！”

老人说：“跟她姐姐问一问吧！”不太情愿地答复着。巴力图巴彦又给那位妇女敬烟相求。

那位妇女说：“她愿意去就去呗！”暴躁地回答。

尼桑萨满说："我去，但还得请一位助手，他就是那日古勒迪批延考。"

巴力图巴彦又来到东屋，请了那日古勒迪批延考，请到两位萨满乘车前往治病。

他们来到巴力图巴彦家时，斯日古勒迪批延考已经死了两天。尼桑萨满向巴力图巴彦要了一条黑狗、一只黑山羊羔、一桶炒面，然后穿上了萨满服拿着文铜[①]跳神。她跳一宿以后翁古德附体昏过去了，那日古勒迪批延考用绳子缠住她的脖子。这时听到地下咚咚的文铜的响声，人们就知道尼桑萨满已经去了阴间。那日古勒迪批延考把狗、黑羊羔杀死以后与一桶炒面一起烧了。

尼桑萨满领着狗和黑羊羔，背着炒面来到阴间，快到阎王大殿时遇上了一条大河，这条大河很宽，拦住了去路。尼桑萨满放声高喊："孟格力台舅啊！快来啊！快来啊！"喊叫时有一位老人站在河那边问道：

"尼桑啊！有什么事吗？"

"我找阎王相见，快把我送过河去！"

"给我什么好处？"

"我给你三勺炒面！"

"不行，给我五勺才能让你过河！"

"可以，给你五勺炒面。"

那老头划船过到这边，尼桑上船过了这条大河，给他五勺炒面，继续赶路。

尼桑萨满来到阎王大殿后就敲打文铜，阎王大殿正门应声倒塌。阎王战战兢兢地来到她身边说："尼桑萨满啊，我有什么对不起你的事啊？为什么破坏我的宫殿呢？有事慢慢说吧。"哀求她。

"你为什么把巴力图巴彦的十五岁儿子的灵魂勾来了，赶快放回去！"

阎王把高、低两个鬼找来问道："你们什么时候把斯日古勒迪批延考魂带来了？"

"三天了。"

"快放他回去！"阎王喊的时候高个、矮个鬼把斯日古勒迪批延考的灵魂交给了尼桑萨满。

尼桑萨满直问阎王："你给这个孩子增加多少岁数？"

---

① 文铜：萨满用的鼓。

阎王说:“给十岁。”

“不行，人生二十五岁正是婚恋阶段，那时把人家拿回来，不妥!”尼桑萨满把文铜一敲，阎王大殿东角倒塌了。

阎王道:“再给二十五岁。”

尼桑萨满说：“人活到五十岁，正是儿女成家最幸福时刻，你把人拿来?”

尼桑萨满紧逼问的时候，阎王只好说:“那就再加二十岁吧!”

尼桑萨满说:“可以。”

阎王对尼桑萨满说：“我给斯日古勒迪批延考增加寿限了，你得把狗和小羊羔给我留下。”尼桑萨满答应给他留下。

阎王问尼桑萨满:“怎么叫这条狗，怎么叫这只小羊羔?”

尼桑萨满说:“把这条狗叫追、追，把小羊羔叫回、回。”说完，尼桑萨满要走的时候，狗和小羊羔跟着后边跑。

阎王一喊：“追、追，回、回，”怎么叫，狗和羊也不回头，而且跑得更快了。阎王对尼桑说:“狗和羊羔为什么往回跑呢?”

尼桑萨满告诉他：“你拿着吃的东西叫狗给、给!你拿着鲜奶叫羊特意格、特意格!”尼桑萨满要走的时候狗和羊羔跟着她跑。阎王按照尼桑的叫法留住了狗和羊羔。

尼桑萨满返回路上遇到了已死去五年的丈夫的灵魂，丈夫见到她后，拽着文铜哀求说:“把我也带回去吧。”

“不行，你的尸体已经腐烂了，把你灵魂带走也没有用。”

“我死的当时你怎么没救我呢?”她丈夫追问她。

尼桑回答:“那时我不是萨满，我当萨满才三年。”

尼桑萨满的解释与劝说，丈夫怎么也不听，而且把她的文铜的一面撕掉了。由于尼桑萨满生气和着急，失去了理智，一下把丈夫扔进了地底深渊。

尼桑萨满晕厥已有一天，她的身体开始颤抖。那日古勒迪批延考把她脖子上的绳索解开后，尼桑萨满一阵咳嗽后逐渐苏醒了。同时斯日古勒迪批延考也苏醒坐起来了。但是尼桑萨满的文铜变成了单面文铜。

尼桑萨满和那日古勒迪批延考回去时，巴力图巴彦赠送了很多礼品，并套车送他们回家。

尼桑萨满回家后向婆婆告诉了遇到丈夫灵魂的事情。丈夫不听她的劝阻并把她文铜的一面撕掉，她在又气又急的情况下，把他扔进地底深渊。婆婆怨尼桑萨满把人家孩子的灵魂从阎王那里取回来，却不把丈夫灵魂取回来，并把他扔进地底深渊，婆婆上天告了尼桑萨满的状。长生天听后说："你儿媳，不带你儿子是有道理的，但把他扔进地底深渊就不对了。所以把她也扔进地底深渊，予以惩罚。"长生天带领九位大将来到人间降服尼桑萨满。尼桑萨满与他们打了三天三夜，因她文铜由过去的双面变成了单面，魔法大减，又寡不敌众，最后被擒。长生天以九丈长的铁链将尼桑萨满捆绑起来，并扔进地底深渊。尼桑萨满吐了唾沫说道："我所吐出的唾沫都变成萨满挽救人类，降服鬼魔！"说着就淹没在地底深渊。

从那以后鄂温克人中出现了很多萨满，但只有单面文铜，不像尼桑萨满那样能到阎王殿取回灵魂。使人起死回生的人没有了，只能是驱鬼治病了。

第十二章　尼苏萨满

白　杉　搜集整理

据说，尼苏萨满是一位神通很大的女萨满，她虽然不像远古萨满那样有神通，但也是一个了不起的萨满。她的法衣能装满十辆大车，神鼓用二十辆大车才能拉得动。她的神鼓，上天能变成大鸟载她飞腾，落地能变成骏马驮她驰骋，下水能变成轻舟载她荡波。她能随时随地并随意变成各种生物或物品，上天、入地、去阴府、回阳间，甚至能把死去的人的灵魂从伊热木汗（阎王）那里赎回来。她到处消灾解难，为人们做好事。由于她的神通过大了，天降的灾难她给解脱了，天意惩罚的人她给救活了，所以，连腾格里汗[①]的儿子也心生妒忌，总想把她置于死地。

后来，腾格里汗终于惩治了她。事情的经过是这样的——

巴拉多白音有个独生儿子叫舍尔古鲁迪片阔，在一次上山放鹰打猎时忽然得急病死了。

巴拉多白音请了很多萨满都救不活他的儿子，成天伤心叹气。碰巧来了一个年迈的乞丐哆哆嗦嗦地到他门前讨饭。巴拉多白音把他请进来，给他饭吃，还对他说："能吃啥就吃啥，能拿啥就拿啥吧。我唯一的儿子已经死了，对我来说，留什么也没用啦！"乞丐吃饱饭，为了答谢他，就给他出了个主意："我讨饭走过不少地方。人们都说尼斯盖河的尼苏萨满神通广大，你为啥不去求求她？"

巴拉多白音听了很高兴，立即骑上他的花白马亲自去尼斯盖河请尼苏萨满。

在巴拉多白音到达之前，尼苏萨满就对婆母说："今天有人要请我去救他的独生儿子。人家有难，我不去不好。可要是去了，我就会有一场劫难。"

婆母说："你走了那么多地方，救了那么多人，从没听说有过什么劫

① 腾格里汗：天帝。

难。怎么偏偏这一次就心惊肉跳起来？人家要来请你，你就去吧。谁家的独生儿谁不心疼呢！当初你要是救了我的独生儿子，你我的日子就不会像今天这样冷冷清清啦！”

尼苏萨满见婆母又提起她两年前刚过门就死去的丈夫，再不言语。默默地拿出法衣和神鼓，梳洗穿戴好，只等前赴对自己必有劫难的历程。

不一会儿，巴拉多白音果然来到。进屋就跪在地上给尼苏萨满磕头：“扬名四方的尼苏萨满呀，我给你神通博大的神魂叩头啦！可怜我上了年纪的人吧，救救我命根般的独生儿子！”

尼苏萨满说：“快起来吧！我的神魂此刻不在左右，给我叩头是损我寿数！你的来意我早知道啦。你先回去，我随后就到。回去后，给我准备好一条黑狗、一只黑鸡和一盘大酱。别的事项，一概不必张罗。”

巴拉多白音连连答应，急急翻身上马，匆匆赶回家里，按照尼苏萨满的旨意，抓了一条最机灵的黑狗，捉了一只最肥壮的黑鸡，又盛了满满一盘大酱。事情办妥当后，向东南尼斯盖河方向跪拜着呼唤：“尼苏萨满！尼苏萨满！”

尼苏萨满坐在飞旋的神鼓上应声赶来。落地后就开始击鼓跳神，召唤神魂[①]。顷刻，她的神魂就领着黑狗和黑鸡，带着一盘大酱前往伊热木汗那里。

尼苏萨满的神魂悠悠荡荡，不觉来到虚幻缥缈的生死界河。遥见河上老艄公划着半拉船靠过岸来。尼苏萨满说：“快渡我过河去吧，我要见伊热木汗！”

老艄公说：“我说面熟呢！原来又是你尼苏萨满！伊热木汗的道儿快叫你踩平了。这回给啥做船钱？”

尼苏萨满说：“一勺大酱。”

老艄公忙说：“不行，不行，以前都是你一个人，这回又多了一条狗和一只鸡！”

尼苏萨满说：“那就给两勺吧。”

老艄公还是摇头：“不行，最少也得三勺！”

尼苏萨满说：“三勺就三勺，快渡我过去！”

老艄公得了三勺大酱非常高兴，就划着半拉船飞快地把尼苏萨满渡

① 萨满“神魂附体”或“派神魂去伊热木汗”时，均呈假死状态。此处叙述从简。带去的“鸡狗”亦其灵魂，并非躯体（即事先牺牲）。

过河去。——据说大酱在阴间，比任何美酒佳肴甚至比金银珠宝还珍贵许多倍。所以，凡是去阴间的萨满神魂，都必须随身带着大酱，好在途中和阴府买通关节。

尼苏萨满见到伊热木汗，伊热木汗问她："你又来干什么？"尼苏萨满说："来取舍尔古鲁迪片阔的魂灵。"伊热木汗说："他的死期到了，不能让他回去。"尼苏萨满说："我也是被求不过，难以推托才来找你。舍尔古鲁迪片阔的父亲叫我给你带来一条黑狗和一只黑鸡，你要不把他儿子的魂灵给我，我就把黑狗和黑鸡都带回去啦。"

伊热木汗一听就急了，忙说："给你给你，把黑狗和黑鸡留下吧。"

尼苏萨满问："给他多少寿数？"

伊热木汗说："四十岁吧。"

尼苏萨满说："我辛辛苦苦来一趟，才给这么点寿数？不行，让我把黑狗和黑鸡带回去吧！"

伊热木汗说："五十岁行不行？"

尼苏萨满说："行就行吧，不过还是少了点儿。"

为什么四十岁不行，五十岁还少点儿呢？因为四十岁正当壮年，五十岁也不算高寿。

伊热木汗把舍尔古鲁迪片阔的魂灵交给尼苏萨满，尼苏萨满起身就走，黑狗和黑鸡也跟着走。

伊热木汗说："你也把它们带走啊！"

尼苏萨满说："给你了，你留不住怨谁？"

伊热木汗问："咋样才能把它们留下来？"

尼苏萨满说："再给十岁就告诉你。"

伊热木汗说："行，行，再给十岁。快告诉我吧。"

尼苏萨满说："想让狗留下喊'托！托！托！'想让鸡留下叫'华希！华希！华希！'"[①]

等尼苏萨满一走，黑狗和黑鸡又跟在后面追去。伊热木汗使劲喊着"托、托、托"和"华希、华希、华希"，想把黑狗和黑鸡叫回来，可是，他越喊，黑狗和黑鸡跑得越快。

伊热木汗气急败坏地撵上尼苏萨满说："你为什么骗我？"

尼苏萨满说："因为你太小气了。再给十岁我就不骗你。"

---

① "托、托、托"和"华希、华希、华希"是驱狗赶鸡时候的喊声。

伊热木汗说："行，再给你十岁！"

尼荪萨满说："一共七十岁，别弄糊涂了。"

伊热木汗说："七十就七十，快告诉我怎样才能叫黑狗和黑鸡留下来？"

尼荪萨满说："狗的名字叫'哈日'，喊它'哈日哈日'就能留下。叫鸡时喊'咕咕咕'，[①] 鸡就能留下。"

这样，伊热木汗才把黑狗和黑鸡留下来。

尼荪萨满离开伊热木汗不久，她死去两年的丈夫就从后边赶上来哀求她。尼荪萨满说："你已经死了两年，身子都烂没了，叫我怎么救你？"可是丈夫抓住她的神鼓不放，怎么解释也不肯松手，尼荪萨满一气之下把他打入大地的肚脐——九重深渊里。

尼荪萨满带着舍尔古鲁迪片阔的魂灵匆匆往回赶，过河时把带来的大酱全部给了老艄公。

尼荪萨满的神魂快要回到阳间的时候，系在她照瓦心口上的铜铃开始轻轻响起来。随后，从足尖、膝部到腰间的几层铜铃都响了起来。继而，尼荪萨满跃身而起，跳起神来，用神鼓把舍尔古鲁迪片阔的魂灵扇进他的躯体。舍尔古鲁迪片阔复生了，并得了阳寿七十岁。

巴拉多白音非常高兴，要给尼荪萨满许多牛羊马匹和金银钱财做酬谢。尼荪萨满什么也没要，她料到即将来临的劫难，匆匆回到家里去。

到了家里，婆母问她此行的情况。尼荪萨满说："舍尔古鲁迪片阔的魂灵取回来了，得了阳寿七十岁。"

婆母听了，心里很不舒服，又问道："去伊热木汗的道上，没见到你男人吗？"

尼荪萨满说："见到了。可是他死了两年，身子都烂没了，我实在没法救他。他缠住我不放，我一气之下把他打入九重深渊里去了。"

婆母心想："好啊，你能把别人的独生儿子救回来，却把我的独生儿子打入九重深渊里。太狠毒啦！"

于是，她向腾格里汗祈告，求腾格里汗一定要重重地降罪于尼荪萨满。腾格里汗的儿子带着两个天神，骑着神马下界来捉拿尼荪萨满。

两个天神找到尼荪萨满，对她说："腾格里汗有事请你。"尼荪萨满说："我不去。"天神问："为啥不去？"尼荪萨满说："不去就是不去！"

---

① "哈日"是黑狗的名字，"咕咕咕"是唤鸡喂食。

两个天神和尼荪萨满说说就动起武来，腾格里汗的儿子也下来助战。尼荪萨满寡不敌众，变成一只麻雀逃走。两个天神变成两只老鹰追赶。麻雀眼看就要被老鹰撕碎，突然一闪身变成木梳落在一个女人头上。两个天神变成恶汉把木梳从女人头上拿走。木梳突然一滑变成草爬子钻进天神的胡子里，天神怎么找也找不到。草爬子狠狠咬了天神一口，天神一摸下巴，就把草爬子抓住了。

腾格里汗的儿子和两个天神把尼荪萨满押到天上。腾格里汗问罪她："你婆母把你告了，天神去传你，为啥还敢动武？"尼荪萨满说："什么道理也跟你们说不清楚。该怎么降罪就怎么降罪吧！不必再问啦。"

腾格里汗非常生气，把尼荪萨满用铁链捆起来，扔进地脐——九重深渊里，永世不准脱身。

从那以后，尼荪萨满就再也不能转世了。

尼荪萨满被打入九重深渊以后，过了不知多少年月，有个仙女从那里经过，看见露在地面上的一节铁链觉得奇怪，就往外拽。可是铁链没完没了，怎么拽也拽不完，堆在地上像一座山。

尼荪萨满在九重深渊底下，发觉有人往上拽她，高兴得击起神鼓跳起神来。在上面拽锁链的仙女一听那隆隆震耳的鼓声，以为腾格里汗谴怒于她，吓得松开了手。于是，捆尼荪萨满的铁链又哗啦啦倒回九重深渊里。尼荪萨满见自己又沉回深渊，十分遗憾，向上呸呸吐了几口唾沫。唾沫从地脐里飞溅出来，落到四面八方，变成了后世的萨满，继续像尼荪萨满那样为人们解病救灾，但神通都远远不如尼荪萨满了。

搜集地点：龙江县二沟西屯、富拉尔基、鄂温克旗辉索木辉道队，达西僧格一九七九年七月讲述（综合整理）。

第十三章　尼桑女

鄂温克族　尤　烈　口述
道尔吉　翻译　马名超　整理

在尼拉保格尼山下边，住着一个神通广大的尼桑女，草原牧民哪个有什么灾难，都到她那里去求救。

这一年，一个叫巴尔道白音的人，他的小儿子舍尔乌鲁德偏寇被恶魔看中了，限七天就得把他送进魔洞，若不，就要把全草地上的牧民都害掉。这事让慈心的尼桑女知道了，就到白音家里，说有退治恶魔的好办法，白音乐得没法说，答应她要什么就给什么。

尼桑女说："我什么都不要，只需给我一条黑狗和一只黑毛鸡，另加一盆大酱就行了。"

东西都备齐以后，尼桑女就领着小狗和黑鸡直奔尼拉保格尼大山深处的魔洞走去。

她走了好长时间，前面来到一条河，隔住大道，再也过不去了。这时，只见前边有个老头，只驾个半拉船。尼桑女求他帮忙，把她和黑狗黑鸡渡过去。老人问她："你用什么报答我？"

尼桑说："给你两勺大酱吧。"

老人不答应。尼桑说："给你三勺吧。"

这回老头答应了，尼桑就给了他三勺大酱。这样，老头就把她送到了魔洞跟前。妖魔问她："是不是送舍尔乌鲁德偏寇来了？"

尼桑说："他病了，不能来，我给你送来一只黑狗和小黑鸡。"

说完，尼桑就往回走，没想，那小黑狗和小黑鸡也跟着回来了。

魔王以为它受骗了，就来追赶尼桑，问她："得怎么才能把小黑狗和鸡留住不走呢？"

尼桑女告诉它说："你对狗喊'陀！陀！'[①]，对鸡喊'号嘶！号嘶！'[②]

① "陀！陀！"即"去！去！"之意。

② "号嘶！号嘶！"是驱赶鸡时的喊声。

就都不走啦。”

魔王听罢，高兴了，以为照着一喊，就都不走了。可是，它越喊“陀、陀”，那狗跑得越快，越招呼“号嘶、号嘶”，那小黑鸡就飞得越远。

那魔王便随后赶来问道：“快说真话，怎样才能留住黑狗和黑鸡？”

尼桑就说：“你喊哈啦、哈啦，就能留住黑狗；喊咕、咕、咕，就能把小黑鸡留下了。”

魔王照着又做，果然把黑鸡黑狗全留下来。还没容魔王回到洞里，那小黑狗和黑鸡早把魔王紧紧叼住，一下便把它抛进“地脐”里去了。

没想到，尼桑女降伏魔王的奇闻让天上的玉帝知道了，就派下两个天神，骑马来到草地，叫尼桑女去见玉帝，看她到底有多大本事。尼桑女没把玉帝看在眼里，怎么也不肯去。两个天神说：“这可是玉帝的旨意，你怎敢违背？”尼桑执意不去，她和天神就交起手来。

只见尼桑女转身变成一只西刚鸟，飞向高高大岭。两个天神随后也变成两只鹰隼，跟着猛扑过去，寸步不让。单等老鹰就要抓住那西刚鸟的刹那，忽见天空掉下一把梳子，不偏不斜，正落在一个牧女的头上。天神马上变成个猎手，去到那牧女跟前，正伸手去抓那木梳，只见她忽地变成个草爬子，一下便钻进天神的毛胡子里去，这下可再也找不着她了。草爬子狠狠咬那天神一口，他便用手挠一挠，末了，到底还是把尼桑女抓住了，就带着她去见天帝。

尼桑女和天帝争了好久，也不肯服输。天帝一气，就把她也投进“地脐”里去，还把她用金链子锁了起来，那链子在地面只露出个头儿。

过了很久以后，有个天女，来到地面上游玩。看见有个金链子头儿，露在地上，就使尽力气朝外拉，将要拉出，猛一不小心，那链子又哗哗啦啦地掉进地脐里去了。那天女并不灰心，知道受难的牧民都是尼桑女救出苦海的，就真个把她从地脐里拉到人间来了。

后世，那尼桑女就成了草原牧民的仁慈的先人。

（原载《黑龙江民间文学》）

第十四章　尼桑萨满

早年，有个名叫巴拉图白音的富裕人，他只有一个独生子，名叫舍热古黛偏库。有一天，舍热古黛偏库骑上他的花走马，带上他心爱的猎狗和鹰，上山去打猎。突然在半路上得个急病，不幸死去了。家人骑上快马，把这消息告诉给了巴拉图白音，那富人一听，直哭得死去活来。想念着自己的独生子，他悲痛欲绝地唱道：

我那满山遍野的马群，
有谁给我去牧放，
我那膘满肉肥的花走马，
有谁再给它备上鞍韂。
　　我亲生的爱儿啊！
我一手喂养的小猎狗，
由谁领它去进山林，
那将满三岁的猎鹰啊，
由谁去撒出捕捉旱獭子，
　　我亲生的爱儿啊！

巴拉图白音哭坏了一双眼睛，他把舍热古黛偏库的尸身接回家里，藏在地下石棚里，想尽一切办法来救活他的孩子，可是，再有本事的萨满，也都寻不回死人的灵魂。

有一天，草原上走来一个衣裳破烂的老人，进到毡房来讨吃食。那巴拉图白音说："肉干和奶子，随你要多少，都拿去吧。如今，我唯一的独生子也不在了，再也没有人来继承我的财产，留它也没用，就都送给你吧。"

讨吃食的老人，感谢巴拉图白音的好意，就告诉他说："你只要能请到尼桑萨满，救活你的独生子一点都不难。”老人告诉巴拉图白音，那尼桑萨满就住在离这六十里的东南的尼斯盖河边上。

巴拉图白音听到儿子有救的消息，乐得把悲痛和愁苦全忘得干干净净，什么也没说，骑上他的花走马，就亲自请救命的尼桑萨满去了。第二日，他就把尼桑萨满请到家里。尼桑萨满把自己的神派出去九天之后，就把舍热古黛偏库的真魂，从一个石柜那里给寻了回来，那个草原猎手又得以复活了。

从此，尼桑萨满就成了举世闻名的大萨满。后来，没想到这个消息很快就传到了清朝皇上的耳朵里去了。皇帝就下个旨意，让尼桑萨满到宫廷去给国母治病。没想到，她费了很大功夫，都没治好国母的病，皇上怪罪下来，说她妖言惑众，欺骗了百姓，就把她捉住，用很粗的铁绳捆绑起来，然后扔进九丈深的枯井里去了。传说，后来不久，尼桑萨满就被害死了。她虽说遭害了，可是她的神法并没有断绝，据说后来的索伦族萨满，就都是继承她的助人神法的。

（摘录自《内蒙古东北少数民族社会历史调查资料》）

第十五章 光绪三十三年契约之书

尼赞萨满之书一本 （册）

锡伯族 奇车山 译

原文转写、对译

(1)[①]…… be baoode uša me genen fi bahar ji morin

把 屋里 拖 去 巴哈尔 吉 马

yalufi juriša yabufi baoo de i še nafi Sakda mafa mama be

骑 往前 走 家 里 到 老 翁 奶奶 把

Sabufi šeb šeb me song ofi sakda mafa mama fancafi ere

见 呜 呜 哭 老 翁 奶奶 生气 这个

aha (2) ai jergi tur gun bici gisure ai ne me lao jin

奴 何 等 原 因 有 说 何 为 老 金

song ore be nakafi mafa mama de alafi be mafa mama

哭 把 停止 老翁 奶奶 给 告 把 老翁 奶奶

oncohūn tuhefi Sokso niyame hūcihūn gemu jifi (3) Sakda mafa

仰面 倒下 抽 泣 亲戚 都 来 老 翁

mama be tukifi ilibuhe sakda age ara eniye Suzai Sede

奶奶 把 抬 站立 老 阿哥 阿拉 妈 五十 岁

ara eniye hūwa Cohūn juse ara eniye age ara giyoo

阿拉 妈 俊 美 孩子 阿拉 妈 阿哥 阿拉 皂

hūn ya age arime eniye age ara eniye indahūn ya (4)

雕 那个 阿哥 擎 妈 阿哥 阿拉 妈 犬 何

age ara eniye ujihe morin ya age yalufi eniye age ara

阿哥 阿拉 妈 养 马 谁 阿哥 骑 妈 阿哥 阿拉

ahar ji sur dai fa yong a giriyan be boo de uša me

阿哈尔 吉 苏尔 岱 魂 尸骨 把 屋 里 运

gajifi tebume wajifi mafa mama ahar ji bahar ji (5)

来 安放 完 老翁 奶奶 阿哈尔 吉 巴哈尔 吉

Song ore de duha turegi de emu dao ši jifi denigu denigu

哭 时 门 外 在 一 道 士 来 德尼库 德尼库

ere age ai zi Se o he deniku deniku ere age

这个 阿哥 多 少 岁 了 德尼库 德尼库 这个 阿哥

---

① (1)为原文页数，以下相同。

deniku deniku ahar ji boo de dosifi (6) ejen mafa de alafi
德尼库 德尼库 阿哈尔 吉 家 里 进入 主人 翁 给 告

mama mafa hudun Sorime dosibu ere Sakda hyobo ganci
奶奶 老翁 快 请 进入 这个 老人 棺材 近前

genefi ilan jergi Sur du he (7) San Sama be baifi aitubufi
去 三 次 转 游 好 萨满 把 求 救

Sakda mafa mama niyoorfi sin Sakda ere te ere zama
老 翁 奶奶 发呆 你的 老 这个 今 这个 萨满

cokū yali buda kyortome jetere zama ai bi de bucehe niyalma
鸡 肉 饭 骗 吃 萨满 何 处 死 人

be ai tubume mutubi (8) Sin Sakda yaba de San zama bici
把 救 能 你 老汉 何处 在 好 萨满 有

jorime bure nišihai bira da lin de emu hehe nizyan
指 给 尼西哈 河 岸 在 一 女 尼赞

zyame bi tere weijubume mutufi (9) ahar ji bahar ji be
萨满 有 她 救活 能 阿哈尔 吉 巴哈尔 吉 把

horafi sowa hūdun morin e meng e be togū fi nišihai bira
叫 你们 快 马 鞍 子 把 套 尼西哈 河

dalin de emu nizyan zyame bi tere be baihana Sakda mafa
岸 在 一 尼赞 萨满 有 她 把 寻找 老 翁

mama ere Sakda be duka (10) turgide benefi Sakda mafa
奶奶 这个 老人 把 门 外 送 老 翁

mama eme gi tuwa fi ere Sakda be inu Saburhū Sakda
奶奶 一 起 看 这个 老 把 又 不见 老

mafa mama niyoorfi hengkirehe ere yaba en duri jifi mozi
翁 奶奶 发呆 磕头 这个 何处 神 仙 来 咱们

de jorime (11) bufi ahar ji bahar ji orin yalufi nišihai
给 指 给 阿哈尔 吉 巴哈尔 吉 马 骑 尼西哈

bira dalin de i sinafi bira dalin de juwe cinboo emu Se
河 岸 在 到 河 岸 在 二 厢房 一 岁

asigan hehe niyalma etukū wargifi aharji haci genefi fonjifi
少 女 人 衣服 晾 阿哈尔吉 近前 去 问

(12) ere bade emu zyame bihe ere niyalma giSurefi ciyei
这个 地方 一个 萨满 有 这个 人 说 那

gi boo de fonjifi tere zyame be baire erin de Sai kan i
边 屋 里 问 那个 萨满 把 找 时 候 好 好 的

baiSu ahar ji tere boo baru yabufi (13) emu Sakda mama
求 阿哈尔 吉 那个 屋 向 走 一 老 奶奶

tucifi bahar ji fonjime zyame yaboo de bi tere Sakda
出来 巴哈尔 吉 问 萨满 那屋 在 有 那个 老人

gisurefi si ti ni fonjihe tere uthai inu tere be baire de
说 你 刚 才 问 那个 就 是 她 把 求 时

Sai kan i baišu tere (14) tere zyame guwa zyame de dui
好 好 的 求 她 那个 萨满 别的 萨满 和 比

burefi ojirhū bahar ji Sakda mama de baniha bufi tere boo
较 不可 巴哈尔 吉 老 奶奶 向 谢 给 那个 屋

baru de yabufi tuka dade isinafi tere zyame ok dofi
向 与 走 门 前 到 那个 萨满 迎 接

dosibufi nagan de (15) tebufi Suwa ahūn deo juwe niyalma ai
进入 炕 上 让坐 你们 兄 弟 二 人 何

baita aharji bahar ji juwe niyalma nade niyoorfi moni
事 阿哈尔吉 巴哈尔 吉 二 人 地上 跪下 我们

ejen buCefi enduri zyame be baime jihe suwa guwa zyame be
主人 死了 神仙 萨满 把 找 来 你们 别的 萨满 把

(16) baihe ahū ahar ji bahar ji guwa zyame gemu
找 没有 阿哈尔 吉 巴哈尔 吉 别的 萨满 都是

bucehe niyalma be wei ju bume murtuhū siyang a in be
死 人 把 救 活 不能 香 把

dabe fi huwage yage Soni ejen huwage yage aba lame tucifi
点 上 火格 牙格 你们 主子 火格 牙格 打 猎 出去

huwage yage (17) arin emu gur maha be Sabufi Soni ejen
火格 牙格 山 一个 兔 子 把 看见 你们 主人

beri niori be tatafi niori be sindafi tere gur maha be
弓 箭 把 拉开 箭 把 放 那个 兔 子 把

Saburhū ge tere nuhai humu ru hutu Soni ejen i fa yung
不见 了 那个 奴海 户木 鲁 鬼 你们 主子 的 魂

(18) a yekure gamafi yekure So guwa zyame be yekure
叶库勒 领去 叶库勒 你们 其他 萨满 把 叶库勒

hudun San zyame yekure Soni ejen be ai tubufi yegure
快 好 萨满 叶库勒 你们 主子 把 救 活 叶库勒

moni Sukduri yekure ere be (19) ahar ji bahar ji juwe
我们 历史 叶库勒 这个 把 阿哈尔 吉 巴哈尔 吉 二

niyalma Sejen be togū fi zyame be teberime Sejen de
人 车 把 套 上 萨满 把 抱 车 上

tebufi baoo baru juraha boo hanci isinafi ahar ji juriše
装 家 向 走去 家 附近 到了 阿哈尔 吉 向前

neneme yabufi boo ejen (20) mafa mama de alanafi mafa mama
先 走 家 主 翁 奶奶 向 告 翁 奶奶

uthai duha de okdome be niyoorfi tere Sakda mafa mama
便 门 在 迎接 把 跪下 那个 老 翁 奶奶

heng ke lefi okdoho (21) zyame boo de dosifi Sakda mafa
磕 头 迎接 萨满 屋 里 进入 老 翁

mama niyoorfi baire de zyame dere obure muke hudun gaju
奶奶 跪下 求 时 萨满 脸 洗 水 快 拿来

dere obufi wajiha angga Sir giya la muke be gaju fi (22)
脸 洗 完 口 漱 洗 水 把 拿来

siyang a in be dabufi im cin be gara de jabufi siza huša
香 把 点 神 鼓 把 手 里 拿 铃裙 神裙

ha be hūwai tafi ilan geri heng ki lefi geri ilan geri
把 系 上 三 次 磕 头 又 三 次

acing giya fi mini guwai (23) hala Suduri yekure ere giyo lu
摇 动 我 关 姓 史 叶库勒 这 觉罗

hala yekure ajige haha yekure aba lame yekure aba lame
姓 叶库勒 小 男人 叶库勒 猎 打 叶库勒 猎 打

tucifi yekure emu siyang giya gur maha yekure feteme tucifi
出去 叶库勒 一个 白 的 兔 子 叶库勒 跑 出来

(24) yekure Sur dai fiyang u bei li niori yekure gor
叶库勒 苏尔 岱 费扬 古 贝 勒 箭 叶库勒 兔

maha be baime niori be Sindafi yekure tere gor maha
子 把 找 箭 把 放 叶库勒 那个 兔 子

yekure humu lu hutu yekure Sur dai fiyang ū fayung (25)
叶库勒 户木 鲁 鬼 叶库勒 苏尔 岱 费扬 古 魂

a be gamafi yekure ere fa yung ir mun han de yekure
把 领去 叶库勒 这个 魂 儿 阎 王 在 叶库勒

ere fa yung zyame cagi gurun de ganafi yakure ilan aniya
这个 魂 儿 萨满 那个 国 里 领去 叶库勒 三 年

durufi Coku yekure ilan ania (26) durehe indahūn emu ge
过去 鸡 叶库勒 三 年 过的 犬 一个

beri he yekure ilan aniya duruhe misun yekure zyame siza
送 来 叶库勒 三 年 过的 面酱 叶库勒 萨满 铃裙

hošiha be da ga me hūwai ta fi guwai hala duduri (27)
神裙 把 随 拴 住 关 姓 历史

zyame (wajiha jarei) im cin be jafabufi jarei yayere jir gan
萨满 完了 二神 神 鼓 把 执 二神 吟诵 声 音

Sodon ji uheri Suduri ing a li sing a li jūn howa
你们 听 总 历史 英 阿 里 兴 阿 里 灶 角

šode giya limi tuwa (28) ing a li simg a li soni ejen
落 巡 视 看 英 阿 里 兴 阿 里 你们 主人

ing a li sing a li cagi gurun de le yofi ing a li
英 阿 里 兴 阿 里 那边 国 在 滞 留 英 阿 里

sing a li hudun fa yang a be gajufi ing a li sing a
兴 阿 里 快 魂 儿 把 领来 英 阿 里 兴 阿

li (29) jakūn jarei joruhe bi ing ari sing ari uyun jarei
里 八个 二神 指给 了 英 阿里 兴 阿里 九 二神

jugur bi ing a li sing nari ere gemu soni wecen bi
路 有 英 阿 里 兴 阿里 这个 都是 你们 神祇 有

ing ari sing ari jarei Sonde baze buki (30) ing ari
英 阿里 兴 阿里 二神 你们 工钱 给 英 阿里

sing ari zyame jing cari gi gurun de ya bun bi emu
兴 阿里 萨满 正在 那 边 国 在 走 啊 一个

furgiyan bira de kabufi Sur deme tuwa ci inu do gon (31)
红 河 在 挡住 巡 走 看 时 又 渡 口

dobure niyalma inu zama wecen Sorifi kar ni Serni im cin
渡 人 是 萨满 神祇 请 卡尔 尼 色尔尼 神 鼓

be kar ni Ser ni bira de mak tafi kar ni Ser ni
把 卡尔 尼 色尔 尼 河 里 扔 下 卡尔 尼 色尔 尼

uheri wecen kar ni ser ni ajige (32) ejen kar ni Ser
众 神祇 卡尔 尼 色尔 尼 小 主人 卡尔 尼 色尔

ni im cin de tafabufi kar ni Ser ni ere furgiyan bira
尼 神 鼓 在使 上去 卡尔 尼 色尔 尼 这个 红 河

be kar ni Ser ni durufi kar ni Ser ni zyame mung
把 卡尔 尼 色尔 尼 渡过 卡尔 尼 色尔 尼 萨满 蒙

oro dai akcu huwa ge yage si (33) Sun ji sama yayare
古尔 岱 舅舅 火格 牙格 你 五 个 萨满 吟诵

jir gan huwa ge yage Surdai fa yung huwa ge yage hodun
声 音 火 格 牙格 苏尔岱 魂 儿 火 格 牙格 快

buci huwa ge yage hūda bumbi huwa ge yage uning e
给 火 格 牙格 价 给 火 格 牙格 真 的

buci huwa ge yage (34) urin bumbi huwa ge yage bai buci
给 火 格 牙格 钱财 给 火 格 牙格 白白 给

huwa ge yage bai ta bumbi huwa ge yage hūdun buci
火 格 牙格 事 情 给 火 格 牙格 快 给

huwa ge yage hūda bumbi aši bai ci huwa ge yage mung
火 格 牙格 价 给 ？ 祈 求 火 格 牙格 蒙古

urdai (35) akcu fancaha si yaba niyalma bihe min bai li fa
尔岱 舅舅 生气 你 那里 人 有 我的 恩 情 魂

yung be bai fi si hudun yaburhū oci bi irmūn han de
儿 把 找 你 快 不走 是 我 阎 王 向

wesibufi simbe tan dafi nizyame fancafi giya hun wecen (36) be
上奏 把 你 打 尼赞 生气 皂 雕 神祇 把

Sorifi yekure Sur dai fa yung a be yekure boo de
请 叶库勒 苏尔 岱 费 扬 古 把 叶库勒 屋 里

dosifi yekure fa yung a be šoforo me gajifi sur dai fa
进去 叶库勒 魂 儿 把 捉 拿 苏尔 岱 魂

yung a ga ši ha tok cime yekure (37) ai ume bi yekure
儿 鸟 儿 刁 起 叶库勒 何 成 叶库勒

giya hun wecen fa yung a be šoforo fi ajige ur se gai
皂 雕 神祇 魂 儿 把 抓 起 小 孩 子 突

tai Sureme ehe oho ya bai dai li jihe emu amba giya
然 喊 坏 了 何 处 灾 祸 来了 一个 大 皂

hun tere fa yung (38) a be šoforo fi gamaha hudun mung
雕 那个 费 扬 古 把 抓 住 领走 快 蒙古

ur dai de aranafi tere fa yung a be gamafi mung ur
尔 岱 向 告诉 那个 魂 灵 把 拿去 蒙古 尔

dai akcu gisure me tere kuwa niyalma waka cagi gurun
岱 舅舅 说 道 那个 别 人 不是 那边 国

(39) de bihe nizan Same ba am Ca nafi zyame gehe sidon ji
在 有 尼赞 萨满 把 追 赶 萨满 姐姐 你听 吧

fa yung a be si gamafi bi ir mun han min be a na
魂 灵 把 你 领去 我 阎 王 我的 把 不

bur hū bai gamafi si gonin de (40) jen de ni zyame
让 白白 领去 你 心 里 忍 心 啊 这样

gisurame si San agnge a bai ci bi Sinde orin buki mung
说 你 好 话 相 求 我 与你 二十 给 蒙古

ur dai akcu zyame gehe si tere indahūn cokū be bi ir
尔 岱 舅舅 萨满 姐姐 你 那个 犬 鸡 把 我

mun han de buki dobori (41) hūrala Cokū ahū duka kiya ra
阎 王 给 给 夜 叫的 鸡 无 门 守 的

indahūn ahū san ang a bai ci indahūn Cokū be sinde
犬 无 口 求 犬 鸡 把 你

werifi si indahūn be oci cu cu Sem hūla Cokū be oci
留下 你 犬 把 是 嗾 嗾 这样 叫 鸡 把 是

(42) aši aši Seme hūla zyame sur fa yunge be gai yabufi
阿失 阿失 这样 叫 说 灵 魂 把 取 走

mung ur dai uhai indahūn coko be aši aši seme indahūn
蒙古 尔 岱 便 犬 鸡 把 阿失 阿失 说 叫

be CuCu Seme indahūn Coko gemu zyame be dahame yabufi
把 嗾嗾 说 犬 鸡 都 萨满 把 随 走

mung ur (43) dai geri zyame be hūrafi sin ere indahūn
蒙古 尔 岱 又 萨满 把 叫 你的 这个 犬

coko gemu sin be dahame jihe kai indahūn be oro oro
鸡 都 你 把 随 来 啊 犬 把 噢尔 噢尔

Seme hūra cokū be oci gugu Seme hūra indahūn Coko (44)
这样 叫 鸡 把 是 咕咕 这样 叫 犬 鸡

gemu dahame jihe nizya zyame bithe Sur dai fa yung a
都 随 来了 尼赞 萨满 书 苏尔 岱 魂 儿

be ai tu bufi ereuthai emu debtelin bithe
把 救 出 这个就是 一 本 书

译文

(1) [①]……(准备把他)拉回家里去。巴哈尔吉骑着马到了家里，见到老翁和老太就失声痛哭。老翁和老太(见状)，非常生气地说：“这个奴才！(2)有什么事情你说啊！(哭)什么！”老金止住了哭泣，(把真相)告诉了老翁和老太。(他们)听到(消息)后(都)仰面昏倒在地上。(他们)家的亲戚都过来，(3)把老翁和老太扶起来。(他们哭道)：“哎哟阿哥，妈我五十岁(生的)哎哟。我俊俏的孩子哎哟，妈的阿哥哎哟，像鹰一样的阿哥哎哟。妈的阿哥哎哟，像猎犬一样的(4)阿哥哎哟，是妈我养的马呀，由你来骑呀，妈的阿哥哎哟。”阿哈尔吉把苏尔岱费扬古的尸体拉回家又装进(棺材)里。在老翁老太和阿哈尔吉、巴哈尔吉(5)正在哭的时候，门外来了一位道士说：“德尼库德尼库，这位阿哥几岁了？这位阿哥德尼库德尼库，(怎么了)？”阿哈尔吉、巴哈尔吉进到屋里(6)告诉了主子老翁。老翁老太吩咐，让赶快请进来。这个老头走近棺材，转了三圈(7)说：“应该请一位(本领)高强的萨满来救啊！”老翁老太哭着说：“这里的都是一些用鸡肉做的饭祭祀的讨饭吃的萨满，哪能救活死去的人

① 为原文页数，以下相同。

呢！（8）您老可是知道哪里有好的萨满的话请指示。”（老者说）“在尼西哈河岸边，有位叫尼赞的女萨满，她能救活。”（9）就把阿哈尔吉和巴哈尔吉叫来说：“你们赶快给马备鞍。说是在尼西哈河岸边有一位尼赞萨满，请找到她。”老翁把这位老人送到了（10）门外。老翁老太（一转眼）就不见了老人。两个人非常吃惊，磕着头说：“这是哪方神仙啊，给咱们（11）指了路啊。”就（让）阿哈尔吉、巴哈尔吉骑了马到了尼西哈河边，看到河边有两间房子，有位年轻的女人正在晾晒衣服。阿哈尔吉靠前问道：（12）“这里有个萨满吗？”那个人问了旁边的人之后（说）：“求那位萨满的时候要好好祈求。”阿哈尔吉就朝那屋走去。（13）有位老媪从（屋里）出来后，巴哈尔吉问：“萨满在哪个屋里呀？”老媪说：“你刚才问话的那个人就是啊！请她的话要好好相求才行。（14）那个萨满和其他萨满不一样的。”巴哈尔吉谢过老太太，向那屋里走去。到了门外，由那位萨满迎入屋里坐在（15）炕上（问）：“你们兄弟两位因为什么事来的啊？”阿哈尔吉、巴哈尔吉二人跪在地上（说）：“我们的主子死了，（现在）是请神萨满来了。”（她）说：“你们请过别的萨满（16）没有啊？”阿哈尔吉和巴哈尔吉告诉说：“别的萨满都不能救活死去的人。”（萨满）点了香和蜡烛唱道：“火格牙格你们的主子，火格牙格出去打猎，火格牙格（17）见了一只兔子。你们的主子拉开了弓箭放了箭，兔子就不见了。那个奴海户木鲁鬼，把你们主子的魂儿（18）叶库勒，领了去了叶库勒。你们把别的萨满（请）叶库勒。好萨满叶库勒，对你们的主子能相救叶库勒，（记在）我们的历史叶库勒。”（19）阿哈尔吉、巴哈尔吉二人套了车，把萨满抱上车就向家里出发。走到家的附近，阿哈尔吉早一步走到家，向家主（20）老翁老太告知。老翁老太在门前跪着迎接（萨满）。（21）萨满进到屋里，看到老翁老太跪着祈求，就洗了脸。之后，又令拿来清水。（22）（她）点好了香，把神鼓拿在手里，把神裙和铃裙系好，磕了三个头，又颤动了三次（后唱道）：“我们（23）关姓之历史叶库勒，这个觉罗氏叶库勒，小男孩叶库勒，去打猎叶库勒，去打猎叶库勒，有只白兔子叶库勒，斜刺里跑出来（24）叶库勒，苏尔岱费扬古贝勒，把箭叶库勒，向兔子放去叶库勒，那只兔子叶库勒，户木鲁鬼叶库勒，把苏尔岱的魂儿（25）叶库勒，领走了叶库勒。这个灵魂在阴间叶库勒，这个灵魂被引到萨满之外的地方叶库勒。过了三年的叶库勒，鸡呀叶库勒，过了三年的（26）狗啊准备好叶库勒，过了三年的面酱叶库勒，和萨满神裙和铃裙拴在一起。关姓的历史，（27）令拿起萨满二神（拿起）神鼓，唱起神歌，给你们听全部的历史。英阿里兴阿里，在灶角上好好巡视（28）英阿里兴阿里，你们的主子英阿里兴阿里，滞留在阴间啊英阿里兴阿里，快把灵魂领来英阿里兴阿里。（29）八位二神在指路英阿里兴阿里，九位二神在引路英阿里兴阿里，这都是你们的神祇啊英阿里兴阿里，二神给（你们）工钱吧（30）英阿里兴阿里。”萨满正在阴间走，有个富尔建（红色）河挡住了，看了一圈，（又看不见）（31）渡船的人。萨满就开始请自己的神祇：“卡尔尼色尔尼，然后把神鼓卡尔尼色尔尼，放上河水中卡尔尼色尔尼，众位神祇卡尔尼色尔尼，（32）把小主子卡尔尼色尔尼，放在神鼓上卡尔尼色尔尼，把这富尔建（红色）河卡尔尼色尔尼，渡过去卡尔尼色尔尼。萨满把蒙古尔岱舅舅火格牙格，（33）你听到的是萨满唱神歌的声音火格牙格，把苏尔岱的灵魂火格牙格，快快给予的话火格牙格，给你工钱火格牙格，真的给予的话火格牙格，（34）给予钱财火格牙格，白白给予的话火格牙格，给予献祭火格牙格。速速给予的话火格牙格，给你价钱火格牙格。我们在祈求火格牙格。”蒙古尔岱（35）舅舅生气了，（说）：“你是哪里人氏？（你是来）找我的灵魂的，如果不赶快走的话，我就上告阎王爷打你。”尼赞萨满非常生气，请了老鹰（36）神祇：“叶库勒。把苏尔岱的灵魂叶库勒，领进家里叶库勒，把灵魂抓起叶库勒，老鹰把苏尔岱的灵魂叼来叶库勒，（37）根本不在话下叶库勒。”老鹰神祇把灵魂抓起来了。小孩子们突然惊叫起来：“坏了！不知道哪里的灾祸来了！一只老鹰把费扬古的魂（38）叼起来走了。快去告诉蒙古尔岱说把他的灵魂拿走了。”蒙古尔岱舅舅说：“她不是别人，是那边国家的（39）尼赞萨满。”他追上前去说：“萨满格格你听着：你领着灵魂走了，阎王不忍让我。你这样白白领走的话，你心里（40）能忍心吗？”（尼赞）萨满说：“你要是以好话相求的话，我给你二十个。”蒙古尔岱舅舅说：“萨满姐姐，你把那狗和鸡（给我），我就送给阎王吧！夜里（41）（他没有）鸣叫的鸡，也没有看门的狗。”“你要是好好相求的话，就把鸡和狗留给你吧！你叫狗的时候叫‘嗾！嗾！’，至于鸡的话（42）就叫‘阿失！阿失。’萨满就领了灵魂走了。蒙古尔岱叫鸡时叫了“阿失！阿失！”呼狗的时候叫了“嗾！嗾！”之后，鸡和狗都跟着萨满走了。蒙古尔岱（43）又把萨满叫住说：“你的狗和鸡又都跟着你来了呀。”（萨满说）：“叫狗时喊‘噢尔！噢尔！’，叫鸡的时候叫‘咕咕！’”（这样）狗和鸡（44）都跟着去了。尼赞萨满之书，救了苏尔岱的灵魂。这就是一本书。

第十六章 雅森萨满之书

是德勤的书
锡伯族 奇车山 译

转写文

(1)[①]boo baru bedereme jiderede Sergudi fiyanggū hendume
家 向 回 来时 色尔古岱 费扬古 说

juwe ahūn mini arbun be tuwaci boode isiname muterakú oho
二 兄 我的 样子 把 看 家里 到达 不能 了

Soweni ahūn deo boode genefi mini ama eme de alana mini
你们 兄 弟 家里 去 我的 父 母 向 告诉 我的

beye ama eme be fudeki sehe bihe gūnihakū mini erin ton
身体 父 母 把 送终 欲 是 不想 我的 时 数

isinjifi adasi bucembi ama eme hono mimbe ume amcame
到达 半途 死去 父 母 亦 把我 勿 追赶

baire Seme hendufi geli giSureci angga jain jafabufi giSureme
寻找 这样 说 又 说 口 牙关 被抓 说

muterakū oho ahalji bahalji geren cooha niyalma kiyoo be
不能 了 阿哈尔吉 巴哈尔吉 众 兵 人 轿 把

uhulefi Songgoro jilgan be alin hole urembi emu erin oho
围 哭 声 把 山 谷 响 一 时辰 了

manggi ahalji bahalji Songgoro be nakafi hendume
后 阿哈尔吉 巴哈尔吉 哭 把 停止 说

bahalji Si ume Songgoro beile age beye emgeri udu oho
巴哈尔吉 你 别 哭 贝勒 阿哥 身体 已经 这样 了

Songgoro seme weijure kooli aku si amala tutaki beile age
哭 也 复活 道理 无 你 后面 留下 贝勒 阿哥

i giran be Saikan gajime jiu mini beye te juwan moringga
的 尸体 把 好好 拿 来 我 自己 现在 十 骑者

be gaifi julesi feksime gereki musei ejen mafa de alanaki
把 领 向前 跑 去 咱们 主人 老爷 把 告诉

age de fudere jaka be belheme geneki Seme afabufi jowani
阿哥 与 送 物 把 准备 去 说 吩咐 十个

① (1)是指原满文的页数,以下相同。

Sain haha be Sonjofi feksime boo baru genefi duka de morin
好 汉 把 选 跑 家 向 去 门 在 马

ci ebufi boode dosifi na de niyakūrafi den jilgan Surume
从 下 家里 入 地 上 跪下 高 声 喊

Songgofi (2) bayan mafa tome hendume ere ahalji si
哭 巴彦 视 骂 道 这个 阿哈尔吉 你

ainaha abalame genefi ainu Songgome amasi jihe ai ci Sini
怎么了 打猎 去 为何 哭 往回 来 何 从 你的

beile age ai baita de julesi takuraha ainu gisurerkū Seme
贝勒 阿哥 何 事 于 向前 派来 为何 不说 如此

fonjire de ahalji jaburakū Songgaru de ejen mafa jili
问 时 阿哈尔吉 不回答 哭 时 主人 老翁 气

banjifi tome hendume ere yeken aku aha ainu alaraku damu
生 骂 道 这 劲 无 奴 为何 不说 只

Songgombi Songgoro de baita wajimbi Sehe manggi ahalji
哭 哭 时 事情 完 说 后 阿哈尔吉

Songgoro be nakafi emgeri hengkilefi hendume ejen mafa akū
哭 把 停止 一次 磕头 说 主人 老翁 没有

ehe oho baile age jogon de nimeme beye dubehe julesi
坏 了 贝勒 阿哥 路 上 病 身 完了 前

majige benjime jihe ejen mafa hendume ai jaka dnbehe
消息 送 来了 主人 老翁 说 何 物 完了

ahalji hendume ejen beile age i beye akū oho udu ofi
阿哈尔吉 说 主人 贝勒 阿哥 的 身体 没有 了 这 样

aha bi jule si mejige banjime jihe Sere gisun be mafa
奴 我 前 往 消息 送 来了 说 话 把 老翁

donjifi emgeri Surefi oncohūn tuheke derede ahalji Songgome
听 一次 喊 往后 倒下 为此 阿哈尔吉 哭

alame beile age bucehe Seme donjifi tuttu farame tuheke
告 贝勒 阿哥 死了 说 听说 这样 昏 倒

sehe marggi mama julesi ibefi inu ejen mafa durun be Sabufi
说 后 婆婆 向前 靠 又 主人 老翁 样子 把 看见

eme age Seme emgeri Sureme mafa i oiloro hetu tuheke
妈 阿哥 说 一次 喊 老翁 的 上边 横 倒

geren boo gubci gemu Songgoro de toksoi gubci geren niyalma
全 家 全 都 哭 时 村子 全 众 人

gemu isafi (3) gar miyar Seme Songgoro de tereci bahalji
都 集合 吵 闹 说 哭 时 自此 巴哈尔吉

Songgome age i giran be gajime isinjiha baldu bayan eigen
哭 阿哥 的 尸体 把 拿 到了 巴尔都 巴彦 夫

Sargan dukai tule age i giran be okdome boode dosimbufi
妻 门 外 阿哥 的 尸体 把 迎接 家里 进入

besergen de Sindafi geren niyalma ukulefi Songgoro jilgan
床 上 放 众 人 俯身 哭 声

abka na durgimbi emu jergi Songgoho manggi geren niyalma
天 地 震 一 阵 哭 后 众 人

tafulame hendume bayan agu Suweni mafa mama ainu uttu
劝 说 巴彦 阿哥 你们 翁 婆 为何 这样

i Songgombi bucehe be dahame weijubure kooli ajū kai beile
的 哭泣 死 把 因为 复活 理 无 啊 贝勒

age de baitalara jaka be belheci acambi Sehe manggi
阿哥 与 需要 物 把 准备 应该 说 后

baldu bayan eigen Sargan teni Songgoro be nakaha hendume
巴尔都 巴彦 夫 妻 才 哭 把 停止 说

Suweni gisun umesi giyan bi mini haji jui bucehe geli aibe
你们 话 很 理 有 我的 爱 子 死了 又 何

hairambi te ya juse be banjikini Sembi Sefi ahalji
爱惜 现 谁 孩子 把 生活 想 说 阿哈尔吉

bahalji be hūlafi hendume ere aha damu abka i baur
巴哈尔吉 把 叫 说 这 奴 只 天 的 向

angga juwafi Songgombi hudnn age de yarure jaka ulin nadan
口 张 哭 快 阿哥 与 引 物 财 七

waliyara jaka be belhe ume hairara Songgoro be nakafi beile
祭 物 把 准备 勿 怜惜 哭 把 停止 贝勒

age de yarure morin abkai boco alha akta morin jowan
阿哥 与 引 马 天 色 花 骟 马 十

fulgiyan jerde morin juwan (4)Sefere sirga morin junan hūdun
红 红 马 十 把 黄 马 十 快

kiri morin juwan Saibire šayan morin juwan Sonjofi belhe
枣红 马 十 小走 白 马 十 选 备

gosin morin de bukteri acafi gecuhuri giltasikū fafun
三十 马 与 褡裢 驮 锦 亮片 法

tuwakiyame wajifi adun da be hūlame tacibufi hendume ihan
公布 完 牧群 主 把 叫 教训 说 牛

adun de genefi juwan gaju honin be uyunju gaju ulgiyan be
群 与 去 十 拿来 羊 把 九十 拿来 猪 把

tanggū jafafi ume tookabure Sehe manggi geren adun da-Sa
一百 捉 勿 耽误 说 后 各 牧 主们

jesefi teisu teisu belheme genehe baldu bayan eigen Sargan
遮 纷 纷 准备 去 巴尔都 巴彦 夫 妻

aranju Saranje be hūlafi hendume Soweni juwe niyalma uthai
萨兰珠 萨兰珍 把 叫 说 你们 二 人 就

geren toksoi hehesi de selgiyefi maizyi efen uynnuj dere šaša
各 村 女人 与 传话 麦子 饽饽 九十 桌 沙沙

efen Susai dere mudan efen ninju dere mere efen dehi dere
饼 五十 桌 弯曲 饽饽 六十 桌 乔麦 饼 四十 桌

boo tome emu budun arki niongniyaha niyehe tubihe dere be
家 每 一 坛 酒 鹅 鸭 果子 桌 把

te uthai belhe tookabuci suwembe gemu beile age de
现 就 备 耽误 你们把 都 贝勒 阿哥 与

dahabume wambi Sehe manggi gern gemu jesefi jabume belheme
随 东 说 后 众 都 遮说 回答 准备

genehe tereci geren niyalma bur bar gar miyar Seme teisu
去了 自此 众 人 忙 忙 吵 闹 如此 一群

teisu belhefi gemu hūwa jalu faidame Sindafi barun (5) tuwaci
一群 准备 都 院子 满 排列 放 样子 看

alin adali muhaliyahabi uthai yali alin adali arki mederi gese
山 一样 堆放 就是 肉 山 一样 酒 海 一样

ama eme arki kisilafi ama Songgome hendume ama i ake
父 母 酒 奠 父 哭 道 父 之 哥

Susai Sede ujihe Sergudai fiyanggū bi Simbe banjiha manggi
五十 岁 养 色尔古岱 费扬古 我 把你 生养 后

ambula urgunjeme ere utala adun akta morin we salira
非常 高兴 这 许多 牧 骟 马 谁 做主

ambulingga age age be baha Seme ambula urgunjehe bihe te
伟大 阿哥 阿哥 把 得到 说 非常 高兴 曾 现

ya age yalure ara aha nehu bisire gojime ya ejen
谁 阿哥 骑 阿拉 奴 婢 有 虽然 谁 主

tahūrara ara aculan giyahūn Seme ya age alire kuri
使唤 阿拉 安初兰 猎鹰 说 谁 阿哥 擎 虎纹

indahūn be ya jui kntulere ere ere Seme Songgoro de eme
犬 把 谁 孩子 牵引 嗽 嗽 说 哭 时 母

geli Songgome hendume eme i age eme bi enen juse
又 哭 道 母 的 阿哥 母 我 后代 孩子

jalin Sain be yabume hūturi baime Susai Sede banjiha Sure
为 善 把 行 福 求 五十 岁 生 聪明

age gala dacun gabsihiyan age giru Saikan gincihiyan age
阿哥 手 快 敏捷 阿哥 模样 美丽 干净 阿哥

ara eme bithe hūlara jilgan Saikan eme i Sure age eme
阿拉 一 书 念 声音 美妙 母 的 聪明 阿哥 母

te ya jui Same banjimbi ara age ahasi de gosingga
现 何 儿 为 活 阿拉 阿哥 仆人 与 怜爱

ambulingga age eme hori faka adali hocohūn gae yasai faha
伟大 阿哥 母 瞳 仁 一样 俊美 像 眼 珠

adali Saikan age ara eme giyade yabuci giyahūn jilgan ele
一样 美丽 阿哥 阿拉 母 街 走 皂雕 声音 更

jilgan （6） age holo de yabuci honggo jilgan eniye hocohūn
声音 阿哥 山谷 与 走 铃 声音 母 俊美

age ara eniye bi te ya hocohon age be tuwame gosime
阿哥 阿拉 母 我 现 谁 俊美 阿哥 把 看 怜爱

tembi ara Seme oncohūn tuheci obonggi tucime omušuhun
坐 阿拉 说 仰面 倒下 唾沫 掉下 俯身

tuheci silinggi oforo niyaki be oton de waliyame yasai muke
倒下 口水 鼻子 涕 把 槽子 与 丢失 眼 泪

be yala bira de waliyame Songgoro de dukai jakade emu dara
把 雅拉 河 与 扔掉 哭 时 门 前 一 腰

kumcename yabure buceme hamika Sakda jifi hūlame hendume
躬 走 死 将 老人 来 喊 道

deyengku deyengku duka tuwakiyara agede deyengku deyengku
德叶库 德叶库 门 守 阿哥 德叶库 德叶库

mini gisun be donji deyengku deyengku hodon hahi dosifi
我 话 把 听 德叶库 德叶库 快 速 进去

deyengku deyengku sini ejen de deyengku deyengkn genefi
德叶库 德叶库 你 主人 与 德叶库 德叶库 去

alana deyengku deyengku amba duka i tulergi de deyengku
告诉 德叶库 德叶库 大 门 的 外 在 德叶库

deyengku bucere Sakda jihe de deyengku deyengku mejige araki
德叶库 死的 老人 来 后 德叶库 德叶库 消息 告诉

Sembi deyengku Sehe duka tuwakiyara urse dosifi baldu
说 德叶库 说 门 守卫的 人们 进入 巴尔都

bayan de alara jakade baldu bayan hendume absi jilaga
巴彦 与 告诉 时候 巴尔都 巴彦 说 如何 可怜

hūdun dosimbu beile age de waliyaha mederi adali arki nure
快 让进入 贝勒 阿哥 与 送的 海 一样 酒 黄酒

yali efen jefi genekini Sehe manggi booi urse urse Sujume
肉 饽饽 吃 去吧 说 后 家 人们 人们 跑

genefi tere sakda be hūlame dosimbuha (7) tere Sakda dosime
去 那个 老人 把 叫 使进来 那 老人 进来

utala waliyara yali efen be tuwarakū šuwe duleme genefi
便 祭供 肉 饽饽 把 不看 径直 过去 去

beile age i hobu jakade bethe fekuceme den jilgan Songgome
贝勒 阿哥 的 棺材 附近 足 跳 高 声 哭

hendume age haji absi udu jalgan fohūlon ara sure
道 阿哥 亲爱 如何 这样 命 短 阿拉 聪明

banjiha Seme donjifi Suisa aka bi donjifi urgunjehe bihe ara
生长 这样 听说 用处 无 我 听到 高兴 曾 阿拉

ara mergen age be ujihe Seme donjifi mentuhun aha bi
阿拉 贤慧 阿哥 把 生养 说 听 愚钝 奴才 我

labdu erehe bihe ara ara erdemu bisire age be banjha
多 希望 有 阿拉 阿拉 本领 有的 阿哥 把 养

Seme donjifi ehe linggú aha bi donjifi feišen bisire age be
说 听 凶 恶 奴才 我 听 福气 有 阿哥 把

donjifi ferguweme bihe age absi bucehe ni seme ara ara
听说 称颂 曾 阿哥 如何 死了 呢 说 阿拉 阿拉

seme galai falanggū be dume fancame Songgome feguceme
说 手 掌 把 击打 生气 哭 跳跃

buceme Songgoro be baldu bayan šar Seme gosime tuwafi
死里 哭 把 巴尔都 巴彦 心 疼 可惜 看

ini beyede etuhe suwayan Suje sijihiyan be Sume gaifi tere
自己 身上 穿的 黄 绸子 长衫 把 脱下 拿来 那个

Sakda de buhe manggi tere mafa etuku be alime gaiha
老人 与 给 后 那 老人 衣服 把 接 受

beyede etufi hobu ujui jakade tob Seme ilifi emu jergi buo
身上 穿 棺材 头 附近 正 好 立 一 会 屋

be šejilefi emu jergi hendume bayan agu si yasa tuwahai
把 叹 一 会 说 巴彦 阿哥 你 眼 看着

(8) Sergudai fiyanggū be duribufi unggimbio ya bade mangga
色尔古岱 费扬古 把 抢夺 去吗 那 地方 强硬

Sama bici ainu baime gajifi beile age be weijnburakū baldu
萨满 有 为何 寻找 叫来 贝勒 阿哥 把 复活 巴尔都

bayan hendume aikabade Sain sama bici meni ere toksode
巴彦 说 如果 好 萨满 有 我们 这个 村子

emu ilan duin Sama bi gemu buda hūlkara hūlhatu damu
一 三 四 萨满 有 都是 饭 偷 贼 只是

tohoho efen coko yali nasa arki sirle buda de wecere Sama
烧 饼 鸡 肉 瓜 酒 汤 饭 与 祭祀 萨满

kai niyalma weijubume mutembi Sere anggala ini beye hono
啊 人 复活 能 与 其 自己 身体 尚

ai erinde bucere be Sarakū Sakda mafa si yaka bade mangga
何 时 死 把 不知 老 翁 你 那个 地方 高强

Same bisire babe majige jorime bureo Serede mafa hendume
萨满 有 地方 一些 指 给 说 老者 说

bayan agu si adarame Sarakū ere baci goro akū nisihai
巴彦 阿哥 你 怎么 不知 这 地方 远 不 尼西海

birai dalin de deteke gebungge hehe Sama bi erdemu margga
河 岸 在 非常 有名的 女 萨满 有 本领 强

bucehe niyalma weijubume muten bi tere be ainu baihanarakū
死 人 复活 能 有 她 把 为何 不求

tere jici sergudai fiyanggū Sere anggala uthai juwan sergudai
她 若来 色尔古岱 费扬古 说 与其 就是 十 色尔古岱

fiyanggū be inu weijubume mutembi kai hūdun baihaname
费扬古 把 也 复活 能 啊 快 找

gene Seme hendufi elhe nuha be amba duka be tucime genefi
去 说 说 慢 缓 把 大 门 把 出去 去了

Sunja boconggo tugi de tefi muktehe (9) duka tuwakiyara urse
五 彩 云 上 坐 升去 门 看 者

baldu bayan de alanjiha manggi baldu bayan urgunjeme
巴尔都 巴彦 与 告诉 后 巴尔都 巴彦 高兴

hendume urunakū dergi abkai enduri Sa minde Sain be joriha
说 一定 上 天 神仙 们 与我 吉祥 把 指

Seme untuhun i baru hengkišeme ekšeme bethe Sefere sirha
说 空 的 向 磕头 忙 腿 一把 黄

akta morin de yalufi ini booi aha be dahalafi feksime
骟 马 把 骑 自己 家 仆人 把 跟随 跑

goidaha akū nisihai dalin de isinafi tuwaci dergi dubede emu
久 不 尼西哈 岸 与 到了 看 东 末 一

ajige hetu boobi baldu bayan tuwaci tulergi de emu ašahan
小 厢 房 巴尔都 巴彦 看 外边 在 一 年轻

gehe darhūnde obuha etuku be walgiyambi baldu bayan hanci
姐姐 晾衣绳 洗的 衣服 把 晾晒 巴尔都 巴彦 靠近

genefi fonjime gehe yasan Sama boo ya ba de bi minde
去 问 姐姐 雅森 萨满 家 何 处 在 有 于我

jorime bure tere hehe jorime tere wargi dubede bisirengge inu
指 给 那 女人 指 那个 西 末 有的 是

Sehe manggi baldu bayan morin ci ebufi hanci genefi
说 后 巴尔都 巴彦 马 从 下 靠近 去

fonjime yasa sama i boo ya emke tere niyalma hendume si
问 雅森 萨满 的 家 那 一个 那个 人 说 你

ainu uttu geleho goloho adali ekšembi baldu bayan hendume
为何 这样 害怕 恐惧 一样 匆忙 巴尔都 巴彦 说

minde ekšere baita bifi age de fonjimbi gosici alame bureo
我 忙 事情 有 阿哥 向 问 可怜 告诉 给吧

tere niyalma uthai (10) inu si tašaraha bi kai tere Sama
那个 人 就 是 你 错了 我 呀 那个 萨满

be bairede Saikan gingguleme baisu tere sara Sama umesi
把 求时 好好 恭敬 求 那个 知道 萨满 非常

dahaburede amurun kai baldu bayan tere niyalma de baniha
附和 善于 啊 巴尔都 巴彦 那个 人 向 感谢

bufi morin de yalufi feksime dergi dubede isinjifi morin ci
给 马 与 骑 跑 东 末 到达 马 从

ebufi boode dosifi tuwaci julhei nahan de emu funiyehe šaraha
下 屋里 进入 看 南 炕 上 一个 头发 发白

Sakda mama tehebi julhei jun de emu Se asihan hehe
老 奶奶 坐着 南 灶门 上 一个 年龄 年轻 女人

damgou omime tehebi tere Sakda mama baldu bayan be
烟 抽 坐着 那个 老 奶奶 巴尔都 巴彦 把

Sabufi hendume age si ai bici jihe be damgou omirne tehe
看见 说 阿哥 你 何 从 来的 把 烟 抽 坐

tere uthai Sama sehe baldu bayan uthai na de niyakūrafi
那个 便是 萨满 说 巴尔都 巴彦 就 地 上 跪下

baime hendume mama gosici han i julhun be majige tuwame
祈求 说 奶奶 可怜 汗 的 前程 把 一点 看

bureo Sehe manrggi tere mama hendume age si tašarahabi
给 说了 后 那个 奶奶 说 阿哥 你 错了

jun de tehengge uru Sama inu Serede baldu bayan uthai
灶门 在 坐的 真的 萨满 是 说 巴尔都 巴彦 便

ilifi na de niyakūrafi baime hendume Sama gege elgiyen
起来 地 上 跪下 求 道 萨满 姐姐 名声

amba gebu geren ci tucihe Seme orin Same ioilori dehi
大 名 众 从 出来 说 二十 萨满 上面 四十

Sama i sama i delere dahame han i jnlhun be tuwabuki
萨满 的 萨满 的 上面 因为 汗 的 前程 把 看

Seme baime jihe gege jobombi Seme ainara (11) minde tuwame
想 求 来 格格 劳顿 说 奈何 给我 看

bureo sehe manggi tere hehe niceršeme hendume bayan agu
给吧 说 后 那个 女人 微笑 说 巴彦 阿哥

si gūwa niyalma bihe bici ainaha Seme tuwarakū bihe agu
你 别的 人 有 如果 怎么 说 不看 有 阿哥

teni de bame tuwabume jihe be dahame arga akū tuwame
刚 于 求 看 来 把 因为 办法 无 看

bure Sefi dere yase be obufi wecihu de hiyan dabufi orin
给 说 脸 眼 把 洗 神祇 给 看 上 二十

tonibe be muke de maktaha dehi tonibe derede sindaha abka
圆碁石 把 水 里 抛 四十 圆碁石 桌子 放 天上

ci amba wecekn be wasimbufi baldu bayan nade niyakūrafi
从 大 神祇 把 降下 巴尔都 巴彦 地上 跪下

donjimbi yasa Sama oncohūn tuheke manggi yayame deribuhe
听 雅森 萨满 仰面 倒下 后 吟诵 开始

terei alara gisun ekule yekule ere baldu halai i ekule
她 告诉 话 厄库勒 叶库勒 这个 巴尔都 姓 的 厄库勒

yeknle muduri aniya haha i ekule yekule julkun de
叶库勒 龙 属二年 男人 的 厄库勒 叶库勒 前程 把

tuwabumbio ekule yekule tuwabume jihe age si aikule
看 厄库勒 叶库勒 看 来了 阿哥 你 厄库勒

yekule waka Seci waka Se ekule yekule holo sama holtombi
叶库勒 不是 如果 不是 说 厄库勒 叶库勒 假 说 骗

ekule yeknle Suwende alara ekule yekulo orin Sunja Sede
厄库勒 叶库勒 你们 告诉 厄库勒 叶库勒 二十 五 岁

ekule yekule emu haha jui ujihebihe ekule yekule tofohūn
厄库勒 叶库勒 一个 男 子 生 厄库勒 叶库勒 十五

Se ofi ekule yekule heng liyang šan alin de abalame
岁 了 厄库勒 叶库勒 横 狼 山 山 在 打猎

genefi ekule yekule tere alin de ekule yekule kumuru
去了 厄库勒 叶库勒 那个 山 上 厄库勒 叶库勒 库木鲁

kutu biheni (12) ekule yekule Sini jui fayangga be ekule
鬼 有啊 厄库勒 叶库勒 你的 儿子 魂 把 厄库勒

yekule jafafi jetere jakade ekule yekule sini jui beye
叶库勒 捉 吃 因为 厄库勒 叶库勒 你的 儿子 身体

ekule yekule nimeku bahafi bucehe ekule yekule tereci ene
厄库勒 叶库勒 病 得 死去 厄库勒 叶库勒 从此 后代

ekule yekule juse ujihe akū kai ekule yekule Susai Sede
厄库勒 叶库勒 孩子 生养 无 啊 厄库勒 叶库勒 五十 岁

ekule yekule geli emu haha jui ujihebi ekule yekule
厄库勒 叶库勒 又 一个 男 孩 生 厄库勒 叶库勒

Susai Sede banjiha ekule yekule Sergudai fiyanggū Seme
五十 岁 生 厄库勒 叶库勒 色尔古岱 费扬古 说

ekule yekule gebu mene arahabi ekule yekule mergen gebu
厄库勒 叶库勒 名 这个 起了 厄库勒 叶库勒 贤 名

muktehebi ekule yekule turgen gebu tucihe bi ekule
升起 厄库勒 叶库勒 急 名 出 了 厄库勒

yekule tofohon Se ofi ekule yekule julergi alin de ekule
叶库勒 十五 岁 了 厄库勒 叶库勒 南 山 往 厄库勒

yekule gurgu ambula wa fi ekule yekule ilmun han tonjifi
叶库勒 兽 多 东 了 厄库勒 叶库勒 阎 王 听到

ekule yekule hutu sa be takūrafi ekule yekule jafafi
厄库勒 叶库勒 鬼 们 把 差遣 厄库勒 叶库勒 捉

gamaha Sembi ekule yekule weijure de mangga kai ekule
领走 说 厄库勒 叶库勒 复活 于 难 啊 厄库勒

yekule aituburede jobombi ekule yekule inu Seci inu Se
叶库勒 救活 费力 厄库勒 叶库勒 是 说 是 说

ekule yekule waka Seci Se ekule yekule Sehe manggi
厄库勒 叶库勒 不是 说 说 厄库勒 叶库勒 说 后

baldn bayan hengkišeme hendume amba weceku alahangge geren
巴尔都 巴彦 磕头 说 大 神祇 相告 众

weceku jorihangge gemu inu Sehe manggi Sakda mafa hiyan
神祇 指示 都 是 说 后 老 翁 香

fusebume aitubume baldu bayan nade niyakūrafi Songgome
薰 救活 巴尔都 巴彦 地上 跪下 哭

hendume Sana hehe gosici beye genefi mini jui ergen be
道 萨满 姐姐 可怜 自己 去 我的 孩子 命 把

aitubureo (13) ergen tucibuhe erinde enduri be onggoro dorobio
救啊 命 救 时 神仙 把 忘记 道理吗

beye baha manggi baizyi be cashūlara dorobio Sehe manggi
身体 得到 后 恩情 把 相左 道理吗 说 后

yasa Sama hendnme Sini boode sini jui emu inenggi
雅森 萨满 说 你的 家里 你的 孩子 一个 白天

banjiha indahūn ilan oho misun ilan aniya oho amina coko
生的 犬 三 了 面酱 三 年 了 雄 鸡

yargiyan tašan Seme fonjirede baldu bayan hendume bisirengge
对 错 说 问 巴尔都 巴彦 说 有的

yargiyan tuwahangge tondo kai yargiyan enduri Sama adali kai
实事 看的 诚实 啊 真是 神仙 萨满 一样 啊

te bi amba ahūri aššabumbi uce ahūri be ušame gamafi
现 我 大 神具 动 重 神具 把 运 去

mini jui ergen be aitubureo yasa sama injeme hendume
我的 孩子 命 把 相救 雅森 萨满 笑 说

ajigen Sama ainame mutere anggala bade ulin fayambi tere
小 萨满 如何 能 与其 地方 财 费去 其他

gūwa muten bisire Sama Sebe baisu bi Serengge teni taciha
另外 本事 有的 萨满 等 求 我 是 刚刚 学

ice iliha Sama aibe Sambi baldu bayan hengkilefi hendume
新的 立 萨满 什么 知道 巴尔都 巴彦 磕头 说

Sama hehe mini jui ergen be aitubuci aisin menggun alha
萨满 姐姐 我的 孩子 命 把 相救 金 银 花的

gecuhuri akta morin be dalime baili de karulaki Sehe manggi
锦缎 骟 马 把 驱赶 恩 与 报 说 后

yasa saman hendume bayan agu si ili bi bai geneme
雅森 萨满 说 巴彦 阿哥 你 起来 我 白白的 去

geneme tuwaki Sehe baldu bayan urgurijeme abalame ilifi
去 看吧 说 巴尔都 巴彦 高兴 翻身 起立

Sefere Sirha （14） morin de feksime boode isinjifi ahalji
细 黄 马 上 跑 家 到 阿哈尔吉

bahalji be hūlafi juwan asihata be wecuku ušara Sejen uheri
巴哈尔吉 把 叫 十个 年轻人 把 神具 运 车 共

Sunja Same tere kiyoo de Sejen emke belhefi ganabufi
五个 萨满 乘坐 骄 上 车 一个 备 去拿

ahalji bahalji geren niyalma umai goidahakū nisihai birade
阿哈尔吉 巴哈尔吉 众 人 并 不久 尼西哈 河

isinafi yasan Sama de acraha manggi yasan Sama ilan Sejen
到达 雅森 萨满 向 见 后 雅森 萨满 三 车

de wecuku tebufi ini beye kiyoo Sejen de tefi jakūn asihata
上 神祇 装 她 自己 骄 车 上 坐 八个 青年

dalbade aseha genefi ama eme de ala yasan mimbe hūlafi
旁边 跟 去 父 母 与 告诉 雅森 我把 叫

gamaha ala sefi morin de yalufi ahalji be dahame edun
拿去 告 说 马 上 骑 阿哈尔吉 把 跟随 风

adali feksime dartai lolo gasende isinjifi bahalji nari fiyanggū
一样 跑 很快 罗罗 嘎山 到了 巴哈尔吉 那力 费扬古

be gajifi morinci ebufi boode dosime jidere de yasan Sama
把 领来 马上 下 屋里 进 来 时 雅森 萨满

Sabufi injeme hendume wecuki de hūsun bure wesihun eidu
看见 笑 说 神祇 给 力 给 尊贵 厄依都

de hūsun bure erdemu age nari fiyanggū gehe minde aisilame
给 力 给 本领 阿哥 那力 费扬古 姐姐 我 帮助

Saikan tungken imcibe deo de akdahabi muterakū oci olho
好好 鼓 神鼓 弟弟 与 依靠 不能 若 野鸡

ucihiyan burihe wesihun gisun sini uju be tandambi ketuhen
尾巴 吊面 高贵 鼓棰 你的 头 把 打 克吐根

(15) moo i araha gincihiyan gisun i dere tandambi Sehe
木 的 做 干净 鼓棰 用 脸 打 说

manggi nari fiyanggū injeme hendume akdanggi Sama demungge
后 那力 费扬古 笑 说 依靠 萨满 有办法

yasa deo bi Saha labdu tacibure be baiburakū Sefi nahande
雅森 弟 我 知道 多多 指教 把 不需要 说 炕上

tefi tungken dume tebufi tereci yasan Sama beyede sisa
坐 鼓 敲打 坐 自此 雅森 萨满 身上 铃裙

hosiha be hūwaitafi uyun cicike iseku be ujude hukšefi
围裙 把 系上 九 雀 盔 把 头 戴

uyaljame amba jilgan acinggiyame den jilgan dendehe Saikan
摇摆 大 声 唱诵 高 声 高 好

jilgan yayarade kaitai abkai dergi julergi alin i Selei hūsha
声 吟唱 突然 天 上 南 山 的 铁 藤

wehei ucun be uksalafi selei hūsha be kiošalafi Sama tere
石 门 把 分开 铁 藤 把 打开 萨满 那个

juk wasifi alame hendume keku keku dalbade iliha keku keku
神祇 降来 告诉 说 克库 克库 旁边 立 克库 克库

amba jari keku keku hanci iliha kekn kekn hocihūn jari
大 二神 克库 克库 近前 立的 克库 克库 俊美 二神

keku keku nekeliyan šan be keku keku neifi donji keku
克库 克库 薄 耳朵 把 克库 克库 打开 听 克库

keku giramin šan be keku keku gidafi donji amilan coko be
克库 厚 耳朵 把 克库 克库 压 听 公 鸡 把

keku keku uju jakade keku keku hūwaitafi sinda keku keku
克库 克库 头 附近 克库 克库 拴住 放 克库 克库

kuri indahūn be keku keku bethe i jakade keku keku
花 狗 把 克库 克库 腿 的 附近 克库 克库

hūwaitafi sinda keku keku tanggū dalhiyame keku keku misun
拴住 放 克库 克库 百 块 克库 克库 面酱

be keku keku tanggū (16) Sefere keku keku dalbade Sinda
把 克库 克库 百 把 克库 克库 旁边 放

keku keku farhūn bade keku keku fayanggū be farganambi
克库 克库 黑暗 处 克库 克库 魂 把 追去

keku keku bucehe gurunde keku keku aljaha hani keku keku
克库 克库 死 国 克库 克库 离开 汗 克库 克库

amcame genembi keku keku tuheke hani be tunggime yombumbi
追赶 去 克库 克库 掉的 汗 把 捡 去

keku keku akdaha jari keku keku yarume gamara be keku
克库 克库 依靠 二神 克库 克库 引导 领去 把 克库

keku yargiyan bade keku keku aitubume jidere de keku keku
克库 真实 地方 克库 克库 救 来 时 克库 克库

oforo šnrdeme keku keku hunio muke be beye šurdeme keku
鼻子 周围 克库 克库 桶 水 把 身体 周围 克库

keku dere šurdeme keku keku dehi hunio muke be keku
克库 脸 周围 克库 克库 四十 桶 水 把 克库

keku makta keku keku Seme alafi gaidai gūwaliyafi tuheke
克库 洒 克库 克库 说 告 突然 昏迷 倒下

manggi nari fiyanggū jifi etuku adu be dasatafi coko indahūn
后 那力 费扬古 来 衣 服 把 整理 鸡 犬

hūwaitafi hūwašan jiha misun dahalame sindafi adame tefi
拴住 纸 钱 面酱 跟随 放 靠着 坐

fidume gamambi nari fiyanggū incimbe jafafi yayame deribuhe
指 挥 那力 费扬古 神鼓 拿 吟诵 开始

derei wandure gisun inggali singgali farhūn i bade inggali
他 唱的 词 英阿里 兴阿里 黑暗 的 地方 英阿里

singgali fiyanggū be inggal singgali tuheke hani be inggali
兴阿里 费扬古 把 英阿里 兴阿里 掉下 汗 把 英阿里

singgali amcarame fede inggali singgali ferdurede yasan same
兴阿里 追赶 追寻 英阿里 兴阿里 寻找 雅森 萨满

coko indahūn kutulefi hūwašan misun be unufi farhūn bade
鸡 犬 牵着 纸 面酱 把 负 黑 地方

fayanggū be fargame bucehe gurun de tuheke (17) han be
魂 把 追踪 死 国 与 丢失 汗 把

ganame geren weceku gasha deyeme gurgu feksime geneme emu
领 众 神祇 鸟 飞 兽 奔跑 去 一

amba bira bi isinara be tuwaci doki Seci dohūn akū
大 河 有 到达 把 看 渡过 想 渡口 无

wesihun fusihūn dogūn bire baire de Cergi dalin de emu
上 下 渡口 找 寻 时 对 岸 在 一

niyalma weihu be Surume jimbi yasan Sama hūlame hendume
人 小舟 把 划 来 雅森 萨满 叫 说

hoge yage dogūn dobure hoge yage dolohūn langgi hoge yage
火格 牙格 渡口 渡的 火格 牙格 瘸腿 来喜 火格 牙格

nekeliyan šan be hoge neifi donji hoge yage giramin šan
薄 耳朵 把 火格 开 听 火格 牙格 厚 耳朵

be hoge yage gidafi donji hoge yage ersun langgi hoge yage
把 火格 牙格 压 听 火格 牙格 厉害 来喜 火格 牙格

ejeme gaisu hoge yage toholon langgi hoge yage donjime
记 要 火格 牙格 瘸 来喜 火格 牙格 听

gaisn hoge yage wecen sain de hoge yage wesihun oho hoge
要 火格 牙格 神祇 好 因 火格 牙格 尊贵 了 火格

yage jukden sain de hoge yage julhei oho hoge yage ejen
牙格 祭祀 好 因 火格 牙格 往前 了 火格 牙格 主

ilifi hoge yage erdemungge oho hoge yage amai tacin de hoge
做 火格 牙格 有本领 了 火格 牙格 父 习惯 与 火格

yage acame yoimbi hoge yage eniyei boode hoge yage
牙格 会见 走 火格 牙格 母 家 火格 牙格

ergeneme yoimbi hoge yage nakcu i boode hoge yage ekšeme
休息 去 火格 牙格 舅舅 的 家 火格 牙格 匆忙

yombi hoge yage dulin jafafi hoge yage ušeme yombi hoge
走 火格 牙格 半 捉 火格 牙格 拉 走 火格

yage Sehe manggi doholon langgi Cuwambe Sureme jifi (18)
牙格 说 后 瘸 来喜 船把 划 来

hendume Sama gehe gūwa niyalma bihe bici ainaha Seme
说 萨满 姐姐 别 人 是 若 无论 说

doburakū bihe takame ofi arga akū simbe dobumbi Sehe
不渡 是 认识 因 法 无 你把 渡 说

šurume dobuha manggi yasa sama ilan dalaha misun ilan
划 渡 后 雅森 萨满 三 块 面酱 三

Sefere hūwašan bisin bufi fonjime mafa ere dogūn be yala
把 纸 工钱 给 问 老翁 这个 渡口 把 何

niyalma tome genehebi Serede dohūlon langgi alame umai
人 渡 去呢 说 瘸子 来喜 告诉 并

niyalma dohokū monggodi nakcu baldu bayan i haha jui
人 没有渡 蒙古尔岱 舅舅 巴尔都 巴彦 的 儿 子

Sergudai be gamame genehe yasan Sama baniha bufi geneme
色尔古岱 把 领去 走 雅森 萨满 谢 给 走去

goidahakū wecuku Se yarume fulgiyan bira de isinafi birai ejen
不久 神祇 们 引导 红 河 与 到达 河 主

de ilan dalaha misun ilan Sefere hūwašan be bufi doki Seci
与 三 块 面酱 三 把 纸 把 给 渡 想

dohūn be baharakū hafirabufi yayame deribuhe terei yayaha
渡口 把 不得 被迫 吟诵 开始 她的 吟诵

gisun yekule yekule abka ci wasire yekule yekule amba
话 叶库勒 叶库勒 天 上 降下 叶库勒 叶库勒 大

wecuku Se yekule yekule ejen mini beye yekule yekule
神祇 们 叶库勒 叶库勒 主人 我的 自己 叶库勒 叶库勒

jafaha imcin be yekule yekule muke de maktafi yekule
拿的 神鼓 把 叶库勒 叶库勒 水 上 抛 叶库勒

yekule bira be dombi yekule yekule imcin fereci yekule
叶库勒 河 把 渡 叶库勒 叶库勒 神鼓 底下 叶库勒

yekule aisilarade fede yekule yekule Seme yayarade bi imbe
叶库勒 帮助 ? 叶库勒 叶库勒 说 吟诵 我 把你

wecumbi (19) Sama Sargan jui wasifi imcin de ebuhe manggi
祭供 萨满 女 孩 降下 神鼓 在 降下 后

yasa sama imcin be muke de maktafi birai ejen de fonjime
雅森 萨满 神鼓 把 水 在 抛下 河 主 与 问

ere babe geli yaka niyalma duleme genehe bi Sehe manggi
这 地方 又 哪个 人 渡 去 呢 说 后

tere bira ejen hendume monggodai nakcu Sergudai be gamame
那 河 主 说 蒙古尔岱 舅舅 色尔古岱 把 领去

genehe Sehe manggi yasa zyama yabuhai uju furdan de isinafi
去 说 后 雅森 萨满 走 第一 关口 与 到达

dulhi Serede ere furdan tuwakiyara Seledu Senggiltu juwe
过去 说 那个 关口 把守 色勒图 色古图 二

hutu esukiyembi hendume ainaha niyalma gelhun akū ere
鬼 喝斥 说 什么 人 胆 干 这个

furdan be dosiki Sembi be ilmun han i hesei ere furdan
关口 把 进来 想 我们 阎 王 的 旨 这个 关口

be tuwakiyabumbi basa buci dulebumbi Sehe manggi yasa
把 使守 工钱 给 让过去 说 后 雅森

sama ilan dalaha misun ilan Sefere hūwašan be bufi duleme
萨满 三 块 面酱 三 把 纸 把 给 过

geneki monggodai nakcu duka de isinafi sisa be aššame
去 蒙古尔岱 舅舅 门 里 到 铃裙 把 摇动

honggo guweme hūlame hendume hoge yage monggodai nakcu
铃铎 响 叫 道 火格 牙格 蒙古尔岱 舅舅

hoge yage hūdun hagi tuci hoge yage ai jalin de hoge
火格 牙格 快 急 出来 火格 牙格 何 故 为 火格

yage Sain banjire hoge yage jalgan akū be hoge yage jafafi
牙格 好 生活 火格 牙格 命 无 把 火格 牙格 捉

gajiha hoge yage erin akū be hoge yage (20) amasi bumbi
来 火格 牙格 时间 无 把 火格 牙格 往回 给

hoge yage bai buci hoge yage baniha bumbi hoge yage
火格 牙格 白白 给 火格 牙格 谢 致 火格 牙格

banjire adasi hoge yage baitakū niyalma be hoge yage aisilame
生活 半路 火格 牙格 无事 人 把 火格 牙格 帮助

gajiha hoge yage bai gamarakū hoge yage basa bumbi
领来 火格 牙格 白白 不领去 火格 牙格 工钱 给

hoge yake tucibufi buci hoge yage turgun bumbi hoge yage
火格 牙格 拿出 给 火格 牙格 租金 给 火格 牙格

gajifi buci hoge yage sisa aššame hoge dosimbi Sehe manggi
拿来 给 火格 牙格 腰铃 动 火格 进入 说 后

monggodai nakcu injeme tucifi hendume yasa sama bi baldu
蒙古尔岱 舅舅 笑着 出来 说 雅森 萨满 我 巴尔都

bayan haha jui Sergudai fiyanggū be gajihangge sinde ai dalji
巴彦 儿 子 色尔古岱 费扬古 把 领来 与你 何 干

sini booi ai jaka be hūlhafi gajiha Sehe manggi mini
你的 家的 何 物 把 偷 拿来 说 后 我的

duka de si ji daišambi yasa Sama hendume Si udu haji
门 在 你 来 闹 雅森 萨满 说 你 虽然 亲的

mini jaka be hūlhafi gajirakū bicibe weri Sain banjire jilgan
我的 东西 把 偷 拿来 有 别人 好 生活 声音

akū niyalma Sui akū gajici ombio monggodai nakcu hendume
无 人 罪 无 拿来 可以吗 蒙古尔岱 舅舅 说

meni ilmun han tere jui be gajifi den sil tan de aisin
我们 阎 王 那个 孩子 把 领来 高 杆 子 上 金

jiha i Sangga be gabtabure jakade (21) Sergudai fiyanggū ilan
钱 的 洞 把 射 时候 色尔古岱 费扬古 三

da gabtafi gemu goiha geli Cendeme lama buku i baru
枝 射 都 中 又 试 喇嘛 布库 的 向

jafanabure de lama buku tuhebuhebi geli arsulan buku i
摔跤 时 喇嘛 布库 摔倒 又 阿尔斯兰 布库 的

baru jafanabure jakade arsulan buku inu hamirakū ofi meni
向 摔跤 时 阿尔斯兰 布库 又 不及 因 我们的

ilmun han jui obufi ujimbi kai sinde amasi bure kooli
阎 王 儿子 为 养 啊 给你 返 给 道理

bio yasa Sama jili banjifi monggodai nakcu ci fakcafi ilmun
有吗 雅森 萨满 气 生 蒙古尔岱 舅舅 从 离开 阎

hani tehe hoton de isinafi tuwaci duka be akdulame
王 住的 城 向 到 看 门 把 紧紧

yaksihabi yasa Sama dosime muterakū ofi ambula jili banjifi
关闭 雅森 萨满 进入 不能 因 大 气 生

yayame deribuhe kereni gereni dergi abka kereni kereni
吟诵 开始 克拉尼 克拉尼 上 天 克拉尼 克拉尼

dekdere gas'ha Sa kereni kereni Car moo canggisa kereni
升 鸟 们 克拉尼 克拉尼 查拉 毛 神祇们 克拉尼

kereni ihaci gūlha etuhe kereni ilan juru manggisa kereni
克拉尼 犀牛 靴子 穿 克拉尼 三 双 崇神 克拉尼

kereni ulhiyaci gūlha etuhe kereni kereni ilan juru manggisa
克拉尼 猪皮 靴子 穿 克拉尼 克拉尼 三 双 崇神

kereni kereni uyun juru manggisa kereni kereni marhaci
克拉尼 克拉尼 九 对 崇神 克拉尼 克拉尼 蛮兽

gūlha etuhe kereni kereni manggisa ebumju kereni kereni
靴子 穿 克拉尼 克拉尼 崇神 降下来 克拉尼 克拉尼

feksire gurgu sa kereni kereni fekume ebumju kereni kereni
跑的 兽 们 克拉尼 克拉尼 跳 降下 克拉尼 克拉尼

abka be šurdeme kereni kereni amba daimin gas'ha kereni
天 把 盘旋 克拉尼 克拉尼 大 雕 鸟 克拉尼

kereni hūdun hūdun hasa wasifi kereni kereni deyeme (22)
克拉尼 快 快 马上 降下 克拉尼 克拉尼 飞

dosifi musei jafaha kereni kereni aisin hiyoo lu de kereni
进 咱们 拿的 克拉尼 克拉尼 金 香 炉 里 克拉尼

kereni tebufi gaju kereni kereni menggun kiyoolu de kereni
克拉尼 装 领来 克拉尼 克拉尼 银 香炉 里 克拉尼

kereni meiherefi gaju kereni kereni meiherefi gaju kereni
克拉尼 扛着 拿来 克拉尼 克拉尼 扛着 拿来 克拉尼

kereni oihori giyande kereni kereni somifi gaju kereni kereni
克拉尼 胆小 因为 克拉尼 克拉尼 藏 拿来 克拉尼 克拉尼

wasiha dubede kereni kereni wasihalafi gaju kereni kereni
降临 之后 克拉尼 克拉尼 抓 拿来 克拉尼 克拉尼

oho kiya de kereni kereni oholifi gaju kereni kereni
可以 理 因 克拉尼 克拉尼 掬 拿来 克拉尼 克拉尼

Sergndai fiyanggū be šoforofi gaju Sehe manggi geren wecuku
色尔古岱 费扬古 把 抓 拿来 说 后 众 神祇

Se deyeme muktefi tuwaci Sergndei fiyanggū geren jusei emgi
们 飞 升 看 色尔古岱 费扬古 众 孩子 和

aisin menggun gasiha gaime efimbi bisire be Sabufi gaitai
金 银 背式骨 要 玩 正在 把 看见 突然

amba emu gas'ha wasifi Sergudai fiyanggū be šoforofi den
大 一个 鸟 降下 色尔古岱 费扬古 把 抓 高

mukdefi geren juse Sujume genefi han de alame hendume
升 众 孩子 跑 去 汗 给 告 说

Sergndai fiyanggū be emu amba gas'ha Šoforofi gamaha
色尔古岱 费扬古 把 一个 大 鸟 抓 领走

Serdede ilmun han donjifi ambula fancafi monggodai nakcu be
说 阎 王 听 非常 生气 蒙古尔岱 舅舅 把

hūlame gajifi beceme hendume monggodai sini gajiha Sergudai
叫 来 斥责 说 蒙古尔岱 你 领来 色尔古岱

fiyanggū be emu amba gas'ha Šoforome gamaha Sembi te
费扬古 把 一个 大 鸟 抓 领走 说 现

adarame bahambi monggodai hendume ejen ume fancara tere
如何 得到 蒙古尔岱 说 主 勿 生气 那个

gūwa waka weihun gurun de uju tucihe (23) amba gurun de
别人 非 活 国 在 头 出 大 国 在

elgin elgiha yasa sama jifi gamaha bi te uthai amcame genefi
名声 扬 雅森 萨满 来 领走 了 现 便 追 去

tere baime tuwafi tere Sama hūwade duibuleci ojorakū Sefi
向她 求 看 那个 萨满 别人 比较 不可 说

amcame genehe tereci yasa Sama Sergudai fiyanggū gala be
追 去了 自此 雅森 萨满 色尔古岱 费扬古 手 把

jafafi amasi marifi yabure de monggodai amargici amcame
捉 向后 返回 走 时 蒙古尔岱 从后 追

hūlame hendume Same hehe ere utala hūSun fayame arkan
叫 说 萨满 姐姐 这个 许多 力气 费 好不

Seme gajiha fayanggū be basa akū bai gamki Sembi meni
容易 领来 费扬古 把 工钱 无 白白 领走 想 我们

han jili banjifi mimbe falaha de bi adarame jobombi tesi
汗 气 生 把我 罚 时 我 如何 劳累 现你

bai gonime tuwa Sehe manggi yasa Sama hendume monggodai
白白 想 看 说 后 雅森 萨满 说 蒙古尔岱

nakcu si uttu Sain angga baici hono Sinde basa majige
舅舅 你 这样 好 口 求 尚可 与你 工钱 些须

bumbi si aika etuhaušeme yabuci we sinde gelembi Sefi ilan
给 你 如果 逞强 走 谁 与你 害怕 说 三

dalhan misun ilan Sefere hūwašan buhe manggi monggodai geli
块 面酱 三 把 纸 给 后 蒙古尔岱 又

baime hendume Sama hehe sini basa homso kai jai majige
求 道 萨满 姐姐 你的 工钱 少 啊 再 一点

buci Sehe manggi yasa sama geli ilan dalaha misun ilan
给 说 后 雅森 萨满 又 三 块 面酱 三

Sefere hūwašan be buhe manggi monggodai geli baime hendume
把 纸 把 给 后 蒙古尔岱 又 求 道

Same hehe Sini (24) gajime jihe indahūn Coko be werifi
萨满 姐姐 你的 领 来 犬 鸡 把 留下

gene meni han de gaifi abalarade indahūn akū dobori hūlara
去 我们 汗 把 拿 打猎 犬 无 夜 鸣

coko akū yasa hendume monggodai si Sergudai fiyanggū de
鸡 无 雅森 说 蒙古尔岱 你 色尔古岱 费扬古 给

jalgan nonggire uttu oci ere indahūn Coko be werifi genembi
命 增加 这 样 这个 犬 鸡 把 留下 去

monggodai hendume Sama gehe si uttu gisureci sini dere
蒙古尔岱 说 萨满 姐姐 你 这样 说 你的 面子

be tuwame orin Se jalgan nonggiha Sama hendume oforo
把 看 二十 岁 命 增加 萨满 说 鼻子

niyaki olhoro unde gamaha Seme ai tusa monggodai nakcu
涕 干 未 领 去了 有 何益 蒙古尔岱 舅舅

hendume tuttu oci gūsin Se jalgan yasa Sma hendume gūnin
说 那样 如果 三十 岁 命 雅森 萨满 说 心

mujilen toktoro unde gamaha Seme ai tusa monggodai
思 定 未 领走 是 何 益 蒙古尔岱

hendume tuttu oci dehi Sei jalgan nonggiha yasa sama
说 那样 话 四十 岁 命 增加 雅森 萨满

hendume derengge wesihun be bahara unde gamaha Seme ai
说 尊 贵 把 得到 未 领走 是 何

tuSa monggodai hendume tuttu oci Susai Se jalgan nonggire
益 蒙古尔岱 说 那样 如果 五十 岁 命 增加

nisa Sama hendume Sure genggiyen ojoro unde gamaha
尼山(雅森) 萨满 说 聪 慧 成 未 领去

Seme ai tusa monggodai hendume tuttu oci ninju Sei jalgan
欲 何 益 蒙古尔岱 说 那 样 六十 岁 命

nonggire yasa sama hendume nirui (25) beri be jafara unde
增加 雅森 萨满 说 箭 弓 把 拿 未

gamaha Seme ai tuSa monggoldai hendume tuttu oci nadanju
领 去 何 益 蒙古尔岱 说 那 样 七十

Se niSa Sama hendume monggoldai narhon weilede dosire wende
岁 尼山 萨满 说 蒙古尔岱 细 活 进入 未

gamaha Seme ai tusa monggoldai hendume tuttu oci jakūnju
领 去 何 益 蒙古尔岱 说 那 样 八十

Se nonggiha niSan hendume janggin hafan tere unde gamaha
岁 增加 尼山 说 章京 官 坐 未 领去

ai tuSa monggoldai hendume uyunju Se jalgan nonggiha jai
何 益 蒙古尔岱 说 九十 岁 命 增加 再

nonggirakū oho Sergudai fiyanggū ereci amasi uju funiyehe
不增加 了 色尔古岱 费扬古 自此 后 头 发

Sartala angga weihe Sortala umuhun de Sain tefi banjime
花白 嘴 牙 发黄 脚背 在 好 坐 生活

tanggū aniya targacun akū ninju aniya nimeku akū ura
百 年 禁忌 无 六十 年 病 无 屁股

šurdeme uyun Sama hendume monggoldai nakcu Si uttu
周围 九个 萨满 说 蒙古尔岱 舅舅 你 这样

fungneci ere indahūn be oci cu cu Seme hola Coko be oci
封 这个 犬 把 是 嗾 嗾 说 叫 鸡 把 是

hūwasi hūwasi Seme hūla Serded monggoldai baniha bufi
哗西 哗西 这样 叫 说 蒙古尔岱 谢 致

Coko be hūwasi hūwasi Cu Cu Seme (26) hūlara de indakūn
鸡 把 哗西 哗西 嗾 嗾 说 叫 时 犬

Coko gemu amasi nisan Sama be dahame genehe monggoldai
鸡 都 向后 尼山 萨满 把 因为 去了 蒙古尔岱

baime hendume Sama gehe absi sini indahūn Coko gemu
求 说 萨满 姐姐 怎么 你的 犬 鸡 都

amasi jihe gai gamirakū oci mini han wahalame okūde bi
往后 来了 又 不领去 若 我的 汗 斥责 做 我

adarame alime mutembi Seke manggi nisan Sama hendume
如何 接受 能够 说 后 尼山 萨满 说

monggoldai nakcu Sini indahūn be arar Seme hūla Coho gugu
蒙古尔岱 舅舅 你的 犬 把 阿拉 说 叫 鸡 咕咕

Seme hūla Sehe manggi monggoldai tere Songkoi hūlara
说 叫 说 后 蒙古尔岱 那个 照 叫

jakade indahūn Coho gemu monggoldai be dahame genehe tereci
时 犬 鸡 都 蒙古尔岱 把 随 去了 自此

nisan Sama Serguldai fiyanggū gala be jafafi amasi jiderede
尼山 萨满 色尔古岱 费扬古 手 把 捉 往后 来时

jugūn dalbade ini eigen be ucaraha tuwaci ini nimanggi
路 旁边 自己 丈夫 把 遇到 见 自己 油

mucen be fuyebume šošo oho be tuwabe sindame tehebi ini
锅 把 烧 柴 火 把 火 放 坐着 自己

Sargan be Sabufi weike be Saime Seyeme hendume dekdeme
妻子 把 看见 牙齿 把 咬 恨 道 轻浮

(27) nisan Saman si gūwa niyalma be weijubure anggala ergen
尼山 萨满 你 别 人 把 救活 与其 命

ci haji eigen mimbe gamaci ehebi bi Cohūme ubade nimenggi
比 亲 丈夫 我把 领去 不好 我 专门 在此 油

nimenggi mucen be fuyebume simbe alimbi simbe ugerakū
油 锅 把 烧 把你 等待 你把 派去

mujanggao nisan Sama baime hendume eigen haji koge yage
是吗 尼山 萨满 求 道 丈夫 亲爱的 火格 牙格

ešeme donji koge yage haha haji koge yage hiyame donji
斜着 听 火格 牙格 男人 爱 火格 牙格 斜着 听

yage sini beye koge yage aifini bucefi koge yage yali niyafi
牙格 你的 身体 火格 牙格 早已 死 火格 牙格 肉 腐烂

koge yage Sube gemu lakcame koge yage adarame weijebume

火格 牙格 筋 都 断 火格 牙格 如何 复活

koge yage haji eigen age gosici koge yage hūwašan jiha

火格 牙格 亲 丈夫 阿哥 可怜 火格 牙格 纸 钱

be koge yage labdu deijihebi koge yage buda be jeku be

把 火格 牙格 多多 烧 火格 牙格 饭 把 饭 把

koge yage labdu dobofi koge yage Sehe manggi eigen weihe

火格 牙格 多多 祭供 火格 牙格 说 后 丈夫 牙

be same Seyeme hendume dekdeni niSan Sama si weihun

把 咬 恨 道 轻浮 尼山 萨满 你 活的

gurun de bisire de mimbe (28) yadahūn Seme weihun de gidaha

国 里 在 时 把我 穷 因 活活 在 压制

fusihūšame yabuha be umesi labdu dere be fularafi jili banjifi

欺负 做 处 很 多 脸 把 红 气 生

hūlama hendume haji eigen age koge yage si bucerede

叫 道 亲 丈夫 阿哥 火格 牙格 你 死时

koge yage ai be werihe koge yage yadara boigūn de koge

火格 牙格 何 把 留下 火格 牙格 穷 家 于 火格

yage sini saka eniye be koge yage minde werihe koge yage

牙格 你的 老 母 把 火格 牙格 与我 留下 火格 牙格

sini eniye be koge yage faššame ujimbi hai koge yage

你的 母 把 火格 牙格 努力 养 啊 火格 牙格

mini beye koge yage bailingga niyalma kai koge yage mehe

我的 自己 火格 牙格 恩 人 啊 火格 牙格 婆婆

mangga be koge yage abtalara bihebi koge yage sini Secehe

困难 把 火格 牙格 帮助 曾 火格 牙格 你的 下巴

bi koge yage baitakū eigen be koge yage umesi emu bade

有 火格 牙格 无用 丈夫 把 火格 牙格 非常 一个 地方

unggimbi Seme koge yage abka ci mimbe wecehude Solifi

派去 说 火格 牙格 天 自 我把 神祇 请

eigen be šoforofi fotu cang hoton de maktafi tumen jalan de

丈夫 把 抓起 丰都 城 城 向 扔下 万 世 在

tumen jalan de niyalmai beye banjiburakū obuha nisan Saman

万 世 在 人 身 不生 成 尼山 萨满

(29) wecehu be hūlame hendume ereci amasi deyeku deyeku

神祇 把 叫 说 自此 往后 德叶库 德叶库

eigen akūde deyeku deyeku hartašame banjiki duyeku deyeku

丈夫 无 德叶库 德叶库 骄傲地 生活 德叶库 德叶库

eniye hūcihin de deyeku hajilame banjiki deyeku Se be amcame
妈 亲戚 于 德叶库 亲切 生活 德叶库 岁 把 趁

deyeku deyeku jirgame banjiki deyeku deyeku juse akū de
德叶库 德叶库 休息 生活 德叶库 德叶库 孩子 无 因

deyeku deyeku jirgame banjiki deyeku deyeku asigan be amcame
德叶库 德叶库 休息 生活 德叶库 德叶库 年轻 把 趁

deyeku deyeku antahašame banjiki deyeku deyeku banjiki Seme
德叶库 德叶库 做客 生活 德叶库 德叶库 生活 说

hūlafi Sergudai fiyanggū i gala be jafafi edun i adali
叫 色尔古岱 费扬古 的 手 把 执 风 的 一样

efime tuhi adali Sujume jihei tuwaci jugūn i dalbade emu
玩 云 一样 奔驰 来 只见 路 的 旁边 一个

taktude deng bade Sabumbi Sunja hacin genefi tuwaci duka i
楼 高 处 看见 五 种 去 看 门 的

jaka de juwe aisin uksin saca etuhe enduri Selei maitu
跟前 在 二 金 甲 盔 穿 神仙 铁 锤子

jafahabi nisa Sama baime hendume agusa ere taktu de we
拿着 尼山 萨满 求 道 大哥们 这个 楼 在 谁

bi tere enduri hendume taktu de abdaha Sain arsubure
有 那个 神仙 说 楼 上 叶子 好 芽

fulehe Sain fusembure omosi mama tehebi Sehe manggi nisan
根 好 繁殖 子孙 奶奶 住 说 后 尼山

sama ilan dalaha misun ilan sefere hūwašan basa buhe dosime
萨满 三 块 面酱 三 把 纸 工钱 给了 进

genehe jai duka de isinafi tuwaci juwe uksin aisin Saca
去 二 门 在 到达 看 二 甲 金 盔

etuhe enduri tuwakiyahabi isa sama dosime genere de (30)
穿 神仙 把守 尼山 萨满 进 入 时

enduri esukiyeme ilibufi hendume ai bai unggan fiyanggū balai
神仙 喝斥 停止 说 何 处 长辈 魂 随便

dosimbi hūdun bedere gene majige elhešeci uthai tantame
进来 快 回 去 稍许 怠慢 便 打

wambi Serede nisan Sama baime hendume emba enduri ume jili
死 说 尼山 萨满 求 道 大 神 勿 气

banjire ehe fiyanggū waha weihun gurun i nisan saman
生 坏 魂 非 活 国 的 尼山 萨满

Serengge bi inu ildun de omosi mama de acafi henghilefi
叫 我 是 趁便 于 子孙 奶奶 向 见 磕头

henghilefi geneki Sembi tere enduri hendume tuttu oci basan
磕头 去 想 那个 神仙 说 这样 话 工钱

akū bai duleki sembio nisan Sama hendume bi basan bure
无 白白 度过 想吗 尼山 萨满 说 我 工钱 给

sefi ilan dalaha misun ilan Sefere Sefere basan bufi dosime
说 三 块 面酱 三 把 把 工钱 给 进入

ilaci duha de isinafi geli juwe enduri tuwakiyahabi nisan
第三个 门 在 到达 又 二位 神仙 把守 尼山

Saman inu ilan dalaha misun ilan Sefere hūwšan basan bufi
萨满 又 三 块 面酱 三 把 纸 工钱 给

ilaci duka be dosime generede tuwaci tere taktu de Sunja
第三 门 把 进入 走时 一看 那个 楼 上 五

boco tugi borhūhūbi uce jakade inu Sunja boco uce jakade inu
彩 云 围绕 门 附近 又 五 彩 门 附近 又

Suhja boco etuku etuhe juwe hehe tuwakiyahabi uju funiyehe
五 彩 衣服 穿的 二 女人 把守 头 发

be gemu den Šošome…… (31) injeme hendume ere gehe be
把 都 高 来 笑 道 这个 姐姐 把

bi ainu takara adali Si weihun gurun i nisihai birai
我 为何 不认识 一样 你 活 国 的 尼西哈 河

dalin de tehe nisan Sama wakoo nisan Saman Sesulefi
岸 上 住的 尼山 萨满 不是吗 尼山 萨满 吃惊

hendume si ainaha niyalma Serede tere hehe hendume si
说 你 什么 人 说 那个 女人 说 你

ainu mimbe takarahūni bi Cara aniya mama tucire de omosi
怎么 我把 不认识 我 前 年 痘 出 时 子孙

mama mimbe bolhūn sain Seme gajifi beye hancin tahorabure
奶奶 我把 干净 好 说 领来 自己 附近 使唤

inu si toksoi niyalma sini boi dalbade bisire nari fiyanggú
是 你 村子 人 你的 家 旁边 有的 那力 费扬古

urun inu mimbe gajifi juwe inenggi dorgi de mama tucime
媳妇 是 我把 领来 二 天 里边 在 痘 出

bucehe hai nisan sama ambula urgunjeme uce be neifi dosime
死了 啊 尼山 萨满 非常 高兴 门 把 打开 进入

tuwaci nahan dulimbade emu Sakda šanggiyan mama tehebi
看 炕 中间 一个 老 白发 奶奶 坐着

yasa humuhun angga amba dere Cokcohūn weihe fudarafi tuwaci
眼睛 肿胀 口 大 脸 高耸 牙 獠 看

ojorakū ju dalbade juwan funcere…… (32) dalin meiherefi
不可 两 旁 十 余 褡裢 背

ilihabi ulmen tonggo jafahangge jafahabi sideri arara niyalma
站立 针 线 拿的 拿 链子 做的 人

arambi juse tebeliyehengge tebeliyehebi jajihangge jajihabi
做 孩子 抱的 抱着 背的 背

jafahangge jafahabi fulhūn de tebure tebumbi meihereme
拿的 拿 口袋 里 装的 装 扛

gamarangge gamambi šolo akū gemu šun dekdere ergi uce
拿走的 拿走 空闲 无 都 太阳 升 方向 门

be tucimbi nišan Sama Sabufi ferguweme nade niyahūrafi uyun
把 出去 尼山 萨满 看见 奇怪 地上 跪下 九

jergi henghilefi omosi mama hendume si ai niyalma bihe bi
次 磕头 子孙 奶奶 说 你 何 人 有 我

ainu Simbe taharahū nisan Sama hendume mama adarame
怎么 把你 不认识 尼山 萨满 说 奶奶 怎么

taharahūni nisihai dalin de tehe nisan sama Serengge bi inu
不认识呢 尼西哈 岸边 在 住 尼山 萨满 叫的 我 是

hai mama hendume absi onggoho inu hai bi Simbe banjibume
啊 奶奶 说 怎么 忘了 是 啊 我 把你 复生

unggire de si fuhali generakū ofi bi simbe jilatame iseku
派去 时 你 死活 不去 因 我 把你 可怜 神衣

etubufi imcin jafabufi jilatame Samdame efime banjibuha bihe hai
使穿 神鼓 拿 可怜 跳神 玩 出生 曾 啊

yaya Sama tacire baksi tacire han mafa…… ehe facuhūn
任何 萨满 成为 巴克什 学习 汗 玛法 恶 乱

yabure Sese pai efire arki nure umire gemu mini baci
走 赌 牌 玩 酒 黄酒 喝 都是 我的 地方

toktobufi…… (33) gehungge yoso Sucongga aniya juwe biyai orin
定下 宣 统 元 年 二 月 二十

emu de arame wajiha
一 日 抄 完

译文

（1）……往家里回来时，色尔古岱费扬古说："两位兄弟啊，看我这情形已经不能到家了。你们兄弟俩回家去告诉我父母吧！我本想亲自给父母送终，不想我的时辰未到就要早逝，父母也不要再找寻我了。"他又想说些什么，无奈牙关已紧，不能再说什么了。阿哈尔吉、巴哈尔吉和众家奴围着轿大哭。哭声响彻山谷。过了一个时辰，阿哈尔吉停止了哭泣说道："巴哈尔吉你不要哭了，贝勒阿哥已经这样了，哭也是没有再生的道理了。你先留在后边，好好把贝勒阿哥的遗体运来。我自己马上领十骑前去，告诉咱们的主人老爷，给阿哥准备送终的物品吧。"吩咐完毕，就挑选了十个好汉，跑回了家里。(他们）在门前下了马，进了屋后跪在地上大声号哭。(2）巴彦老爷骂道："你这个阿哈尔吉是怎么啦！不是打猎去了吗，怎么又哭着回来了？是不是你的贝勒阿哥有什么事派你来啊？为什么不说话啊！"阿哈尔吉不回答又哭不止。额真老爷大怒，骂道："你这个无用的奴才！为何不说话只管哭啊！哭能解决问题吗？"阿哈尔吉这才停止了哭泣，磕了个头说："额真老爷坏了，阿哥在路上病逝了，我是前来送信儿的。"老爷听到此话，大叫一声仰面倒下去了。阿哈尔吉哭着告诉贝勒阿哥去世的消息后昏死过去了。老太太前来看到老爷的样子，叫了一声阿哥，横着倒在老爷的身上。全家大声恸哭，全村的人都聚集起来。(3)(大家）正大声恸哭的时候，巴哈尔吉哭着把阿哥的尸体运回来了。巴尔都巴彦两口子，在门口迎接阿哥的尸体，进来后放在炕上。众人围着炕大哭，哭声震天动地。哭了一阵之后，众人劝道："巴彦阿哥，你们的夫妇俩怎么这么哭啊，已经死了的人，再没有复生的道理啊！应该给贝勒阿哥准备该准备的东西。"之后，巴尔都巴彦夫妇才停止了哭泣，说道："你们话很有道理。我心爱的孩子已经死了，还珍惜什么呢！现在还有哪个孩子可以指望啊！"就把阿哈尔吉和巴哈尔吉叫来，吩咐道："你这个奴才，只会向天张着嘴巴哭啊。快去给阿哥准备引领的马匹和钱财等送葬的东西去，别吝惜东西！"巴哈尔吉停止了哭泣，去给阿哥准备了引领的马。有天色的花骟马十匹，红马十匹。(4）走的灰白马十匹，快的红马十匹，小走的白马十匹。给三十匹马披上褡裢和锦亮片。宣布完命令，又把牧官叫来，吩咐道："去牛群里带十头牛来，从羊群里带九十只羊来，抓一百头猪。不要耽误。"各牧官答应了一声，纷纷准备去了。巴尔都巴彦夫妇又把阿兰珍和萨兰珍叫来吩咐道："你们二人给全村的女人传命，准备麦面饼九十桌，沙沙饼五十桌，牧旦饼六十桌，墨勒饼四十桌。每家出一坛子酒。鸭鹅和果品等物马上准备好。如果耽误了，就拿你们给贝勒阿哥陪葬！"大家都答应了一声准备去了。自此，大家吵吵嚷嚷，急急忙忙，纷纷把准备好的东西都摆放在院子里。(5）看那光景，就像山一样堆积着，就像那肉山酒海似的。父母奠了酒哭道："父亲的阿哥呀，五十岁生的色尔古岱费扬古。自你出生后我异常高兴。这几群骟马由谁来做主啊！伟岸的阿哥呀，因为有了阿哥，曾经无比高兴过啊！现在由哪个阿哥来骑呀！阿拉！奴婢虽然成群，由哪个主人来使唤啊！阿拉！这只金脊鸽啊，由哪位阿哥来擎啊！这虎斑狗由谁来牵啊！”如此这般哭的时候，妈妈又开始哭道：“妈妈的阿哥呀，我为了子孙一直在做好事祈福啊！在我五十岁生的聪慧的阿哥呀，手脚灵便的阿哥，长相俊美的阿哥，阿拉！娘的读书声美妙的娘的聪明的阿哥！娘现在为哪个孩子活着啊！阿拉！阿哥你怜爱奴仆的伟大的阿哥。娘的眼珠子一样的俊美的阿哥，阿拉！娘的走在大街上像金脊鸽声音一样(6)的阿哥。走在沟里像铃声一样的娘的俊美的阿哥。阿拉！娘我现在还盼着爱着那位美的阿哥！阿拉！”就这样，哭得仰面倒下时吐着唾沫，俯身摔倒时把唾沫和鼻涕倒进槽里，眼泪流成河。正哭着，门外来了一位弓着背快要死的老人，他叫道：“德叶库德叶库，看门的阿哥，德叶库德叶库，听我道来。德时库德叶库，快快进去，德叶库德叶库，给你的主人，德叶库德叶库，去告诉吧！德叶库德叶库，在大门外边，德叶库德叶库，来了位将死的老人。德叶库德叶库。想告诉个消息德叶库。”看门的人进去告诉巴尔都巴彦之后，巴彦说：“多么可怜啊，快让他进来吧。把那些给贝勒阿哥祭供的海一样多的酒和肉，还有饼干等，让他吃一些再去吧。”家人赶紧跑去把老人叫了进来。(7)那老人进来后并不看那些祭供的肉和饼干，径直走过去，到了贝勒阿哥的棺材前，跳着脚大声哭道：“可爱的阿哥你怎么这么短命啊！阿拉！早已听说你聪慧，我这个无用的人听到后也高兴过。阿拉！阿拉！听说生了聪慧的阿哥，愚钝的奴才我也寄予过希望啊！阿拉！阿拉！听到生了有本领的阿哥，可恶的奴才也把有福气的阿哥称赞过。阿哥怎么就死了呢？”他就这样拍着手号啕着、生气地跳着、往死里大哭的时候，巴尔都巴彦非常同情，就把穿在自己身上的黄绸长衫脱下来，送给了那位老人。老人接了衣服穿在身上。他直直地立在棺材的前面，环视了一遍屋子后，大声叹了一口气说道：“巴彦阿哥，你眼看着(8)就把色尔古岱费扬古抢走吗？哪里如果有本领高强的萨满的话，为何不请来救活贝勒阿哥呢？”巴尔都巴彦说：“如果有好萨满的话(可以啊)。在我们村里有三四位萨满，都是偷饭吃的盗贼啊(吃干饭的)。只会用烧饼和鸡，还有果品和酒、饭等祭祀的萨满啊！别说是救人，他连自己什么时候死都不知道啊！老人家呀，你要是知道哪里有本领高强的萨满的话，请指教指教啊！”老人说道：“巴彦阿哥你怎么会不知道呢。离这里不远处的尼西哈河边有位著名的女萨满。她本领高强，能救活死人的，为何不去求她呢？如果她来了，别说是一个色尔古岱费扬古，就是十个色尔古岱费扬古也能救活啊！快去找她吧！”说完他就缓缓走出大门，坐在五彩云之上飞走了。(9) 看门人来告知巴尔都巴彦后，巴尔都巴彦高兴地说：“一定是上天的众神仙给我预示了祥兆啊！”就向空中连连磕头拜谢。他又赶忙骑上细腿银白骟马，领着家仆前去。时间不长就到了尼西哈河边。只见东头有间不大的厢房，巴尔都巴彦见外边有位年轻的格格，正往晾衣竿上挂洗好的衣服。巴尔都巴彦走近前去问道：“格格，请问雅森（尼山）萨满的家在哪里？可以给我指点吗？”那个女人指着说：“在那西头的就是。”巴尔都巴彦听完就下了马走近前问道：“雅森（尼山）萨满是那一位呀？”那个人说：“你怎么这么慌张啊？”巴尔都巴彦说：“我有急事在向阿哥打听啊！如果可怜我的话请告诉我。”那个人便 (10) 说：“你错了！请那位萨满的话要好好地恭恭敬敬地相求。她是高明的萨满，很看重附和自己啊。”巴彦给那个人道了谢，骑了马跑到东端，下了马进了屋一看，只见在南炕上坐着一位头发花白的老太太。在南边的灶边有位年轻的女人在坐着抽烟。那位老太太看到巴尔都巴彦说：“你从哪里来啊？那个坐着抽烟的人就是萨满。”巴尔都巴彦马上跪在地上祈求说：“老太太可怜的话，请指点一下我的前缘啊！”那位老太太说:“阿哥你看错人了，在灶边坐着的才是真正的萨满。”巴尔都巴彦起身后（又）跪在地上请求道：“萨满格格的名声好大呀，大名出众的你在二十位萨满之上，在四十位萨满之上。所以我是专门来找你看前缘的。就烦劳格格了，(11) 请给我看看吧！”那个女人笑着说:“巴彦阿哥，如果要是别人的话我是不会给看的。因为阿哥是第一次找我来看的，我也就看看吧。”这样，她洗了脸，给神祇上了香，把二十个圆碁石扔在水里。把四十个圆碁石放在桌子上。从天上降下大神祇。巴尔都巴彦磕了七个头在听。雅森（尼山）萨满仰面昏倒后，开始饶舌（说话）。她告诉说：“厄库勒叶库勒，这巴尔都哈拉的，厄库勒叶库勒，属龙的男子，厄库勒叶库勒，来看前缘吧！厄库勒叶库勒。来看（病）的阿哥你啊，厄库勒叶库勒。不对的话就说不对，厄库勒叶库勒。假萨满来欺骗啊，厄库勒叶库勒。我来告诉你们，厄库勒叶库勒。你在二十五岁的时候，厄库勒叶库勒，生了个男孩子，厄库勒叶库勒。长到一十五岁，厄库勒叶库勒，去横狼山打猎，厄库勒叶库勒。在那山上，厄库勒叶库勒，有埋伏的鬼啊，(12) 厄库勒叶库勒。把你儿子的灵魂，厄库勒叶库勒，抓住后吃掉了，厄库勒叶库勒。你儿子的身体，厄库勒叶库勒，得了病后死去，厄库勒叶库勒，自此之后，厄库勒叶库勒，没有生孩子。厄库勒叶库勒，在五十岁时，厄库勒叶库勒，又生了个男孩子。厄库勒叶库勒。因是在五十岁生的，厄库勒叶库勒，就叫色尔古岱费扬古，厄库勒叶库勒。起了这个名字。厄库勒叶库勒，贤名鹊起，厄库勒叶库勒。大名远扬，厄库勒叶库勒。长到一十五岁，厄库勒叶库勒，去那南山，厄库勒叶库勒，杀了很多野兽，厄库勒叶库勒，阎王爷听到后，厄库勒叶库勒，派遣小鬼们，厄库勒叶库勒，捉拿去了。厄库勒叶库勒。复活是不容易啊！厄库勒叶库勒，求活时费工夫。厄库勒叶库勒。要是对的话就说对。厄库勒叶库勒。不对的话就说（不对）。厄库勒叶库勒。”说完，巴尔都巴彦一边磕头一边说：“大神祇所告的，众神祇所指示的都对啊！”之后，老太太点香，用香烟熏醒了（萨满）。巴尔都巴彦跪在地上哭道：“萨满格格可怜我的话，请亲自去救救我儿子的命吧！（１３）救命之后还有忘记神仙的道理吗？活了命就忘记困难的道理吗？”雅森（尼山）萨满说：“你们家有条和你儿子同日生的狗，还有三年的面酱，以及三年的公鸡，对不对啊？”巴尔都巴彦说：“都是真的！看得真对啊！真是位神仙一样的萨满啊！现在我要请大神器，先把这些神器请过去，请救活我的儿子吧！”雅森（尼山）萨满笑着说：“小萨满能干什么呢！不如破财请个有本事的萨满吧。我是刚学的新萨满，知道什么呀？”巴尔都巴彦磕头后说：“萨满格格救了小孩子的命的话，我会拿着金银锦缎和赶着马匹去谢恩。”雅森（尼山）萨满说：“巴彦阿哥你起来吧，我去看看。”巴尔都巴彦大喜，爬起来骑上黄骠马，（１４）跑回家里。把阿哈尔吉和巴哈尔吉叫来点了十个年轻人，准备了拉运神器的车五辆，萨满乘坐的轿车一辆前去接（萨满）。巴哈尔吉、阿哈尔吉和众人，时间不久就到尼西哈河，告知了雅森（尼山）萨满。雅森（尼山）萨满在三辆车上装好神器，自己坐在轿车上，八位青年护卫在旁边。让人前去告诉自己的父母，说雅森（尼山）萨满被请去了。之后骑了马跟着阿哈尔吉，如风一般奔跑着，很快就到了罗罗嘎珊，巴哈尔吉把那尔费扬古领来，下了马进到屋里的时候，被雅森（尼山）萨满看见了。就笑着说：“给神祇出力的，给高贵的额依都出力的，有本领的阿哥那尔费扬古，好好帮助格格击神鼓啊，就靠老弟了。如果不行的话，用这蜜鼠皮吊的鼓捶打你的头啊！用克土根（１５）木做的洁净的鼓捶打你的脸啊！”那尔费扬古笑着说：“可依靠的萨满，有办法的雅森（尼山），弟弟我明白了，不需要你来多指教。”说完，就坐在炕上开始击鼓。雅森（尼山）萨满在身上系上围裙和铃裙，把九雀神帽戴在头上。摇摆着（身体），以大声唱颂，用高声吟诵，用佳音祈求之后，突然天上东南山上的铁藤和石门裂开，把铁藤剪开后，萨满的神祇下来告道："克库克库，站一边的，克库克库。主持的二神，克库克库。如何站立？克库克库。大二神啊，克库克库，站在近处，克库克库。俊美的二神，克库克库，把薄的耳朵（聪灵之耳），克库克库，打开听吧！克库克库。把厚的耳朵，克库克库，掩住听吧！克库克库。把那公鸡，克库克库，在头的一边，克库克库，拴放着吧！克库克库，把那灰狗，克库克库，就在腿边，克库克库，拴着放下，克库克库。一百个洁净的面酱，克库克库，一百个（16）把（计量单位），克库克库，放在一边。克库克库。在黑暗之地，克库克库，去招灵魂去。克库克库。去阴间（死人之国），克库克库，把离开的（魂儿），克库克库，去追赶啊！克库克库，去找丢失的魂儿！克库克库。信任之二神，克库克库，引领的时候，克库克库，要正确引导！克库克库。救回来的时候，克库克库，在鼻子周围，克库克库，把木桶中的水在身体的周围，克库克库。在脸的周围，克库克库，把四十木桶水，克库克库洒下吧！克库克库。"这样告诉之后，她突然昏倒下去了。那尔费扬古走过来整理了她的衣服，把鸡和狗拴在一边，又把纸钱和面酱放在旁边，自己坐在旁边派遣神物。那尔费扬古拿起神鼓，开始唱起神歌。他唱的神歌是："英阿里兴阿里，去阴曹之处（阴间），英阿里兴阿里，把那魂儿，英阿里兴阿里，去追赶啊！英阿里兴阿里，把陷进的人啊，英阿里兴阿里，去追赶回来，英阿里兴阿里。"去追赶的时候，雅森（尼山）萨满牵着狗和鸡，背着纸和面酱，去黑暗之处追赶灵魂，去那阴间（死人之国）把那丢失的（17）魂儿领来，各神祇之鸟飞翔着，野兽都跑去了。来到了一条河边。到之后看了看，想渡过，但是没有渡口。就在上上下下找渡口的时候，在对岸有个人划着小船过来。雅森（尼山）萨满叫道："火格牙格，把薄的耳朵（聪慧之耳），火格牙格，打开了听吧！火格牙格，把厚的耳朵，火格牙格，掩着听吧！火格牙格！把丑陋的长相，火格牙格，好好记住。火格牙格。把瘸腿的样子，火格牙格，好好记住吧！火格牙格！因神祇善良，火格牙格，才为尊贵，火格牙格。因神位良善，火格牙格，才有了进展。火格牙格。自己做主，火格牙格，才有了德行。火格牙格。为父亲之德行，火格牙格，一一遂行。火格牙格。在母亲之家，火格牙格，匆匆忙忙地去啊！火格牙格！因为有事，火格牙格，才去找啊！火格牙格！送那钱财，火格牙格，去拉拢（他）呀。火格牙格。"之后，瘸腿来喜划着船来了。

（18）（来喜）说："萨满格格呀，要是换了别人的话，怎么也不会渡过去的。"认识的就没有办法不让你渡过。他划着船渡过河去。雅森（尼山）萨满送了三块面酱，三把花生果。问道："老汉啊，有什么人从这个渡口渡过呀？"瘸腿来喜相告道："没有别人过去。只有蒙古尔岱舅舅把巴尔都巴彦的儿子色尔古岱领去了。"雅森（尼山）萨满道了谢又往前走。不久，神祇们把她领到了富尔江（红河）。给河神送了三块面酱和三把花生后想渡河去，又找不见渡口，被逼得开始诵起神歌，她念诵的神调是："叶库勒叶库勒，从天而降的，叶库勒叶库勒，大神祇们，叶库勒叶库勒，主子我自己，叶库勒叶库勒，把抓拿的神鼓，叶库勒叶库勒，扔在水中，叶库勒叶库勒，渡过河去。叶库勒叶库勒。神鼓从中帮忙，叶库勒叶库勒，让我渡过去吧！叶库勒叶库勒。"这样诵念之时，（19）萨满萨尔罕追降下来，降在神鼓之上。雅森（尼山）萨满把神鼓扔在水中，自己立在神鼓上面渡河而去。又问河神："这里还有什么人渡过吗？"那个河神说："蒙古尔岱舅舅把色尔古岱领走了。"自此，雅森（尼山）萨满又往前去，走到了第一关口，想通过之时，守关的色勒图和色尼尔图二鬼大声呵斥道："是什么人啊！胆敢想过这个关口？我们是受阎王之命在这守关。给了手续费的话才让通过！"雅森（尼山）萨满送了三块面酱和三把花生后过去了。又到了蒙古尔岱舅舅的关口，她摇动腰铃和铜镜呼唤道："火格牙格，蒙古尔岱舅舅呀，火格牙格，请快快出来呀，火格牙格。因为何故，火格牙格，把活得好好的，火格牙格，命不该尽的，火格牙格，抓了领来啊！火格牙格！把还不到时间的，火格牙格。（20）退回去吧！火格牙格！无条件给予的话，火格牙格，向你道谢，火格牙格。把活得好好的，火格牙格，无故之人，火格牙格，我来领走啊，火格牙格。不是白白领走，火格牙格，给你费用，火格牙格，快快给予的话，火格牙格，给予费用。火格牙格。速来给予的话，火格牙格，摇动腰铃，火格牙格，进入屋内！"说毕，蒙古尔岱舅舅笑着出来说道："雅森（尼山）萨满，我把巴尔都巴彦之子色尔古岱的灵魂领来之事与你何干！我偷了你们家的什么东西了吗？你这样来我的门前胡闹啊！"雅森（尼山）萨满说："你虽然没有偷来我的心爱之物，可把别人好好生活着的老实之人和无罪之人领来了，这可以吗！"蒙古尔岱舅舅说："我们的阎王把那孩子领来之后，让他射挂在高杆上的金钱的时候，（21）色尔古岱费扬古射了三箭，箭箭中的。又考他和喇嘛布库（摔跤手）摔跤，把喇嘛布库也摔倒了。再和阿尔斯兰布库摔跤的时候，阿尔斯兰布库又不是对手。这样，我们的阎王就把他当成儿子来养呀！还有还给你的道理吗?”雅森(尼山)萨满很生气，便离开了蒙古尔岱舅舅，又来到阎王居住的城里。只见这里紧闭城门。雅森(尼山)萨满进不去，非常生气，就开始诵念神歌：“克拉尼克拉尼，上天啊，克拉尼克拉尼，飞翔的鸟儿们。克拉尼克拉尼，查拉毛祟神啊，克拉尼克拉尼，穿着犀牛皮靴子。克拉尼克拉尼，三对祟神啊，克拉尼克拉尼，穿着猪皮靴子。克拉尼克拉尼。九对祟神啊，克拉尼克拉尼，穿着蛮兽皮的靴子。克拉尼克拉尼。神祇们降下来吧！克拉尼克拉尼！奔跑的野兽们，克拉尼克拉尼，跳着降下来吧！克拉尼克拉尼！旋天的那个，克拉尼克拉尼，大雕啊，克拉尼克拉尼，快快马上降下来，克拉尼克拉尼，飞着（22）降在咱们祭供的金香炉里，克拉尼克拉尼，盛着领来吧！克拉尼克拉尼！把那香炉，克拉尼克拉尼，扛着拿来！克拉尼克拉尼！因他胆子小的缘故，克拉尼克拉尼，藏着领来吧！克拉尼克拉尼！降下来之后，克拉尼克拉尼，抱着领来吧！克拉尼克拉尼！因同意之故，克拉尼克拉尼，捧着拿来吧！克拉尼克拉尼！把色尔古岱费扬古抓起领来吧！”各神祇飞腾起来，看到色尔古岱费扬古正在和众小孩玩金银背式骨，有只大鸟突然降下来，把色尔古岱费扬古抓起来向高处飞去。众小孩奔去告诉阎王说：“有只大鸟把色尔古岱费扬古抓走了！”阎王听到后非常生气，把蒙古尔岱舅舅叫来斥责道：“听说你领来的色尔古岱费扬古被一只大鸟抓走了，现在怎么去找他啊?”蒙古尔岱说：“主子不要生气，那不是别人，是那个在人间出了名的，(23)在大国扬了名的雅森(尼山)萨满领走的。我现在就追去向她求情。那个萨满和别的萨满不一样。”说完之后就追去了。自此，雅森(尼山)萨满牵着色尔古岱费扬古的手往回走的时候，蒙古尔岱舅舅在后面呼唤道：“萨满格格呀，你想把这个我费了不少工夫，好不容易才领来的色尔古岱，不给任何费用就领走吗？我们的阎王生气了要惩罚我的话，我可要受罪呀。看你现在能否白白领走。”雅森(尼山)萨满说：“蒙古尔岱舅舅啊，你刚才就这样以好言相求的话，我就给你留一点费用。”就留了三块面酱和三张纸。蒙古尔岱又求道：“萨满格格你给的费用太少了呀，再给一点吧！”雅森(尼山)萨满又给了三块面酱和三张纸。蒙古尔岱又求道：“萨满格格把你的(24)狗和鸡也留下吧，送给我们的阎王吧。他打猎时没有狗，也没有夜鸣的鸡。”雅森(尼山)萨满说：“蒙古尔岱啊，你要是给色尔古岱费扬古增加阳寿的话，就把这狗和鸡留下来。蒙古尔岱说：“萨满格格既然这样说的话，看在你的面子上增加二十岁阳寿吧。”萨满说：“鼻涕尚未干啊，领去没有用！”蒙古尔岱舅舅又说：“那样的话增加三十岁阳寿吧。”雅森（尼山）萨满说：“心志尚未定型的人，领去何用！”蒙古尔岱舅舅说：“那样的话，给四十岁阳寿吧。”雅森（尼山）萨满说：“还没享荣华富贵，领去何用！”蒙古尔岱舅舅说：“那样的话给五十岁阳寿吧。”尼山萨满说：“还未聪明能干，领去何用！”蒙古尔岱说：“这样的话给六十岁阳寿吧。”雅森（尼山）萨满说：“还没使用弓箭，(25) 领去何用！”蒙古尔岱说：“那样的话给七十岁吧。”尼山萨满说：“蒙古尔岱啊，尚不会做细活儿，领去何用！”蒙古尔岱说：“那样的话给八十岁吧。”尼山说：“还没当章京哈番，领去何用！”此后，色尔古岱费扬古活到头发花白、牙齿发黄、一个人好好的、百年无忌、六十年无病，子孙满堂。萨满说：“蒙古尔岱舅舅你如此封赏的话（就送这只狗和鸡吧）。叫狗时叫‘嗾！嗾！’叫鸡时叫‘伙西！伙西！’”蒙古尔岱致了谢，对着鸡（狗）叫了“伙西！伙西！嗾！嗾！”(26) 之后，鸡和狗都朝后随尼山萨满去了。蒙古尔岱求道：“萨满格格呀，你的鸡和狗都返回来了啊，如果我不领这些东西回去的话，我们的阎王怪罪下来，我如何承担啊！”尼山萨满说：“蒙古尔岱舅舅啊，叫狗时呼‘阿尔阿尔’，叫鸡时叫‘咕咕’。”蒙古尔岱照此一试，狗和鸡都跟着蒙古尔岱去了。自此，尼山萨满牵着色尔古岱费扬古的手往回走的时候，在路边遇到了自己的丈夫。只见他正在坐着烧油锅，看到老婆咬着牙狠狠地说：(27)“尼山萨满！你与其救活别人，还不如救你比命还亲的丈夫！我是专门在这里烧了油锅等你啊！还有让你走的道理吗！”尼山萨满笑着说：“亲爱的丈夫啊，火格牙格，好好听着，火格牙格。亲爱的男人啊，火格牙格，注意听着吧，火格牙格。你的身体，火格牙格，早已腐烂，火格牙格。肉已腐烂，火格牙格。筋骨都已断了，火格牙格。怎么能救活呢！火格牙格。亲爱的丈夫阿哥可怜啊，火格牙格，把那纸钱，火格牙格，烧了很多，火格牙格。把那些饭食，火格牙格，祭献了很多啊！火格牙格。”丈夫咬着牙狠狠地说：“轻浮的尼山萨满啊，你在阳间的时候，(28) 因为穷而对我压制歧视的事还少吗！”为此，（尼山萨满）脸红生气，大声呼唤道：“亲爱的丈夫阿哥，火格牙格，在你去世的时候，火格牙格，留下了什么啊？火格牙格。在贫穷的家里，火格牙格，把你的老母亲，火格牙格，留给了我啊！火格牙格。是我把你母亲，火格牙格，辛苦地赡养。火格牙格。我自己是，火格牙格，是你的恩人啊！火格牙格。是帮婆婆，火格牙格，剪枝的人啊！火格牙格。你只有嘴巴（会说话），火格牙格，把这无用的丈夫，火格牙格，送到那个非常之处吧！火格牙格。从天请来我的神祇，把丈夫抓起来送到了酆都城里，万世不让他转世为人。”尼山萨满(29)呼唤神祇道：“自此之后，德叶库德叶库，没有了丈夫，德叶库德叶库，骄傲地生活吧！德叶库德叶库。和母亲的亲戚，德叶库德叶库，亲亲热热地生活吧！德叶库德叶库。趁着年轻，德叶库德叶库，休息着生活吧！德叶库德叶库。趁没有孩子，德叶库德叶库，休息着生活吧！德叶库德叶库。趁着年轻，德叶库德叶库，像家人一样生活吧！德叶库德叶库。”这样呼唤后，牵着色尔古岱费扬古的手，像风一般旋转，像云一样急驰而来。在路上一看，就在路边的高处有座楼，有五彩云缭绕着。尼山萨满走近前去一看，在大门的两边有两位穿着金盔甲的神仙，手拿铁锤在把守。尼山萨满求道：“阿哥们啊，这楼里住着谁啊？”那位神仙说：“楼里住有叶繁根茂管理生殖的子孙奶奶。尼山萨满送了三块面酱和三把纸作为报酬后进去了。到了第二道门，看到两位穿着金盔甲的人守着。看到尼山萨满进来，(30)神仙呵斥道：“进来的是哪里来的人啊？赶快回去吧！要是怠慢的话就要打死你！”尼山萨满祈求道：“大神不要生气啊，该死的魂儿，阳间的尼山萨满就是我呀！趁这个机会来叩见子孙奶奶再准备回去啊！”那位神仙说：“那样的话，不给费用就想过去吗？”尼山萨满说：“我给你费用吧。”就给了三块面酱和三把纸作为费用。进到第三道门，又有二位神仙在把守，尼山萨满又给了三块面酱和三把纸作为酬谢。进第三道门的时候，看到那楼被五彩云霞环绕着，门前立着穿着五彩衣服的两个女人在把守。她们把头发都束得高高的……(残缺)。(31)笑着说：“这位姐姐我好像认识啊！你不是阳间尼西哈河岸边居住的尼山萨满吗？”尼山萨满吃惊道：“你是什么人啊？”那个女人说：“你怎么不认识我了呀？我前年出痘的时候，子孙奶奶看我洁净，就把我领来使唤啊。我们是一个村子的人，是你们家邻居那丽费扬古的儿媳妇啊！把我领来之后，在两天之内出了痘就死了。”尼山萨满非常高兴，开门进来一看，在炕的中央坐着一位头发雪白的老奶奶，长得眼睛突出嘴巴巨大。脸面高峻，獠牙倒生，非常难看。在两边有十余位……(32)挎着褡裢站着，拿着针线的在做针线活儿，做镣铐的人在做(镣铐)，有的抱着娃娃，有的背着娃娃，装口袋的装口袋，背着送的在送着，连连不断地(没有空闲)从东门(太阳升起的门)出去。尼山萨满看到后，惊奇地跪在地上磕了九个头。子孙奶奶说：“你是什么人啊？我怎么不认识你啊？”尼山萨满说：“奶奶怎么不认识啊？是住在尼山哈河边的尼山萨满啊。”奶奶说：“我怎么忘了啊，我让你出生的时候，你死活不去，我就可怜给你穿了神衣，拿了神鼓，跳着神舞降生的啊！任何当萨满和学巴克什，汗玛发……。恶、乱、奸、赌、酗酒等都由我这里决定……”

（33）宣统元年二月二十一日抄毕。

第十七章　尼赞萨满之书之二

尼赞萨满之书之二　里图善
锡伯族　奇车山　译

转写文、对译

(1) julgei ming gurun i forgūn de lolo serengge gašan
古代 明 国 的 时代 在 罗罗 叫 村子

de tehe emu niyalma bihe banjirengge umesi bayan nadanju Se
里 居住 一位 人 有 生活 非常 富裕 七十 岁

otolo enen juse akū de abka na baime gūnin mujilen
至 后代 孩子 无 因 天 地 求 心 志

akūmbure de dergi abkai enduri fucihi jugūn, yabure de
尽 时 上 天 神仙 佛 路 走 时

holkonde tuwafi gosime ere niyalma muSei enduri fucihi de
突然 看 可怜 这个 人 咱们 神仙 佛 给

bairengge umesi jilaka emu juse banjikini seme forome juwan
祈求 非常 可怜 一个 孩子 生吧 这样 向着 十

ilmun han de geneme acahabi tere niyalma aname enen juSe
阎 王 向 去 接见 那个 人 各各 后代 孩子

akū Seme gisurerede nilmun han hendume tere niyalma mimci
无 因 说 阎 王 说 那个 人 从我

usarakū aname usarakū Serengge julgei forgún de ehe be
埋怨 都 不埋怨 是 先 朝 时 坏 把

yabure jalin ere erin de juse sargan akū banjimbi (2) niyalma
做 因 这 时 在 孩子 妻子 无 生活 别人

ci usarakū lo yuwan wei Serengge emu beye wajitala jiha
从 埋怨 罗 员 外 是 一个 身 尽 钱

menggun takūrame wajirakū Seme gisurere de dung yoo ambula
银 用 不完 这样 说 时 东 岳 非常

jili banjime hendume Suwe juwan ilmun han umesi giyan de
气 生 说 你们 十个 阎 王 很 理 与

acarakū tere niyalma jiha menggun labdu ihan morin geli bi
不对 那 人 钱 银子 多 牛 马 又 有

jiha bici takūrame niyalma akū ihan morin bici yalure
钱 有 用 人 无 牛 马 有 骑

niyalma akū erei jalin de tumen jergi bairengge suwe ai
人 无 这 为 因 万 次 祈求 你们 何

Seme gisurembi giyan bici mimde alakini giyan akūci enen
说 说 理 有 给我 告诉吧 理 无 后代

juse banjime bukini juse Sargan banjime burakū ci bi geli
孩子 生养 给吧 孩子 妻子 生 不给 从 我 又

dergi abkai ioi han de habšame simbe wakame cyoorin ci
上 天 玉 汗 向 告 把你 责备 宝座 从

wasibumbi in gurun yang gurung be faksalame muterakū inci
降职 阴 国 阳 国 把 分开 不能 自此

ere cyoorin de deme Seme ume (3) gūnire tere be gisureci
这个 宝座 上 坐 想 别 想 他 把 说

Suwe dere be bodome emu juSe banjime bukini Seme
你们 脸 把 想 一个 孩子 生 给 说

gisurere de geren endurisa gemu urgunjeme canjurame dorolorode
说 时 众 神 皆 高兴 作揖 行礼

juwan ilmun han Cyoorin ilibume harulame dorolombi Si
十位 阎 王 禁止 还 礼 你

banjime buci ere juse be udu Se otolo nimeku gashan akū
生 给 这个 孩子 把 几个 岁 至 病 灾 无

banjimbi ere be getuken i alame bukini getuken alame bure
活 他 把 清楚 地 告 给 清楚 告诉 给

akū oci ume banjime bureo dahime dabtame fonjire de arga
无 若 勿 生 给 反 复 问 时 法

akū hendume si mimbe baici ere juse orin Sunja Se
无 说 你 我把 求 这个 孩子 二十 五 岁

otolo nimeku yangšan akū banjime biheo nizyan Sama hendume
到 病 灾 无 生活 有 尼赞 萨满 说

orin Sunja Se Serengge gūnin mujilen toktoro undde (4) gajici
二十 五 岁 是 心 志 定 不 领去

derengge wesihun be tuwaha akū ai tusa bi Seme gisurere
尊 贵 把 享受 无 何 益 有 说 说

de ilmun geli juwan se nemebume buhe gosin Sunja Se
时 阎王 又 十 岁 增加 给 三十 五 岁

buhe nizyan Sama geli hendume gosin Sunju Se serengge yaya
给了 尼赞 萨满 又 说 三十 五 岁 是 任何

baita icihiyame muterakū kai omosi mama geli juwan Se
事情 办理 不能 啊 子孙 奶奶 又 十 岁

buhe nicyan Sama hendume dehi Sunja Se oho yeye hunggi
给 尼赞 萨满 说 四十 五 岁 是 叶叶 哄尼

si geli Se nemeci yeye hunggi labdukan i nememe bukini
你 又 岁 加 叶叶 哄尼 多多 的 增加 给吧

yeye hunggi labdu nememe burakū oci yeye yeye hunggi bi
叶叶 哄尼 多 增加 不给 若 叶叶 叶叶 哄尼 我

ganame muterakū kai ilmun han geli Suzyai okini Seme
领去 不能 啊 阎 王 又 五十 吧 说

gisurere de nizyan Sama geli hendume deyang ku deyang ku
说 时 尼赞 萨满 又 说 德叶 库 德叶 库

Suzyai Serengge Salu tucire undede gajime ai tusa deyangku
五十 是 胡子 出来 未 领来 何 益 德叶库

deyangku Se ajigen oci (5) banjire doro deyangku deyangku
德叶库 岁 小 若 生活 理 德叶库 德叶库

Seletu Senggetu juwe hutu esukiyeme hendume ganarakūci ume
色勒图 色格图 二 鬼 喝斥 道 不领去 别

gana seme maitu be dargiyame tandara de nizyan Sama
领 说 棰 把 举起 打 时 尼赞 萨满

hendume deyengku deyengku sini tandara gelerakū kai deyengku
说 德叶库 德叶库 你 打 不怕 啊 德叶库

deyengku juwe hutu gelerakū be Safi tandarakū oho nizyan
德叶库 二 鬼 不怕 把 知道 不打 了 尼赞

Sama Senggeltu Seletu juwe i hutu de ilan farsi miSun ilan
萨满 色格尔图 色勒图 二 的 鬼 给 三 块 面酱 三

baksa aisin menggun hoošan jiha buhe tere juwe hutu umesi
把 金 银 纸 钱 给 那 二 鬼 非常

urgunjeme esu kiyerakū oho tereci yabume nisihai bira dalin
高兴 喝 斥不 了 自此 走 尼西哈 河 岸

de isijime ilire de holkonde niyalma hūlara jilgan donjire de
在 到 站 时 突然 人 叫 声 听到 时

nicyan sama Šan waliyame donjire de monggoldai nakcu ojoro
尼赞 萨满 耳朵 丢掉 听 时 蒙古尔岱 舅舅 是

jakade (6) nicyan sama tuwara de efulehe jahūdai emu niyalma
因为 尼赞 萨满 看 时 坏 舟 一个 人

jahūdai ujude ilime Šuruku Selbimbe Selbime jimbi kerani
舟 头 立 桨 划 划 来 克拉尼

kerani monggoldai nakcu kerani kerani nizyan Sama dahin
克拉尼 蒙古尔岱 舅舅 克拉尼 克拉尼 尼赞 萨满 反

dahin hūlara de monggoldai nakcu uju tukiyeme tuwaci nicyan
复 呼唤 时 蒙古尔岱 舅舅 头 抬 看 尼赞

sama ojoro jakade jahūdai Šorome jihebi birai dalin isinjime
萨满 是 因为 舟 划 来 河 岸 到来

fonjire de si ai niyalma Sere de nicyan Sama hendume in
问 时 你 何 人 说 时 尼赞 萨满 说 阴

gurun i yekuli yekuli nis'hai bira yekuli yekuli dalin de
国 的 叶库勒 叶库勒 尼西哈 河 叶库勒 叶库勒 岸 在

tehe nicyan Sama baru gisureme hendume Si geli umesi aniya
住 尼赞 萨满 向 说 道 你 又 很 年

goidaha yang gurung de (7) jiderakū kai nicyan Sama hendume
久 阳 国 在 不来 啊 尼赞 萨满 说

inggali cinggali bi geli turgun akū oci inggali cinggali
英阿里 兴阿里 我 又 原因 无 若 英阿里 兴阿里

jiderakū Sarakū ulhirakū bihe de sinci fonjime jihebi ere ba
不来 不知 不明白 如 是 从你 问 来 这个 地方

i ai ba be Sarakū inggali cinggali aii jalin de yabume
的 何 处 把 不知 英阿里 兴阿里 何 因 在 走

muterakū inggali cinggali monggoldai nakcu nicyan Sama be
不能 英阿里 兴阿里 蒙古尔岱 舅舅 尼赞 萨满 把

inggali cinggali jahūdai de tebume inggali Cinggali bira be
英阿里 兴阿里 舟 上 坐 英阿里 兴阿里 河 把

doobume mini ere bire buCehe gurun i yabure jugūn yaya
渡过 我的 这个 河 死 国 的 走 路 任何

niyalma be bai dooburakū ba inu si minde ai be
人 把 白白 不渡 把 是 你 给我 什么 把

werime yabumbi Sere gisun de nizyan Sama hendume bi geli
留下 走 说 话 把 尼赞 萨满 说 我 又

ere Canggi yabuha jugūn kai sini baire de untuhum
这个 只是 走的 路 啊 你的 求 因 空

yaburakū si ume ekšere (8) ulin akū yaburakū ilan baksan
不走 你 勿 忙 钱 无 不走 三 把

aisin menggun Šuhe ilan farsi misun monggoldai nakcu buhe
金 银 锞子 三 块 面酱 蒙古尔岱 舅舅 给了

manggi teni dobuha tereci nicyan Sama julesi yabure de jugūn
后 才 渡过 自此 尼赞 萨满 向前 走 时 路

dalbade Sahaliyan Sukdun tucire nizyan Sama ilihei geren
边 黑 气 出来 尼赞 萨满 马上 众

jukten be hūlara de geren juktehen donjime gurgu gas'ha gemu
神祇 把 呼唤 时 众 神祇 听到 兽 鸟 都

isafi alara be alimbi nizyan Sama hendume deyangku
集合 告诉 把 等待 尼赞 萨满 说 德叶库

deyangku geren jukten gemu geneme jugūn i dalbade Sahaliyan
德叶库 众 神祇 都 去 路 的 旁边 黑

Sukdun be tuwabume gene Sere de geren jukte geneme
气 把 使看 去 说 后 众 神祇 去

tuwara de geren pangguwan hafasa hutu gemu bucehe weihun
看 时 众 判官 官员们 鬼 都 死 生

be beidembi weihun erin de niyalma uce be maktaha niyalma
把 审 活 时 候 人 门 把 扔的 人

uce undehen de hali falinggū be Suifuhe geli weihun erin de
门 板 上 手 掌 把 锥子 又 活 时 在

niyalmai fa i tule Šan waliyara niyalma Šan be fa i
人 窗 的 外 耳朵 掉 人 耳朵 把 窗 的

baru (9) hadaha ama eme cas'hūlaha niyalma be soncoho be
向 钉上 父 母 不理 人 把 头发 把

lakiyame erulembi eigen Sargan acaha akū niyalma tuwa i
挂 用刑 丈夫 妻子 合 不 人 火 用

erun de isabumbi hūlha yabuha niyalma be uju be sacime
刑 上 惩罚 偷盗 走 人 把 头 把 砍

tumen jalan de isitala forgošome muterakū weihun erin de
万 世 在 到 转 不能 活 时 在

hehe niyalma amba giyang ebišeme giyang i muke nantuhūraha
女 人 大 江 洗澡 江 的 水 弄脏

niyalma nantuhūn muke be omibumbi geli ama eme herire
人 脏 水 把 使喝 又 父 母 斜视

niyalma be yasa be deheleme erulembi geli Sargan jui be
人 把 眼睛 把 钩 用刑 又 姑 娘 把

dufedume yabure niyalma be moo i baru gala be hūtame
奸淫 走 人 把 木 的 向 手 把 拴

erulembi geli emu niyalma juwe Sargan juwe eigen gaiha
用刑 又 一 人 二 妻子 二 丈夫 娶

niyalma Suhe be jafafi sacime faksalambi geli weihun erin
人 斧头 把 拿 砍 分开 又 活着 时

niyalma ulin jiha be hūlimbume gaiha niyalma be (10) yali be
人 钱 财 把 欺骗 取 人 把 肉 把

yali be faitafi nikebumbi geli bairengge baimbi usarengge be
肉 把 切 赔偿 又 求的 求 伤感 把

usambi garsarangge gasambi ere be nicyan Sama tuwame
伤感 哀怨的 哀怨 这个 把 尼赞 萨满 看

muterakū omosi mama baime hendume mama ere ainu
不能 子孙 奶奶 求 道 奶奶 这个 为何

beidembi si Sarakū weihun erin de niyalma be koro arahangge
审问 你 不知 活 时 在 人 把 伤 害

labdu de ere erun de nikebumbi Sain ehe be beidere
多 因 这个 刑 在 用 好 坏 把 刑

jurgan inu ere tafulaci ojorakū sere jakade nizyan Sama
部 又 这个 劝 不可 说 后 尼赞 萨满

hendume aname tafulaci ojorakū omosi mama henduhengge uru
说 一一 劝诫 不可 子孙 奶奶 说的 是

waka be alibume beidere giyan bici giyan be gisurehe manggi
非 把 责成 审 理 有 理 把 说 后

teni toktombi alirakū oci toktobume muterakū kai geli wang
才 定 不招 若 定 不能 啊 又 望

šen tai isinaha manggi banjibumbi wang šen tai isiname
乡 台 到了 后 再生 望 乡 台 到了

muterakū oci banjime muterakū kai (11) tereci nizyan Sama
不能 若 生 不能 啊 自此 尼赞 萨满

Serguldai fiyanggū i fayangge be gaime jugūn unduri yabume
色尔古岱 费扬古 的 魂 把 领 路 半 走

yin Šan alin i fejie isinjici nizyan Sama eigen jakūn Šan i
阴 山 山 的 下 到了 尼赞 萨满 丈夫 八 耳 的

mucen de nimenggi fuyebume ilihabi Sargan i baru hendume
锅 在 油 煮开 站立 妻子 的 向 说

si gurun gubci niyalma gemu aitubume yabumbi mimbe ainu
你 国 全 人 都 救 走 我把 为何

aituburakū Serede nizyan sama hendume si serengge bucefi
不救 说 尼赞 萨满 说 你 是 死去

ilan aniya oho Sube gemu lakcaha yali geli akū adarame be
三 年 了 筋 都 断了 肉 又 无 如何 把

jafafi sindardkū bairede nizyan sama ambula jili banjifi daimin
抓住 不放 相求 尼赞 萨满 大大 气 生 皂雕

gas'ha juktehen be hūlafi hendume erebe gamafi uyun šeri
鸟 神祇 把 呼唤 说 这把 拿去 九 泉

fejile gamafi makta sefi Sergudai fiyanggu be gaifi long hū
下 拿去 扔下 说 色尔古岱 费扬古 把 领 龙 虎

bira de isinafi (12) doholon lagi be hūlame hogi yagi bi
河 里 到 瘸子 来喜 把 叫 火格 牙格 我

ere bira be dome muterakū hogi yagi monggaldai nakcu
这个 河 把 渡过 不能 火格 牙格 蒙古尔岱 舅舅

mimbe dobume serede hogi yagi monggoldai hakcu weihu
把我 渡过 说 火格 牙格 蒙古尔岱 舅舅 舟

aname dobume jihe hendume jiha akū oci doburakū Serede
推 渡过 来了 说 钱 无 若 不渡 说

nizyan Sama hendume bi simde jiha buki serede monggoldai
尼赞 萨满 说 我 把你 钱 给 说 蒙古尔岱

nakcu hendume jiha bici bu bi simbe dobuki Serede nizyan
舅舅 说 钱 有 给 我 把你 渡过 说 尼赞

Sama ilan farsi aisin menggun šoge emn farsi misun be buhe
萨满 三 块 金 银 锞子 一 块 面酱 把 给了

manggi monggoldai nakcu jahūdai be aname genehe nizyan
后 蒙古尔岱 舅舅 舟 把 推 去了 尼赞

Sama Serguda fiyanggū be gajime isinjifi weijubuhe manggi
萨满 色尔古岱 费扬古 把 领来 到 复活了 后

inggali cinggali (13) geren niyalma donjikini inggali cinggali sini
英阿里 兴阿里 众 人 听 英阿里 兴阿里 你的

jui be inggali cinggali aisin hiyanglu de tebuhe bihe
孩子 把 英阿里 兴阿里 金 香炉 在 装 曾

inggali cinggali mini daimin gas'ha jukehen inggali cinggali
英阿里 兴阿里 我的 皂雕 鸟 神祇 英阿里 兴阿里

Šoforome gajihe akuli yekuli boobei oho de hafirame gajifi
抓住 领来 阿库里 叶库里 宝贝 成了 因 挟着 领来

ekuli yekuli ergen beyede wejubuhebi ekuli yekuli omosi
阿库里 叶库里 命 身 复活 阿库里 叶库里 子孙

mama de baiha de ekuli yekuli uyunju Sunja Se be buhe
奶奶 向 求 时 阿库里 叶库里 九十 五 岁 把 给

ekuli yekuli ereci amasi nimeku yangšan akū ekuli yekuli
阿库里 叶库里 自此 往后 病 灾 无 阿库里 叶库里

banjikini sehe ekuli yekuli ilmun han de generede lung hū
生活吧 说 阿库里 叶库里 阎 王 向 去时 龙 虎

bira be doorede ekuli yekuli doholon lagi de ilan farsi
河 把 渡过 阿库里 叶库里 瘸子 来喜 与 三 块

misun be buhe manggi ekuli yekuli teni doobuha ekuli
面酱 把 给 后 阿库勒 叶库勒 才 渡过 阿库勒

yekuli ereci ilmun han de acanafi baiha de ekuli yekuli
叶库勒 自此 阎 王 与 见 求 后 阿库勒 叶库勒

(14) sini jui be amasi bederembuhe ilmun han gūwa baniha
你 孩子 把 往后 返回 阎 王 别的 谢

be gairakū deyeng ku deyeng ku Coko emke indahūn emke
把 不要 德叶 库 德叶 库 鸡 一个 犬 一个

deyeng ku deyeng ku erebe aide baitalambi Seme fonjiha de
德叶 库 德叶 库 把这 什么 用 说 问 时

deyeng ku deyeng ku Coko akū oci abka gerere be Sarakū
德叶 库 德叶 库 鸡 无 若 天 明 把 不知

Sembi deyeng ku deyeng ku indahūn akū oci hūlha holo
说 德叶 库 德叶 库 犬 无 若 偷 盗

jiderebe Sarakū Sembi deyeng ku deyeng ku Coko indahūn be
来把 不知 说 德叶 库 德叶 库 鸡 犬 把

werifi jihebi deyeng ku deyeng ku ereci bedereme jiderede
留下 来了 德叶 库 德叶 库 自此 返回 来时

deyeng ku deyeng ku geren hutu gemu mimbe aitubu Sembi
德叶 库 德叶 库 众 鬼 都 我把 相救 说

nizyan Sama hendume Suwe Serengge deyeng ku dyeng ku
尼赞 萨满 说 你们 是 德叶 库 德叶 库

bucefi aniya goidaha giranggi Sube lakcaha deyeng ku deyeng
死了 年 久 骨头 筋 断 德叶 库 德叶

ku (15) Suwembe aitubume muterakū bi Suwende emu niyalma
库 你们 相救 不能 我 给你们 一 人

de ilan baksan aisin menggun Šoge be buki gamafi takūra
向 三 把 金 银 锞子 把 给 拿去 用

Sehebi kereni kereni ereci yabumbi bi deyembibi Sefi kereni
说 克拉尼 克拉尼 自此 走 我 飞 说 克拉尼

kereni umus'hun tukehe lo yuwan wei jui be weijuhe de
克拉尼 负着 倒下 罗 员 外 孩子 把 复活 时

ambula urgunjeme nizyan Sama i etuku be etubufi gu i
非常 高兴 尼赞 萨满 的 衣服 把 穿上 玉 的

hūntahan arki tebufi niyakúrafi iliburede nizyan Sama arki be
杯子 酒 盛 跪下 敬 尼赞 萨满 酒 把

omifi hendume sini jui weijuhengge gemu hūturi kai Serede
饮 说 你的 孩子 复活 都 福 啊 说

lo yu wan wai ahaljin bahaljin juwe aha be hūlafi
罗 员 外 阿哈尔吉 巴哈尔吉 二 奴 把 叫来

hendume ihan morin i hontoho bu aisin menggun i hontoho
说 牛 马 的 一半 给 金 银 的 一半

be bu Sehe manggi ahaljin bahaljin juwe aha (16) ihan
把 给 说 后 阿哈尔吉 巴哈尔吉 二 奴 牛

morin menggun jiha be dendebume bufi emersu etuku be
马 银 钱 把 分开 给 单 衣 把

juwan juwe Sejen de tebufi eiten Suje jergi jaka be jakūn
十 二 车 上 装 各种 绸子 等 物 把 八

Sejen be tebufi nisan Sama i boode benefi amasi bederenjihe
车 上 装 尼山 萨满 的 家里 送去 往后 回来

manggi nisan sama ambula bayan ofi emu inenggi emhe i
后 尼山 萨满 非常 富 成 一 天 婆婆 的

baru hendume bi Serguldai fiyanggū be aitubume genehe de
向 说 我 色尔古岱 费扬古 把 救 去 时

sini jui be acaha bihebi mimbe aitubu Seme jafafi sindarakū
你的 孩 把 见了 曾 我把 相救 说 捉住 不放

de urun bi jili banjifi uyun Šeri fejile maktahabi Sehe manggi
时 媳妇 我 气 生 九 泉 下 抛 说 后

nisan Sama i emhe ambula jili banjifi hendume tuttu oci
尼山 萨满 的 婆婆 非常 气 生 说 这样 若

si eigen be waha kai (17) nisan sama i emhe gemun hecen
你 丈夫 把 杀了 啊 尼山 萨满 的 婆婆 京 城

de dosifi taicyung wasimbufi nisan Sama be gajifi fonjiha de
向 进入 太宗 上奏 尼山 萨满 把 叫来 问 时

nisan sama terkin i fejile niyakūrafi hendume bi eigen be
尼山 萨满 台阶 的 下 跪下 说 我 丈夫 把

wahakū lolo gašan i lo yuwan wei i jui Serguldai
没杀 罗罗 村 的 罗 员 外 的 孩子 色尔古岱

fiyanggū i fayangga be gamame genehe de mini eigen in
费扬古 的 魂 把 领 去 时 我的 丈夫 阴

šan alin i fejile jakūn Šan i mucen de nimenggi fuybumbi
山 山 的 下面 八 耳 的 锅 在 油 烧开

mimbe ja fafi aitubu Sembi mini henduhe gisun si bucefi
我把 抓 住 相救 说 我 说的 话 你 死去

aniya goidaha aitubume muterakū Serede (18) mimbe jafafi
年 久 相救 不能 说 我把 捉

sindarakū de bi emu erin i jili de jafafi uyun Šeri fajile
不放 时 我 一 时 的 气 因 捉住 九 泉 底下

maktahangge yargiyan sehe manggi taicyung hūwangdi ambula jili
抛 实 说 后 太宗 皇帝 大大 气

banjifi hendume erebe gamafi uyun šeri fejile gamafi makta
生 说 这个 押去 九 泉 底下 拿去 抛下

Sefi hese wasimbuha manggi ya i Se gamafi maktaha ere
说 圣旨 降 后 衙 役 们 拿去 抛下 这

oci ejen hese wasimburakū tucime muterakū Sele futa i
是 圣 旨 不降 出来 不能 铁 索 用

hūwaitahabi ubaci dubehe gehungge yoso Sucungga aniya ninggun
拴住了 自此 终 宣 统 元 年 六

biyai orin nadan inenggi de arame wajiha bithe
月 二十 七 日 于 抄 完 书

译文

(1) 古代明朝的时候，在一个叫罗罗的嘎珊（村庄）里居住着一个人，生活很富裕，到了七十岁也没有一个孩子。为此，他们向天地祈拜，诚心祈求。上天的神仙和佛在走路时突然看到了他的行为。就怜悯他这样向他们诚心相求的人，去见了十个阎王。给每一个人说他没有孩子的事情。阎王说：他不怨我吗？所谓的“怨”是说以前做了坏事，因此到这个时候，他就没有老婆而独自生活。(2) 不怨别人啊！罗员外是个金钱都用不完的人。东岳听到后非常生气地说：你们十个阎王说的都没有道理。他这个人金钱很多，牛马也不少。有钱而没有人花费，有牛马而无人乘骑，是为这事情来反复祈求啊！你们在说什么啊！有理的话告诉我，如果没有道理的话，就给生个孩子。要是还不让妻子生个孩子的话，我就去上天告玉皇大帝去，把你从宝座上拉下来。阳间和阴间都是一样的，你就别想坐这个 (3) 宝座。说到这个分儿上，你们也顾一下脸面，给他一个孩子吧。各位神仙都非常高兴相互以礼相祈时，十个阎王移座致礼。你要是给个孩子的话，这个孩子可以无病无灾地活多少年啊？明白告诉我。如果不明白告诉的话就不要生气了吧！在反复追问下，(阎王) 无奈地说：你这样来求我，这个孩子活到二十五岁无病灾吧！尼赞萨满说：二十五岁啊，心灵都尚未定啊！(4) 生了还享不了荣华啊！生有何用！阎王听到后又加了十岁，给了三十五岁。尼赞萨满又说：三十五岁啊，他什么事情也不能办啊！子孙妈妈又增加了十岁。尼赞萨满说：四十五岁啊，叶叶洪尼还给增岁吧！叶叶洪尼多增加一点吧！叶叶洪尼如果不多增加的话，叶叶洪尼，我就不能领去啊！阎王又说：那就五十岁吧！尼赞萨满又说：德叶库德叶库，五十岁还没长胡子啊，领去有何益？德叶库德叶库，年龄小的话，(5) 生活之理（还不懂啊)，德叶库德叶库。色勒克图、曾额图二鬼斥责道：不想领就别领！又拿铁锤打来。尼赞萨满说：德叶库德叶库，我不怕你来打啊！德叶库德叶库。二鬼见她不害怕也就不打了。尼赞萨满给色勒克图、曾额图二鬼三块面酱和三把金银纸钱。二鬼非常高兴，也不大声斥责了。自此又走到了尼西哈河岸边停下。突然听到有人叫喊的声音，尼赞萨满注意一听，原来是蒙古尔岱舅舅的声音。(6) 尼赞萨满一看，只见一只破船头上立着个人，摇着桨前来。克拉尼克拉尼，蒙古尔岱舅舅，克拉尼克拉尼。在尼赞萨满反复呼叫下，蒙古尔岱舅舅才抬起头来，见是尼赞萨满，摇着桨过来了。到了河岸边后问道：你是何人？尼赞萨满说：阴间的叶库里叶库里，尼西哈河叶库里叶库里，岸边居住的叶库里叶库里。(他向) 尼赞萨满说：你去的年代(时间) 很长了啊！不来我们 (7) 阴间啊！尼赞萨满说：英阿里青阿里，我如果没有缘由的话，英阿里青阿里，不来啊。(因为) 有不知道和不懂的事情，就向你来请教的。(我) 不知道这是什么地方，英阿里青阿里，为何故不能走，英阿里青阿里。蒙古尔岱舅舅把尼赞萨满，英阿里青阿里，让坐在船上，英阿里青阿里，渡过河去。英阿里青阿里。(蒙古尔岱) 向尼赞萨满说：我这路是属阴间的人使用的道啊！不是白白让人渡过的。你给我留些什么东西啊？尼赞萨满说：我只走这条路啊，你这样来说，我也不会空手过的，你不要着急，(8) 没有钱我不赶路的。就留了三个金银锞子和三块面酱，给蒙古尔岱舅舅之后，才渡过了河。自此，尼赞萨满又往前走，只见在路边有黑气冒出。尼赞萨满开始呼唤各位神祇。各位神祇听到后，野兽和鸟儿们都聚集起来，听她的吩咐。尼赞萨满说：德叶库德叶库，众位神祇都去啊！在路边有黑气，去看看吧！众神祇看的时候，判官和官员都在判生的和死的人。在活着的时候摔了门的，用有锥子的板子在打。在活着的时候，在别人的窗外偷听的，把他的耳朵钉在 (9) 窗户上。那些虐待父母的人，把他用自己的头发吊起来用刑。对夫妻不和的人在用火刑处罚。对有偷盗行为的人，砍了头使他万世不得转世。在活着的时候，那些女人在大江里洗澡，污染了江水的人，在给她灌脏水。对那些斜视父母的人，是在钩他的眼睛。对那些奸淫女人的人，把他用木头枷上双手在用刑。还有娶了两个媳妇、嫁了两个丈夫的人，是在用斧头砍成两半。还有在活着的时候，诓人钱财的人（10）是在割肉而赔。还有祈求的在祈求，伤感的在伤感，哀怨的哀怨。凡这些尼赞萨满都不忍看，求子孙妈妈说：奶奶呀，为何这样审讯啊？（她）说：你不知道啊，（他们）在活着的时候做了很多伤害人的事情，因此在用这样刑。审判好恶的衙门就是这样的，不能劝的。尼赞萨满说：是不能劝的。子孙妈妈说：要是为分清是非而审判的话，说出（自己的）理来的话才可决定。要是不承认就不能决定的。又到了望神（乡）台。要是不能到望神（乡）台的话，就不能再生啊！（11）自此，尼赞萨满把色尔古岱费扬古的魂儿领着走，走到阴山下的时候，尼赞萨满的丈夫，在八耳锅上盛了煮开的油在等着。他向妻子说：你救这么多的人，为啥就不救我呢？尼赞萨满说：你去世已经三年了呀，筋骨都断了。你身上的肉已腐烂了，怎么能救活呢！（丈夫）还哀求她相救，就抓住她的手不放开。尼赞萨满非常生气，把神祇老鹰呼唤来说：把他扔到乌云舍里之下去！就领着色尔古岱费扬古，走到了龙虎河边。（12）对瘸子来喜叫道：火格牙格，我还能渡过这条河，火格牙格。是蒙古尔岱舅舅让我过去的。火格牙格。蒙古尔岱舅舅摇着桨来渡河。他说：没有钱是不让过的！尼赞萨满说：我给你钱。蒙古尔岱舅舅说：有钱的话就拿来吧！我让你们过去吧！尼赞萨满就给了三个金银锞子和一块面酱后，摇着船过了河。尼赞萨满又给了一块面酱。蒙古尔岱舅舅划着船去了。尼赞萨满领着色尔古岱费扬古回来后，就救活了他。（她唱道）英阿里青阿里。（13）大家都听着啊，英阿里青阿里，把你的孩子，英阿里青阿里，盛在金香炉里，英阿里青阿里，我的神鹰神祇，英阿里青阿里，抓了而来的。阿库里牙库里，是宝贝的缘故夹着而来。阿库里牙库里，救活了他啊，阿库里牙库里。向子孙妈妈祈求之后，阿库里牙库里，赐予九十九岁。阿库里牙库里。自此之后无病灾，阿库里牙库里，生活吧！阿库里牙库里。去阎王处过龙虎河的时候，阿库里牙库里，给瘸腿来喜送了三块面酱之后，阿库里牙库里，才让通过。阿库里牙库里。自此见到了阎王乞求之后，阿库里牙库里，（14）才让你的孩子回来。阎王也不收你什么谢意。德叶库德叶库，就一只鸡和一只狗，德叶库德叶库。问他这些东西怎么用的时候，德叶库德叶库，说没有鸡的话不知道天亮，德叶库德叶库。没有狗的话不能发现盗贼来。德叶库德叶库，把鸡和狗留下来后返回来的，德叶库德叶库。自此回来的时候，德叶库德叶库，众多鬼都求我相救。尼赞萨满说：你们是德叶库德叶库，死后年久筋骨已断，德叶库德叶库，(15)我不能救你们。我给你们每一个人三个金银锞子，你们拿去用吧。这样说后，克拉尼克拉尼，我就走啊我就飞啊，克拉尼克拉尼，俯身倒下来。罗员外见孩子复活了，非常高兴，给尼赞萨满穿了(自己的)衣服，在玉杯里盛满酒跪着敬酒，尼赞萨满喝了酒说道：你的孩子复活了，是喜事啊。罗员外又把阿哈尔吉和巴哈尔吉两个奴仆叫来说：把牛马的一半和金银的一半给(萨满)吧！阿哈尔吉和巴哈尔吉二奴(16)把牛马和金银分一半给了(萨满)。又把单衣装在十二辆车上，把各种绸缎又装了八辆车，送到尼赞萨满家里才回来。之后，尼赞萨满大富。有一天，她对婆婆说：在去救色尔古岱费扬古的时候，也见过你的儿子，他让我救他，又揪住不放。媳妇我非常生气，就扔到了乌云舍里(九泉)之下去了。尼赞萨满的婆婆听到后非常生气，说：这样的话你是杀了丈夫啊！(17)尼赞萨满的婆婆进了京城，告了太宗皇帝。太宗皇帝下了圣旨，召来尼赞萨满问此事。尼赞萨满跪在阶下道：我没有杀丈夫。我去领罗罗嘎珊罗员外之子色尔古岱费扬古灵魂的时候，我丈夫在阴山下，在八耳锅里烧了油，强迫要我救他。我说：你死的年代已久远，不能救了。(18)他揪住我不放。我凭一时之气把他扔到乌云舍里(九泉)之下是事实。太宗皇帝听后大怒，说：把她扔到乌云舍里(九泉)之下吧。下了圣旨之后，衙役们把她扔了。这个要是没有圣旨是不能再拿出来的，是用铁索捆绑的。自此终。宣统元年六月二十七抄毕之书。

第十八章　尼山萨满

根据1961年莫斯科出版的影印本翻译　奇车山译

明朝的时候，在有个叫罗罗的村子里居住着一位名叫巴尔都巴彦的富员外。他家非常富有，奴仆和马骡数也数不清。在他中年的时候，妻子为他生了个儿子，已经长到了十五岁。

有一天，儿子领着家奴去横狼山打猎，不幸途中因病去世。从这以后，夫妻二人就为没有孩子而发愁，经常做些善事和修缮寺庙，斋戒念佛，祈求佛祖降恩，又常向神仙祈祷，破钱财处处上香许愿。而且还常接济穷人和孤寡。因为行善显著，得到上天的怜悯，五十岁的时候又生了个儿子。老两口非常高兴，就给这孩子起名为色尔古岱费扬古。全家视他为掌上明珠，寸步不让他离开身边。

到了五岁的时候，见这个儿子活泼聪慧、口齿伶俐，就在家里请了位老先生来教书，之外还要教习骑射等技艺。日月轮换似流星，孩子不觉已长到十五岁。有一天，色尔古岱费扬古到了父母处请求道："孩儿为了试试骑射技艺，想去外边狩猎。不知道父亲有什么指教的话。"父亲告诉他："在你的前边有过一个哥哥，他在十五岁那年也是去横狼山打猎身亡的。因此我想你还是不去的好。"色尔古岱费扬古说："男子汉大丈夫生在世上，哪里不可以走走啊！哪能一辈子就苦守着家门呢！生死由天命。"听孩子这么一说，员外也没有办法了，吩咐他去的时间不要太长，路上要处处注意，快去快回。别辜负了父母的一片心意。色尔古岱费扬古满口答应了下来。他叫来阿哈尔吉等人吩咐道："咱们明天就去打猎，赶快整理一下鞍马和诸物品。把弓箭和武器也要准备好。把帐篷装在车上。把皂雕和虎纹猎犬喂饱了。"阿哈尔吉和巴哈尔吉"嗻"了一声就准备去了。

第二天，色尔古岱费扬古来向父母磕头辞别之后，骑上白马，率领阿哈尔吉等众人，擎鹰呼犬，众奴仆身背弓箭撒袋，分成前后两队人马逶迤而行，队伍浩荡热闹。全村人都出来观望并交口称奇。打围的众人策马急驰，不觉已经来到行围的大山里，马上扎起帐篷，掘灶埋锅，留下厨师备饭。色尔古岱费扬古率领众人，吩咐阿哈尔吉和巴哈尔吉沿山撒围打猎。只见有人引弓射禽，有人挥矛刺兽，有人撒鹰嗾犬追捕猎物。时间不长，猎物就堆积如山了。正在猎兴正浓时，色尔古岱费扬古觉得一会儿浑身发冷，一会儿又浑身灼热难耐，意识恍惚，全身不适。

他叫来阿哈尔吉和巴哈尔吉吩咐道："快收围吧！我感到不舒服。"大家听了后非常惊慌，匆忙收围把小主人抬进帐篷里，又燃起一堆火，想让他烤火暖身。谁知他又烦热汗流不能忍耐。家奴伐木做了副担架，把小主人放在担架上，家奴们轮流抬着，飞快地向家里奔去。走到半路，色尔古岱费扬古哭着说："看我这病势很难活着回家，你们阿哈尔吉和巴哈尔吉兄弟二人之中，有人火速前去给我的父母报个信儿，给我尊敬的父母传我的话：我还没有报答父母养育的慈爱之恩。我本想孝敬父母到百年，不想天夺我命，时运已尽，再不能和父母见面，马上就要死了。请告诉我的父母，要节哀，不要过于伤心，调养好自己的身体。这都是命带来的，已定的劫数啊！望替我禀告父母，不必太伤心啊！"说到这里，他还想说些什么，怎奈牙关紧闭再不能说话了，只是努了努嘴巴，眼睁睁地死了。

阿哈尔吉和巴哈尔吉，以及众家奴都围拢过来，站在担架边号啕大哭。哭声震响整个山谷。过了好一会儿，阿哈尔吉停止了哭泣说："小主人阿哥已经死了，再哭也不能让他复活了。我们还是早些把他的遗体送回去吧。巴哈尔吉呀，你率众人保护小主人阿哥的遗体慢慢走来，我先领十人给员外报信儿去，给小主人阿哥准备安葬的物品吧。"说完话，阿哈尔吉就率领众人飞身上马，行似雷电，顷刻就到了家门口。

阿哈尔吉下马进屋，来到员外爷的屋里跪下，没有说一句话就开始放声大哭。员外见状很焦急，骂他道："贱奴才，你这是怎么了啊！好好出去打围，现在为何回来哭啊？是你的小主人阿哥有什么事情派你来相告？为什么只哭不说话呀！"连连叱呵了几声后，见阿哈尔吉还是大哭不止。老爷大怒，厉声骂道："你这个无用的奴才！为何只哭不语啊！哭能解决什么事！"这样，阿哈尔吉才止住了哭，磕了头说道："小主人阿哥在半路上已经病重身亡，我是前来报丧的。"员外没有听明白，就问是什么东西完了。阿哈尔吉回答说："不是啊！是小主人去世了！"老员外听到这句话，如五雷轰顶，大叫了一声"儿子！"，就仰面倒在地上昏死过去。

老太太听到声响，走出来问阿哈尔吉出了什么事。阿哈尔吉告诉说，老爷听到阿哥去世的消息后，就昏死过去了。老太太一听这话，眼前如闪过无数个闪电似的，只是呆呆地站着。好一会儿才大叫一声“我的心肝儿”，就昏倒在老爷的身边。家里的仆人们慌慌张张地把他俩扶起来，他们才慢慢醒了过来。全家人听到这个消息，都捶胸顿足地号啕大哭起来，哭声响彻整个村子。全村人都来这里哀悼之时，巴哈尔吉正好回来了，赶忙给员外爷跪下禀报说：“小主人的遗体已经运回来了。”员外夫妻俩和村民一起把小主人的遗体抬进屋里停了尸。大家一起举哀，哭声震天动地，凡是听到的人没有一个不伤心的。

哭了好一阵子，有几个人来劝员外夫妇说：“你们也不要太伤心了。人已去世哭是哭不活的。应该快快准备棺材和送葬的物品才是啊。”员外夫妇这才停止了哭泣说：“你们说的也对，但是我们怎么能忍耐心中的悲伤啊！我心爱的儿子已经死了，我还有什么吝惜的啊！还指望谁继承财产呢?”就把阿哈尔吉和巴哈尔吉叫来吩咐道：“你们也不要哭了，你们快去给你们的小主人准备送葬的物品和引路的马匹、装物用的褡裢等东西吧，不要吝惜东西！”巴哈尔吉等人便停止了哭泣，照老爷的吩咐准备了花色的花骟马十匹，赤色的红骟马十匹，金色的黄骟马十匹，火红色的快骟马十匹，雪白色的白骟马十匹，墨黑色的黑马十匹。准备好了之后，员外又吩咐说：“给三十匹马披上褡裢和锦缎做的罩衣，其余的马匹给带上撒袋和弓箭。给白色的、月白色的和雪青色马带上长后鞦的红鞍和镶金的笼头，在前面引路。”又叫来牧群的头儿吩咐：“快从牛群中挑选十头牛，羊群中挑选六十只羊，猪群中挑选七十头猪送来宰杀。”牧群头儿和阿哈尔吉满口答应之后，各自准备去了。员外又叫来婢女阿兰芝和沙兰芝吩咐：“你们带领全村帮忙的妇女，赶快准备好麦子面饼七十桌，馓子饼六十桌，搓条饽饽五十桌，大麦搓条饽饽四十桌。黄酒十坛，鹅十对，鸭十对，鸡三十对。五样水果一两桌。要是耽误了我会找你算账。”大家都答应了一声，各自分头准备去了。

时间不长，大家都闹哄哄地把准备好的东西满满堆放在院子里，远远望去简直成了一座山峰。各种肉类堆积如山，酒水多得像海洋一样。陈列着各种饽饽和水果的桌子望不到边。各种金银纸张和褡裢纵横交错地堆放在一边。

大家开始奠酒举哀。员外边哭边说：

父亲的小阿哥阿拉！
我五十岁的时候阿拉！
生下的阿拉！
色尔古岱费扬古阿拉！
初见你的时候阿拉！
非常高兴阿拉！
这么多的马匹阿拉！
牛羊群阿拉！
由谁来管理阿拉！
壮伟的小阿哥阿拉！
多么聪慧阿拉！
是我的希望阿拉！
好骑的骟马阿拉！
由谁来乘骑阿拉！
家丁和女仆阿拉！
虽然有很多阿拉！
由谁来使唤阿拉！
凶猛的皂雕阿拉！
还在家里阿拉！
由哪个儿子来喂养阿拉！
虎皮纹的猎犬阿拉，
留在家里阿拉！
哪里有儿子去牵它阿拉！

只哭得泣不成声。老夫人又哭道：

妈的心肝儿阿拉！
妈我呀阿拉，
为了生你阿拉，
大行善事阿拉，
去处处祷告阿拉！
五十岁的时候阿拉，
才得到了你这个阿拉，

英明的阿哥阿拉。
心灵手巧阿拉，
敏捷的阿哥阿拉，
身材健壮阿拉，
俊秀的阿哥阿拉。
勤于读书的阿拉，
声音清脆阿拉。
妈的心肝儿阿拉，
现在依靠谁呀阿拉！
过日子的阿拉，
爱护家奴的阿拉，
仁慈的阿哥阿拉。
赛过潘安阿拉。
亲爱的阿哥阿拉，
妈在街上阿拉，
奔跑趋走阿拉，
像个皂雕阿拉。
妈的呼唤阿拉，
听到了没有阿拉？
走在山谷中阿拉，
像个铃响阿拉。
妈的俊哥阿拉，
妈我今后阿拉，
还有哪个阿哥阿拉，
就在我眼前阿拉。
痛爱他呀阿拉。

这样哭着，她一口气上不来，仰面倒在地上口吐白沫，后又俯身倒下满口流口水，一把鼻涕一把泪地大声哭着。

这时候，门外来了一位罗锅腰的快要死的老人。他高声叫道：

德叶库德叶库，
守大门的德叶库德叶库，

阿哥们听着。
快去给你们的主人德叶库德叶库，
去告诉一声德叶库德叶库。
在大门外边德叶库德叶库，
来了一位德叶库德叶库。
将要死的老人德叶库德叶库。
来这里是德叶库德叶库，
想见见面啊德叶库德叶库。
烧些纸钱德叶库德叶库，
表表心意德叶库德叶库。

他就这样苦苦哀求守门人，守门人就告诉了巴尔都巴彦。员外说：“可怜的人啊！快让他进来吧！让他吃一些给小阿哥祭献的山一样多的肉和饼干吧！让他喝一些大海一样多的酒吧！”

守门人又跑回来，把老人叫进来了。老人经过很多祭献品旁的时候，连看都没看一眼，径直走到小主人的棺材前，用手抚摸着棺木，捶胸顿足地大声哭道：

我的阿哥阿拉火罗，
怎么就这样阿拉火罗，
寿命不长阿拉火罗。
早就听说阿拉火罗，
聪明绝顶阿拉火罗。
快要死的奴仆我阿拉火罗，
也高兴过呀阿拉火罗。
听说生下了阿拉火罗，
贤达的阿哥阿拉火罗，
愚蠢的奴仆我阿拉火罗，
也寄托过希望阿拉火罗。
生下了一个阿拉火罗，
能干的阿哥阿拉火罗，
庸劣的奴才我阿拉火罗，
也深信不疑阿拉火罗。

听到阿哥阿拉火罗，
有福分阿拉火罗，
我也曾经称道过阿拉火罗。
今天阿哥怎么就与世长辞阿拉火罗。

旁边的人见他又拍手又捶胸地伤心不已，都跟着他不住地流泪。员外见了于心不忍，就脱下自己身上的绸缎长衫送给了老人。老人接过衣服披在自己身上，然后又站到棺材前头，抬起头环视了一会儿，又长长叹了口气，在嘴里又咕哝了一阵子后说："巴彦阿哥，你就这么眼睁睁地让色尔古岱费扬古走了吗？去外面找个有本事的萨满，把小阿哥救活了不好吗？"员外说："我不知道哪里有好的萨满。我们这里的萨满，都是吃干饭的碌碌之辈。只会用一些酒啊鸡啊的和少许饽饽来进行祭祀而已。别说是救活别人，连自己什么时候死都不知道啊！老大爷要是知道哪里有好萨满，请予指点。"老人道："巴彦大哥呀，你没有听说过吗？离这里不远处的尼西哈河边，住着一位有名的女萨满，她精通法术，能让死人复活。你怎么不去请她呀？她要是肯来的话，别说是一个色尔古岱费扬古，就是十个色尔古岱费扬古也能救活的。你赶快派人去把她请过来。"说完话，他就慢慢走到大门外边，腾上五彩云走了。

守门人见到这个情形，赶紧跑进来告诉了员外。员外高兴地说："一定是神仙来给我指点啊！"就趴在地上向空中磕了几个头。起来后又赶紧骑上踢雪黄骠马，领着几个跟丁急奔而去。不久就到了尼西哈河边。巴尔都巴彦见到村东头有间小屋，有位年轻女人正在晾晒浆洗过的衣服。巴尔都巴彦前去打听道："请问这位格格，尼山萨满的家在哪里？可以告诉我吗？"那个女人笑了笑，往西一指说："住在西头。"巴尔都巴彦谢过她，又策马往西头跑去。他看到院里有个男人在抽烟，就急忙下了马，走近前去问道："好阿哥呀，尼山萨满的家究竟在哪里，请给我指点指点好吗？"那个人说："看你这么慌张，究竟出了什么事啊？"员外说："我有件要紧事找她，请劳阿哥快快告诉我。"那个人说："刚才你在东头见到的晾衣服的女人就是尼山萨满。刚才她是骗了你。请她要恭敬谨慎，她不像别的萨满，喜好恭维和顺。"巴尔都巴彦谢过这个人，骑上马又返回东头。

他下了马进屋一看，在南炕上坐着一位头发花白的老太太。锅灶前立着个年轻的女人在抽烟。巴彦想：坐在炕上的肯定是萨满本人了。他急忙上前跪在地上祈求救命。老太太说："阿哥你找错人了。我不是萨满，那个站在锅灶前的是我儿媳妇，她才是萨满。"巴尔都巴彦又赶紧爬起来，向那位姐姐下跪请求道："萨满格格呀！你的大名早已远扬，二十个萨满、四十位萨满都没有你的本事大。因此，我是来找你指点指点的啊。"那女人笑着说："我不骗巴彦阿哥，我是个新学的萨满，恐怕不能给你指点前程，怕误了你的大事。你还是去请一位法术高强的萨满，早一点请求指教，再不要耽误了！"巴尔都巴彦还是流着泪不停地磕头请求。萨满无法推脱就说："我想你是第一次来找我，就给你看一次吧。要是换了别人，我是绝不会给看的。"萨满洗了脸，放好长案，把圆碁石泡在水里，又在屋里摆好了桌子和凳子。萨满右手拿着神鼓，左手拿着榆木鼓槌，端坐在座位上，一边旋转神鼓，一边轻轻敲打神鼓。她用温和的声音呼唤着火巴格，用高亢的声音请求德叶库，很快神祇就附在她的身上。

巴尔都巴彦跪在地上聆听，尼山萨满开始唱起神歌。神歌中说：

艾库勒叶库勒，
巴尔都一族的艾库勒叶库勒，
属龙的男子艾库勒叶库勒，
你仔细听着艾库勒叶库勒。
要是说错了艾库勒叶库勒，
就明说不对艾库勒叶库勒。
要是说谎话艾库勒叶库勒，
就说在骗你艾库勒叶库勒。
说假话的萨满在骗你们啊艾库勒叶库勒，
事先告诉你们吧艾库勒叶库勒。
在你二十五岁的时候艾库勒叶库勒，
得了一个艾库勒叶库勒，
男孩子艾库勒叶库勒。
在他十五岁那年艾库勒叶库勒，
去那横狼山艾库勒叶库勒，
在那里艾库勒叶库勒，
撒围打猎艾库勒叶库勒。

就在那座山里艾库勒叶库勒，
是那领头的魔鬼艾库勒叶库勒，
把你儿子的艾库勒叶库勒，
那灵魂艾库勒叶库勒，
逮住吃了艾库勒叶库勒。
他就病倒艾库勒叶库勒，
很快死掉艾库勒叶库勒。
从那之后艾库勒叶库勒，
你们再没有生养艾库勒叶库勒。
到你五十岁时艾库勒叶库勒，
才有了一个艾库勒叶库勒，
男孩子呀艾库勒叶库勒。
因为是五十岁得子艾库勒叶库勒，
就给他起名叫艾库勒叶库勒，
色尔古岱费扬古艾库勒叶库勒。
他的贤名远扬艾库勒叶库勒，
他大名鼎鼎艾库勒叶库勒。
他到一十五岁艾库勒叶库勒，
就在那南山艾库勒叶库勒，
捕杀了很多艾库勒叶库勒，
飞禽走兽艾库勒叶库勒。
阎王爷知道后艾库勒叶库勒，
派来小鬼艾库勒叶库勒，
捉拿费扬古艾库勒叶库勒，
带到阴间艾库勒叶库勒。
再难复活啊艾库勒叶库勒，
纵能复活的话艾库勒叶库勒，
也很费周折艾库勒叶库勒。
对的话艾库勒叶库勒，
你就说对艾库勒叶库勒，
说得有错艾库勒叶库勒，
就说不对艾库勒叶库勒。

巴尔都巴彦连连磕头说："神祇所述，神歌所诵的都是真的。"萨满就拿起香，向上扬了扬，就把神鼓和鼓槌收拾了起来。巴尔都巴彦又跪在地上，哭着哀求道："萨满姐姐说的都和实事相符，望姐姐大发慈悲劳驾寒舍，救我孩子的小命。救活之后，我将永世不忘你的大恩。我如此苦求，请别推辞啊！"尼山萨满说："我想你们还有一条与你儿子同日生的猎狗，一只已经三年的大公鸡和面酱等东西吧？"巴尔都巴彦回答说："我家确实有这些东西，你说得很对。超群绝伦的神萨满啊！请劳驾你的神矛和高贵的神衣，劳您大驾救我孩子一命。"尼山萨满笑着说："我是个法术不精的小萨满，怎么能够完成你的心愿呢？白白破费你的钱财的话，岂不可惜吗？你们还是去请别的法术高强的萨满吧！我是新学的萨满，法术尚不精不熟，不便办理此事。"巴尔都巴彦伏在地上连连磕头，并苦苦哀求道："萨满格格如果救活了我的儿子，我把家里的金银财宝、锦缎马群和牛羊群的一半送给你，以此来报答你的大恩。"尼山萨满无法推托，就说："巴彦阿哥请起，我去试试看。要是侥幸救活了，也不要太高兴，要是救不活的话也不要怨恨我。请你记住我的这些话。"巴尔都巴彦听到此话非常高兴，站起来给婆媳俩一一敬烟，以致谢意。

巴彦出了萨满家，骑上快马很快回到家里，叫来阿哈尔吉和巴哈尔吉，以及众多的家奴，令他们马上准备轿和马车，准备去接萨满格格。阿哈尔吉和巴哈尔吉很快就准备好了东西，领着一群仆人去迎接萨满格格。

他们不一会儿就到了尼西哈河边的萨满家里，先给萨满请了安，把装有神器的柜子抬上三辆马车，又让萨满格格上了轿，由八个壮汉抬着，飞也似的走着，一会儿就到了员外家里。巴尔都巴彦恭恭敬敬地把萨满请进家里，把装神器的柜子一一列放在南炕上。

萨满洗过脸，烧香磕了三个头。之后，萨满又洗过脸吃了饭。吃完饭又用湿毛巾擦过脸，拿起神鼓诵唱起神歌来。可是本村里几个配合的人，怎么也合不上女萨满的鼓点。尼山萨满就说："鼓点如此零乱不和谐，怎么可以把灵魂招回来呢？"员外说："我们村里就这几个萨满，没有比这本事大的了。要是有经常配合你跳神诵歌的萨满，请告诉我，我会派人去请他来。"尼山萨满说："我们村里有位父母在七十岁时生的那拉费扬古，他精于神鼓的鼓点，要是能把他请来当二神的话，那这个事情就太顺当了。"员外马上派阿哈尔吉骑上马，又牵了一匹马去请那拉费扬古。

不一会儿他们就来了，下马之后巴尔都巴彦把他迎到屋里。尼山萨满一见那拉费扬古，高兴地说："给神灵效力的高贵的阿哥来了，肯给朋友帮忙的有才能的阿哥来了。那拉费扬古老弟呀，二神小弟听着：好好配合格格吧！就照以前的鼓点敲吧！神鼓的鼓点就全靠你了。要是配合得不好，我就用缠着骚鼠皮的鞭子，当众抽打你的大腿。要是乱敲不合鼓点，我就当众用杜李木的鼓槌打你的屁股。"那拉费扬古听到后笑着说："高明的萨满啊，怪异的尼山老弟（老妹），我都明白了，不用你来啰唆！我会把自己浑身的解数使出来的。"说完就上了炕。

用过饭菜就准备跳神。尼山萨满穿了神衣，系上腰铃裙，戴上九雀神帽，扭动杨柳一样柔软的身子，学着阳春之曲，高声摇动神铃，唱起了昂扬顿挫的神歌来祷告：

火格牙格，
从那石窟中火格牙格，
离开来这里火格牙格，
请马上降临火格牙格。

唱到这里，萨满就昏迷了过去。神祇从她的背后径直附到了身上。萨满咬着牙唱道：

火格牙格，
立在一边的火格牙格，
领来的二神火格牙格，
并排而立的火格牙格。
大二神火格牙格，
立在跟前的火格牙格，
苗条娇弱的二神火格牙格。
围在身边的火格牙格，
聪明的二神火格牙格。
用你那薄薄的耳朵火格牙格，
打开了听着火格牙格。
用你那厚厚的耳朵火格牙格，

掩住了听着火格牙格。
你把那公鸡火格牙格，
就靠近我的头火格牙格，
捆绑好啊火格牙格。
把那虎纹猎犬火格牙格，
就在我的脚边火格牙格，
用铁链拴上火格牙格。
把那用百样粮食做成的面酱火格牙格，
放在我身旁火格牙格。
把一百张白栾纸火格牙格，
卷起来准备好火格牙格，
我要去那阴间火格牙格，
去找灵魂火格牙格。
到那地府火格牙格，
去拿命啊火格牙格。
到那险恶的地方火格牙格。
把命找回来火格牙格，
把那丢失的魂儿火格牙格，
发奋去捡回来火格牙格。
这全靠你二神啊火格牙格，
请尽力前去火格牙格，
用心努力火格牙格，
把魂领回来火格牙格。
在鼻子周围火格牙格，
给我倒上火格牙格，
二十担水火格牙格。
在桌子周围火格牙格，
给我浇上火格牙格，
四十桶水火格牙格。

吩咐完之后，萨满昏迷倒下。二神那拉费扬古慢慢扶她躺下后，给她整理了一下腰铃等，把公鸡和猎犬安置好，又把纸张和面酱放好。自己靠着萨满坐着，打起神鼓唱起引路神歌：

青格尔吉英格尔吉，
快把灯炷青格尔吉英格尔吉，
熄灭了吧青格尔吉英格尔吉。
今夜里青格尔吉英格尔吉，
为把巴雅拉氏的青格尔吉英格尔吉，
色尔古岱费扬古青格尔吉英格尔吉，
魂儿招来青格尔吉英格尔吉，
去那阴间青格尔吉英格尔吉。
去寻找魂灵青格尔吉英格尔吉，
去险恶之处青格尔吉英格尔吉，
把命取来青格尔吉英格尔吉。
把那丢失的魂儿青格尔吉英格尔吉，
捡回来青格尔吉英格尔吉。
定能战胜妖魔青格尔吉英格尔吉，
降伏那妖怪青格尔吉英格尔吉。
你的大名鼎鼎青格尔吉英格尔吉，
传扬天下青格尔吉英格尔吉。
在各个地方青格尔吉英格尔吉，
大有名望青格尔吉英格尔吉。

自此，尼山萨满领着鸡犬，带着面酱和纸张，众神祇都跟随在身边，往阴间去找阎王。只见野兽神祇在地上跑，禽鸟神祇在天上飞，蛇蟒屈伸向前，像旋风一样一会儿就到了河边。在近处并不见有渡河的皮筏。她正焦急地张望时，见河岸对面有人在划一只小船。尼山萨满大声唤道：

火巴格叶巴格，
河上撑渡的火巴格叶巴格，
瘸子阿哥火巴格叶巴格，
你听我说火巴格叶巴格。
用你那薄薄的耳朵火巴格叶巴格，
注意听着火巴格叶巴格；

用你那厚厚的耳朵火巴格叶巴格，
好好听着火巴格叶巴格。
像生了根一样火巴格叶巴格，
牢牢记住火巴格叶巴格。
因为好做祭供之事火巴格叶巴格，
才得以富贵火巴格叶巴格。
因为勤于祭供火巴格叶巴格，
才得以进出火巴格叶巴格。
因为有仁德火巴格叶巴格，
拥为主人火巴格叶巴格。
依照习俗火巴格叶巴格，
去见父亲火巴格叶巴格。
依照习俗火巴格叶巴格，
去见母亲火巴格叶巴格。
到姥爷家里火巴格叶巴格，
去见亲戚火巴格叶巴格。
到姥姥的身边火巴格叶巴格，
跳神去啊火巴格叶巴格。
到姨姨家里火巴格叶巴格，
去闹腾吧火巴格叶巴格。
到叔叔家里火巴格叶巴格，
去把那命拿火巴格叶巴格。
帮我渡河吧火巴格叶巴格，
给你送面酱火巴格叶巴格。
快让我渡过吧火巴格叶巴格，
给你送纸啊火巴格叶巴格，
不是白白渡去火巴格叶巴格，
给你费用火巴格叶巴格。
真能帮我渡过火巴格叶巴格，
送给你钱财火巴格叶巴格。
快快渡我的话火巴格叶巴格，
给你敬献火巴格叶巴格，
烈酒一杯火巴格叶巴格。

去险恶之处火巴格叶巴格，
把性命赌啊火巴格叶巴格。
去那阴间火巴格叶巴格，
寻找那灵魂火巴格叶巴格。

唱到这里，瘸腿的来喜用那半片桨撑着半个小舟划到了这边。尼山萨满见他是个单眼歪鼻、耳朵直竖的人。他来到萨满跟前说：“原来是萨满格格呀，要是换了别人，我肯定不撑渡的。我早已听到过你的名声，也活该你的贤名远扬，我也没有办法，只能帮你渡河去。”尼山萨满上了小船，瘸腿来喜撑着篙摇着橹，很快就到了对岸。尼山萨满感谢道：“给你留下三块面酱和三张纸，略表谢意，请你收下。”看来喜收下后又问道：“有谁曾经渡过这里呀？”瘸腿来喜回答说：“没有别人渡过，只有阎王的皇亲，蒙古尔岱舅舅领着巴尔都巴彦的儿子色尔古岱费扬古的魂儿渡过。”尼山萨满道了谢，又往前走去。

不久，她又走到一条红河边上，眺望周围并不见渡口和船只，连个人影也看不见。没有办法又唱起神歌请求神祇说：

阿库里叶库里，
想遨游天空阿库里叶库里，
全靠大鹏鸟阿库里叶库里。
要渡大海阿库里叶库里，
就靠银鹡鸰阿库里叶库里。
要巡游河岸阿库里叶库里，
就靠勒车车阿库里叶库里。
要游占河阿库里叶库里，
就靠八尺长的大蟒阿库里叶库里。
小主人啊阿库里叶库里，
要想渡河阿库里叶库里。
各位神祇啊阿库里叶库里，
扶我渡过河去阿库里叶库里。
请快一点阿库里叶库里，
施展你们的法术吧阿库里叶库里。

唱完之后，她把神鼓扔进河里，自己跳到上面站好，似旋风般一会儿就到了河对岸。上岸之后，萨满给河神留下了三块面酱，三张纸作为酬谢。

接着，她又风驰电掣地向前走去。到了第一个关口，她请求放行。守关的色勒克图和色尔吉图两位鬼主大声呵斥道："我们是受阎王之命来守关的，你是何人，胆敢来闯此关？请讲缘由来！"尼山萨满回答道："我是人间的尼山萨满，是来阴间找蒙古尔岱舅舅的。"两位鬼主又喝道："那就照规矩留下姓名和费用吧！"尼山萨满便留下姓名和三块面酱、三张纸作为酬谢。过了关口她又急急忙忙往前走，很快就到了第二个关口。就照上次的办法留下名字和金钱过了关。

时间不长，她就到了蒙古尔岱舅舅镇守的第三个关口。萨满摇动铃裙，合着铃声以好听的声音唱起了神歌：

火格牙格，
蒙古尔岱舅舅啊火格牙格，
请你快些火格牙格，
出来见我火格牙格。
你凭什么火格牙格，
把好好的一个火格牙格，
寿命长的人火格牙格，
逮到这里来火格牙格。
把寿命不该终的火格牙格，
逼迫着捉来火格牙格。
要是魂儿还回火格牙格，
将感谢不尽火格牙格。
若是顺顺当当地返还火格牙格，
将重重感谢火格牙格。
你们也太张狂了火格牙格，
使他夭折火格牙格。
是你们强迫着骗来火格牙格。
你还有什么话说火格牙格。
我也不会白白领走火格牙格，
留给金钱火格牙格。

我不骗你火格牙格，
我出价很高火格牙格。
如果还给了我火格牙格，
送给你面酱火格牙格。
送出来还给我火格牙格，
给你钱财火格牙格。
如果提前还给我火格牙格，
给你行大礼火格牙格。
如果不还给的话火格牙格，
没有你的好处火格牙格。
我就依靠神祇的法术火格牙格，
腾空飞去火格牙格，
到你家里火格牙格，
把那灵魂取来火格牙格。

尼山萨满一边唱着，一边摆动铃裙，抖动神帽，把神铃摇得叮当作响。

蒙古尔岱舅舅笑着走出来说："尼山萨满你好好听着。我领来巴尔都巴彦的儿子色尔古岱费扬古，与你有什么相干啊？我也没有偷你们家的什么东西呀！你在我门前大呼小叫什么！"尼山萨满说："你虽然没有偷我家的什么东西，可是你把一个活泼的、没有罪孽的、寿命不该终的孩子抓来行吗！"蒙古尔岱舅舅说："我是奉了阎王之命才这么做的。领他来这里之后，我在一个高高的杆子上挂了一个铜钱，为试试他的弓法，我让他射穿钱孔。他射了三箭，箭箭从钱孔中穿过。又让他和兰门布库摔跤，他又把布库摔倒了。又让他和阿尔斯兰布库摔跤，又把他摔倒了。这样，阎王就认他做了儿子，很是宠爱他，怎么有可能还给你呢？"尼山萨满听了这话怒从心头起，手指蒙古尔岱舅舅说："这么说来，这件事情就和你没关系了？你原来是个难得的好人啊！好了，我就依靠自己的法力去阎王爷那里，把色尔古岱费扬古找回来。要是法术高强就能找到他，要是法术不及也就罢了，这就不关你的事了。"说完，就开始径直往阎王的都城走去。

尼山萨满一会儿就到了城门前，只见城门紧闭，不见人影。萨满绕着城转了一圈，见城墙非常坚固，无法进城，便高声唱起神歌来：

克拉尼克拉尼，
在那东山口克拉尼克拉尼，
栖息的克拉尼克拉尼，
飞翔的鸟啊克拉尼克拉尼，
昌岭山上的克拉尼克拉尼，
檀香木啊克拉尼克拉尼，
芒坎山中克拉尼克拉尼，
居住的克拉尼克拉尼，
芒冒鬼怪克拉尼克拉尼。
九丈长的大蛇克拉尼克拉尼，
八丈长的大蟒蛇克拉尼克拉尼。
都在石洞中克拉尼克拉尼。
在那铁笼里克拉尼克拉尼，
有斑斓的吊睛大虎克拉尼克拉尼，
面目狰狞的黑熊克拉尼克拉尼。
沿山翱翔的克拉尼克拉尼，
金鹡鸰啊克拉尼克拉尼。
飞腾上升的鹰啊克拉尼克拉尼，
领头的秃鹰克拉尼克拉尼。
花色的秃鹰克拉尼克拉尼。
地上的朱勒们克拉尼克拉尼，
快围成九层克拉尼克拉尼，
排成十二个队克拉尼克拉尼。
速速飞起呀克拉尼克拉尼，
飞进城里去克拉尼克拉尼，
把那灵魂领来克拉尼克拉尼，
用爪子擒来克拉尼克拉尼，
用爪子捉回来克拉尼克拉尼。
用那金香炉克拉尼克拉尼，
盛着装回来克拉尼克拉尼。
用那银香炉克拉尼克拉尼，
捉着领回来克拉尼克拉尼。

用肩膀之力克拉尼克拉尼，
扛着领回来克拉尼克拉尼。

唱毕，众神祇腾空而起，像一片彩云向天空飞去。

这时候，色尔古岱费扬古正在和很多孩子在一起玩金银做的背式骨，突然有只大鸟飞来把他叼起来，往空中飞去。大家一看，非常害怕，赶快跑去报告阎王说："大事不好了！有只大鸟飞来把色尔古岱费扬古阿哥抓走了！"阎王一听，气得七窍冒烟，派了一个小鬼把蒙古尔岱舅舅找来，责备道："听说刚才有只大鸟把你领来的色尔古岱费扬古捉走了！我想，这说不定是你的阴谋！你想怎么样啊！"蒙古尔岱想：这事情除了尼山萨满没有人会干的。便说："请大王息怒。我想，做这事的不会是别人，肯定是那个在人间出了名的、在各国扬了名的尼山萨满干的。这个萨满的法术非凡，我现在马上追去。"

且说尼山萨满找到色尔古岱费扬古后非常高兴，就拉着他的手顺着来路返回。他们正走着，蒙古尔岱舅舅从后边追上来喊道："萨满格格稍等，咱们商量一件事好吗？哪有这么不声不响就领人的道理啊！你就这么以为自己有本事，就白白地领人吗？把我费了好多工夫才领来的色尔古岱费扬古领走还行吗？因为这事，阎王爷责问我的时候，我不知道怎么回答他。况且，你领人也不留一些费用就不是理了。萨满格格你好好想想吧！"

尼山萨满说："你好一个蒙古尔岱啊！你说这些好话，我就给你留一些费用。要是想依靠你们阎王爷的威风抢人的话，谁怕谁啊！现在咱们从大处想，做出个决定吧！"说完，就留给三块面酱，三包纸。蒙古尔岱舅舅又请求道："你给的钱财也太少了，请再加一点吧！"尼山萨满又加了一倍给了他。他又求道："就这么一点点费用，确实不够送我们的阎王啊！就这样的话，他是不会宽恕我的。希望萨满格格把跟随你的猎犬和鸡留下来，由我送给阎王。他得到打猎的猎犬和打鸣的公鸡就会高兴的。这样的话，既可以免去我的罪，也可以成全萨满格格的大事啊！"尼山萨满说："这样也好，这对双方都有好处。但是，你得给色尔古岱费扬古增加阳寿，我才能给你留下猎犬和公鸡。"蒙古尔岱说："你既然这样说了，我就看在你的面子上加二十岁吧！"萨满说："鼻涕尚未干，领去了有何用！""那就加三十岁吧！""还不怎么懂事，领去有什么用！""那就加四十岁。""还不能享尽富贵荣华，领去有什么用！""那就加五十岁吧。""还不够聪明贤惠，领去了有什么用！”“那就加六十岁吧。”“弓箭武艺还不精，领去有何益啊！”“那就加七十岁吧。”“办事尚不精细，领去无益。”“那就加八十岁吧。”“还不明了世事，领去有什么用？”“那就加九十岁吧！这再不能加了！从今往后，色尔古岱可以活得六十年无病，百年无疾，生养九个子女，得有八个儿子。活到头发花白，口齿发黄，腰背弯曲，双眼昏花，腿脚不灵，尿在脚尖，拉在脚跟吧！”

尼山萨满感谢道：“蒙古尔岱舅舅，你既然这么答应了，那我就把猎犬和鸡都留给你吧。你呼鸡的时候呼‘阿失！’叫狗的时候叫‘嗾！’”蒙古尔岱高兴异常，连连道谢后走了。他领着猎犬和公鸡，叫道：阿失！阿失！嗾！嗾！谁知道，猎犬和公鸡都反身朝萨满那里跑去。蒙古尔岱大惊，拼命地向后追来。他一边喘气一边请求道：“萨满格格你开什么玩笑啊！我照你的话叫了一声，猎犬和公鸡就开始往你这里跑。你不要捉弄我啊！要是不领这两样东西回去，阎王责怪下来的话，我真不好交代呀！”尼山萨满见他这样苦求，就笑着说：“我刚才是在和你开玩笑啊。今后可要记住了：呼鸡时呼‘咕、咕’！叫狗时叫‘俄力俄力！’”蒙古尔岱说：“格格虽然开了个小小的玩笑，我可是累得满头大汗啊。”他就照萨满的吩咐试了一下，猎犬和公鸡就紧紧地跟在蒙古尔岱的后边，摇尾摆首地跟他走了。

尼山萨满拉着色尔古岱的手又往前走的时候，在路边遇到了自己的丈夫。见丈夫满脸怒气，正在用高粱秸烧一个大油锅。见了尼山萨满咬牙切齿地说：“你这个变了心的尼山！你还能救别人啊！咱们是结发夫妻呀，你来救活我有什么不好啊？我正在烧开油锅等你来，你快说救不救我？要是真的不救我的话，就不会让你过去的，这口油锅就是你的结局！”尼山萨满求道：

可亲的丈夫啊，海拉木比舒勒木比，
你听我说呀海拉木比舒勒木比，
用你薄薄的耳朵海拉木比舒勒木比，
打开来听吧海拉木比舒勒木比，
用你那厚厚的耳朵海拉木比舒勒木比，
紧压着听吧海拉木比舒勒木比。
你的身子海拉木比舒勒木比，
因为死得早海拉木比舒勒木比，

筋肉已断海拉木比舒勒木比，
骨肉已经腐烂海拉木比舒勒木比。
干得一点油膏也没有海拉木比舒勒木比。
骨肉已经海拉木比舒勒木比，
化依尘土海拉木比舒勒木比，
怎么能复活海拉木比舒勒木比。
至亲的丈夫啊海拉木比舒勒木比，
如蒙你怜爱海拉木比舒勒木比，
放我们过去吧海拉木比舒勒木比。
我会给你的坟海拉木比舒勒木比，
焚烧很多的海拉木比舒勒木比，
很多钱啊海拉木比舒勒木比。
供祭很多的海拉木比舒勒木比，
酒肉和菜肴海拉木比舒勒木比。
好好伺候海拉木比舒勒木比，
你年老的母亲海拉木比舒勒木比。
请你想想这些海拉木比舒勒木比，
恕我一命海拉木比舒勒木比。
可怜你年老的妈妈海拉木比舒勒木比，
快放我过去吧海拉木比舒勒木比。

丈夫一听这些话，咬牙切齿狠狠地说："变心无义的尼山萨满，我的老婆你听好了！在我活着的时候，你嫌我穷困，处处欺负我，你什么时候把我放在眼里过？这些你心里也清楚。今天你还说这样的话，就太张狂了吧！伺候不伺候我的母亲随你便，你今天才知道这些了吗？了却我的新怨旧恨就在今天了！要么你自己跳入油锅中，要么我推你进去！你自己决定吧！"

萨满听到这些话，气得满脸通红。高声说：亲爱的丈夫你听我说：

德尼库德尼库，
你在生前德尼库德尼库，
给我留下什么德尼库德尼库。
家无分文德尼库德尼库，

只有你那德尼库德尼库，
年老的母亲德尼库德尼库。
我恭敬伺候德尼库德尼库，
尽力孝敬德尼库德尼库。
丈夫你呀德尼库德尼库，
仔细思量德尼库德尼库，
我是个有情义的人啊德尼库德尼库。
事到如今德尼库德尼库，
我也硬下心肠德尼库德尼库，
让你也德尼库德尼库，
尝尝苦头德尼库德尼库，
消消你的德尼库德尼库，
硬刚之气德尼库德尼库，
让你去个德尼库德尼库，
非常之地德尼库德尼库。
请我的神祇啊德尼库德尼库，
飞翔在树林间的大雁啊德尼库德尼库，
速速来吧德尼库德尼库，
把我的丈夫德尼库德尼库，
用利爪抓起德尼库德尼库，
扔到酆都德尼库德尼库，
城里去吧德尼库德尼库！
永远不让他德尼库德尼库，
再生人间德尼库德尼库。

刚唱完，就有一只巨雁飞去，把她的丈夫抓起来扔到酆都城里去了。萨满又唱道：

德叶库德叶库，
没有了丈夫德叶库德叶库，
好好地过日子吧德叶库德叶库，
没有了男人德叶库德叶库，
高傲地过日子吧德叶库德叶库。

在妈妈的抚育下德叶库德叶库，
嬉戏着无忧地过日子吧德叶库德叶库。
趁还没有儿女德叶库德叶库，
向前看着过日子吧德叶库德叶库。
没有姓氏宗族的德叶库德叶库，
亲密无间地过日子吧德叶库德叶库。
趁着年轻德叶库德叶库，
像客人一样过日子吧德叶库德叶库。

她唱完神歌，牵着色尔古岱费扬古的手，像旋风一样地向前走去。

不一会儿，看见一座高楼，盖得非常雄伟宏大，上面五色彩云缭绕。尼山萨满走上前去一看，有两位穿金盔甲的神将手拿金锤把守着。尼山萨满走近施礼后说："请问阿哥，这是什么地方啊？里面住着什么人呢？请告诉我好吗？"神将告诉他：住在这楼上的是降生万物的福神奶奶。尼山萨满又问："我是顺路来给奶奶磕个头，不知道行不行？"神将说：可以的。尼山萨满就送了三把纸和三块面酱致谢。又往里走，走到了第二道门。还有两个穿盔甲的门神在把守着，见尼山萨满进来，大声呵斥道："哪里来的人啊！胆敢闯进这个大门？赶快出去。如果稍稍怠慢，就打死你！"尼山萨满请求说："大神不要生气，我不是恶魂啊，是人间的尼山萨满。顺路来给恩慈的福神奶奶磕个头。"两位门神说："你原来是怀着这样的恭敬之心，那就快去快回吧！"尼山萨满又照旧留了钱财后往里走去。走到第三道门，又有两位神仙把守。她又如前致谢入内。只见里面闪着五色之光，云雾缭绕。门前有两个女人身穿五色衣服在守门。她们高绾云髻，一个手捧金香炉，一个手捧银盘立着。其中的一位开口说："这个女人好面熟啊？你不是阳间那个住在尼西哈河边的尼山萨满吗？"萨满大吃一惊，问道："你是什么人啊？我怎么记不起来了呀？"那个女人说："你怎么把我给忘了呢？前年我出天花的时候，福神奶奶见我爱洁净，就领我来身边使唤。咱们是同乡啊！我就是你邻居那拉费扬古的妻子。他娶我后只过了两天，我就出天花死了。"尼山萨满听到这些话，才恍然大悟，高兴地说："看我这个记性。"便开门让进，进得门来抬头一看，在大殿的中央坐着一位老奶奶，头发白如雪，眼睑突出，大嘴长脸，下巴上翘，牙齿都露在外边，非常难看。在她旁边立着十来个侍女，有的背着小孩儿，有的扛着小孩儿。还有的拿着针线在缝制小孩儿，有的在

依次排列（小孩儿）。还有的把小孩儿装入口袋里。扛的扛，运的运，忙忙碌碌地都从西门走出去。

尼山萨满见了非常惊异，赶紧跪在地上磕了九个响头。福神奶奶问道："你是谁呀！我怎么不认识啊！怎么到这里来了？"尼山萨满回答说："小人是阳间住在尼西哈河边的尼山萨满。这次有点事来这里，顺路来看看您啊。"福神奶奶说："我怎么忘了呢！记得降生你的时候，你闹着不想去，我就哄诱你戴上神帽，系上腰铃裙，手持神鼓才降生的。这也是你该出名的定数啊！我又定下你这次来这里，让你见见世面。看看那些在世间不做好事的人，在阴间备受酷刑的情形，好回去告诫世人不可再来。那些萨满、巴克什、主仆，是好是坏都是由这里派生。这都是命中注定的。"她又叫来仆人，令引领尼山萨满看看刑法之严格。

这时候，有个侍女出来催促萨满前去观看。萨满就跟着侍女走到长着一片茂盛的榆树林、上罩五彩云的地方。萨满问侍女这是什么林子？侍女说："你们阳间的人在送痘神时，都是选了干净而无损破的柳条相送，因此林子长得好，小孩子痘子出得也好。看那一片林子长得参差不齐，是因为你们阳间送痘神的时候，都用了那些牛马啃过的柳条，因此小孩儿痘花出得少，受了不少苦。这都是给你们世人看的。"又走了一会儿，在东边又看见一间大房子，里边有个大轮子在不停地转动。随着轮子的转动，一群群的家禽、走兽、飞鱼、河鱼和小虫子不断地飞出。经萨满打听，说这就是降生生灵的地方。

又走了一会儿，看见有很多鬼魂从鬼门关里进进出出，里边黑云滚滚阴森异常，原来这就是酆都城。只听见里边有很多鬼魂在哀号，又有几只恶狗沿着城边在吞吃着人肉。迷魂屋中惨哭的声音震天动地。在明镜山和黑镜山上，善恶之状截然分明。又见到在衙门里，有位官员上堂审讯鬼魂。在西厢房里关押着做贼的强盗。在东厢房里，用铁链锁着那些对父母不孝、夫妻无义之人。又看到把那些打骂过父母的人扔到油锅里煎熬。把那些在背后诟骂老师的人拴在柱子上，在用箭射击。把妻嫌夫的人，处以凌迟之刑。道人奸淫妇女的，因为玷污了经书，就用三股叉在刺戳。把那些浪费粮食的人，正在用碾磨碾压。把那些栽赃诬告和破坏婚姻的人，正在用烧红的铁索在烤烙。官员贪财贿赂的，正在用铁钩钩他的肉。把娶了两个老婆的人，正在用锯子从中分劈。把骂丈夫的人正在割舌头。把撬人门窗的人，正在用铁钉钉他的双手。把那些偷听的人，把双耳钉在窗户上。把那些偷盗行窃的人，正在用铁棍敲打。对那些身子不净就在河水中洗澡的女人，初一和十五这两天洗了脏东西的女人，正在灌脏水。对那些斜视老人的人，正在用铁钩钩眼睛。把奸淫妇女的人，正在把他捆在火柱上烙。大夫给错药致人丧命的，正在用斧头砍他的肚子。对妇女偷汉子淫乱的，正在用斧头剔她的肉。又看到一个大湖上架着金桥和银桥，那些走在桥上的都是在阳间行善有福的人。在铜桥和铁桥上行走的都是在阳间作恶的人。鬼们正用铁叉和铁矛把他们刺倒后喂给蟒蛇。在桥的一端，有几只恶狗并不怕腥臭，正在吞食人肉。桥边高高坐着一位菩萨，手里拿着一卷经书在高声朗读：在阳间做了坏事，到了阴间就要受刑吃苦。要是多做了好事，一等者可以转世为佛；二等者可以在宫里行走；三等者可以为驸马或太史官；四等者武将或大臣；五等者为富贵之人；六等者为百姓或化缘者；七等者为骡马牛等畜；八等者为飞禽走兽；九等者为乌龟鱼类；十等者为昆虫蝼蚁等物。菩萨在反复诵念着这些话。

尼山萨满看完这些，又回到殿中，跪在福神奶奶前面。只听福神奶奶说："你返回阳间后，要好好规劝世人啊！"尼山萨满道了谢，别了福神奶奶，牵着色尔古岱的手沿原路往回走。不一会儿他们就到了红河边上，给河神留了纸钱，然后把神鼓扔在河水中，萨满领色尔古岱立在神鼓上渡到对岸。又走了一会儿就来到了瘸腿来喜的渡口。来喜一看是萨满回来了便说："是你回来了！真是一个神力无边的萨满啊！能把巴尔都巴彦的儿子色尔古岱费扬古领回来，这本事就不是一般的了。此后会名扬天下！"说完就叫他们上船。萨满催促色尔古岱费扬古上了船。瘸腿来喜用半片桨划着船一会儿就到了对岸。下船之后又给些工钱以示感谢。他们又顺着来路走，时间不长就到了巴尔都巴彦的家里。

这时候，为首的二神那拉费扬古就把二十担水倒在尼山萨满鼻子周围，把四十捅水倒在她脸的周围。唱起催醒神歌：

克克库克库，
今天晚上克库，
把灯和蜡烛克库，
都已熄灭了克库。

是什么名分克库，
是什么地位克库。

不是本族的克库，
就会相左克库。
巴雅拉氏的克库，
从枝叶发芽的克库，
从根上长苗的克库，
色尔古岱费扬古克库，
因为去打猎克库，
得病死去克库，
三个萨满已分辨克库，
四个萨满已掂量克库。

把他的魂灵克库，
是那阴间的克库，
阎王爷克库，
领走的克库。
为此之故克库，
住在尼西哈河边的克库，
在诸国扬了名的克库，
在大国中克库，
出了名的克库，
拿着巨香克库，
翻山越岭克库，
向前追踪克库。

掐指一算克库，
名声已得克库。
说得实在克库，
当天晚上克库，
到了阴间克库，
追那魂儿克库。
去那险恶之处克库，
奔去取命克库，
返回了阳间克库。

在垂杨柳的克库，
主干上克库，
立着为首的大雕克库。
在那副干上克库，
立着银鹡鸰克库。

雄壮的老虎克库，
凶恶的狗熊克库，
八丈长的大蟒克库，
九丈长的大蛇克库。
檀香木的场子克库，
准备八对克库。
橡木的场子克库，
准备十对克库。
快活过来呀克库，
快救活呀克库，
快快苏醒克库。

这时候，尼山萨满开始浑身发抖，突然坐起来，诵唱起找回魂灵过程的神歌来：

德叶库德叶库，
请大家和二神听着啊德叶库德叶库，
巴尔都巴彦德叶库德叶库，
你们个个仔细听着德叶库德叶库。
把你的儿子德叶库德叶库，
用金香炉德叶库德叶库，
装了来的德叶库德叶库，
用手掬着来的德叶库德叶库。
因为是你的宝贝德叶库德叶库，
挟着来的德叶库德叶库。
把那死去的人德叶库德叶库，

救活了啊德叶库德叶库。
把魂儿德叶库德叶库，
还给原身德叶库德叶库。
已经附在身上了德叶库德叶库。

给福神奶奶请求通过克拉尼克拉尼，
从今往后克拉尼克拉尼，
无病无疾克拉尼克拉尼，
好好活呀克拉尼克拉尼，
九十岁的生命克拉尼克拉尼。
渐次生育克拉尼克拉尼，
九个孩子克拉尼克拉尼。
把那带去的鸡犬克拉尼克拉尼，
留给了阎王克拉尼克拉尼。
又给他留下克拉尼克拉尼，
纸张等物品克拉尼克拉尼。

顺路把福神奶奶克拉尼克拉尼，
磕头拜访克拉尼克拉尼，
又给你的孩子克拉尼克拉尼，
祈求子孙克拉尼克拉尼。
要我传话给老人克拉尼克拉尼，
出天花的时候克拉尼克拉尼，
要清静恭顺克拉尼克拉尼，
痘花才好克拉尼克拉尼。
多行善事克拉尼克拉尼。
如果行恶克拉尼克拉尼，
刑法无情克拉尼克拉尼。
我都一一亲见克拉尼克拉尼。

又遇到了我的丈夫克拉尼克拉尼，
他求我救他克拉尼克拉尼。
我告诉他说克拉尼克拉尼，

骨肉早已腐烂克拉尼克拉尼，
再难复生克拉尼克拉尼。
丈夫发怒克拉尼克拉尼，
想要把我克拉尼克拉尼，
扔进油锅克拉尼克拉尼。
因此之故克拉尼克拉尼，
我的神祇克拉尼克拉尼，
把他抓起克拉尼克拉尼，
扔进了酆都城克拉尼克拉尼。
使他永世克拉尼克拉尼，
不能再生克拉尼克拉尼。
还有很多克拉尼克拉尼，
怨鬼们克拉尼克拉尼，
要我相救克拉尼克拉尼，
挡住来路克拉尼克拉尼，
苦苦相求克拉尼克拉尼。
我留给他们不少纸张克拉尼克拉尼，
他们各自分去克拉尼克拉尼。
我才脱了身克拉尼克拉尼。

唱完神歌萨满又仰面倒地。

为首的二神赶紧拿香在她鼻子前熏了一下，她才醒了过来。萨满把魂儿往色尔古岱身上一挥，他突然就醒过来了，然后咕咕哝哝地说："快给我一碗水来！"家人赶忙给他拿了水喝。他喝完水说："我睡得好香啊，还做了个很长的梦。"他便翻身坐了起来。

全家人非常高兴，把事情的原委从头到尾都给色尔古岱费扬古说了，这样他才知道了自己死后，是尼山萨满救活的，便给萨满格格磕头谢恩。巴尔都巴彦拍手大笑，又给萨满作揖道："真是神力无边的萨满啊！是托格格的福救活了我的儿子，要不然我哪里有后嗣啊！"说完，脱下自己身上的衣服给萨满穿上，在水晶酒杯上斟满了酒，跪下用双手捧上。尼山萨满接杯一饮而尽。萨满还说道："也是托员外的洪福才得以成全。这对我们大家都是一件喜事儿啊！"接着员外又在大玻璃杯中斟了满满一杯酒，向二神捧盏道："累着你了呀，嗓子也干哑了，请喝一杯润润嗓子吧。”那拉费扬古接了酒边喝边说：“有什么劳累的，连座位上都没有离开，还算什么劳累。要说劳累的话，萨满格格才是啊！去了一趟阴间，那是真累啊！”萨满笑着说：“费扬古小弟呀二神你听我说，俗话说得好：三分萨满七分二神，要不是你呀大事难成。”大家听到后都大笑起来。

员外叫来阿哈尔吉和巴哈尔吉，吩咐道：“你们去转告马牛羊各牧群的头儿们，每群牲畜里都分出一半来，作为感谢萨满格格的礼物吧！”完了便摆上宴席，人们都尽情吃喝。撤了席之后，备马套车，把钱财和衣物平分一半装在车上。又送给二神一套衣服，一匹骟马，一套鞍子和二百两银子。然后把这些东西都装在车上送到他们家去了。

从此，尼山萨满家道变得殷实。她又洁身自好断绝了和那拉费扬古的暧昧关系，是因为见到了各种刑法之后收回了淫乱之心。一改以前的恶习，变得像沉淀后的清水一样纯洁了。

凡这些，听故事的阿哥和格格们不能不谨慎。后来，尼山萨满的婆婆听村里人讲：萨满这次去阴间碰到了自己的丈夫。丈夫要她救自己，要是不救，就要把老婆扔进油锅里。尼山萨满靠自己的神祇，把丈夫扔进了酆都城里去了。婆婆非常生气，问媳妇缘由。萨满说：他让我救他。我告诉他：你的肉身已经腐烂了，难于复生。他就说要把我扔到油锅里去。这时候，我的神祇就把他扔进了酆都城里去了。婆婆说：真是这样啊！你又一次把他杀死了。你自己躲开不就行了吗？你的心也太狠了。后来，萨满的婆婆去了京城，向御史衙门告了萨满。衙门传呼尼山萨满来审问时，萨满所述和婆婆说的一点也不差，就照口供写了份奏折，向皇帝做了禀报。皇上大怒，下谕刑部依刑律法办。刑部上奏：所传闻之事尼山萨满已一一应承。察她亦是一位巾帼英雄，并已对所告之事供认不讳，此等亦可抵罪。太宗皇帝诏曰：就依其丈夫之事处之。将神帽、腰铃裙、神鼓等神具装入箱内，以铁链捆绑之后，扔进本村井中。无朕旨谕，万勿取用。御史就依旨办理。

从此，员外之子色尔古岱费扬古也学老父之举，扶老救贫，处处行善。其子孙亦代代为官，尽是家产万贯的官宦之家。

因为这是一本讲因果报应的书，因此就讲给大家听。这个故事还不能登大雅之堂，尽是巫术左道之说，后人不可效仿，永世戒之。

我看尼山萨满之书已年代久远，大部已遗忘，所记已残缺不全，恐有挂一漏万之嫌，只以记忆记之，亦无甚情趣。如果觅得全善之书，可

补此书之缺也。此致

俄罗斯国西方大学满文教师　德克登额　敬拜　格尔宾齐可夫　格老爷，谨请研读，如有所漏，赐教为盼。为此告知。

第十九章　光绪三十三年文书　尼山萨满一卷

（齐齐哈尔本）

ᠪᠠᡩᠠᡵᠠᠩᡤᠠ ᡩᠣᠷᠣ ᡳ ᡤᡡᠰᡳᠨ ᡳᠯᠠᠴᡳ ᠠᠨᡳᠶᠠ ᠪᡳᡨᡥᡝ

ᠨᡳᡧᠠᠨ ᠰᠠᠮᠠᠨ ᡳ ᠪᡳᡨᡥᡝ ᡝᠮᡠ ᡩᡝᠪᡨᡝᠯᡳᠨ

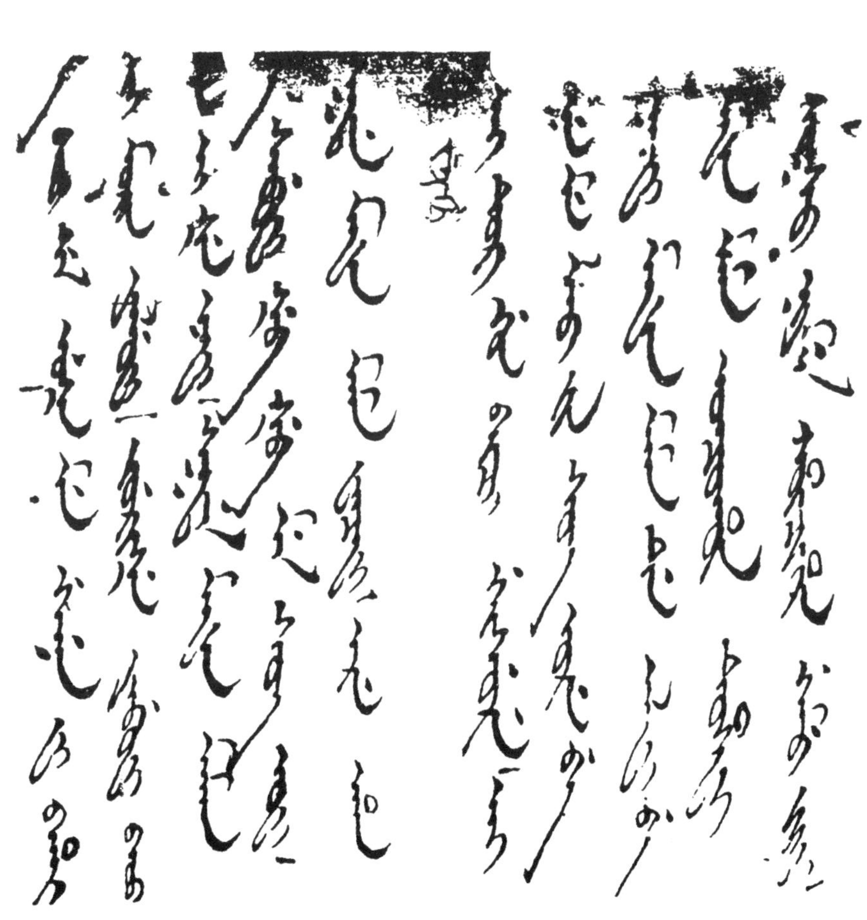

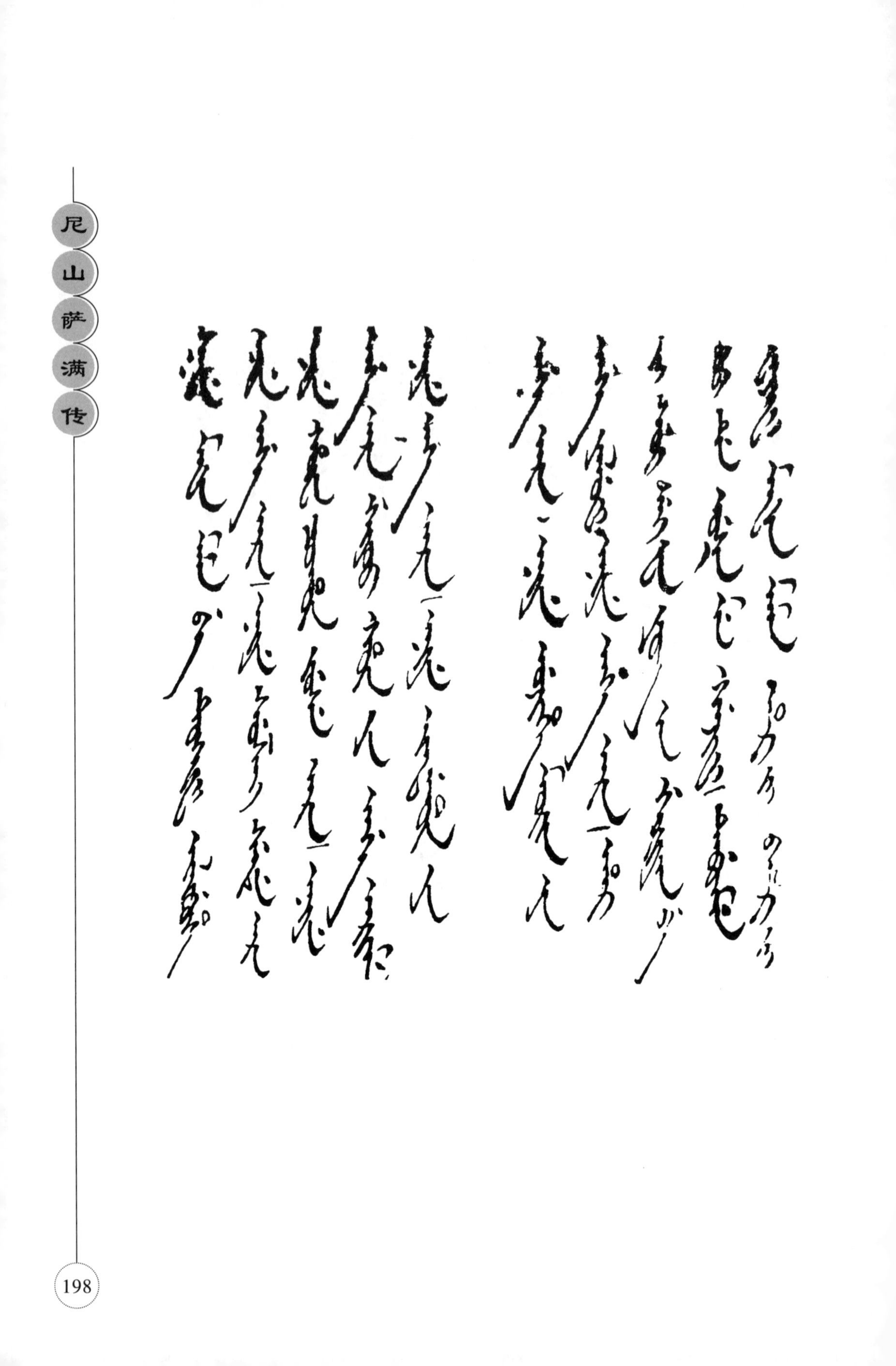

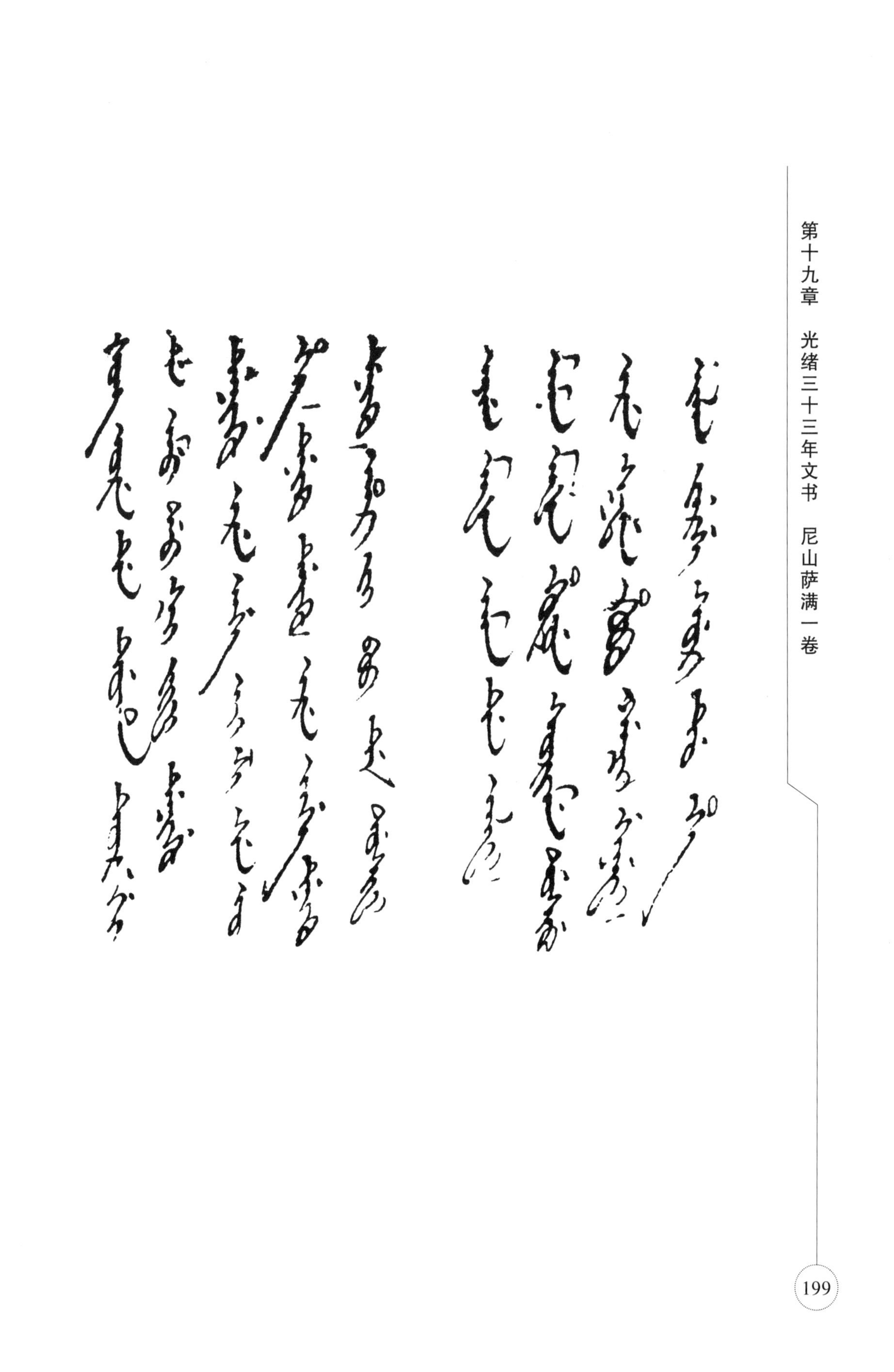

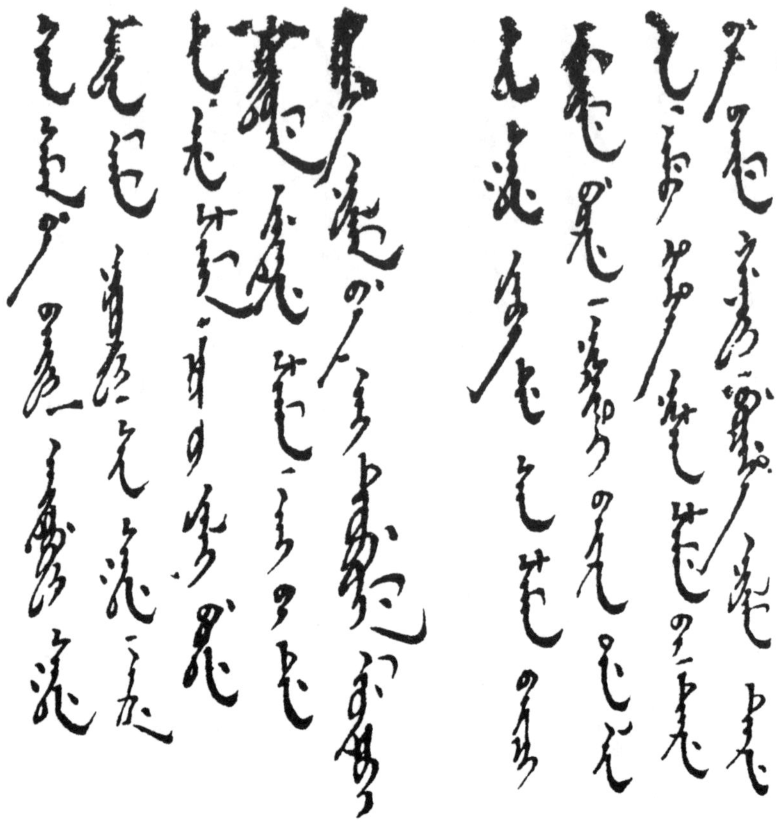

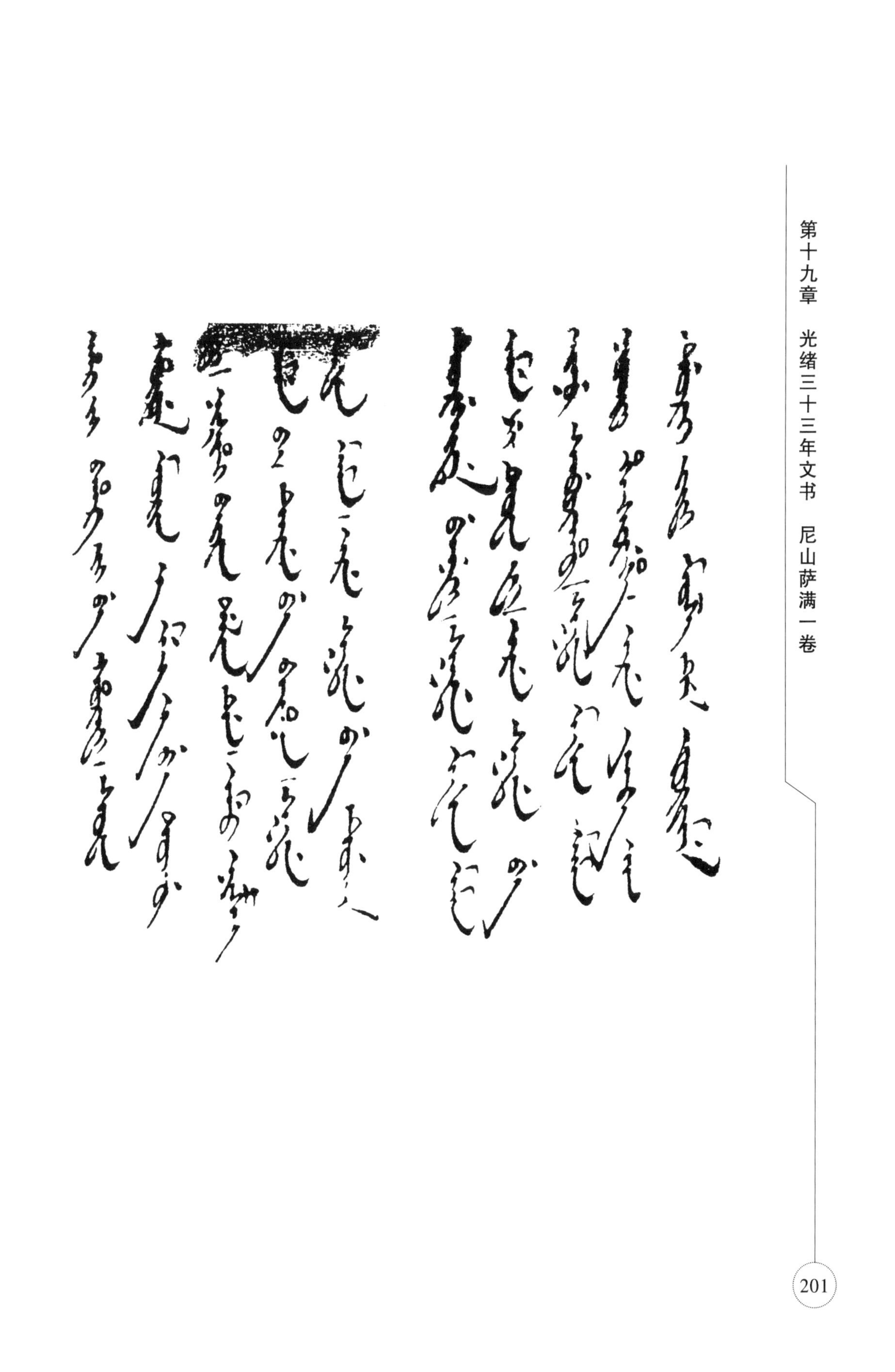

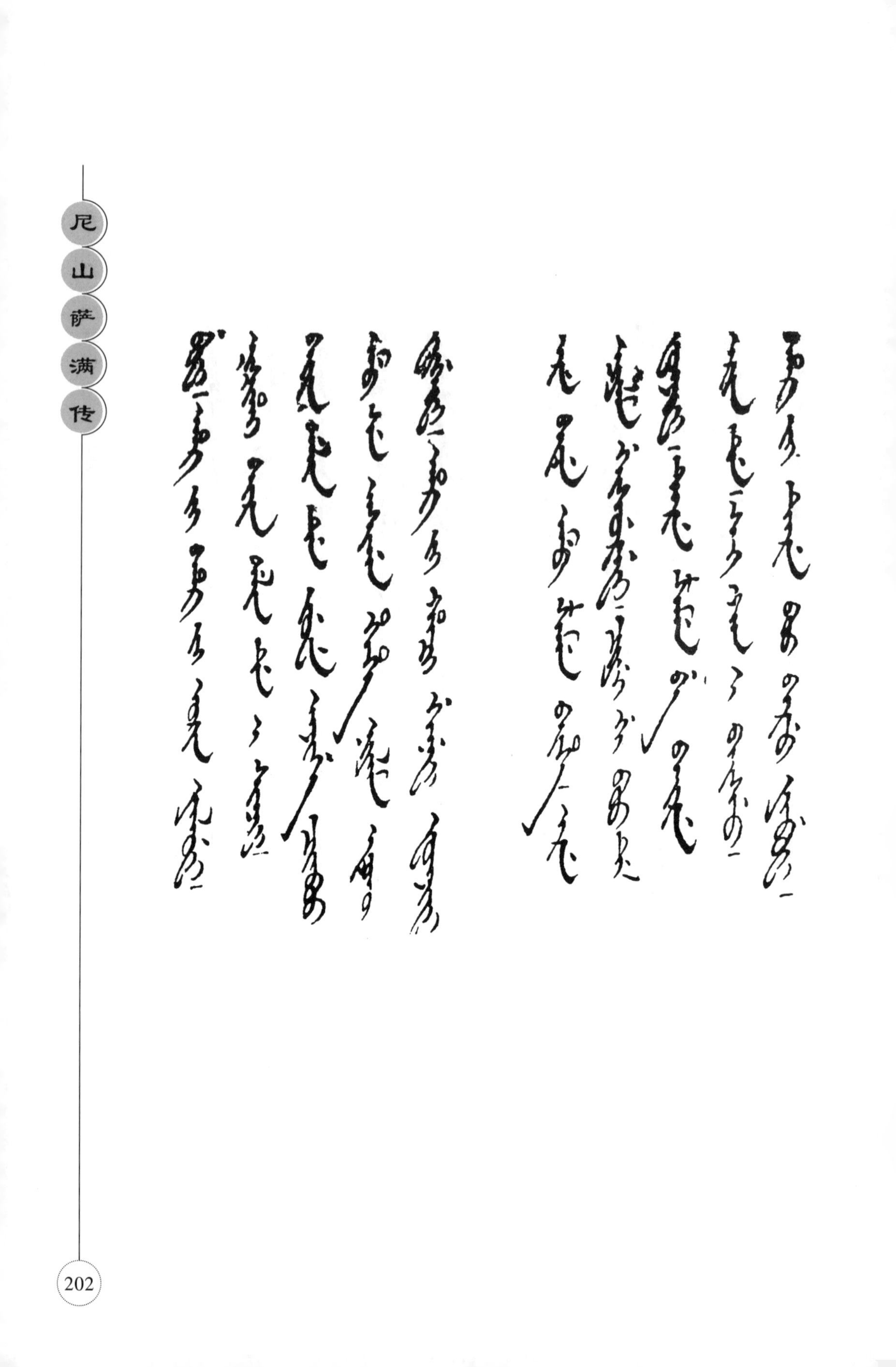

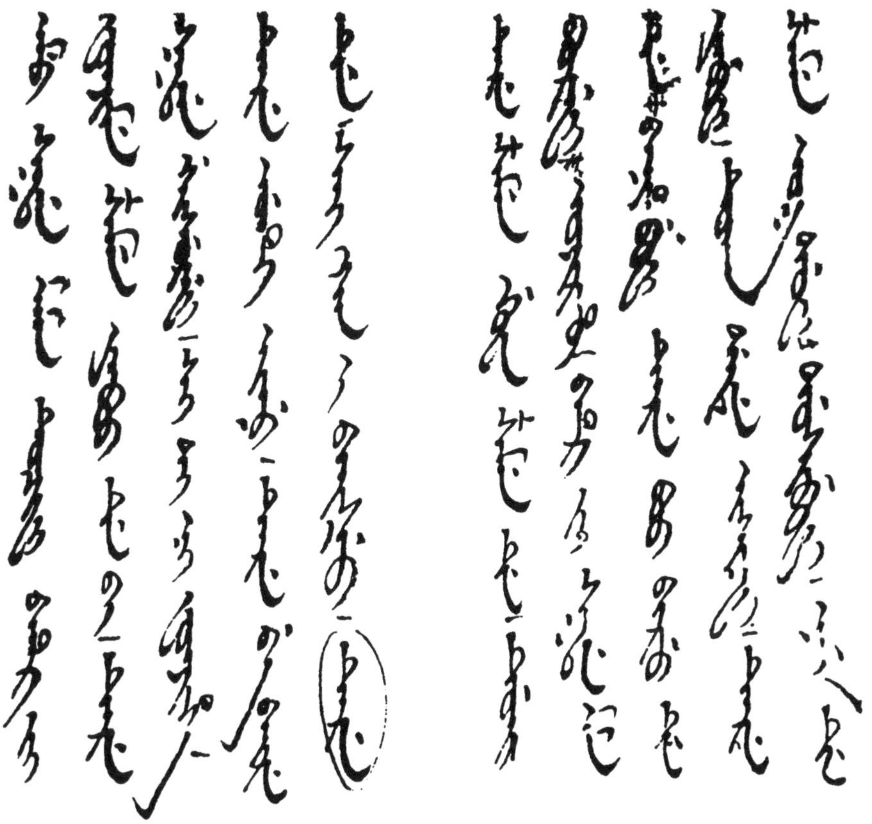

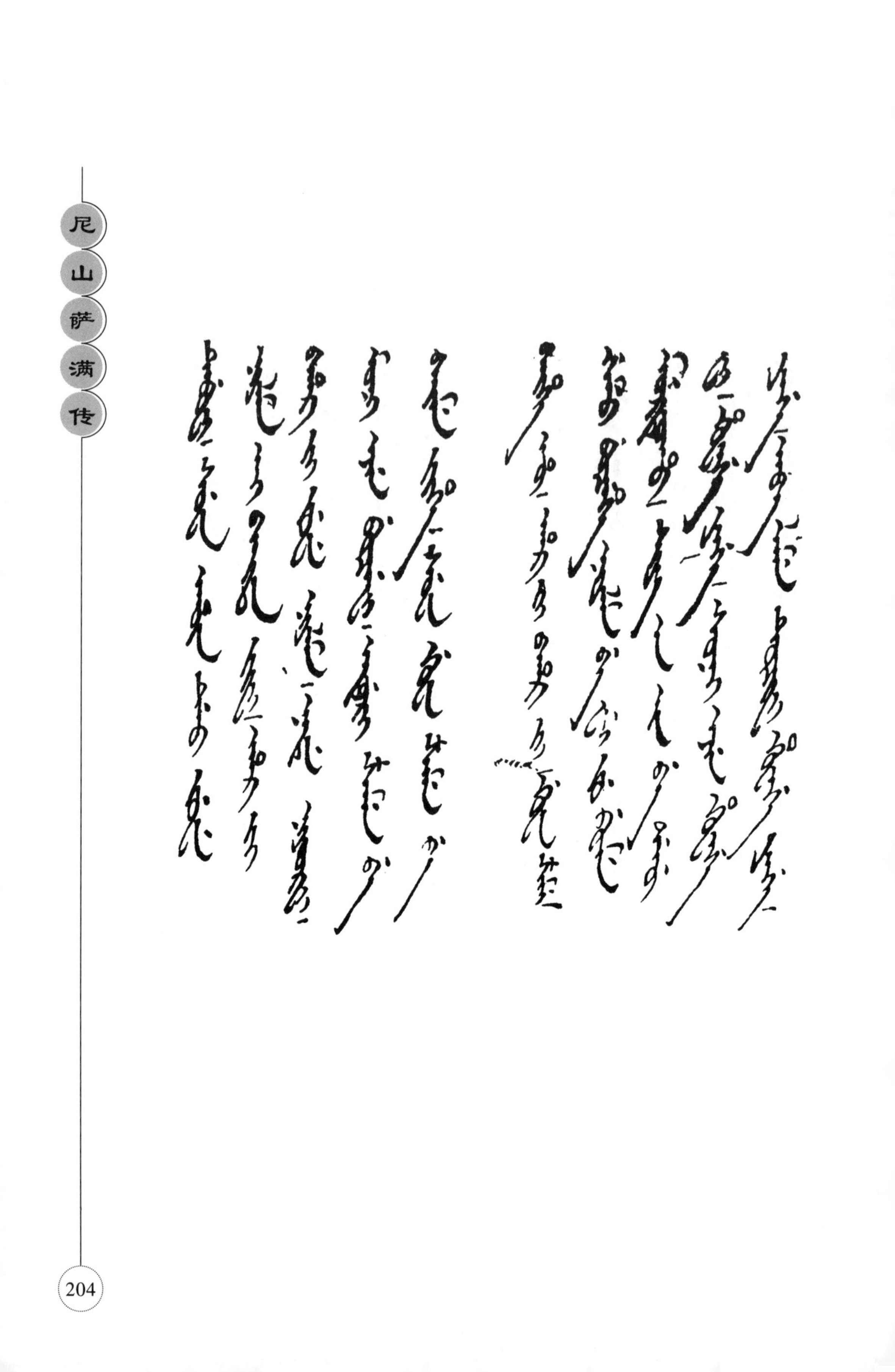

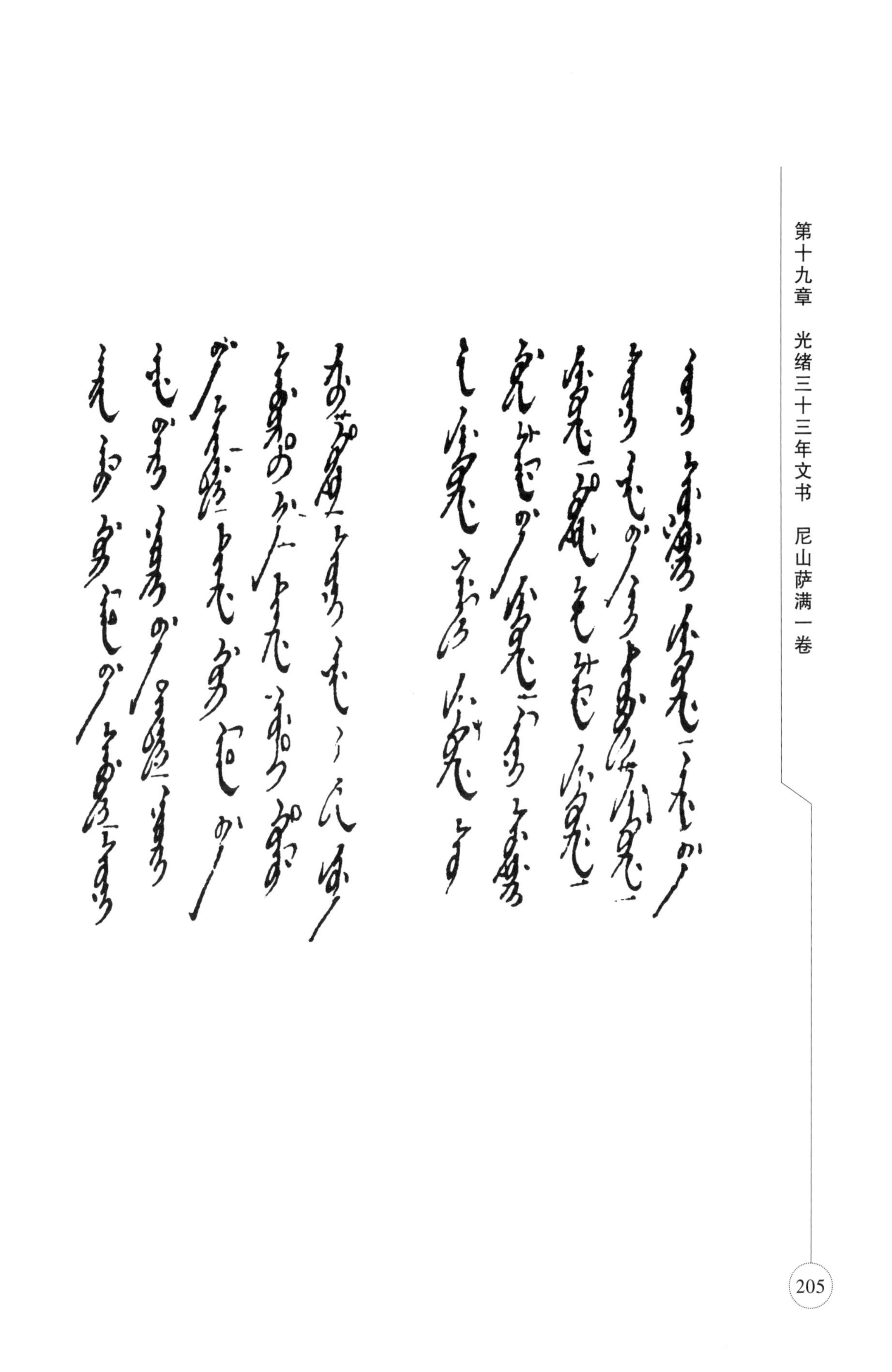

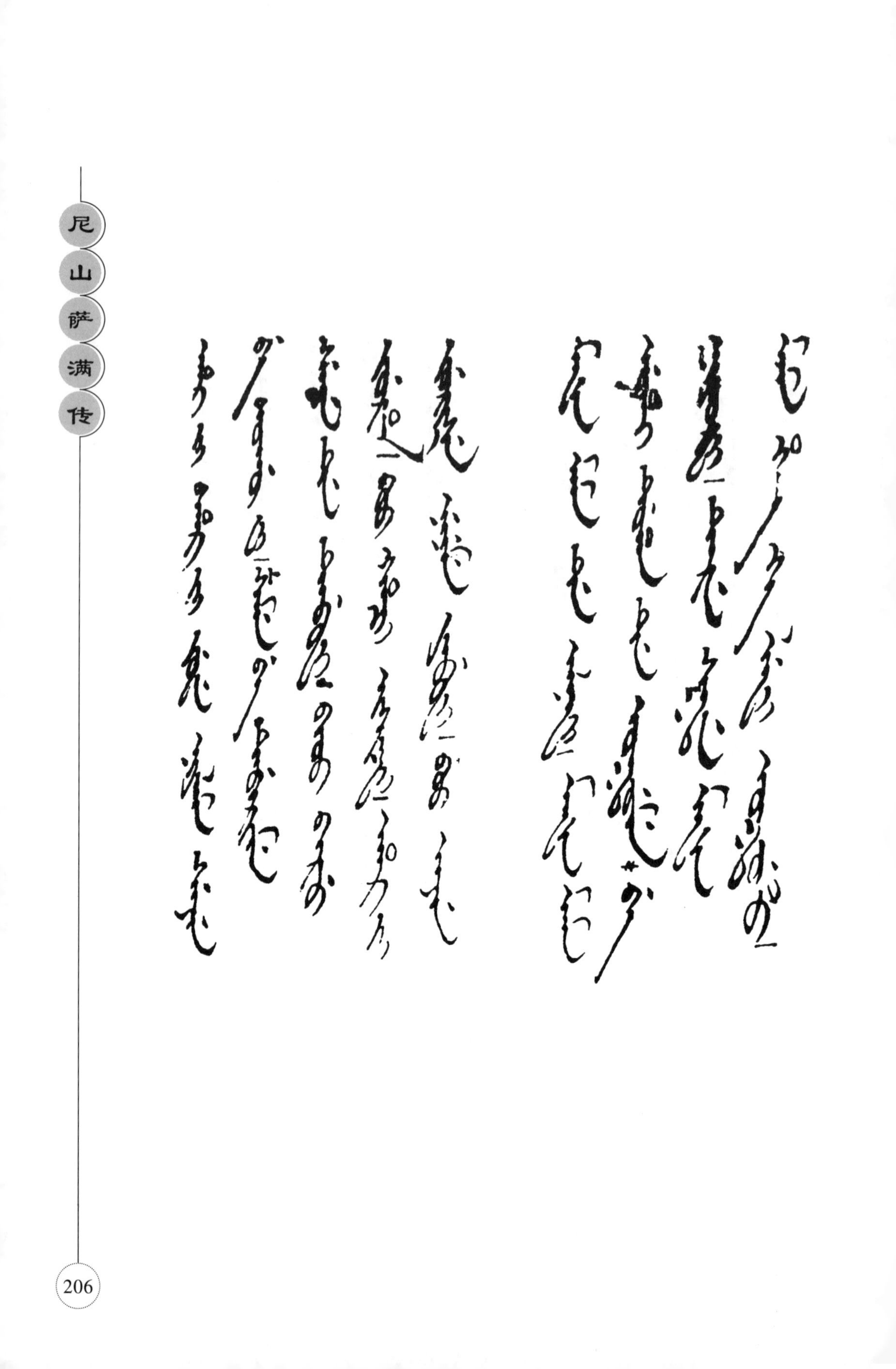

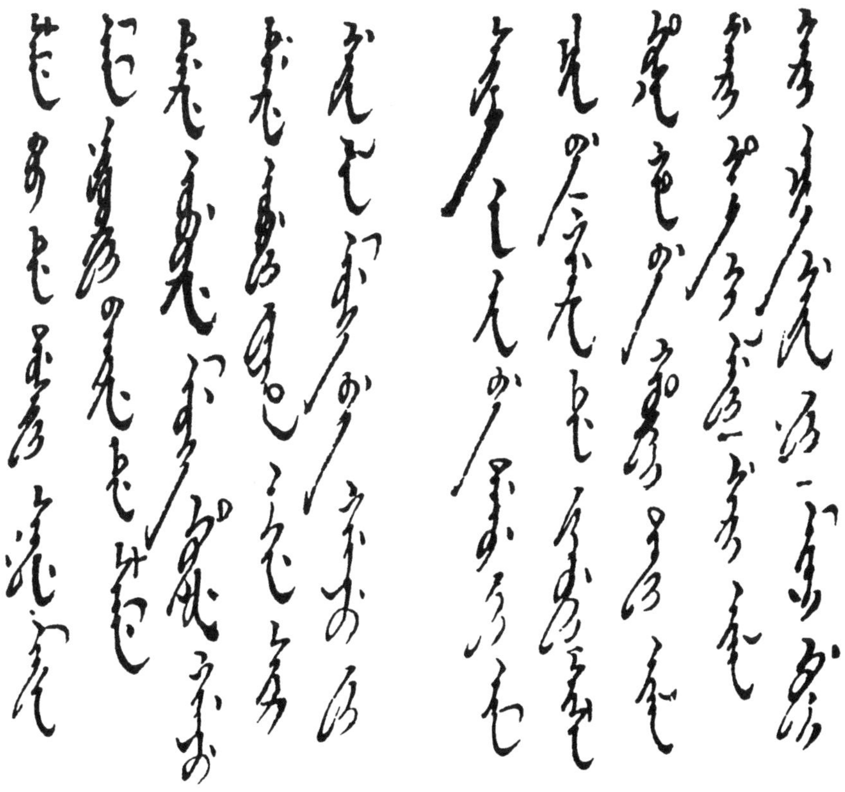

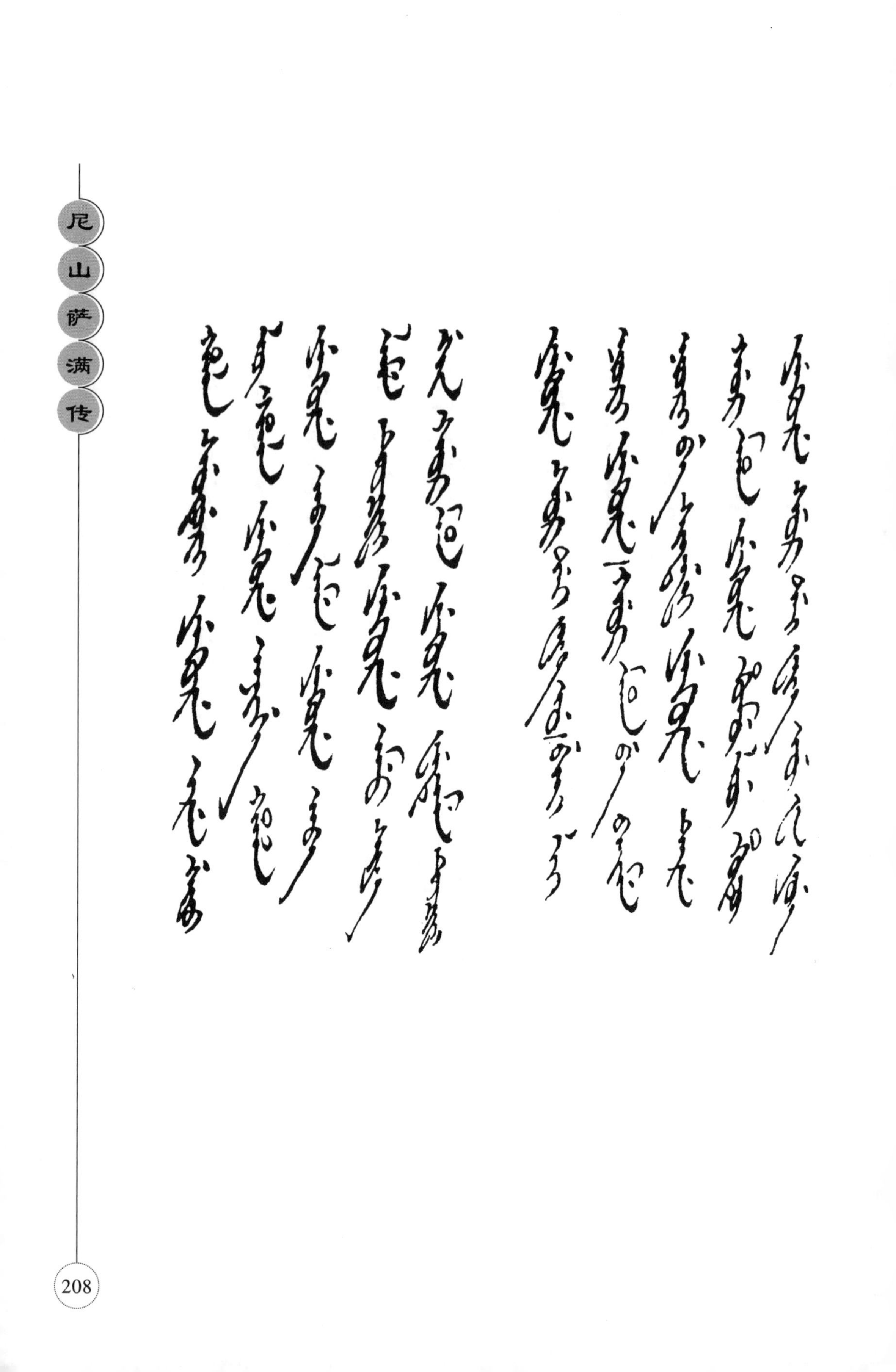

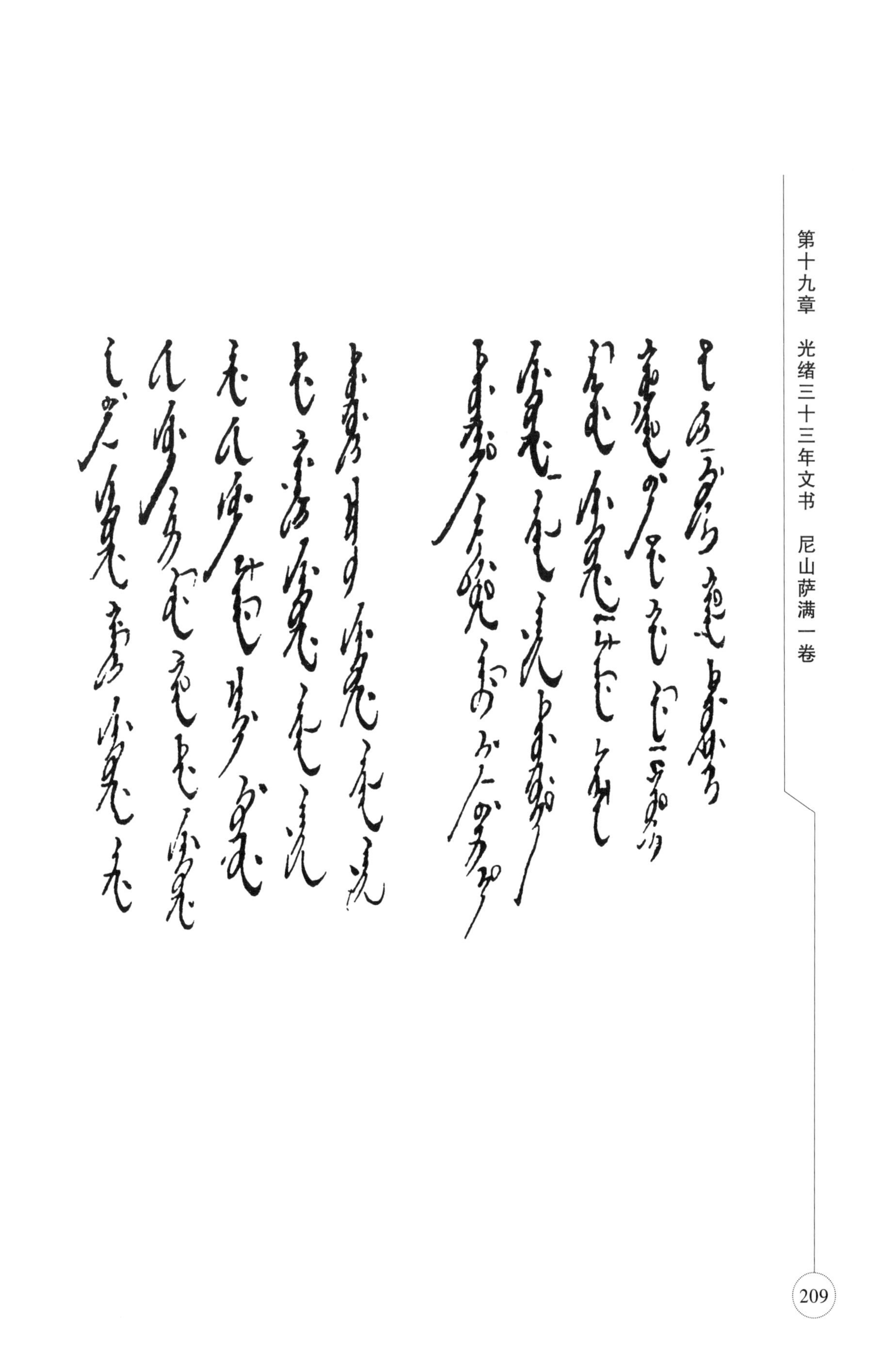

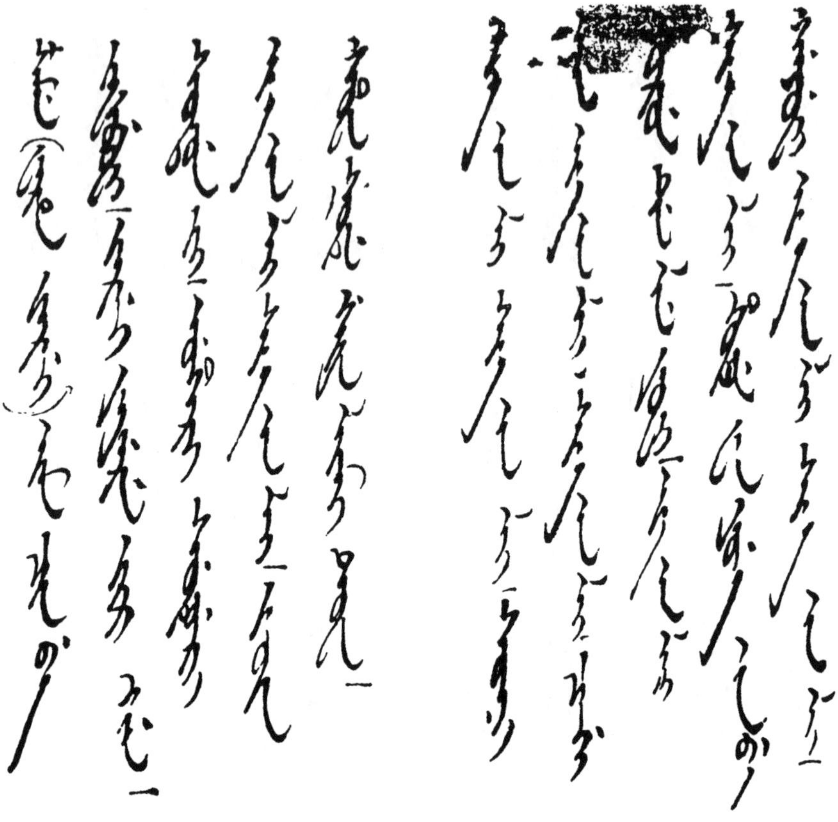

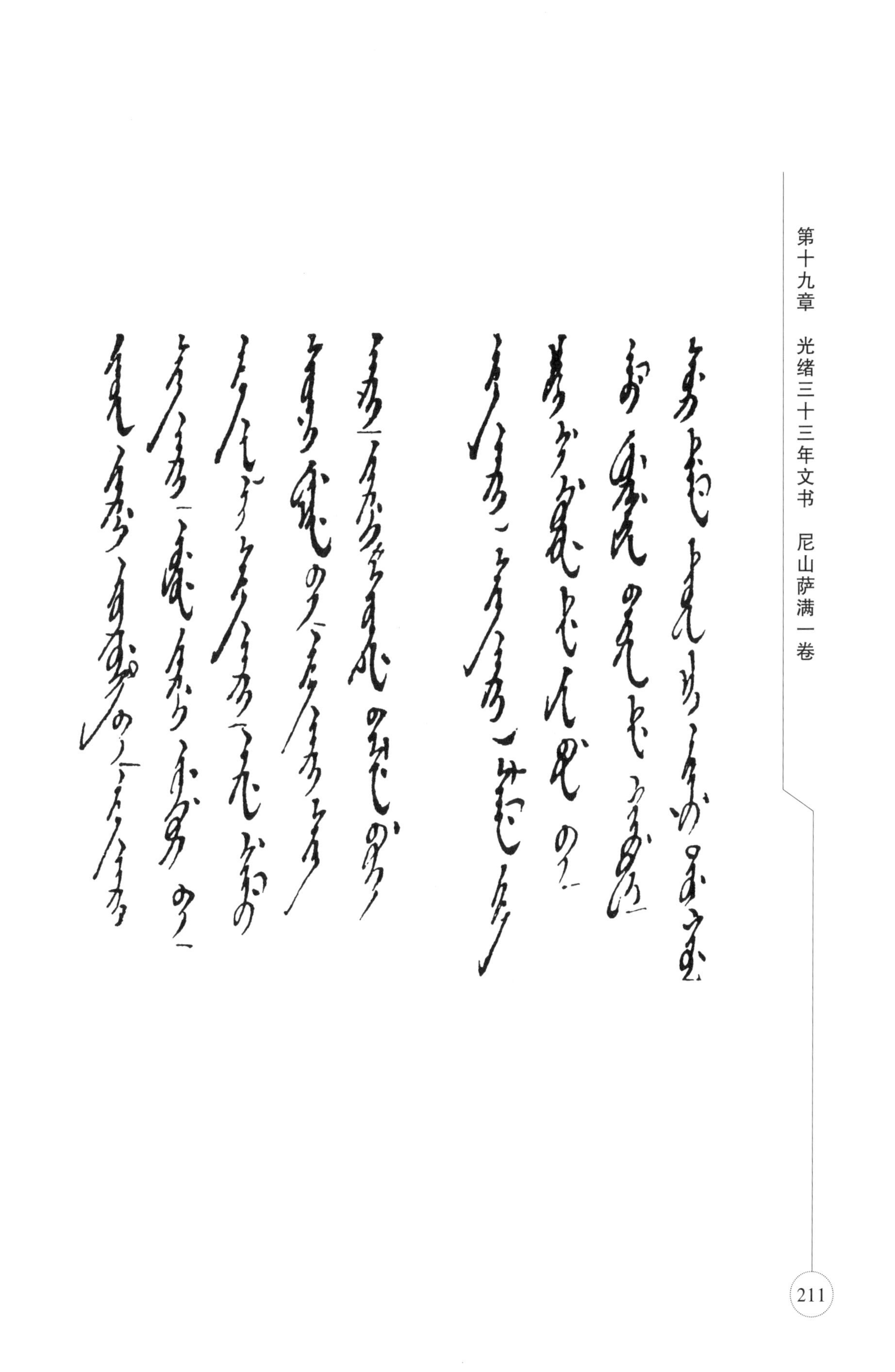

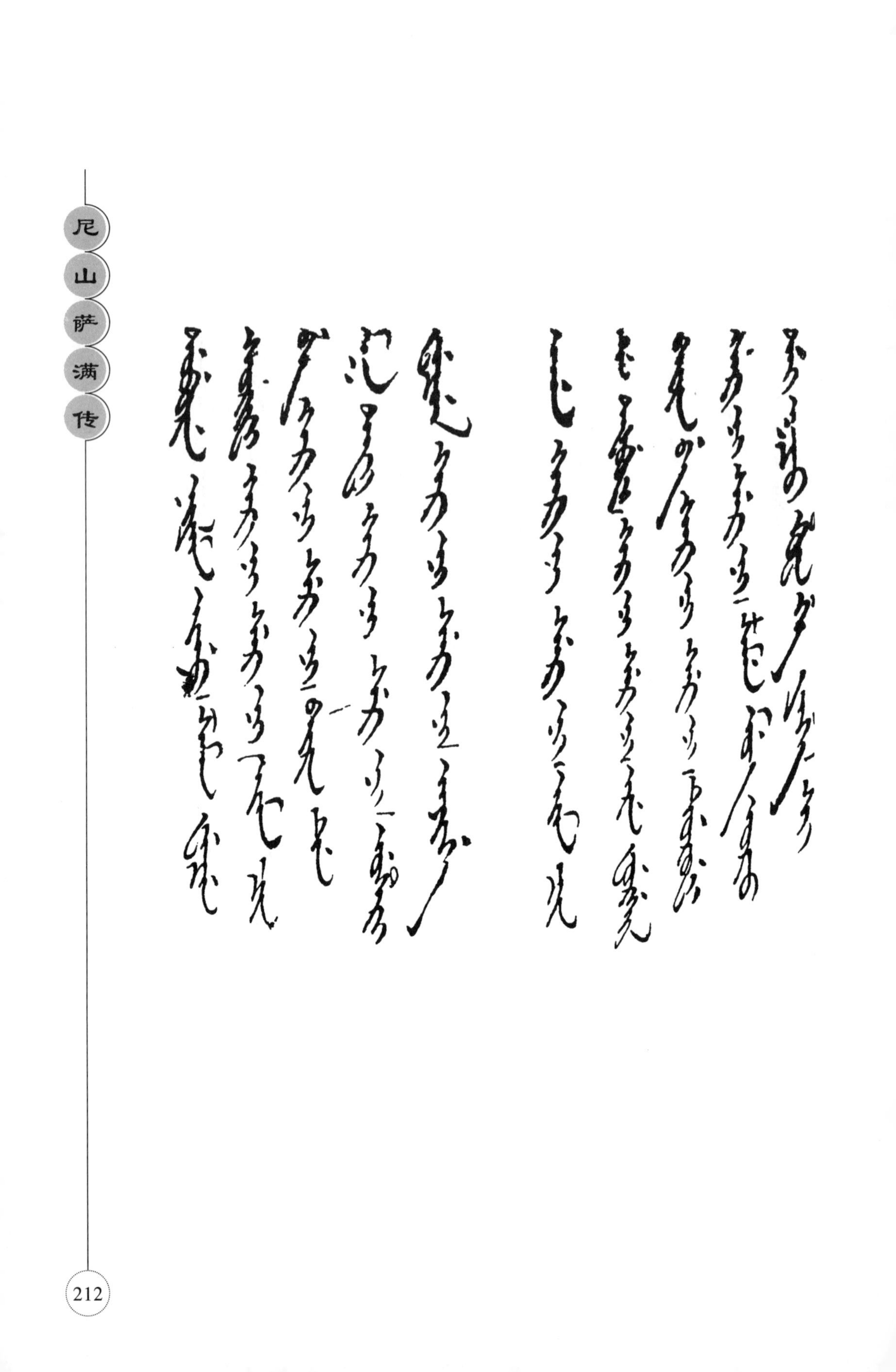

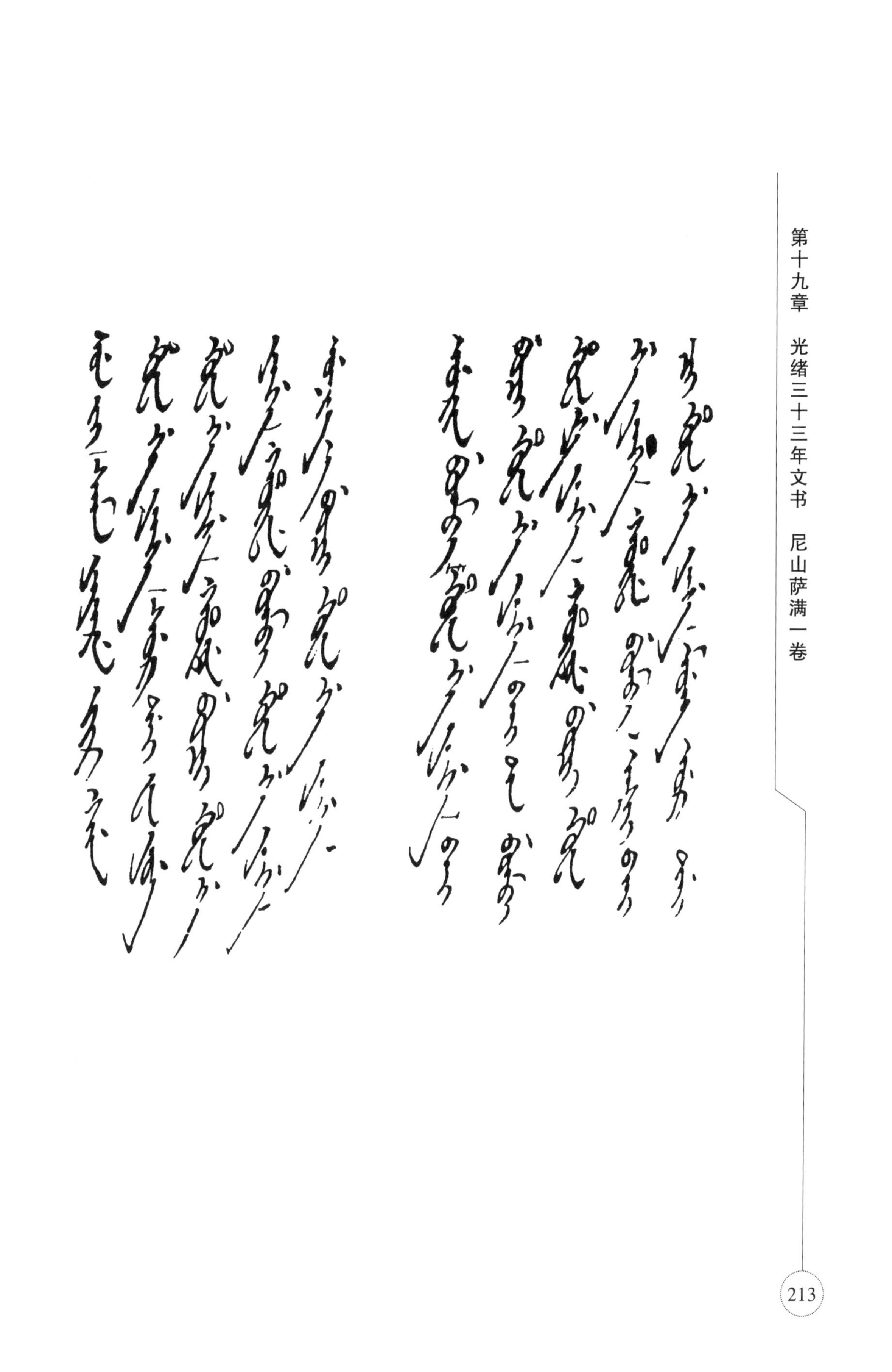

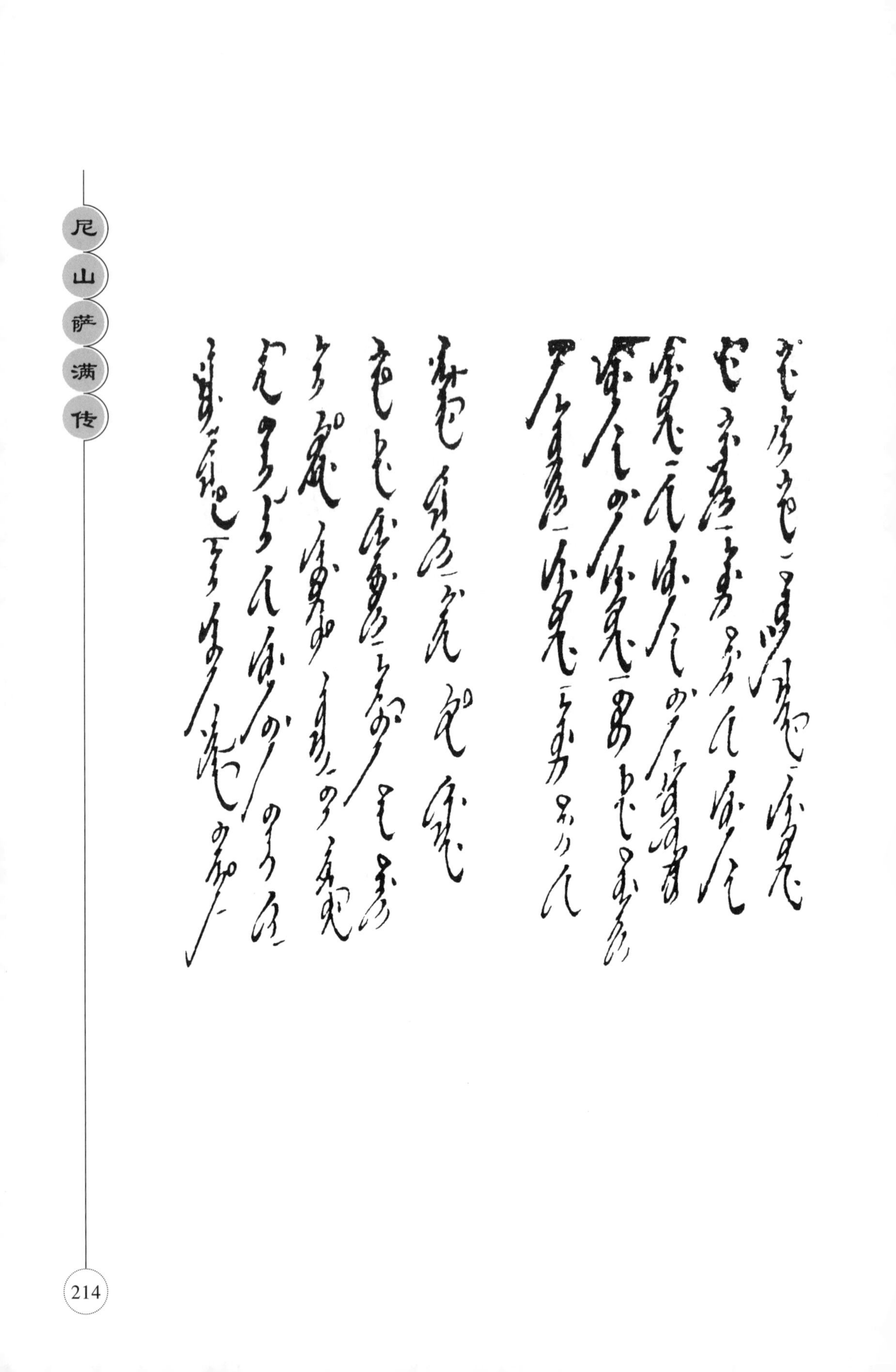

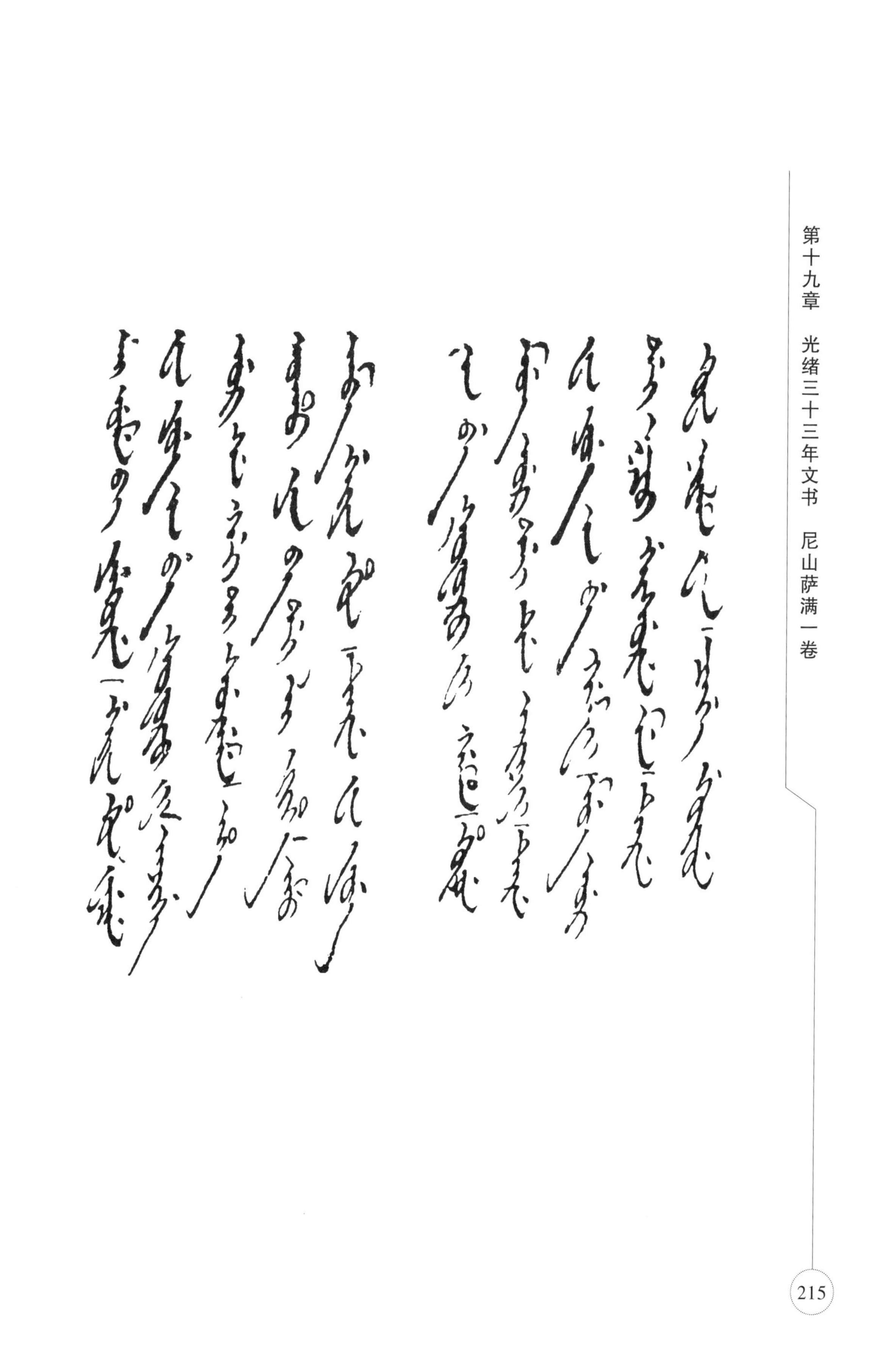

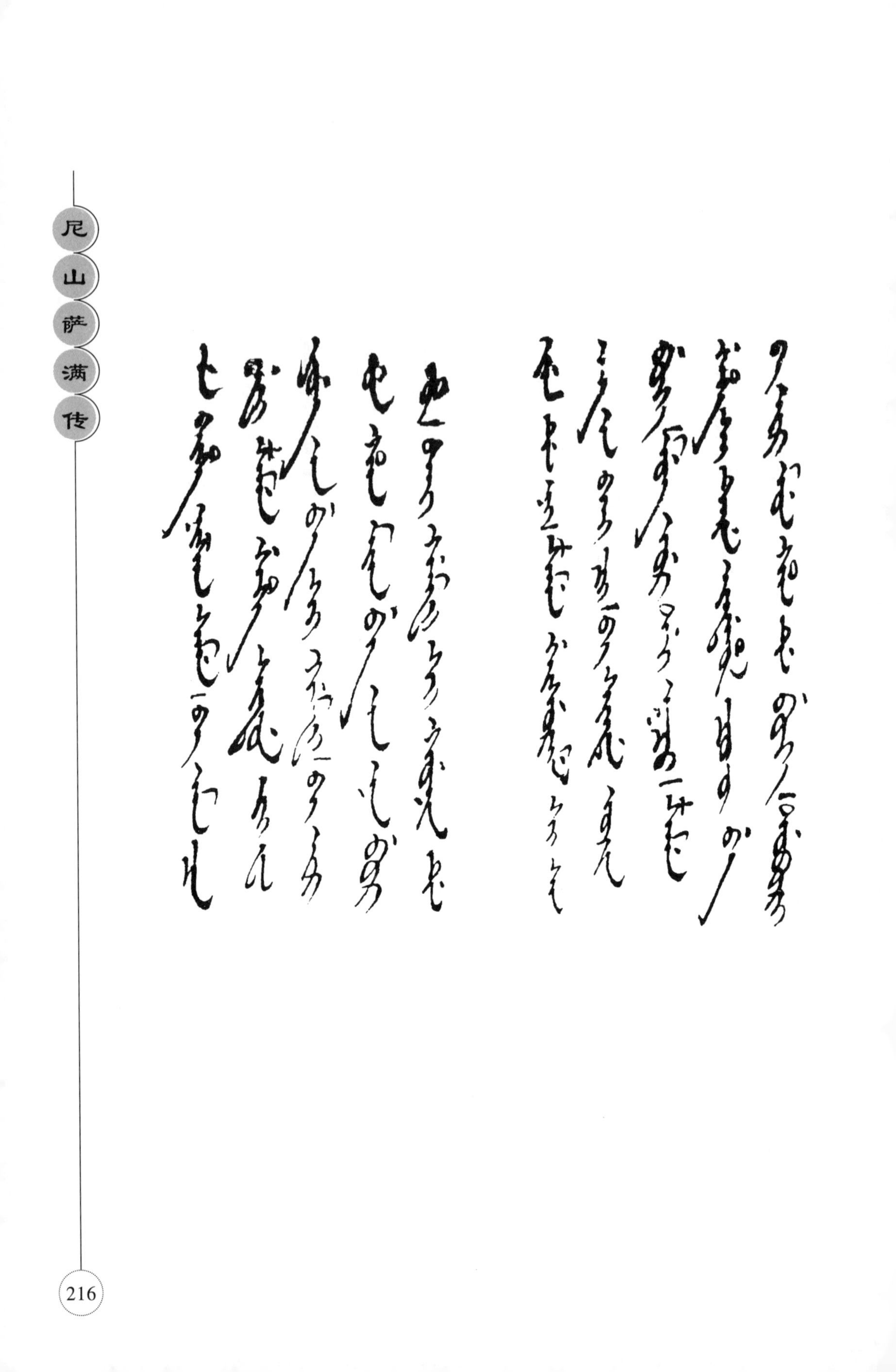

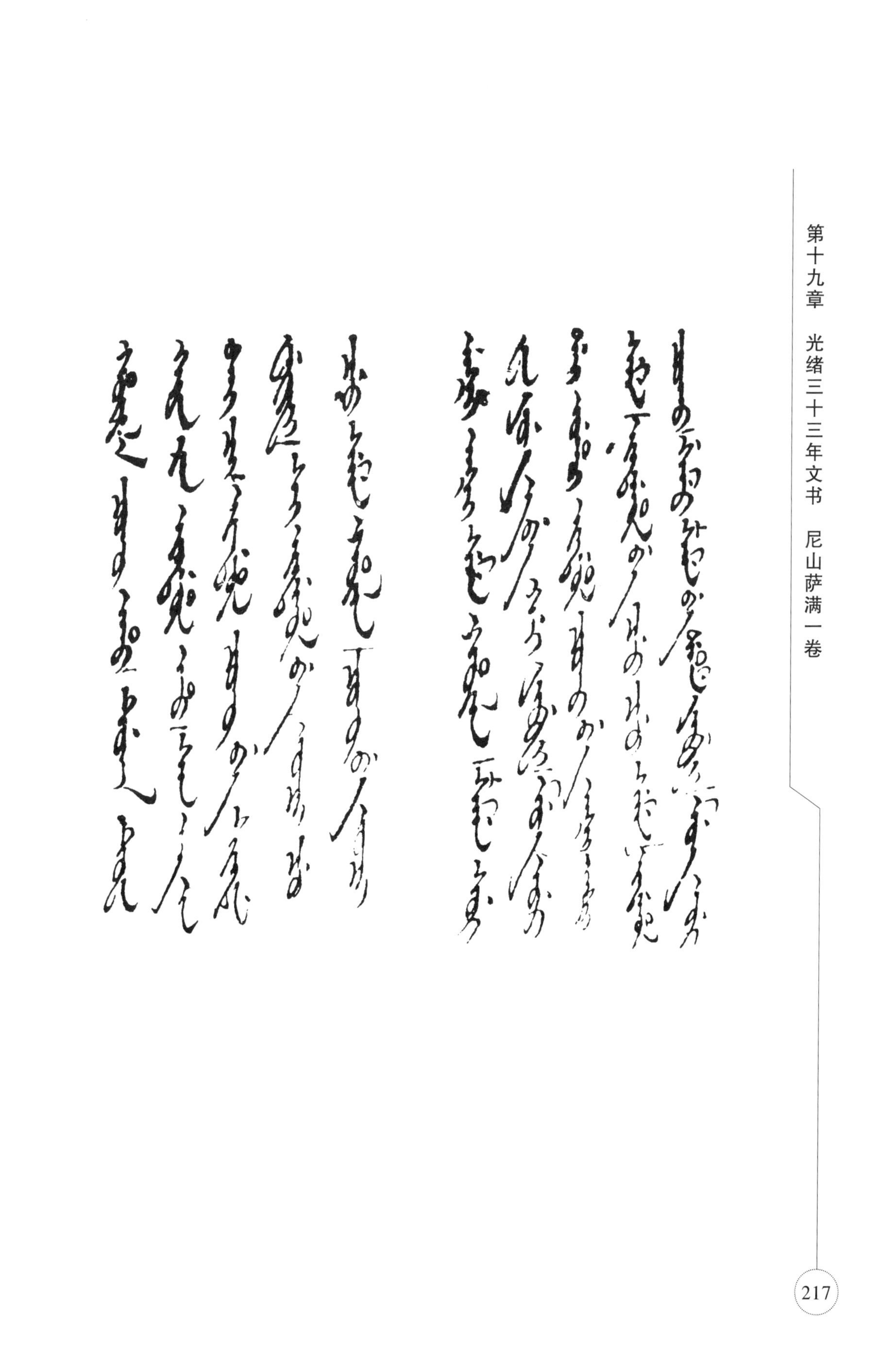

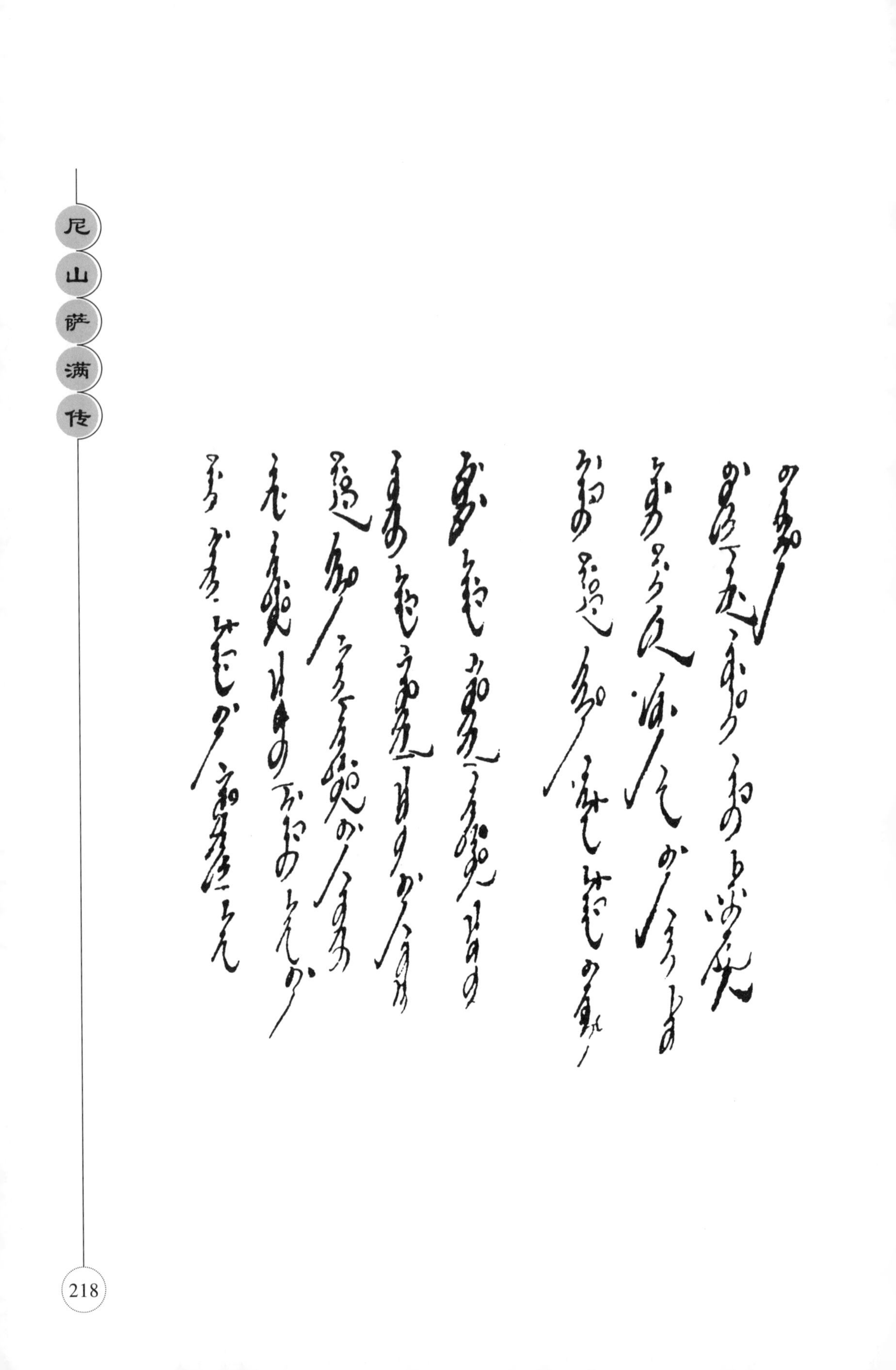

[illegible]

第二十章　尼山萨满故事一卷　习俗故事

（瑷珲一本）

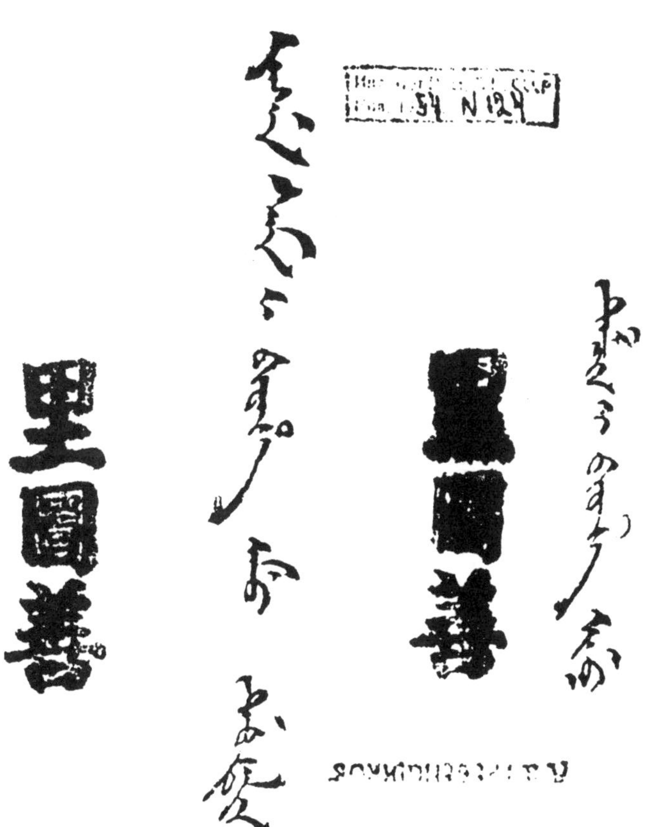

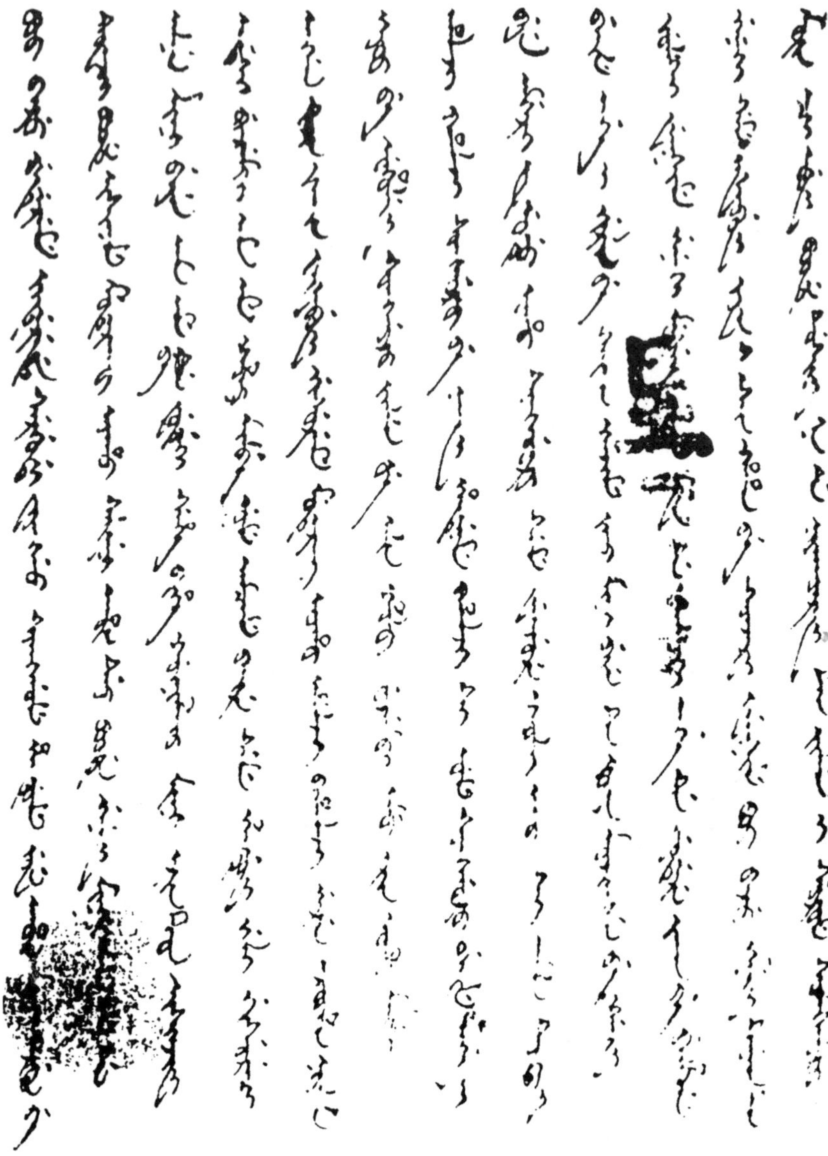

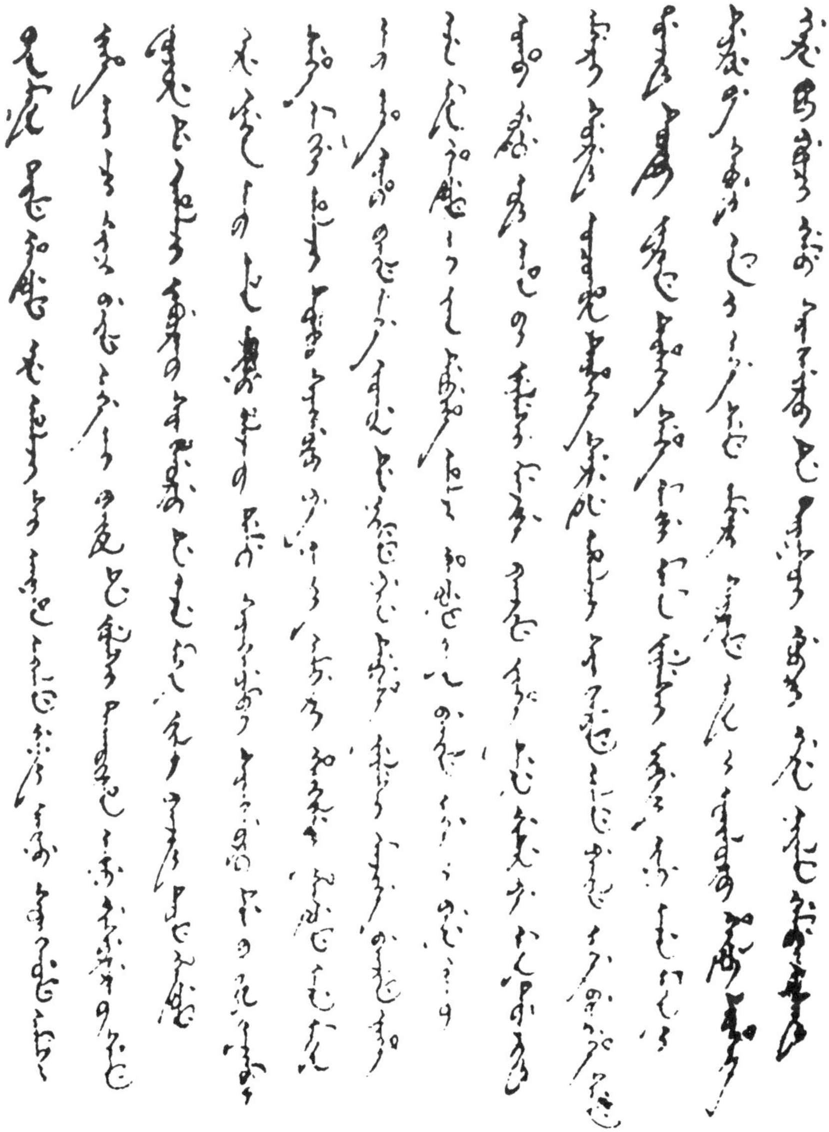

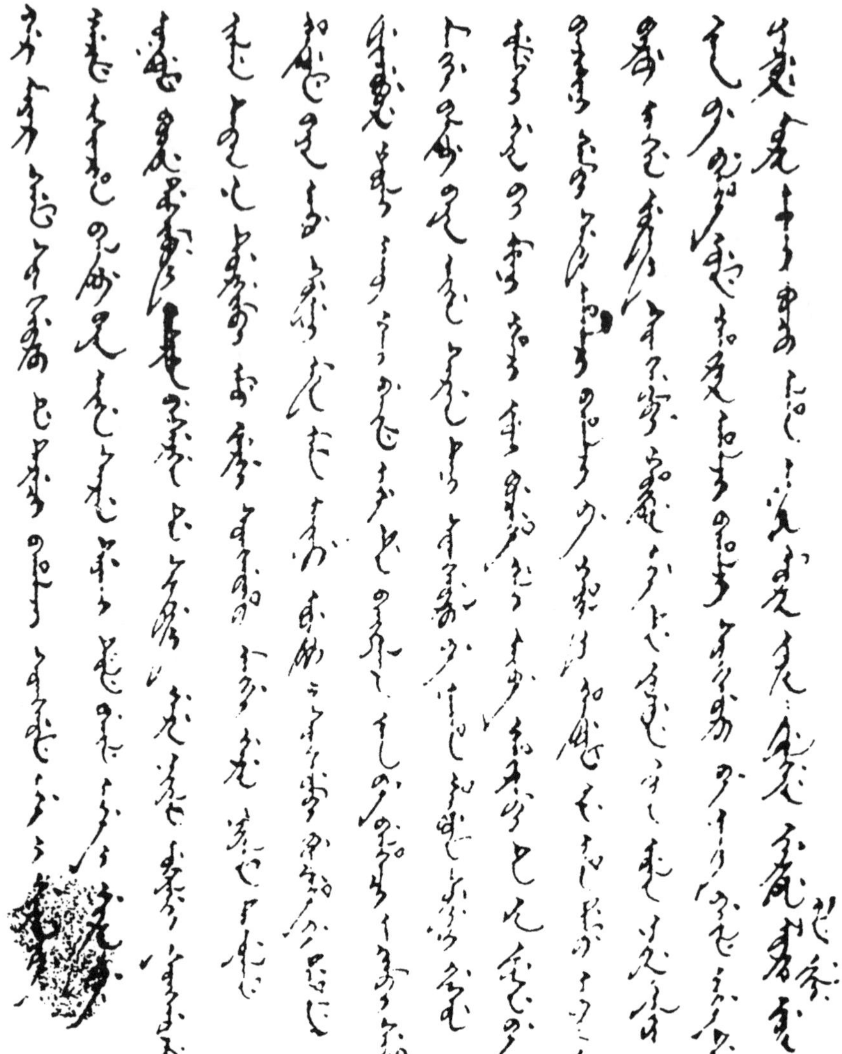

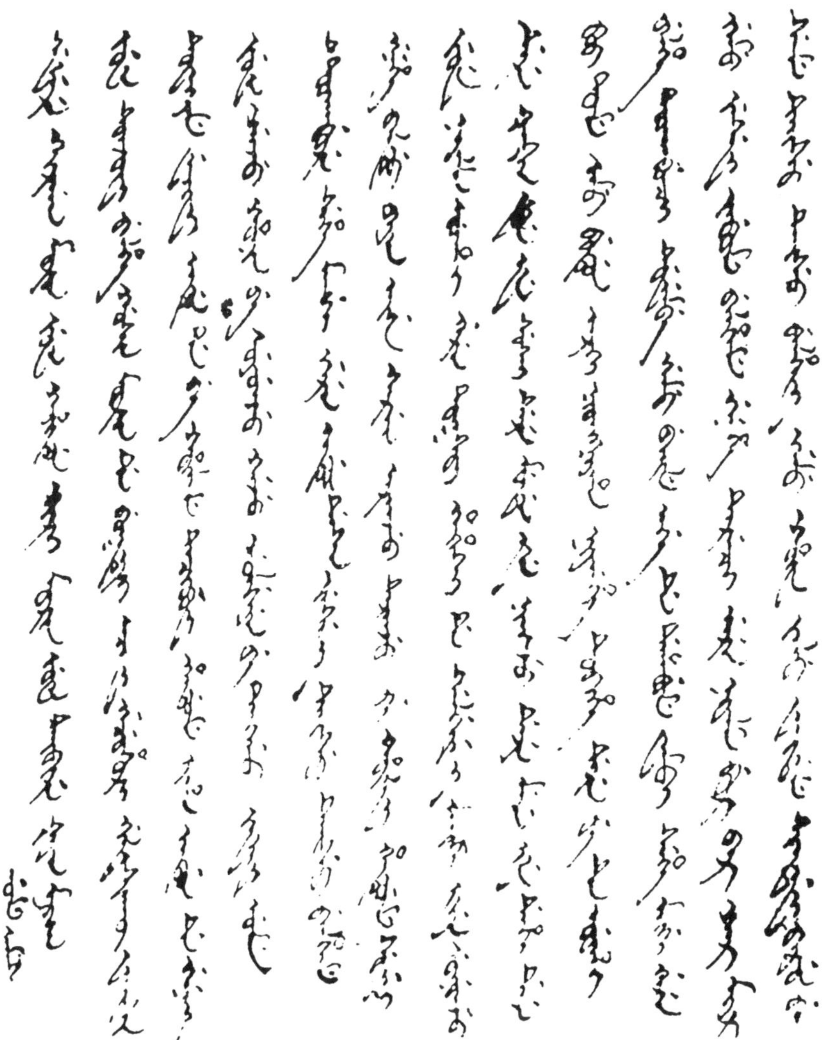

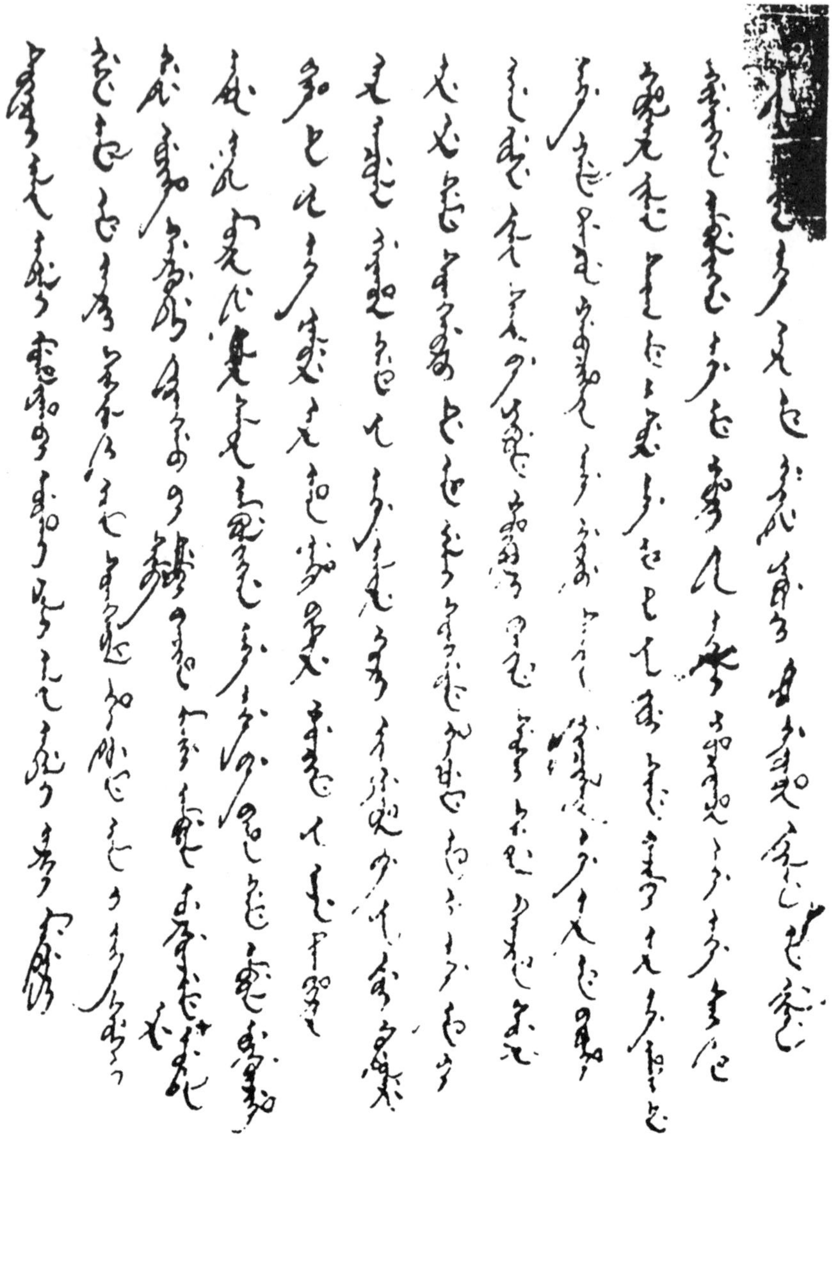

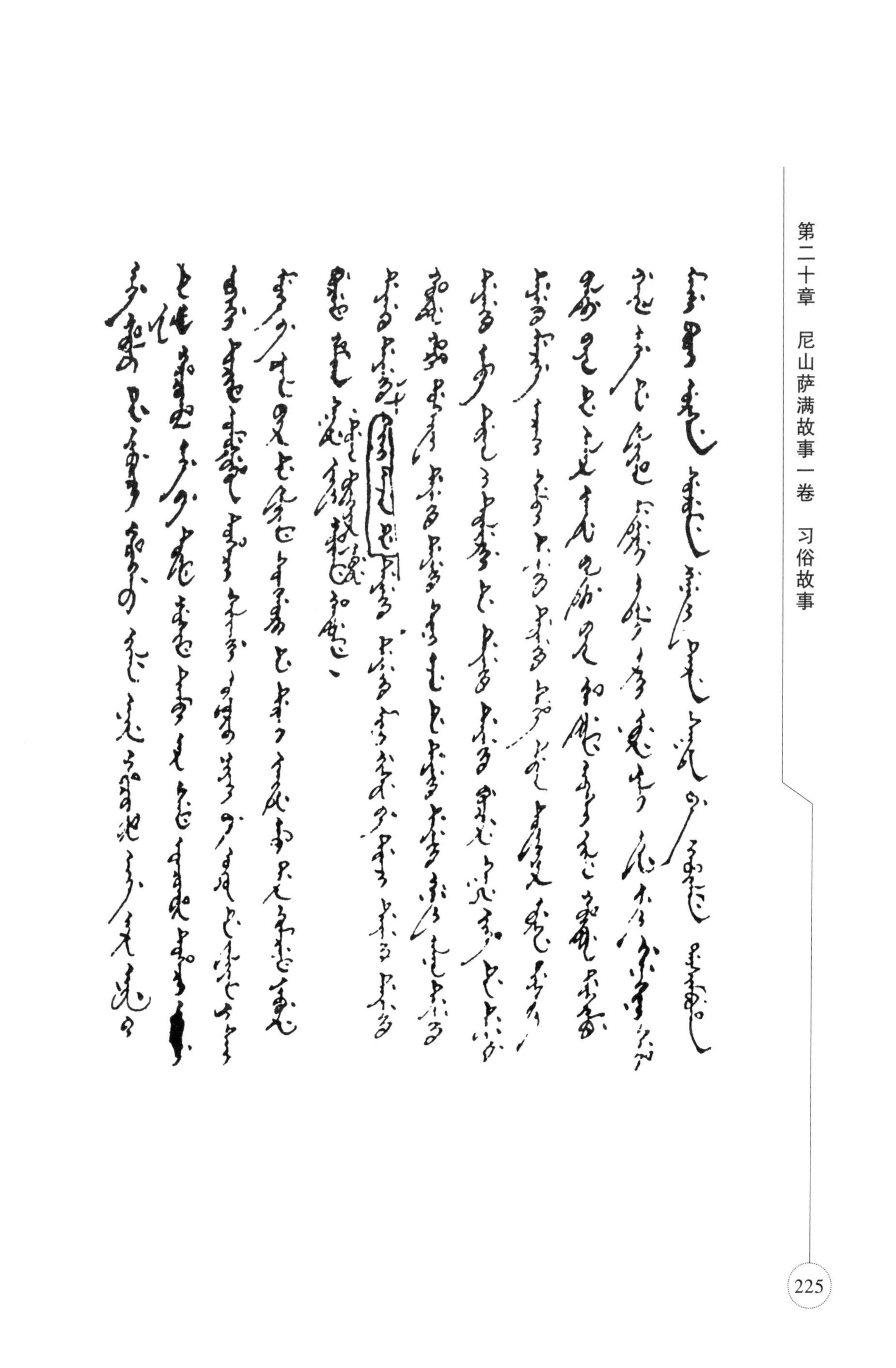

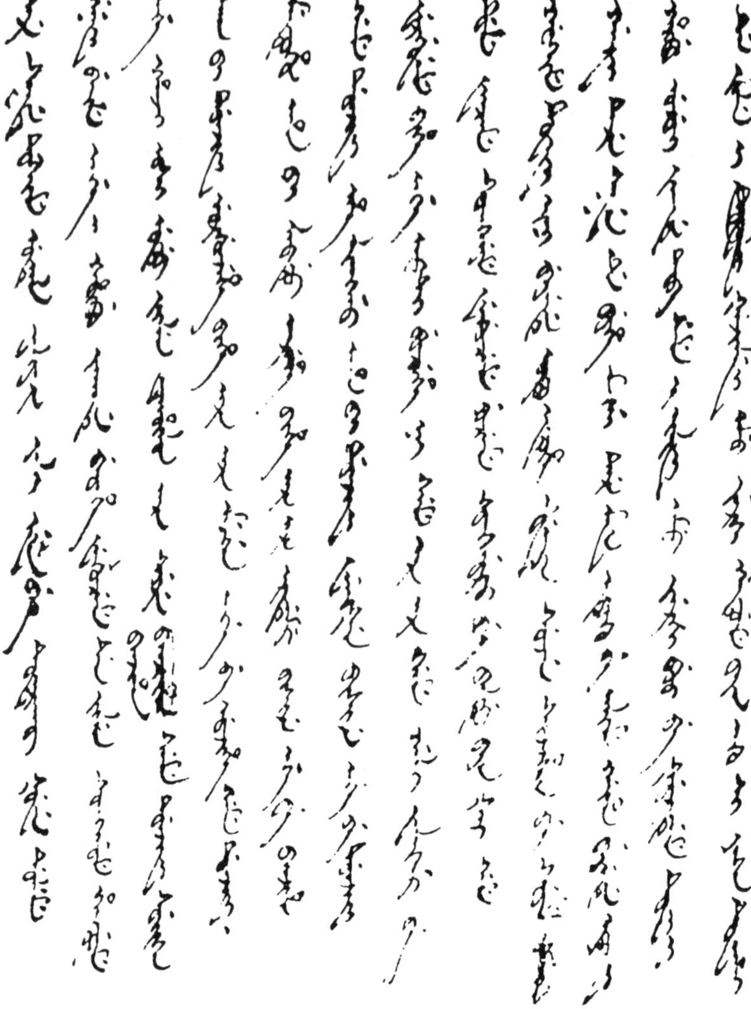

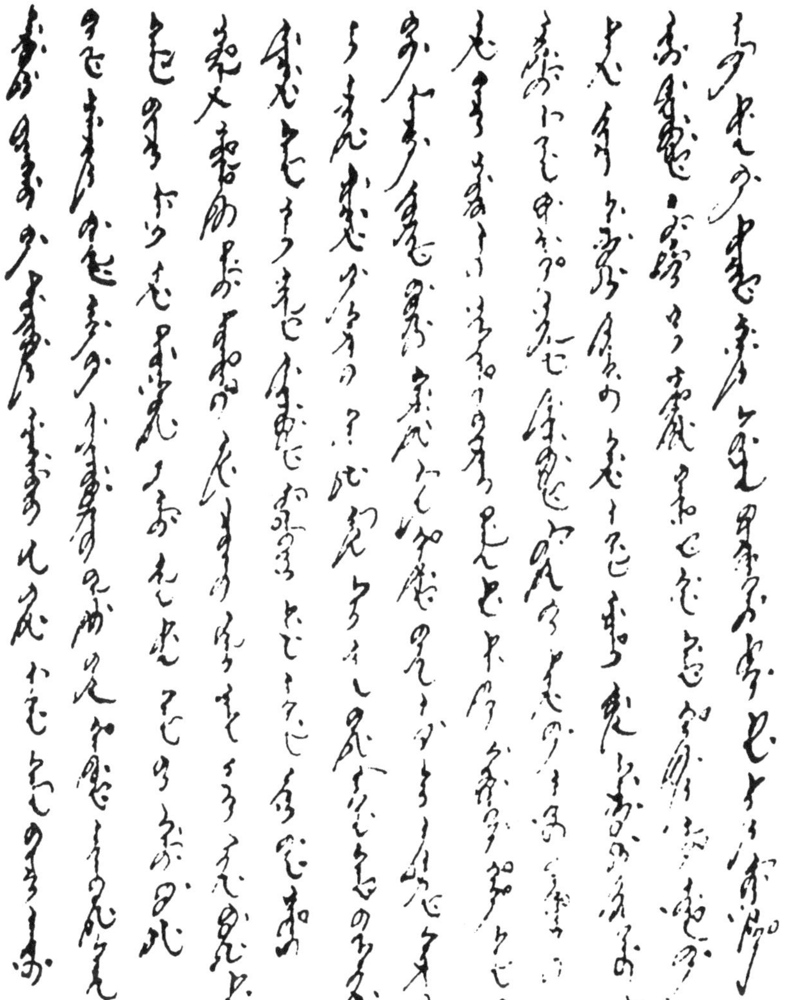

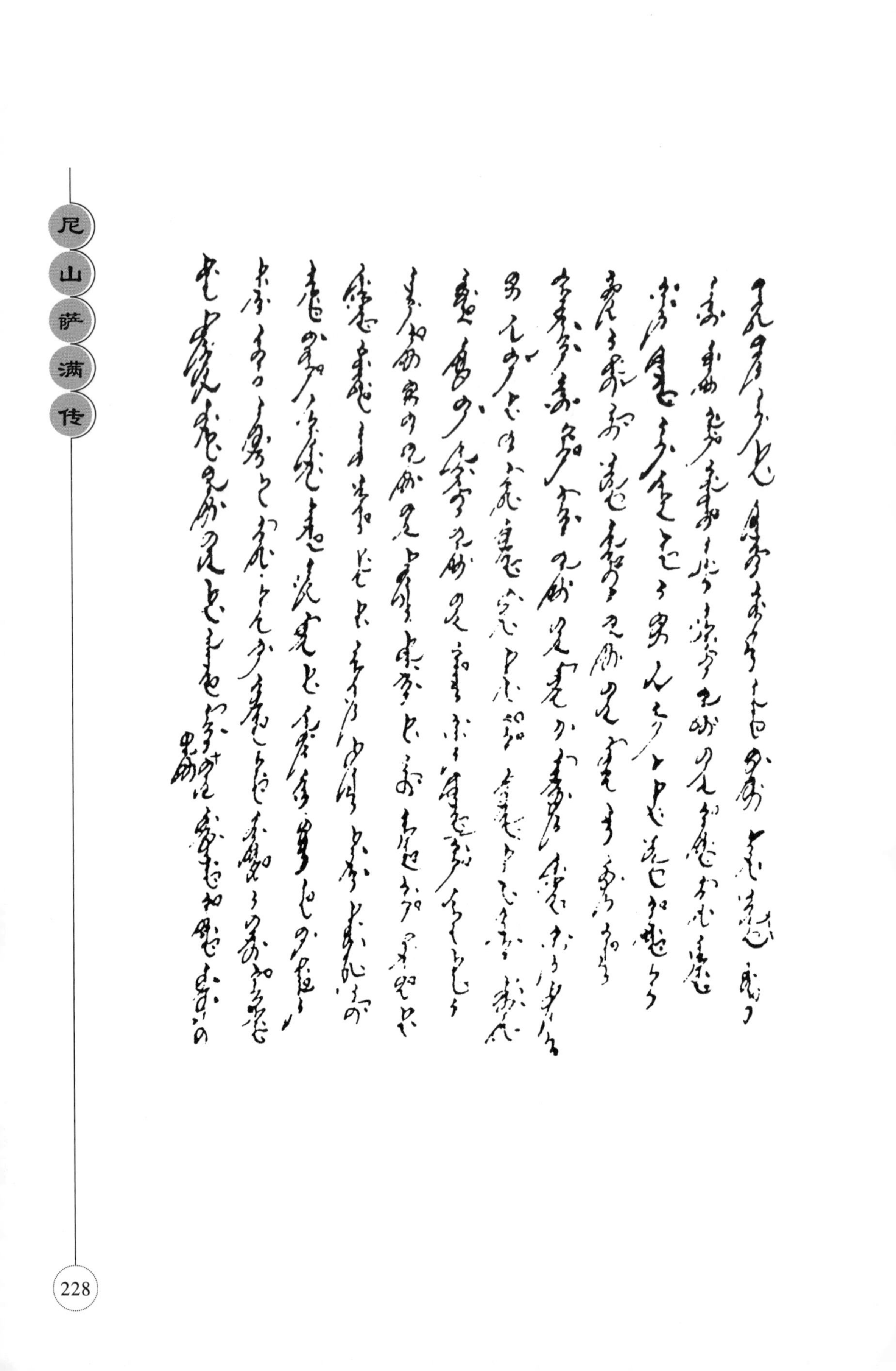

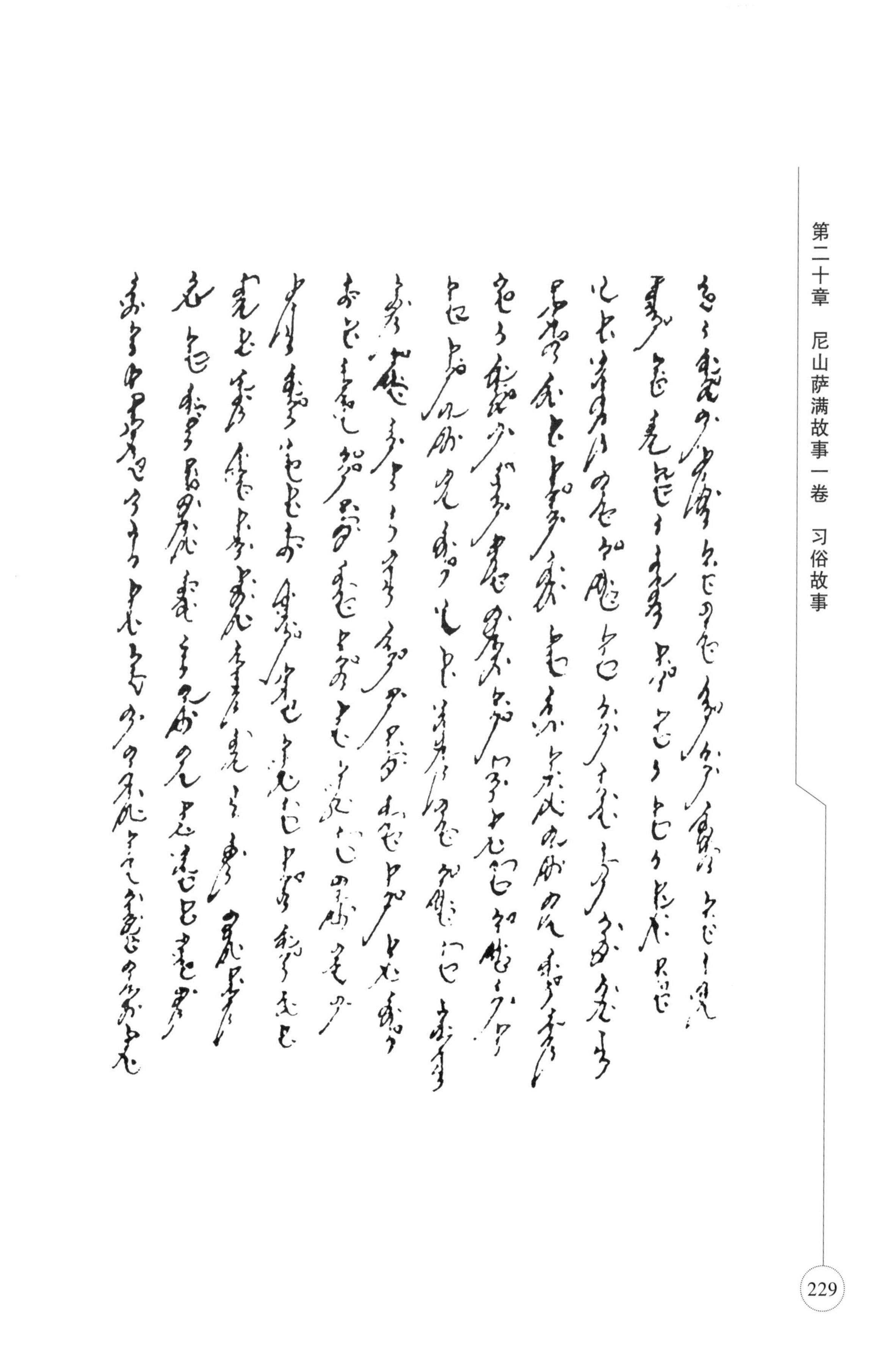

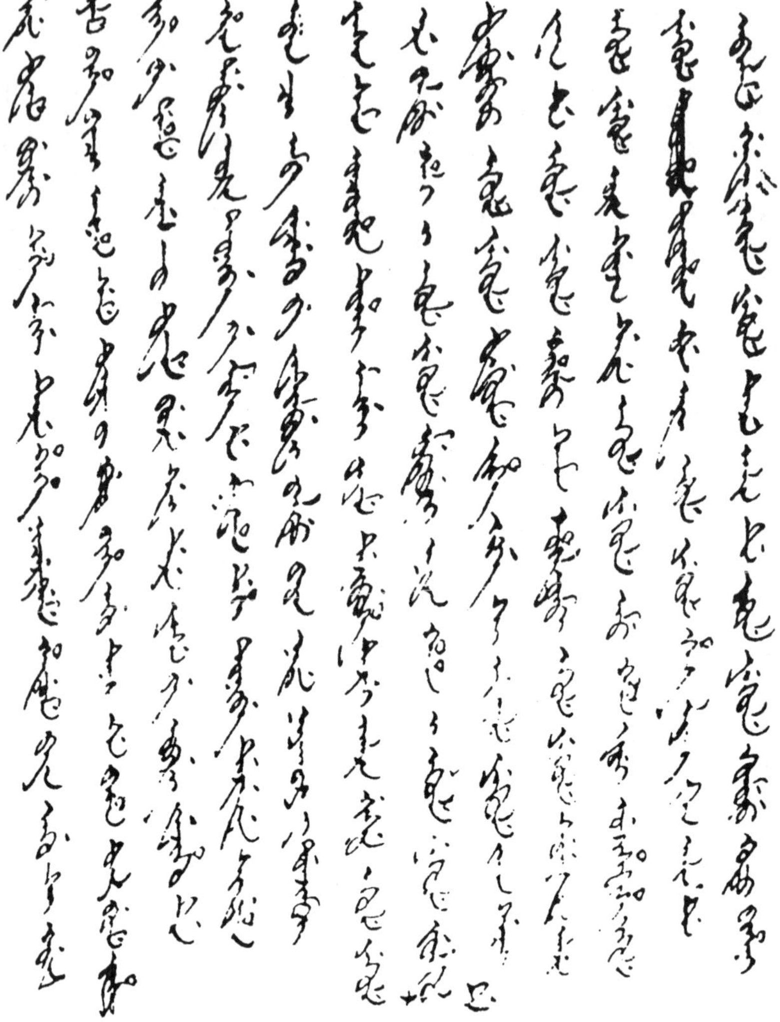

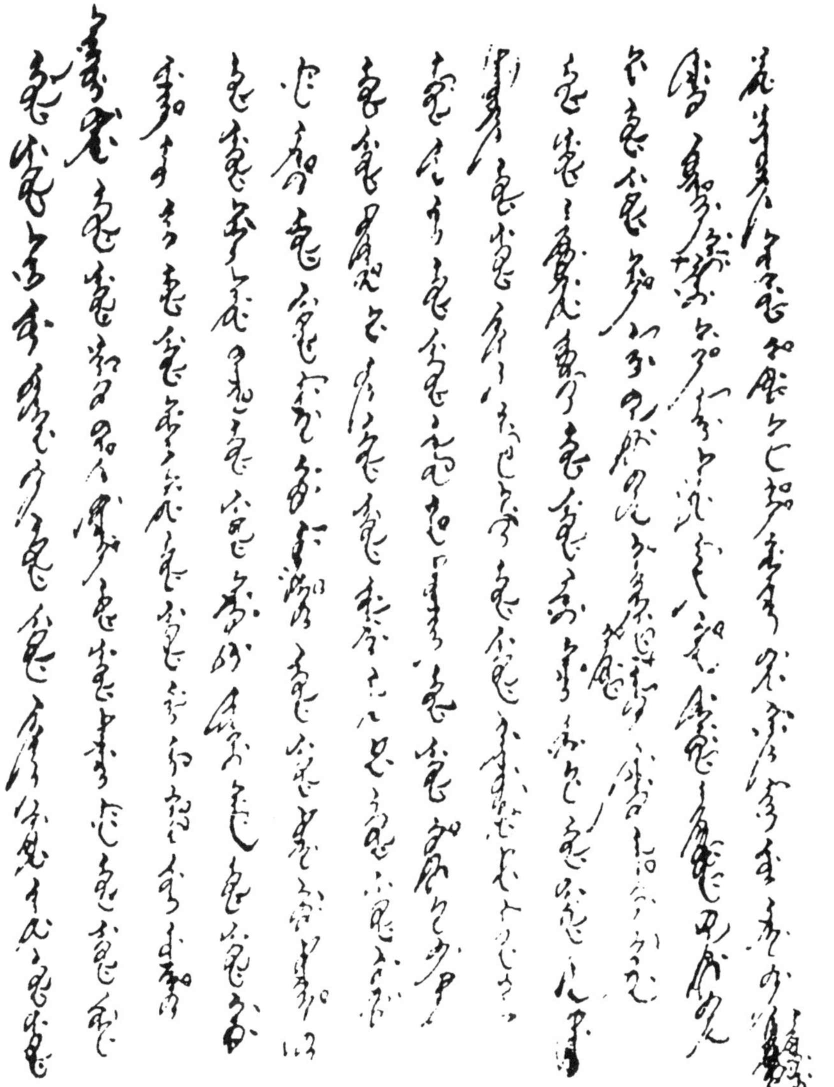

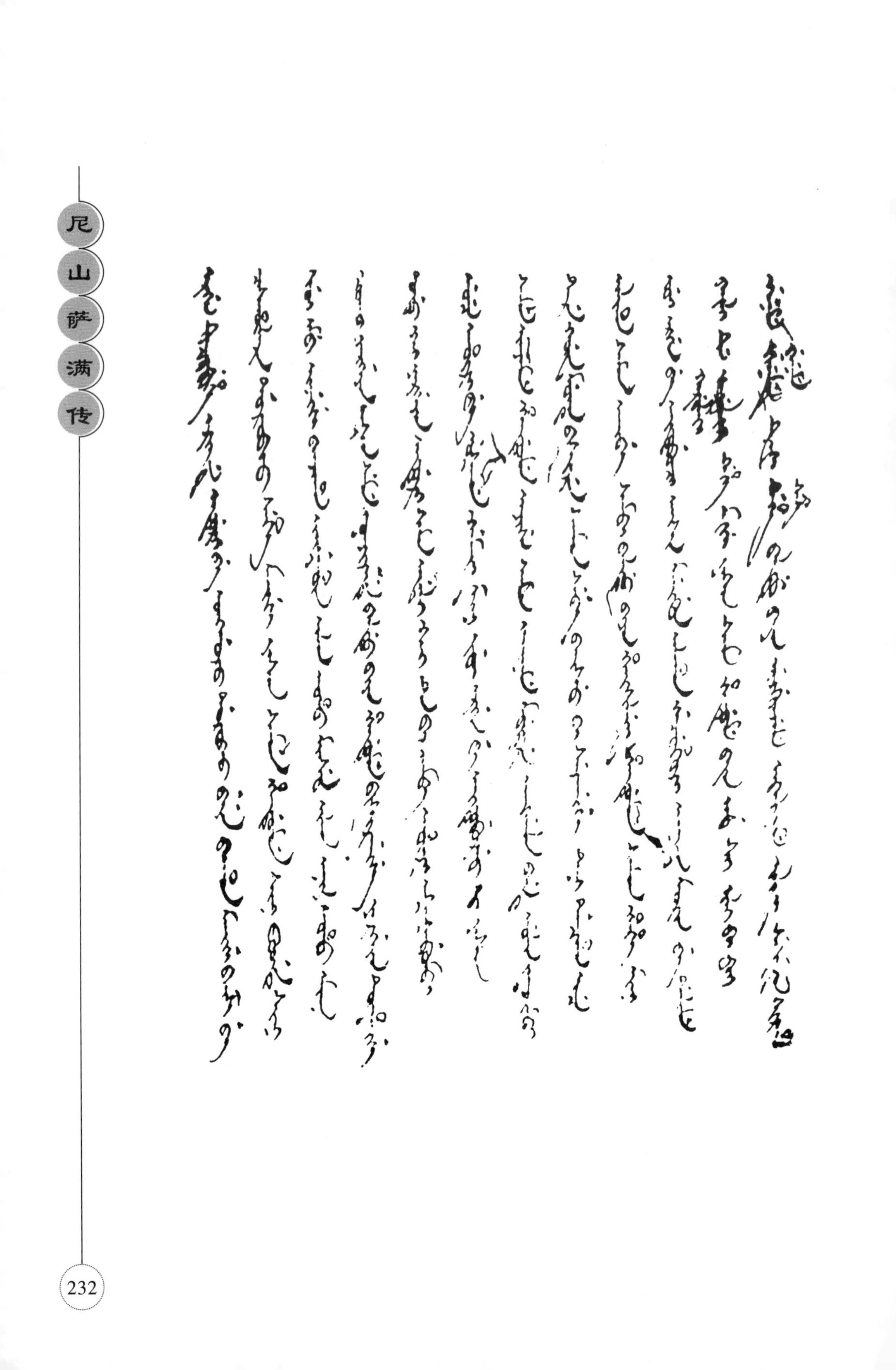

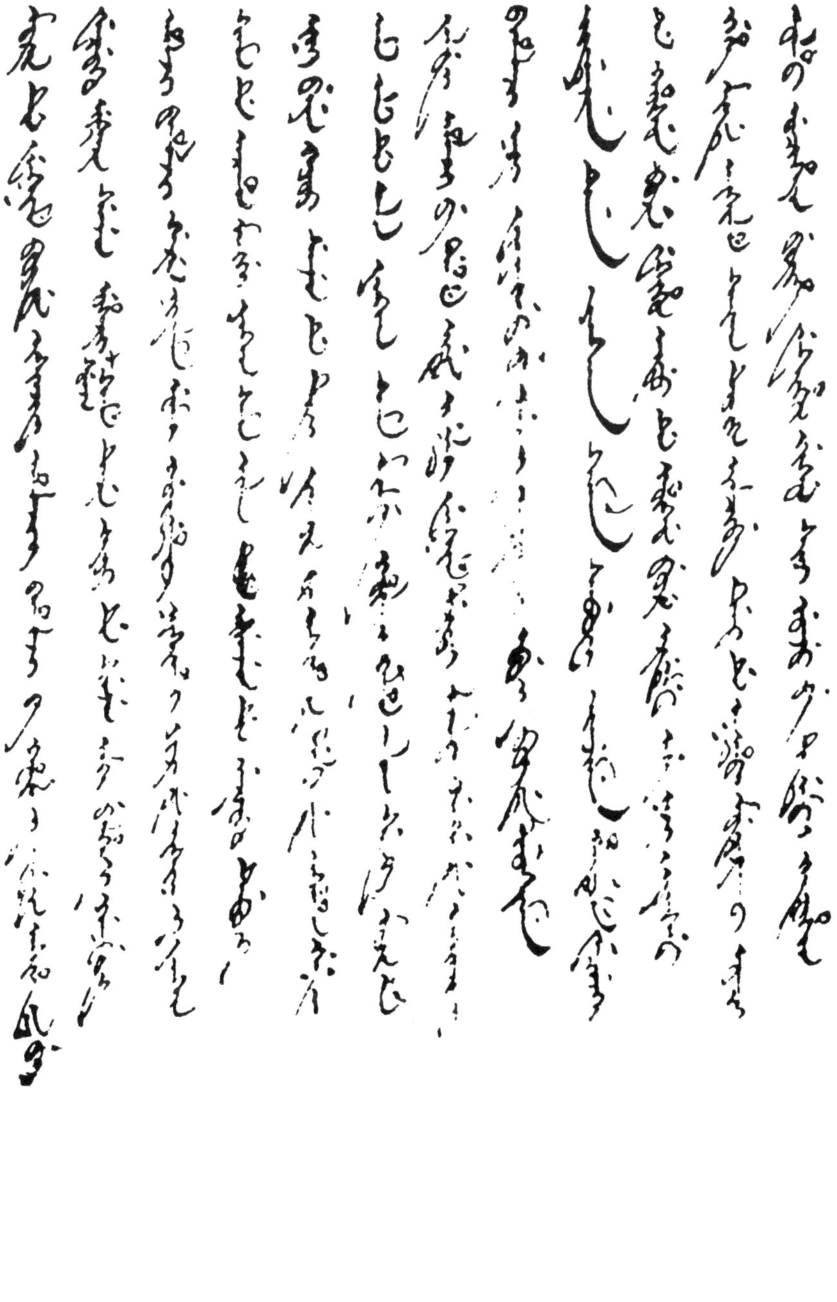

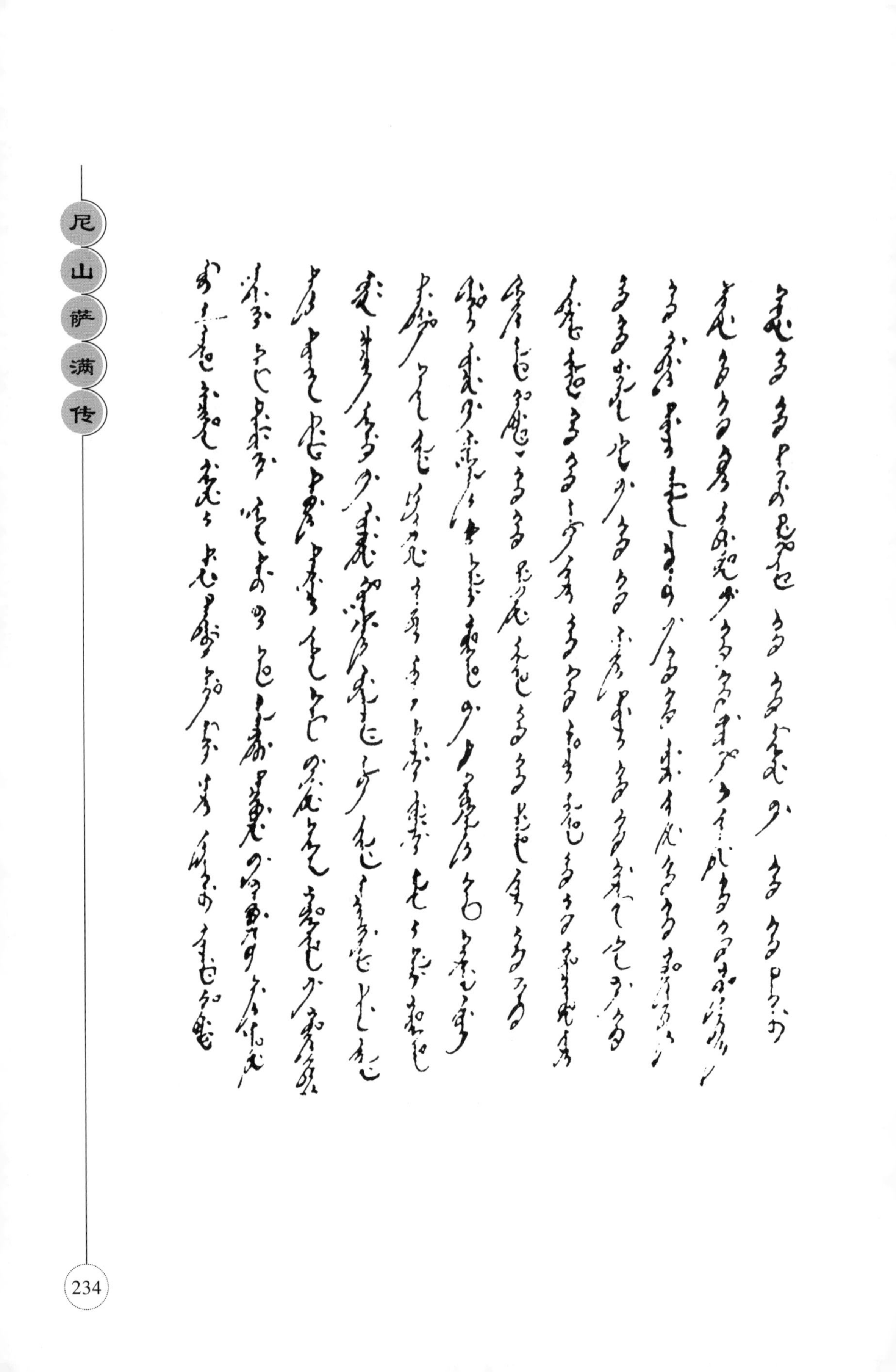

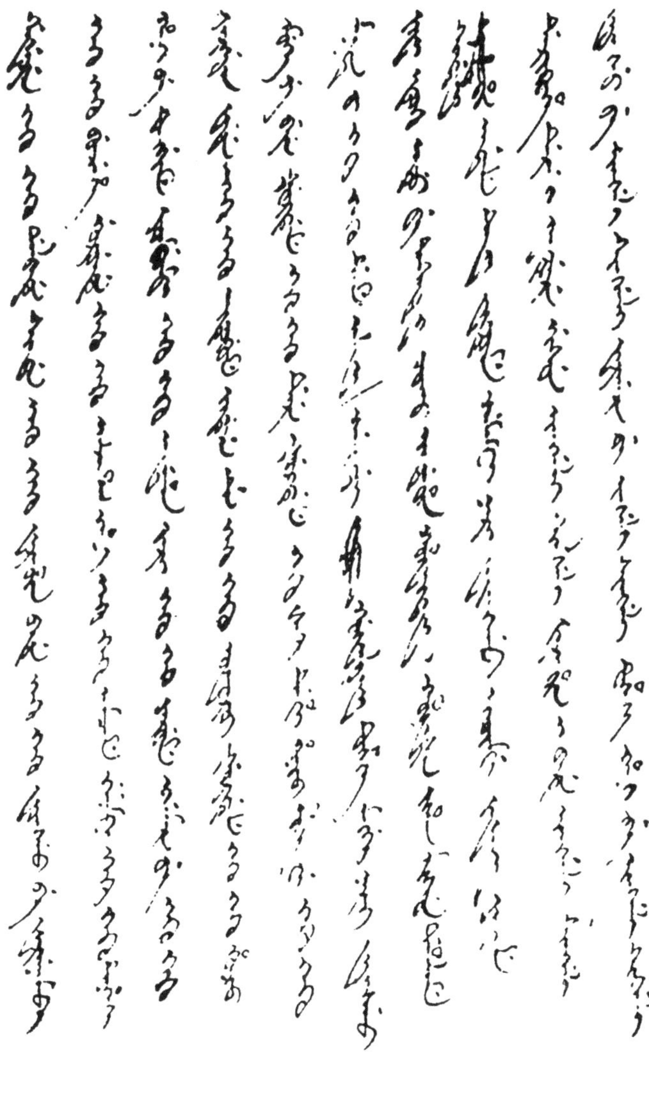

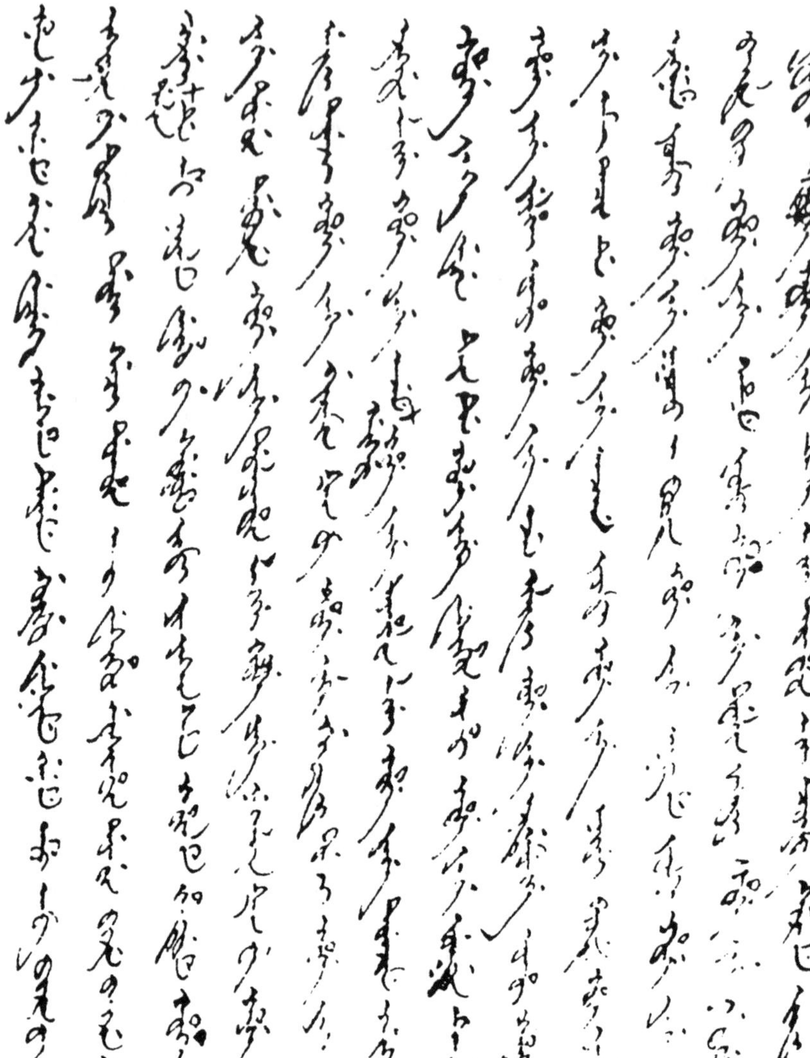

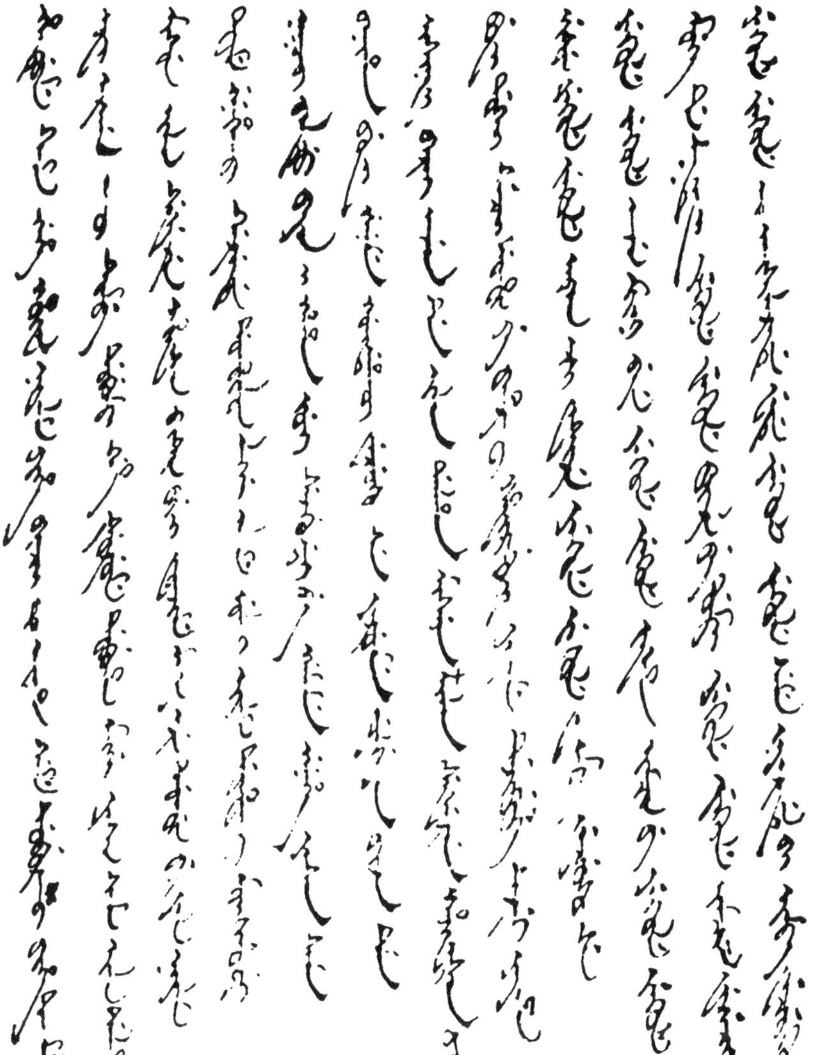

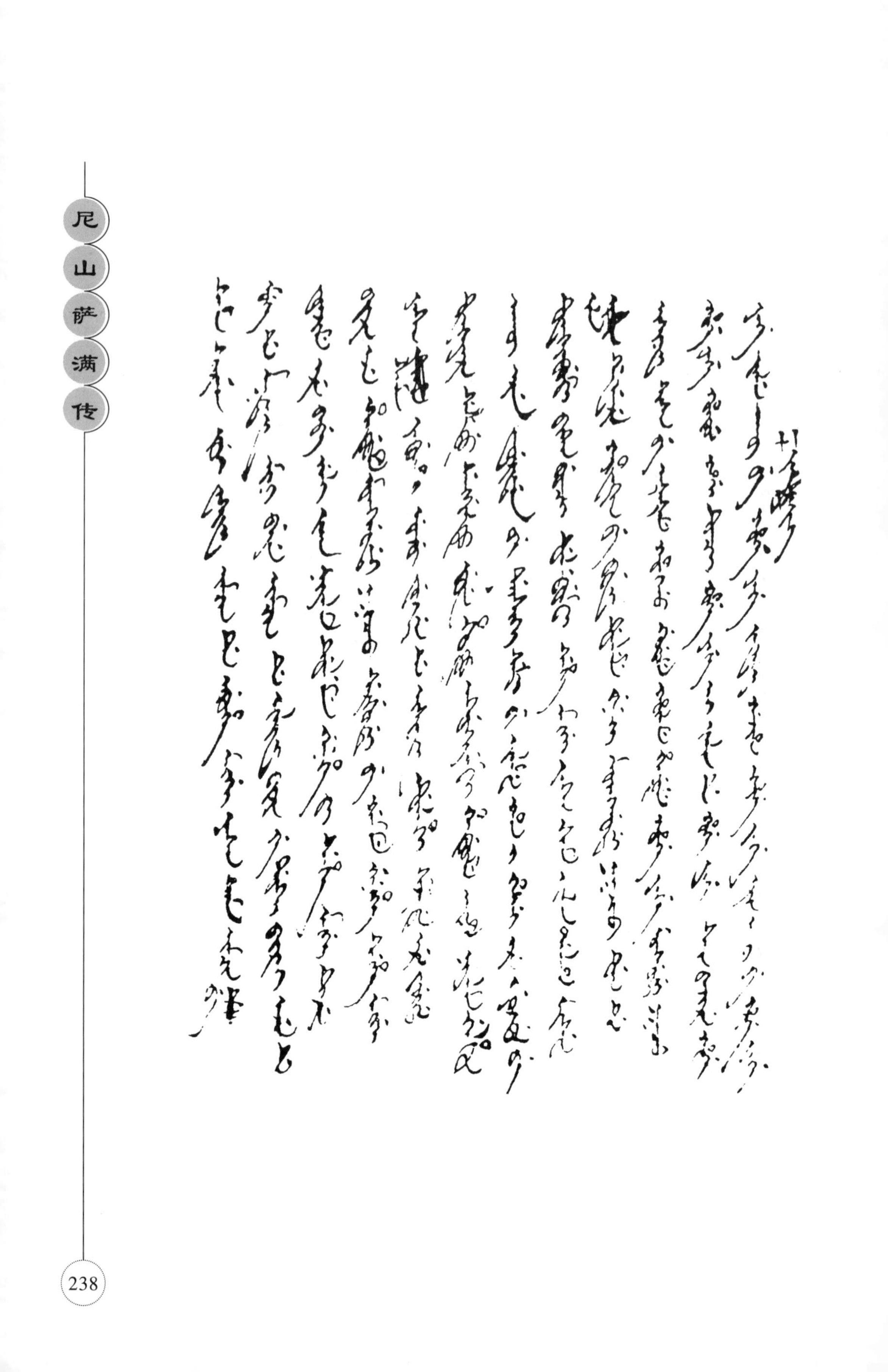

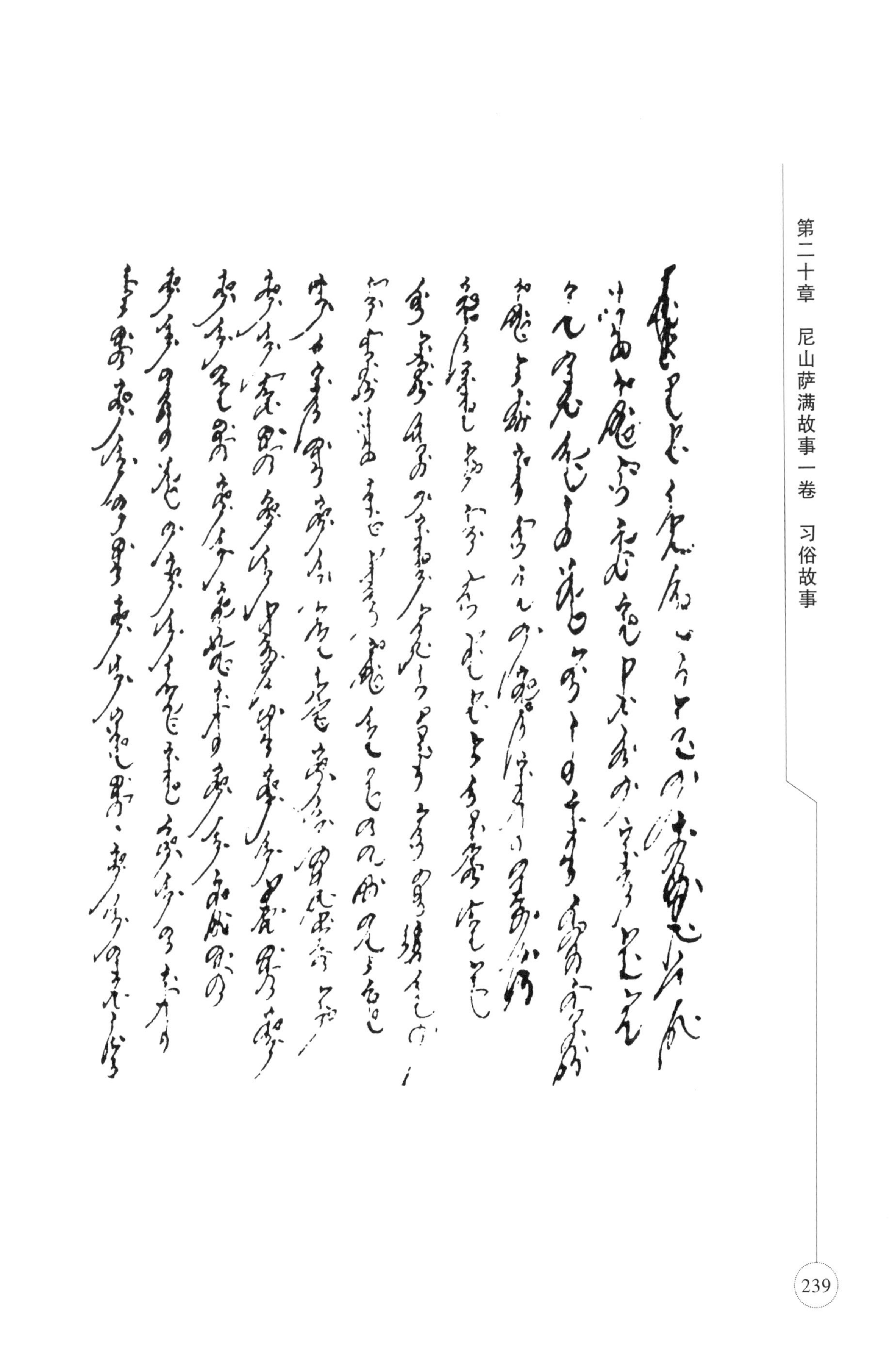

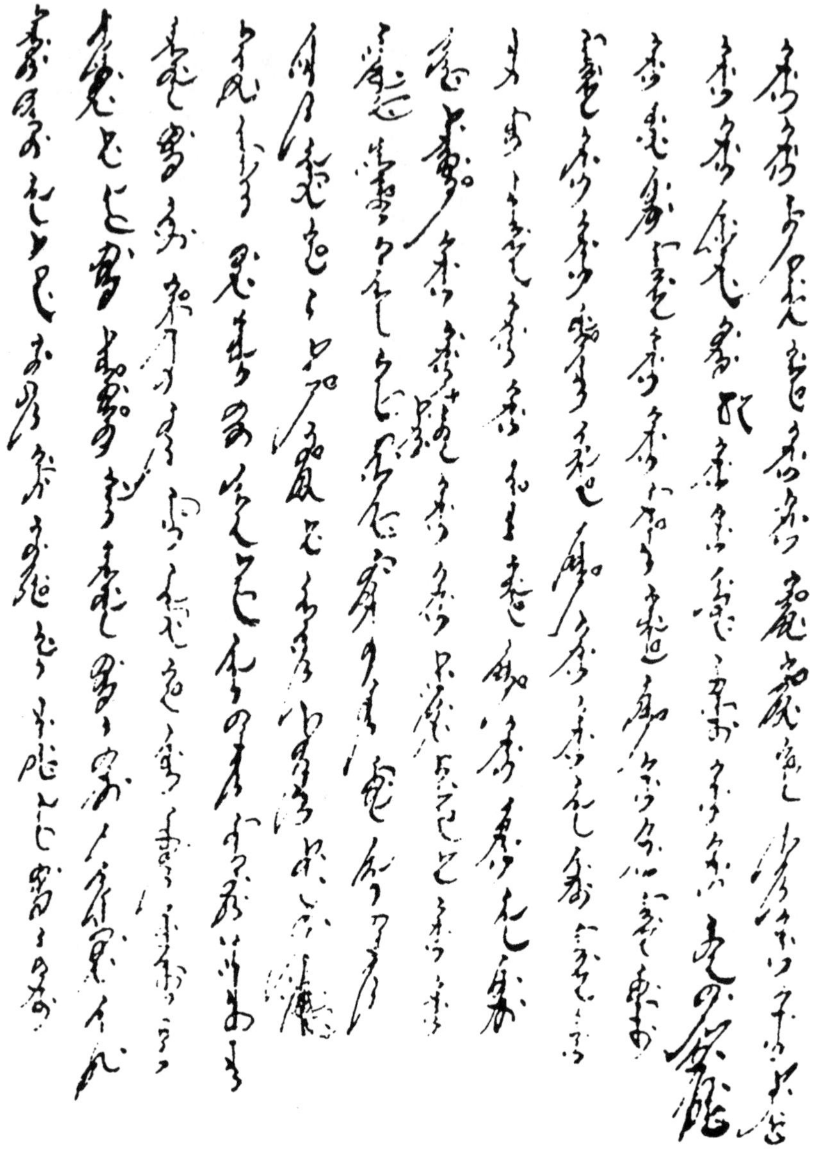

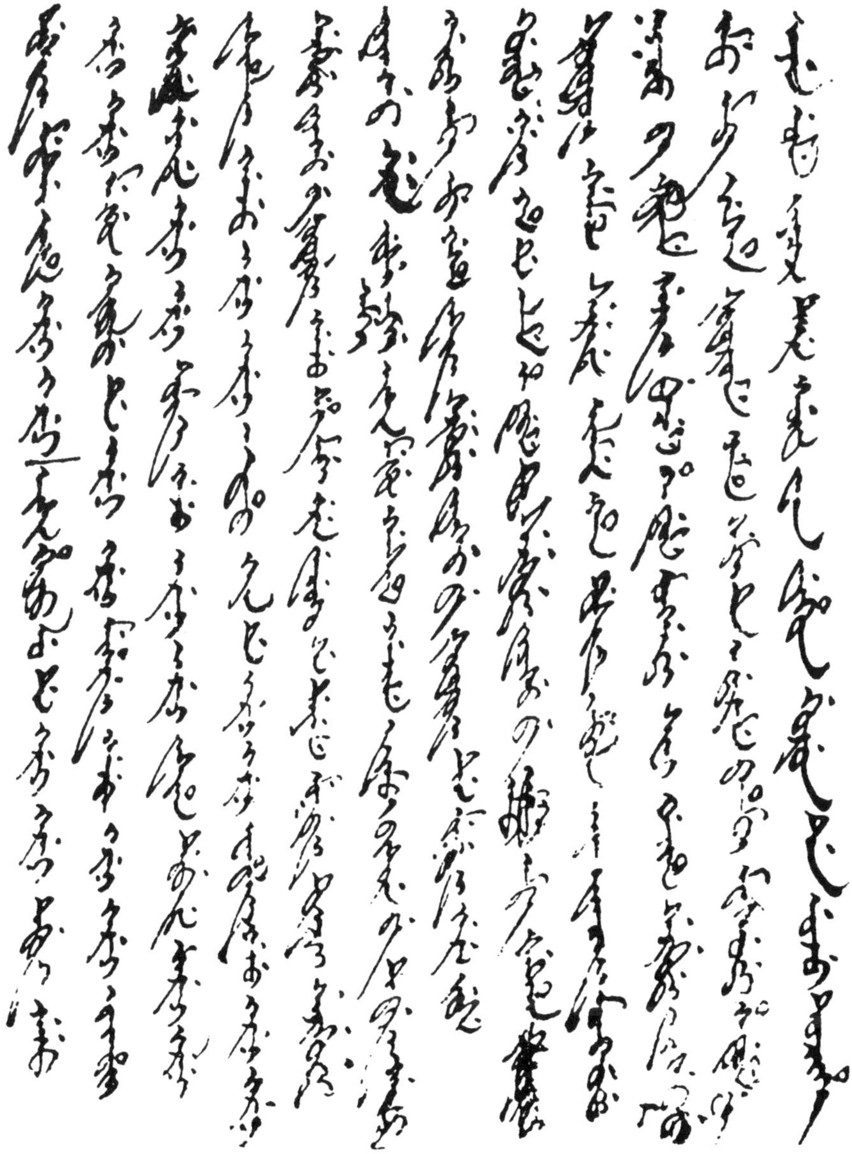

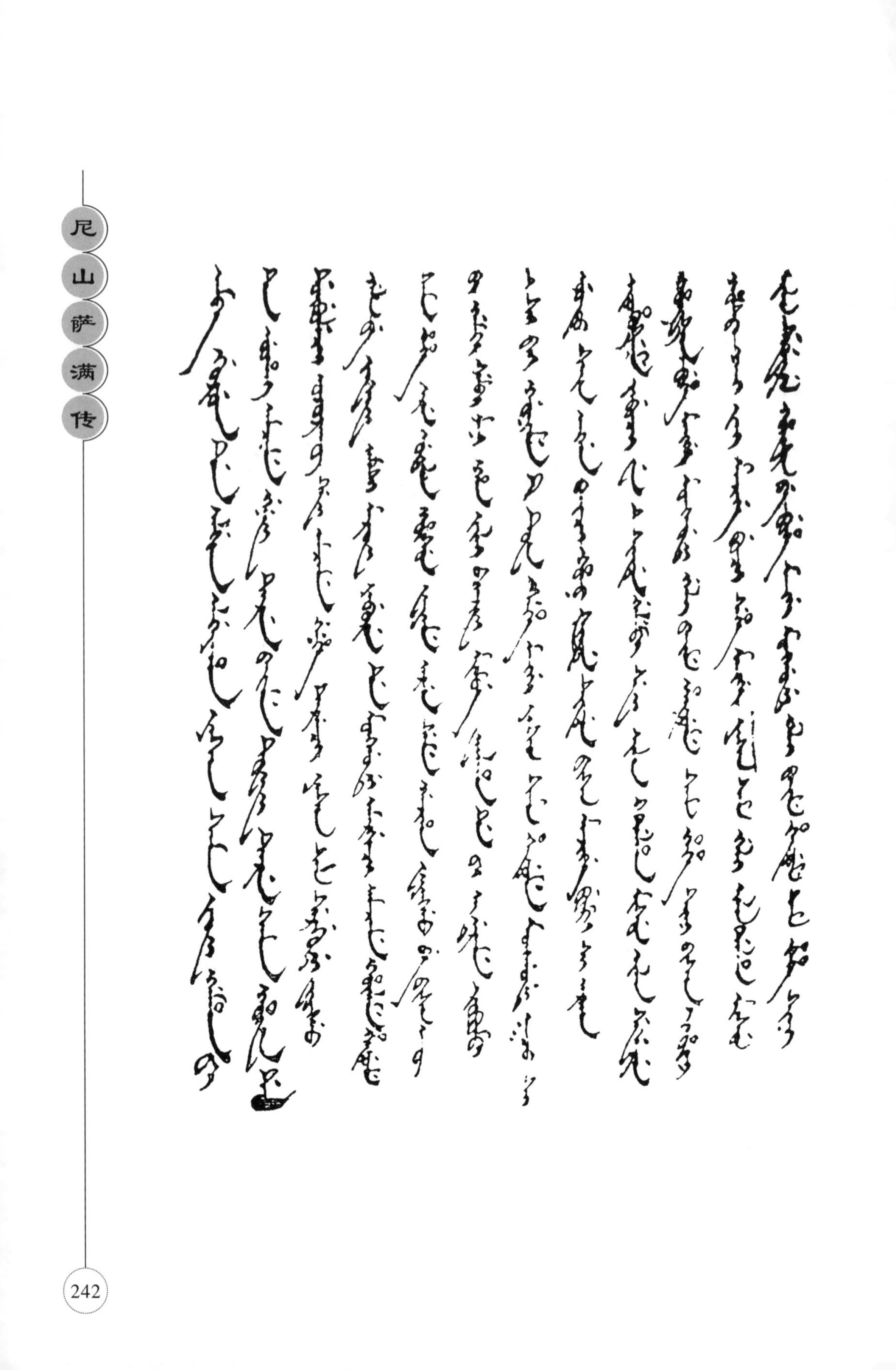

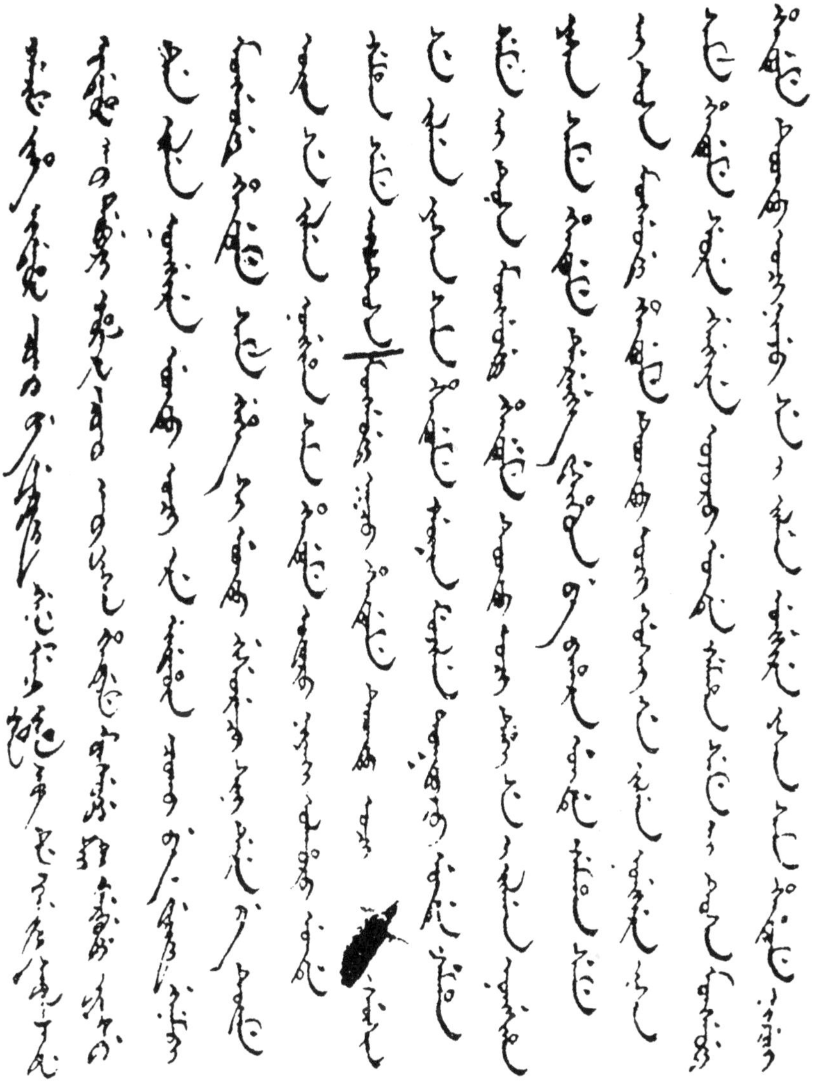

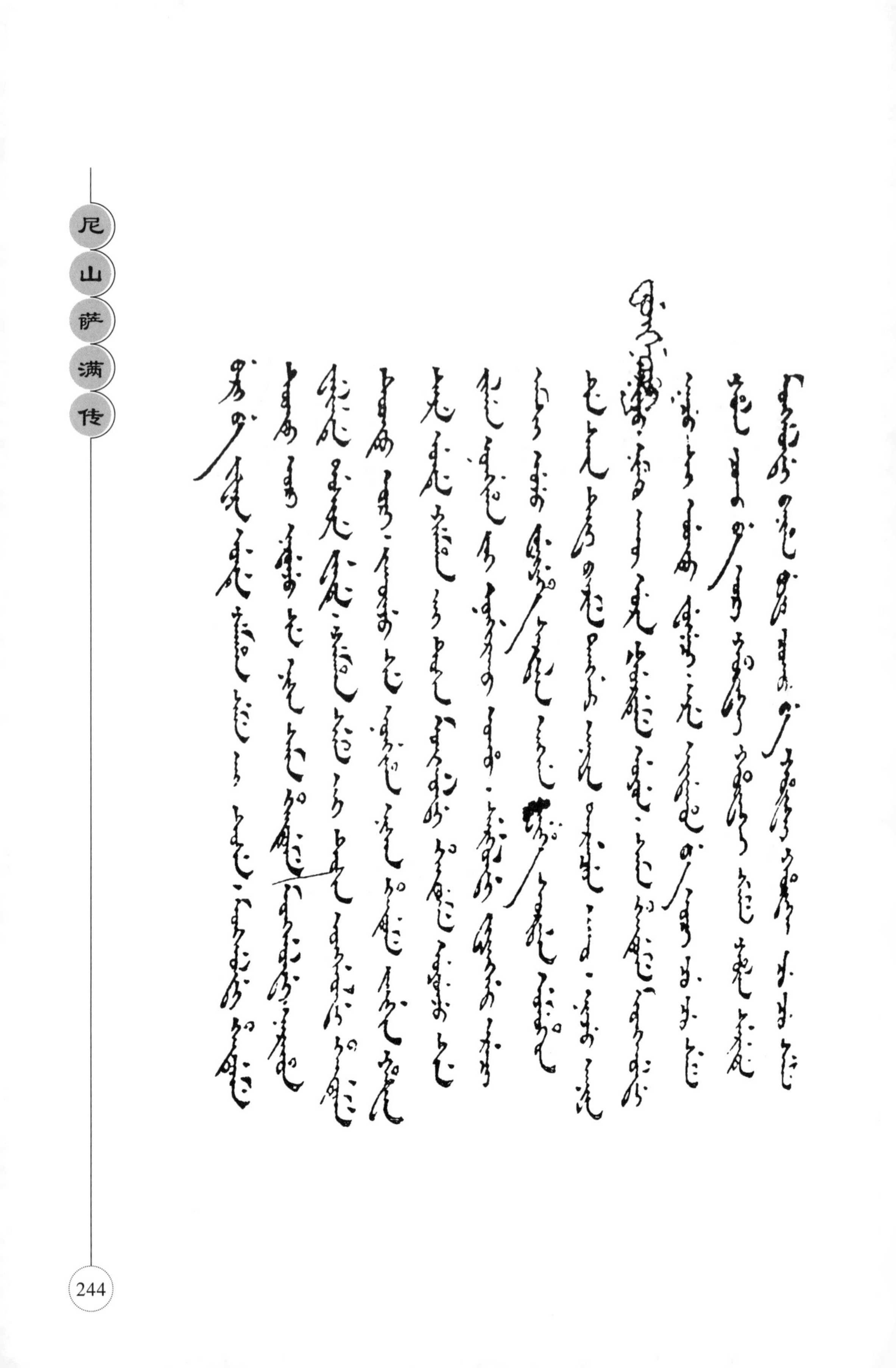

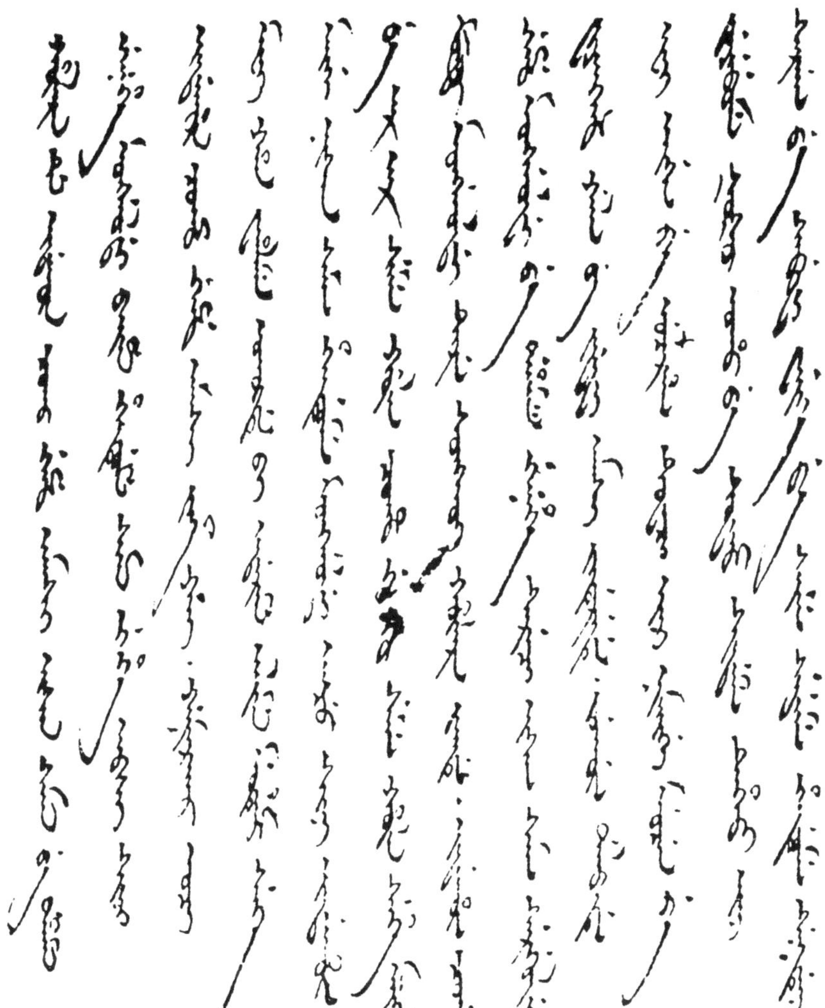

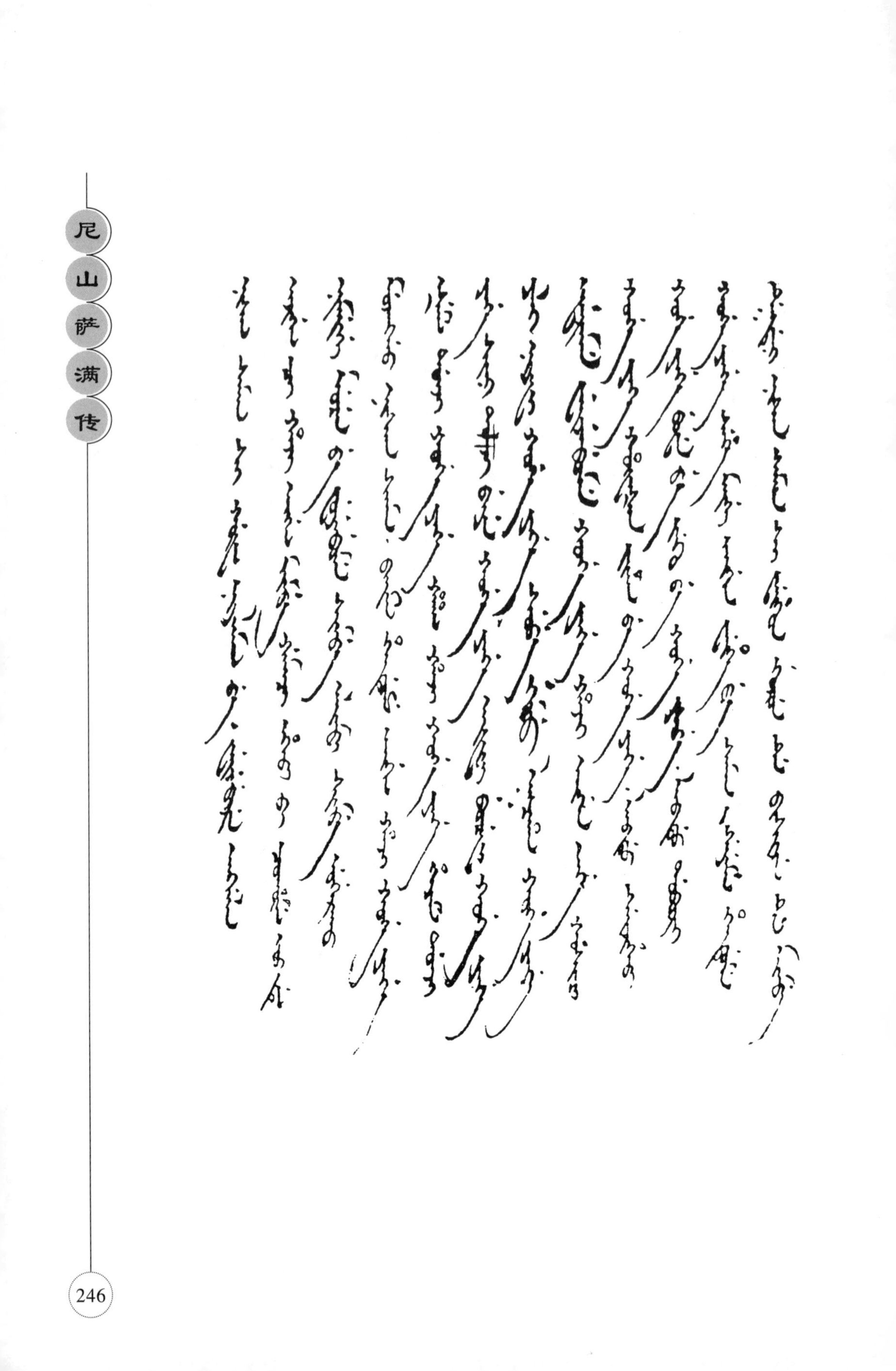

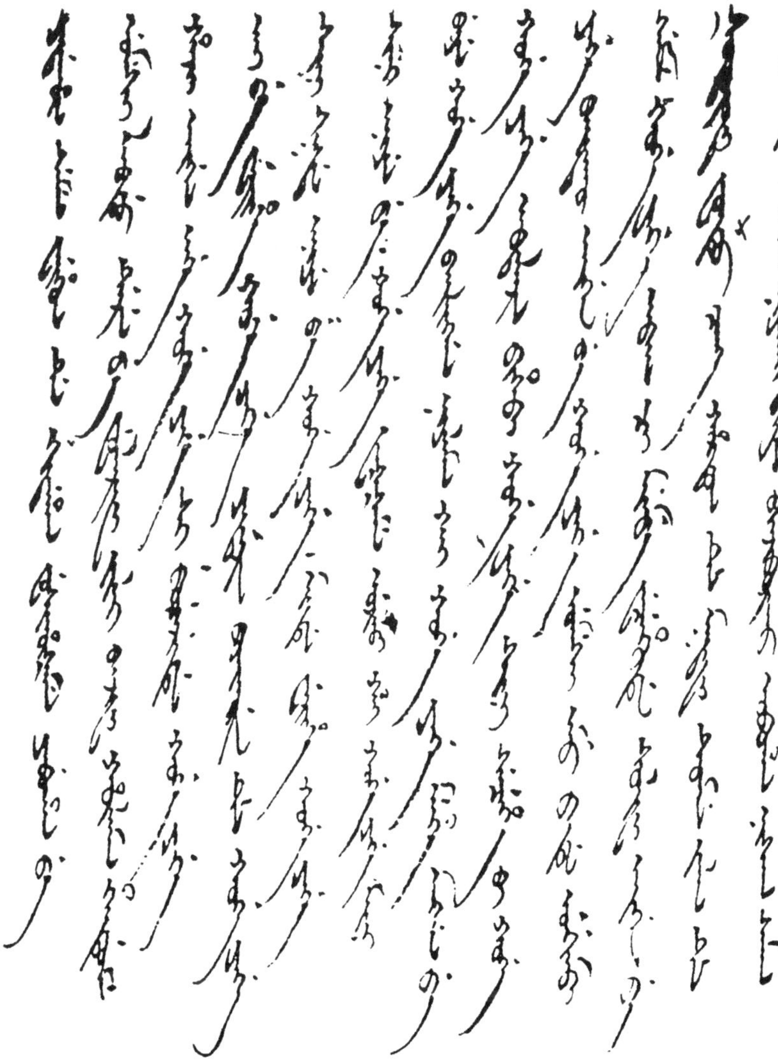

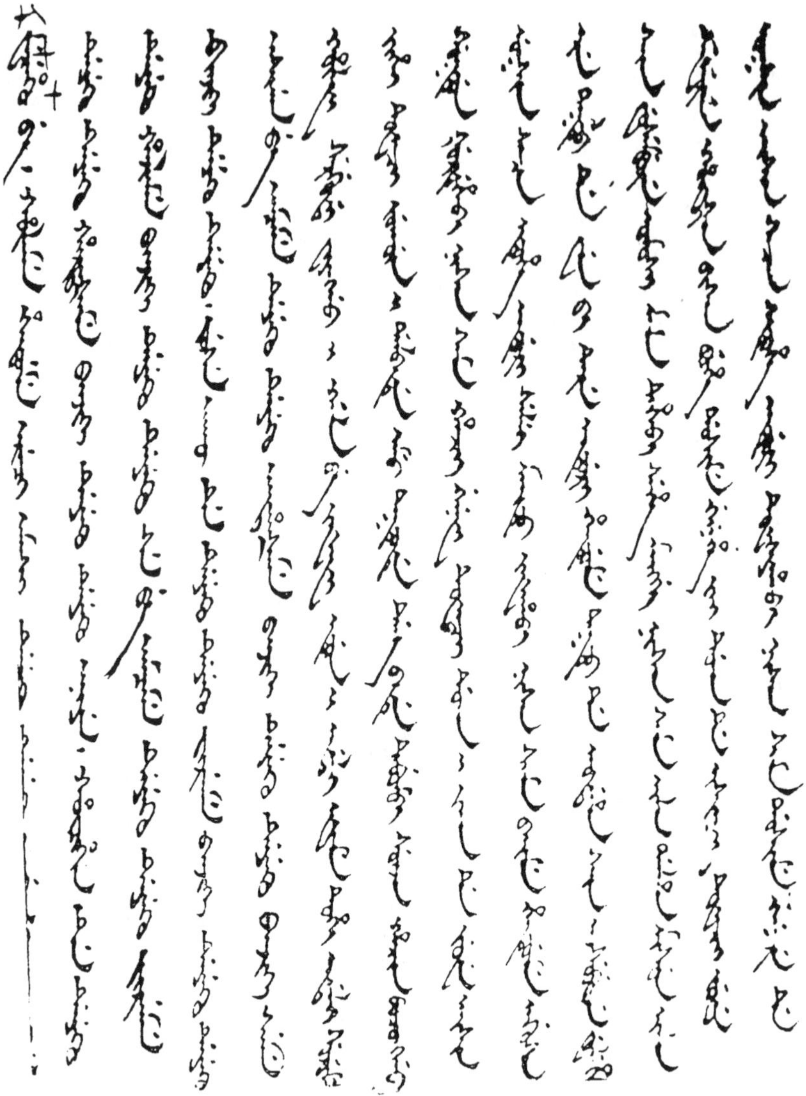

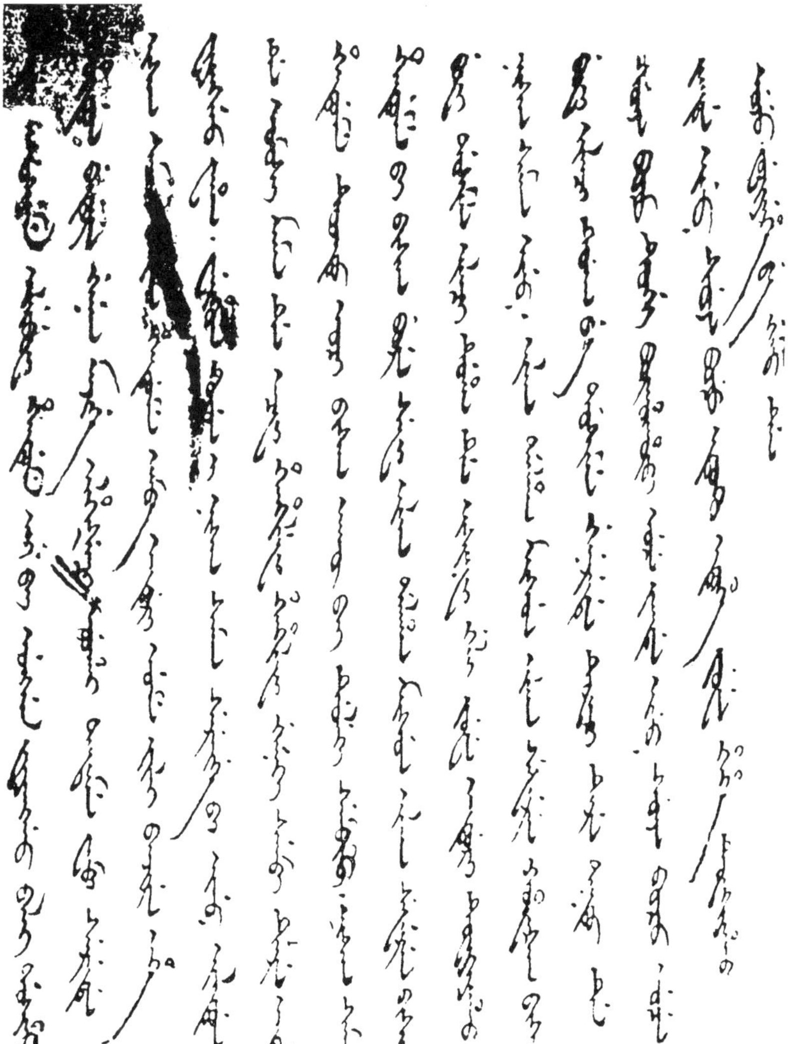

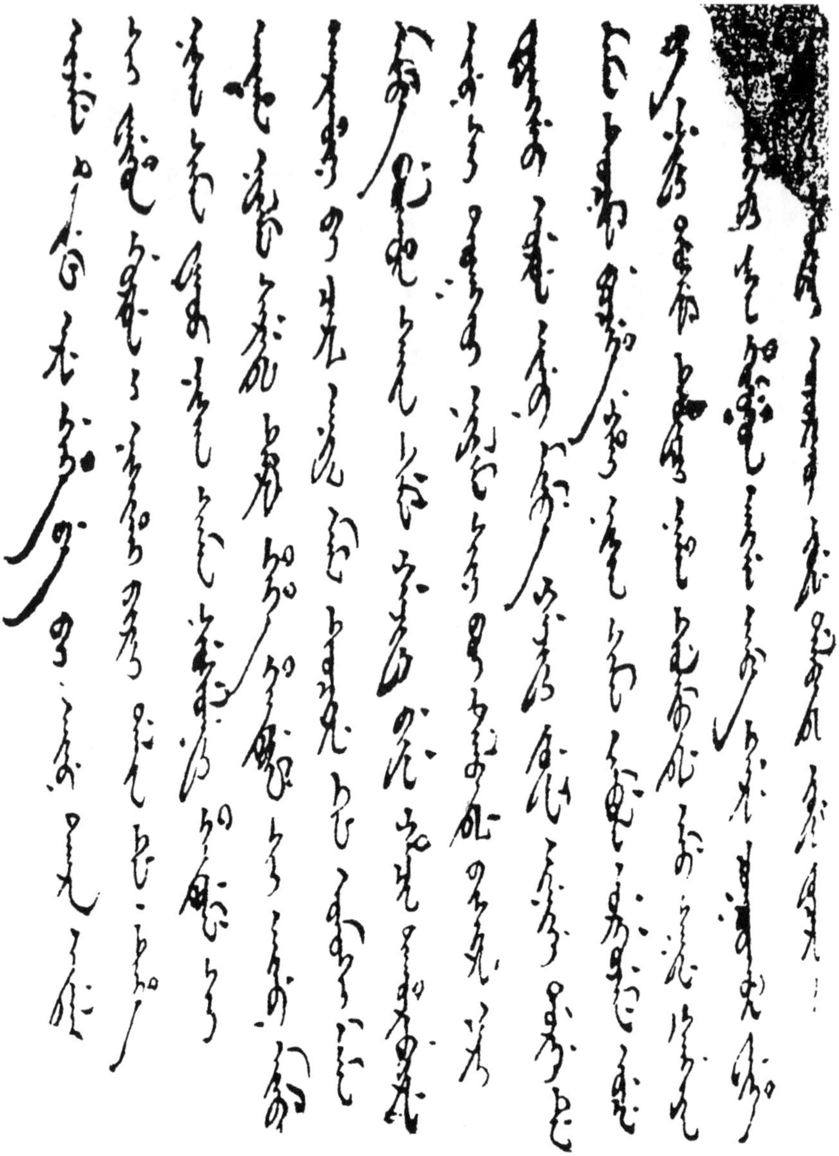

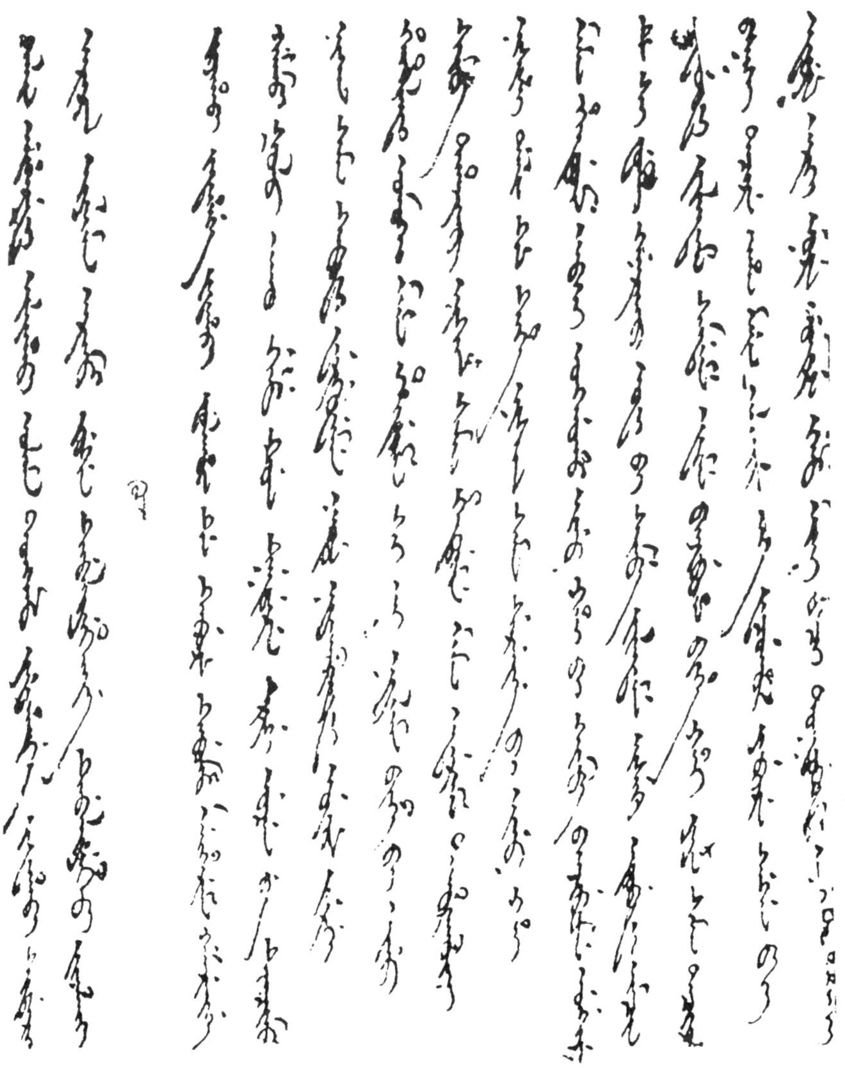

第二十一章　尼山萨满故事二卷　里图善故事

（瑷珲二本）

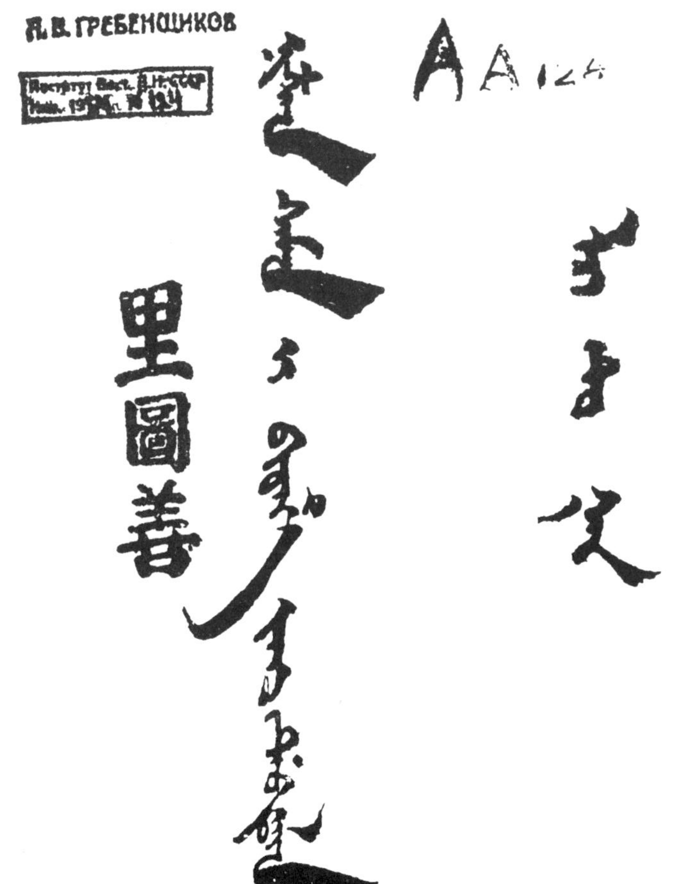

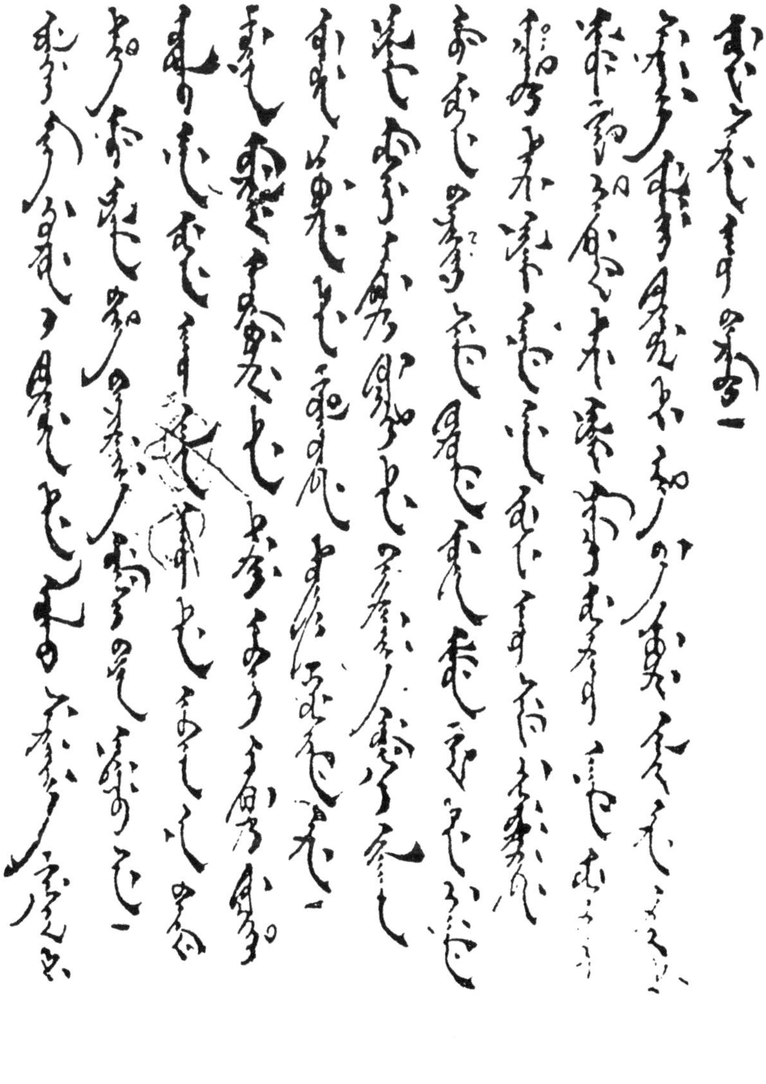

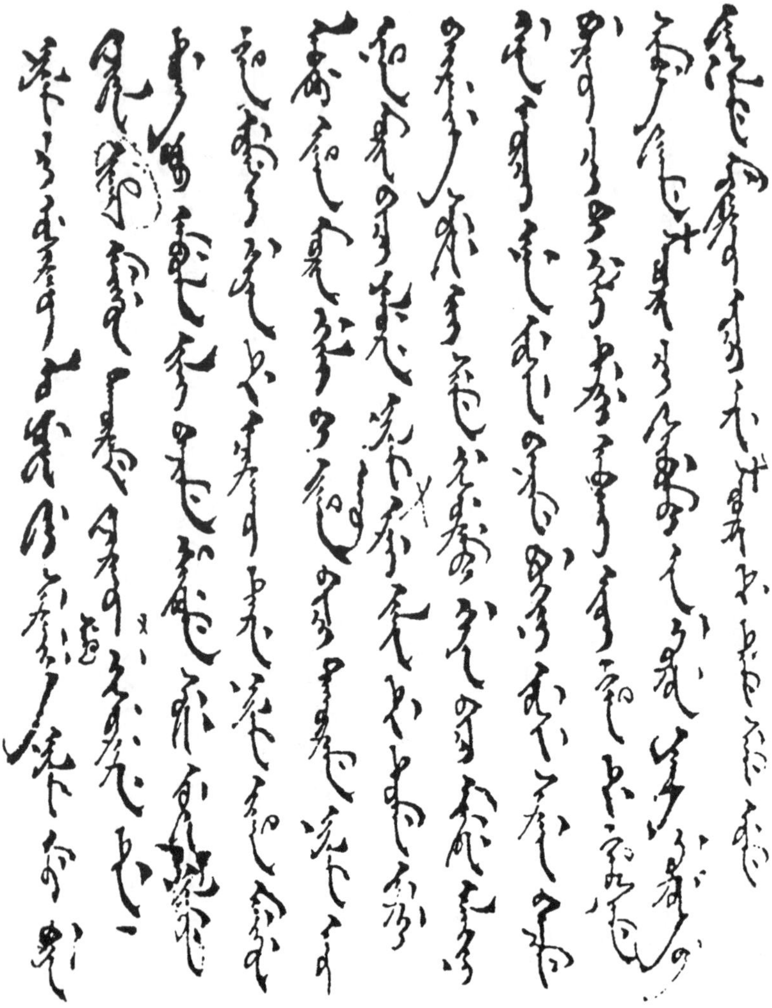

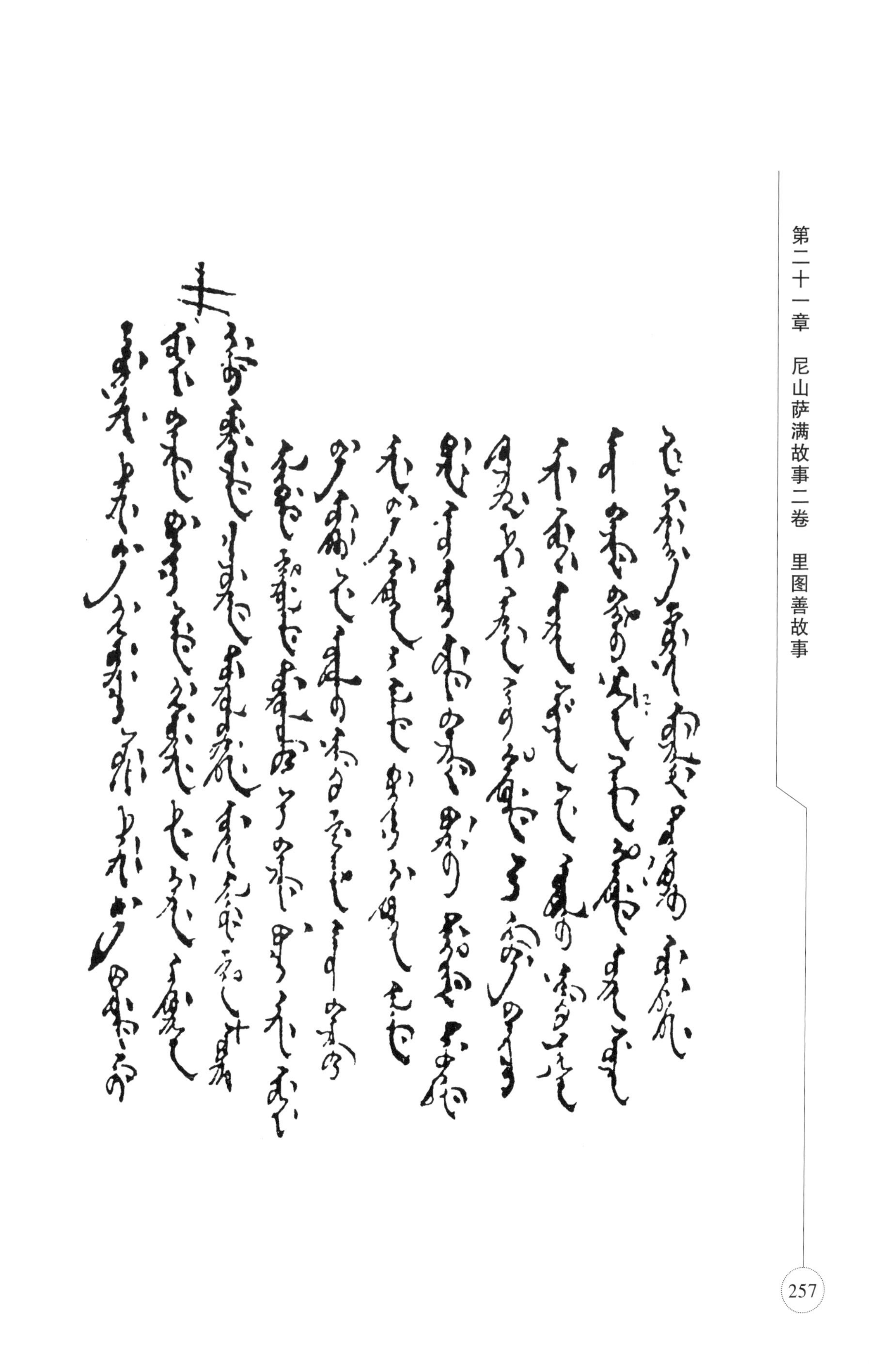

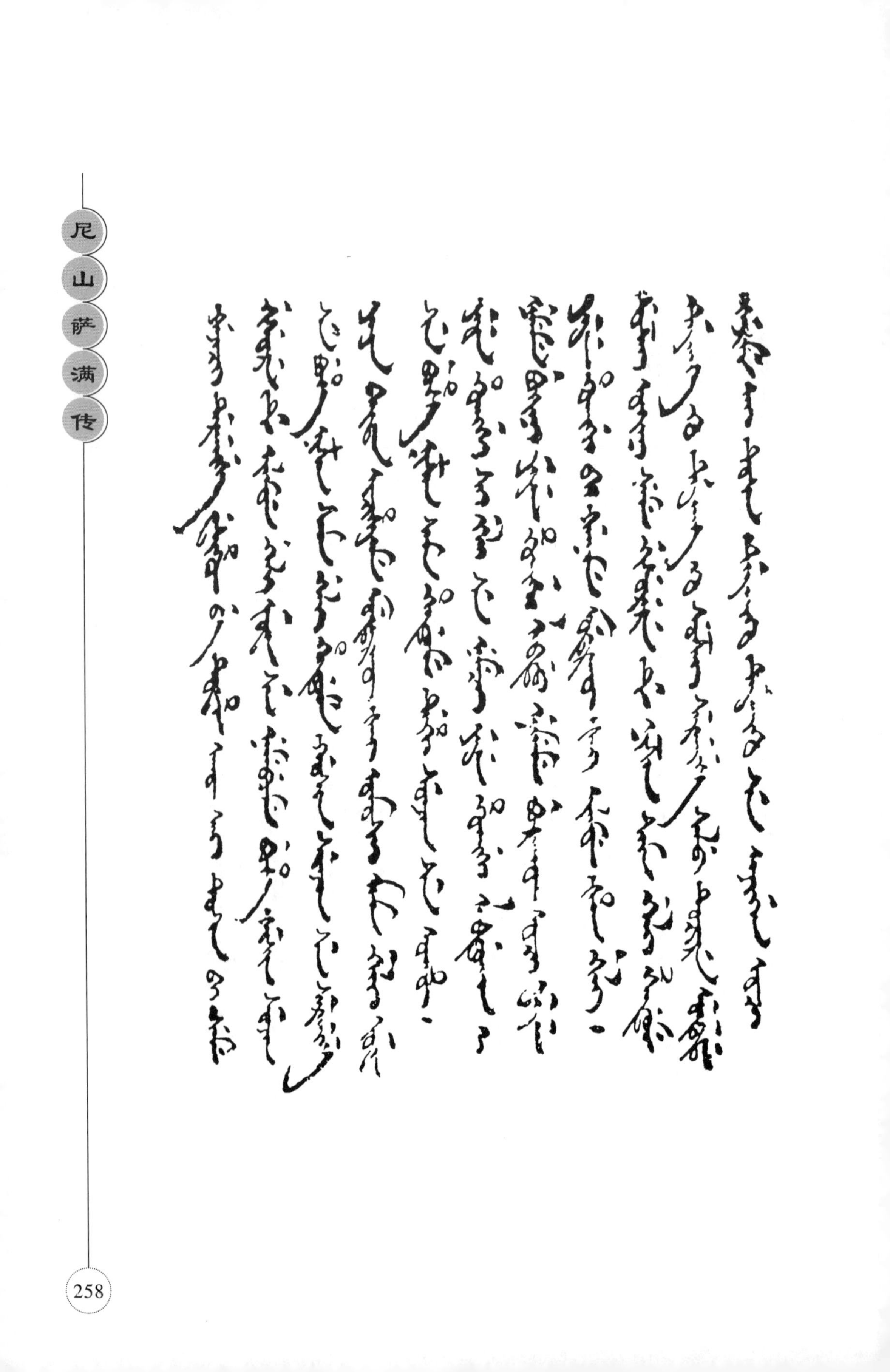

[illegible]

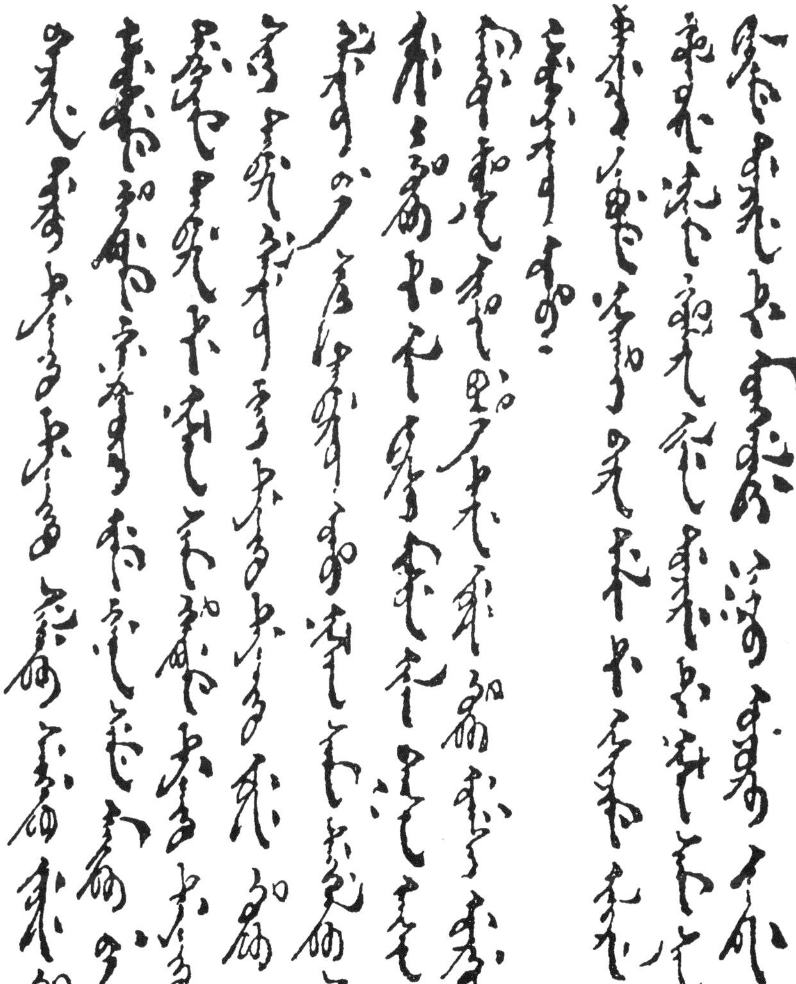

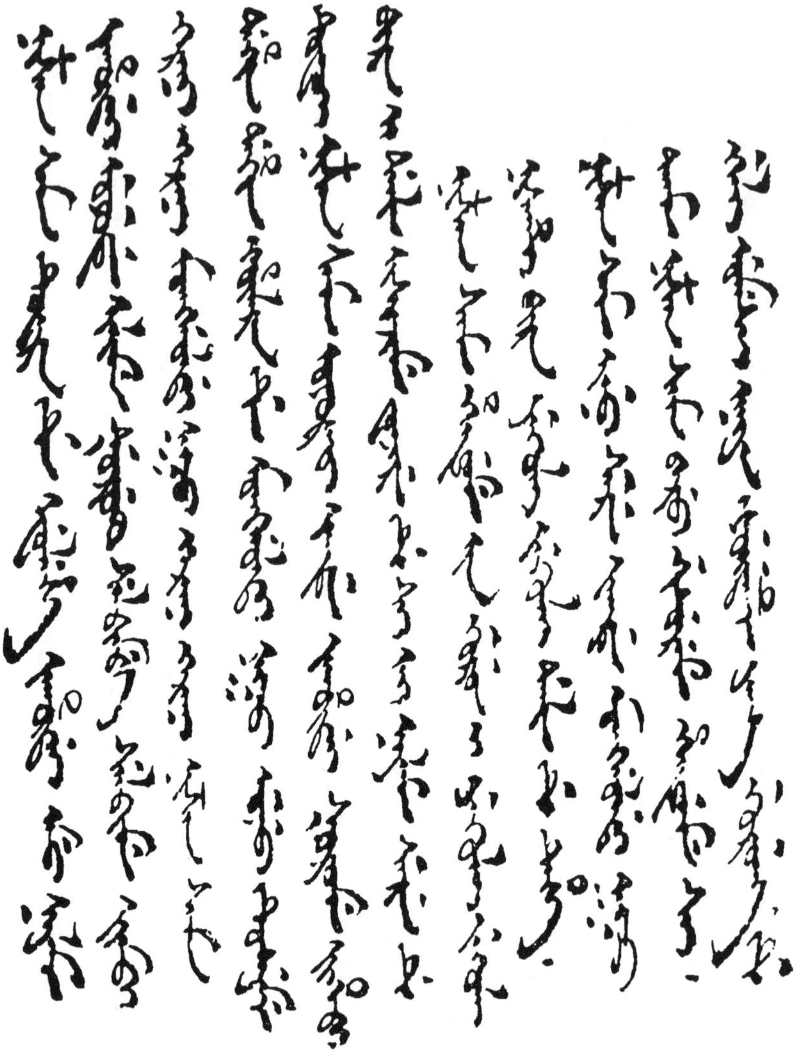

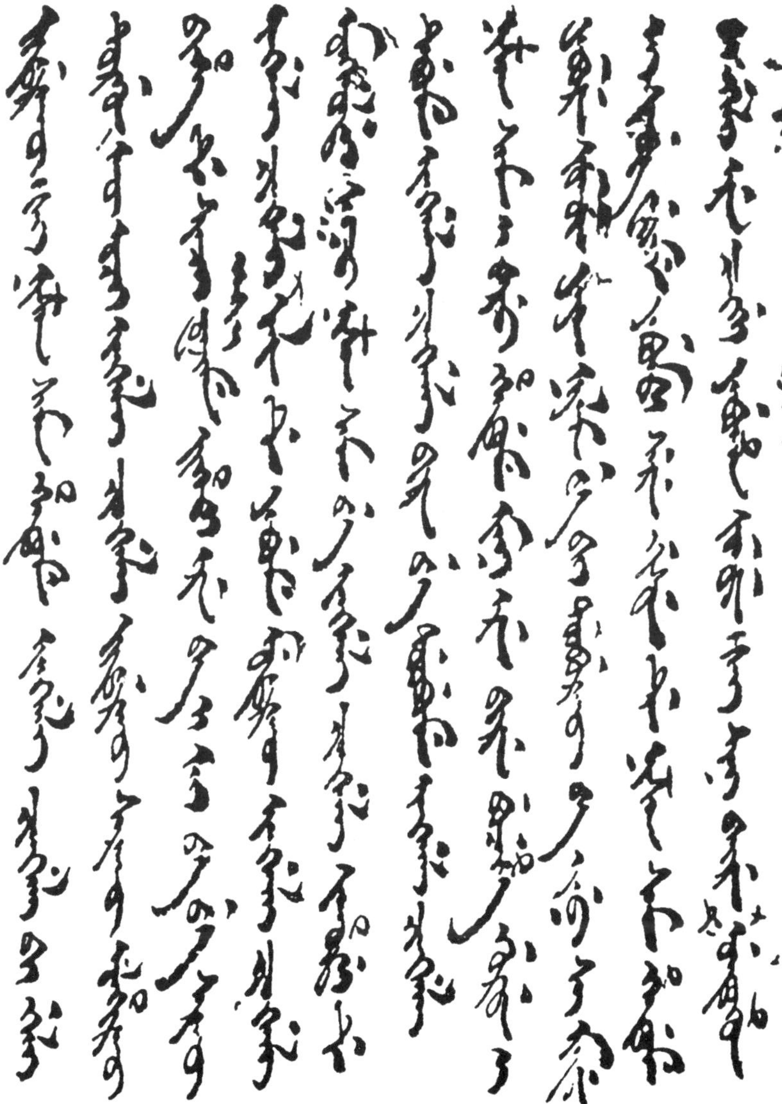

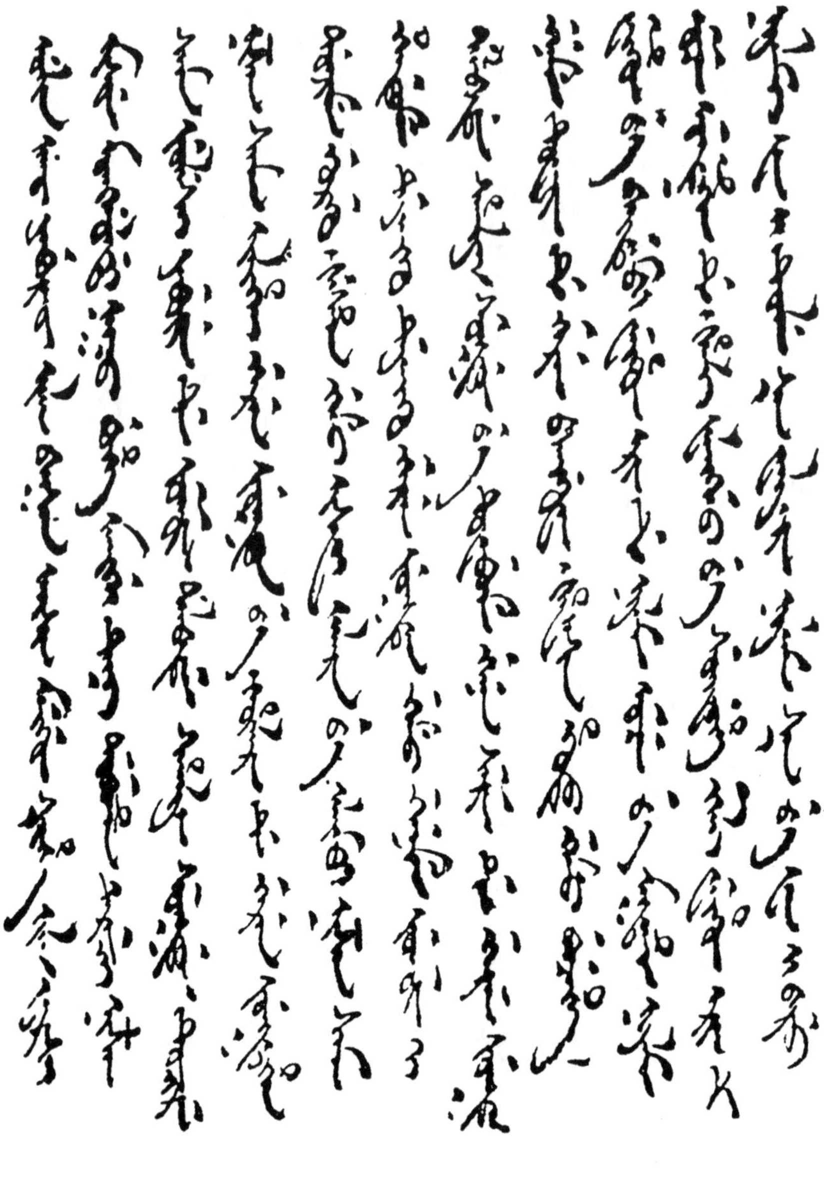

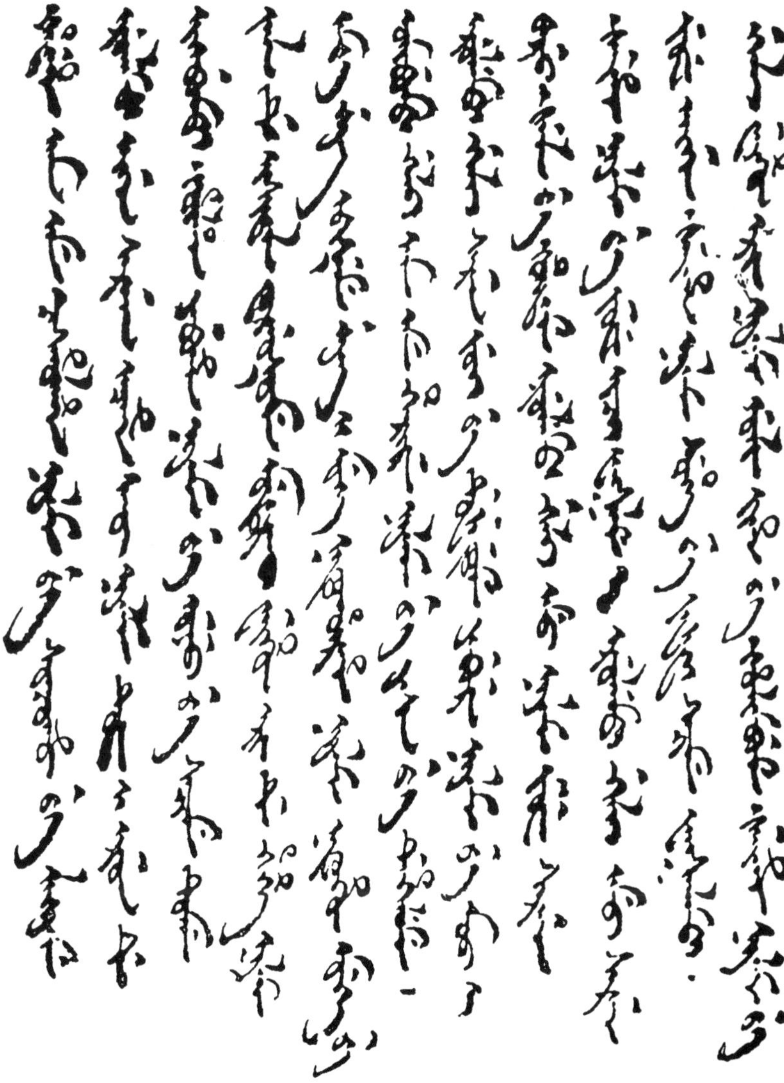

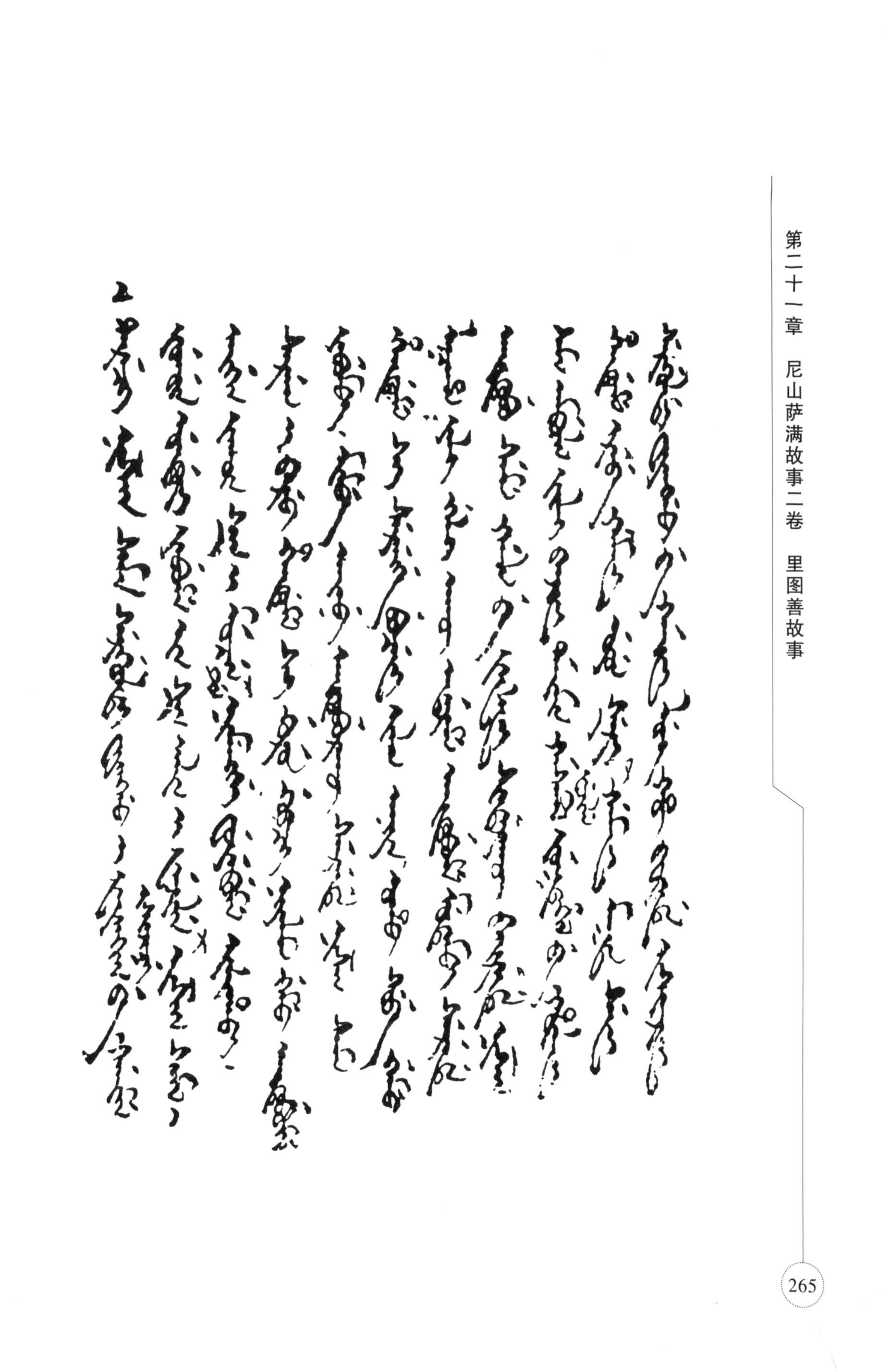

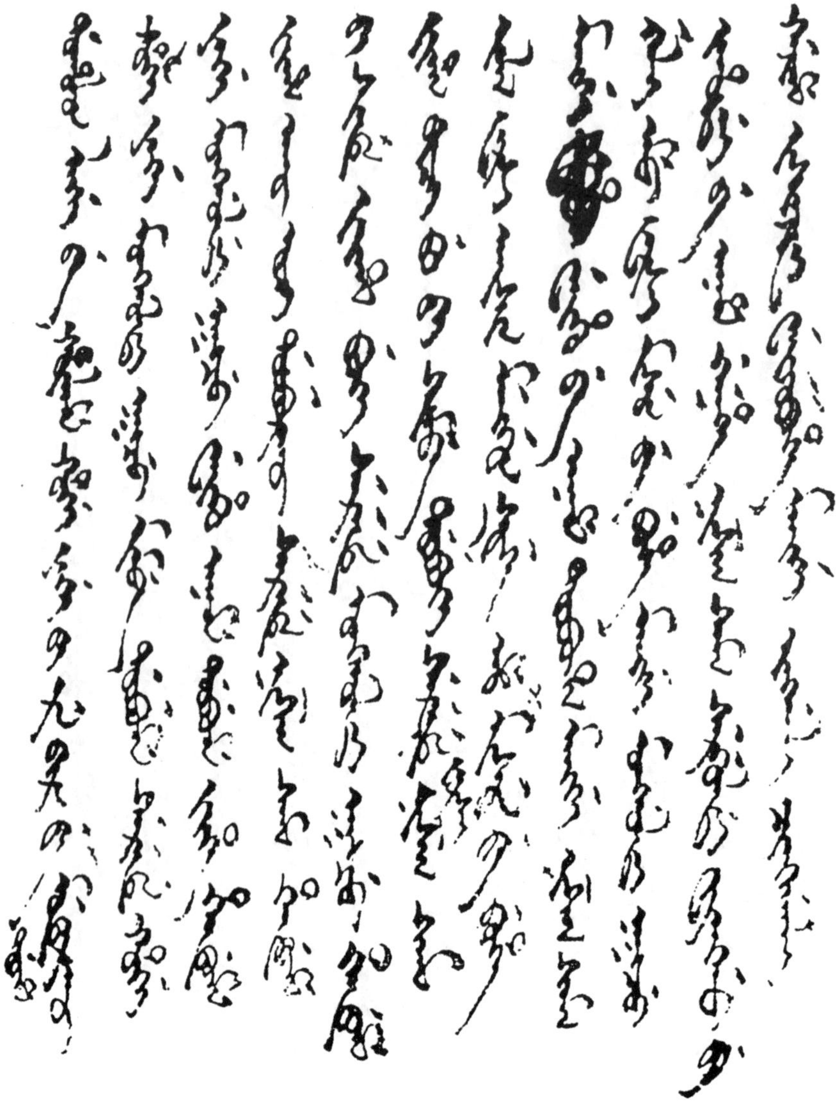

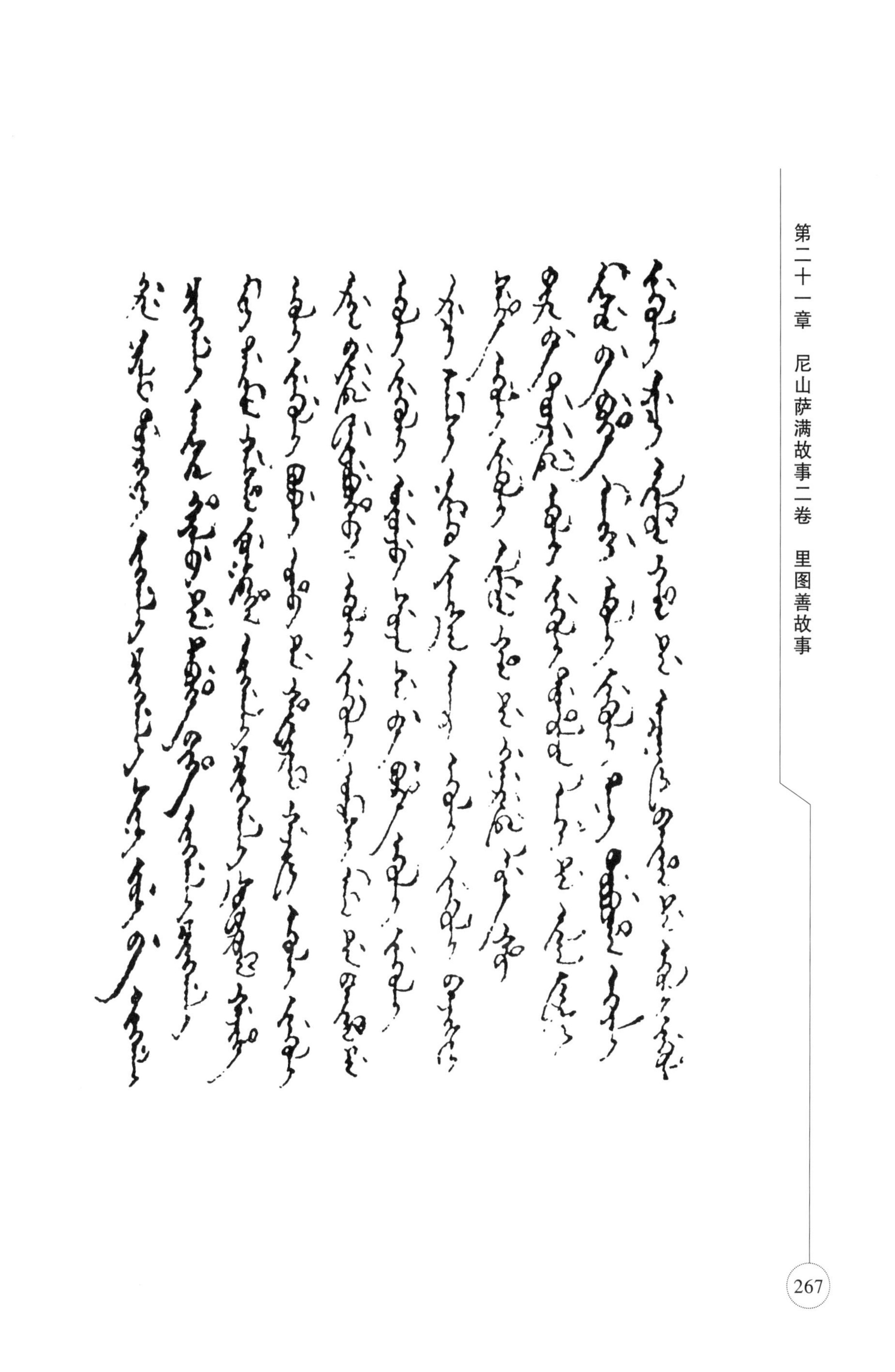

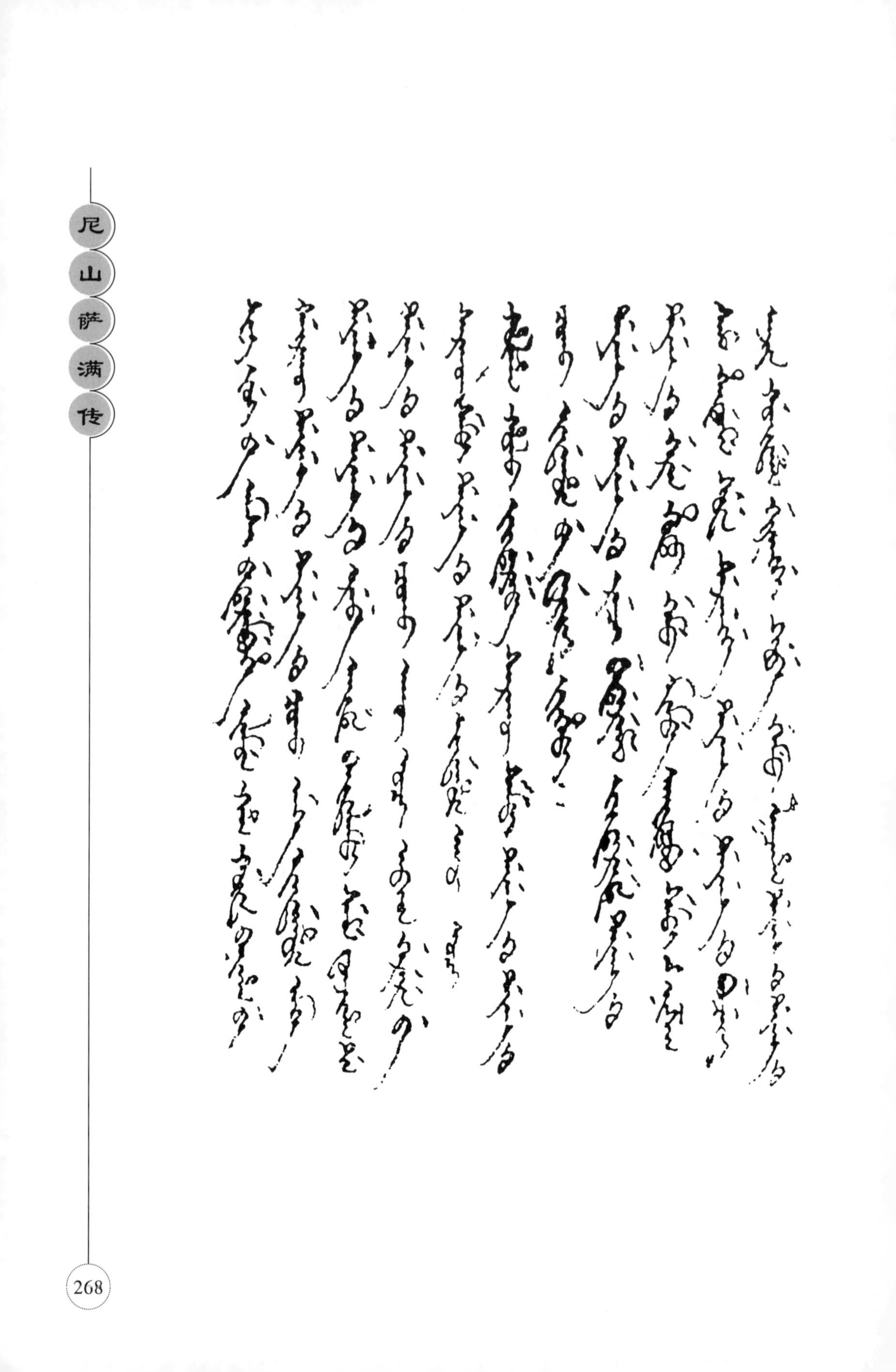

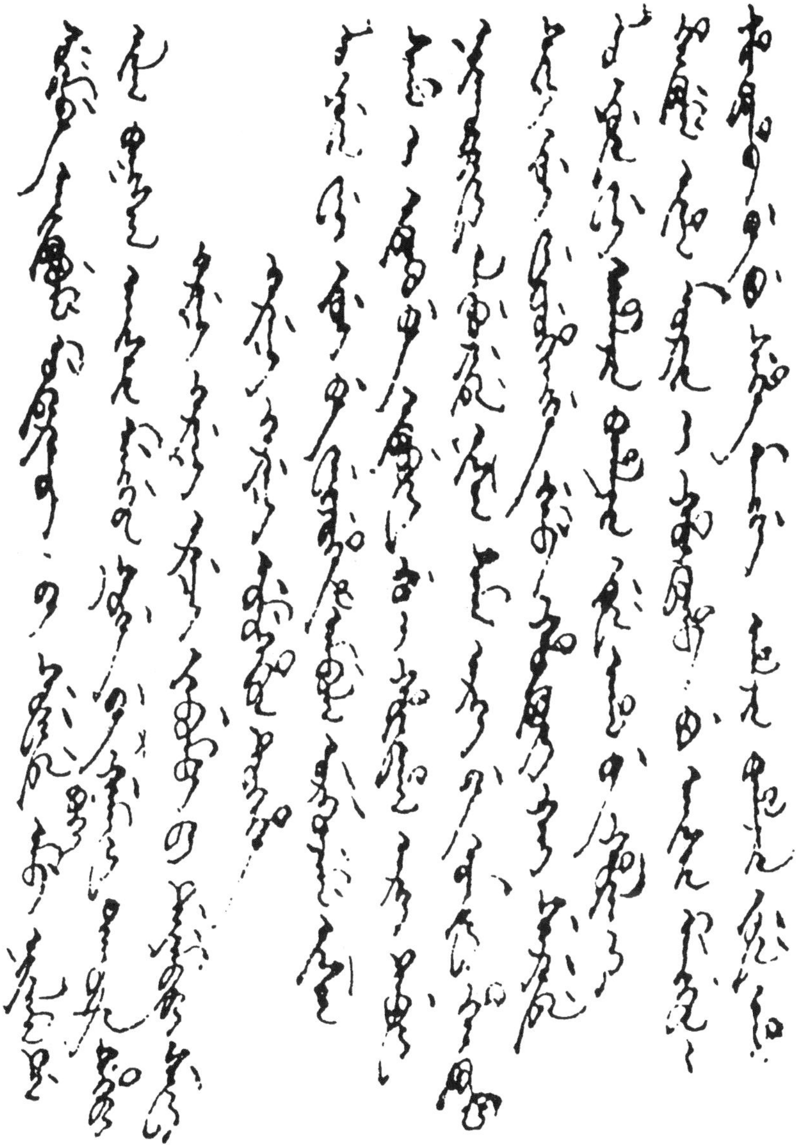

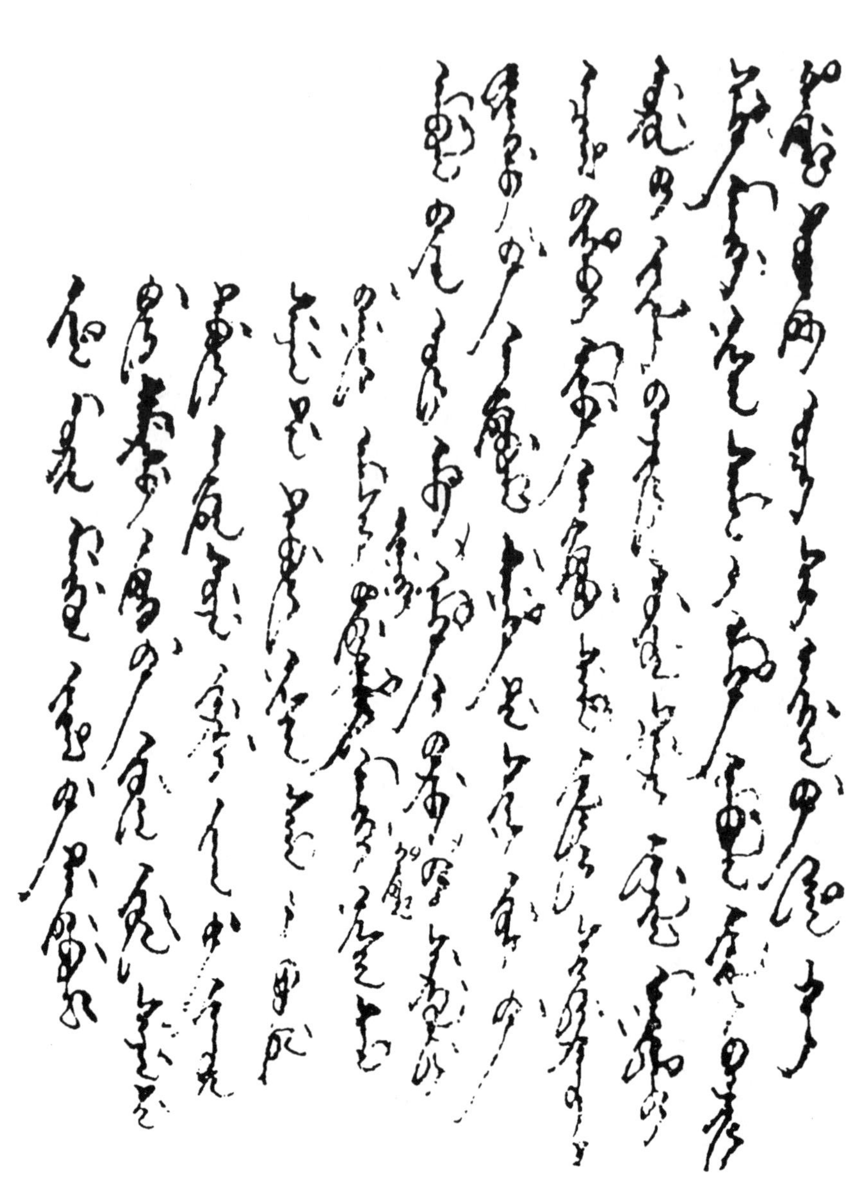

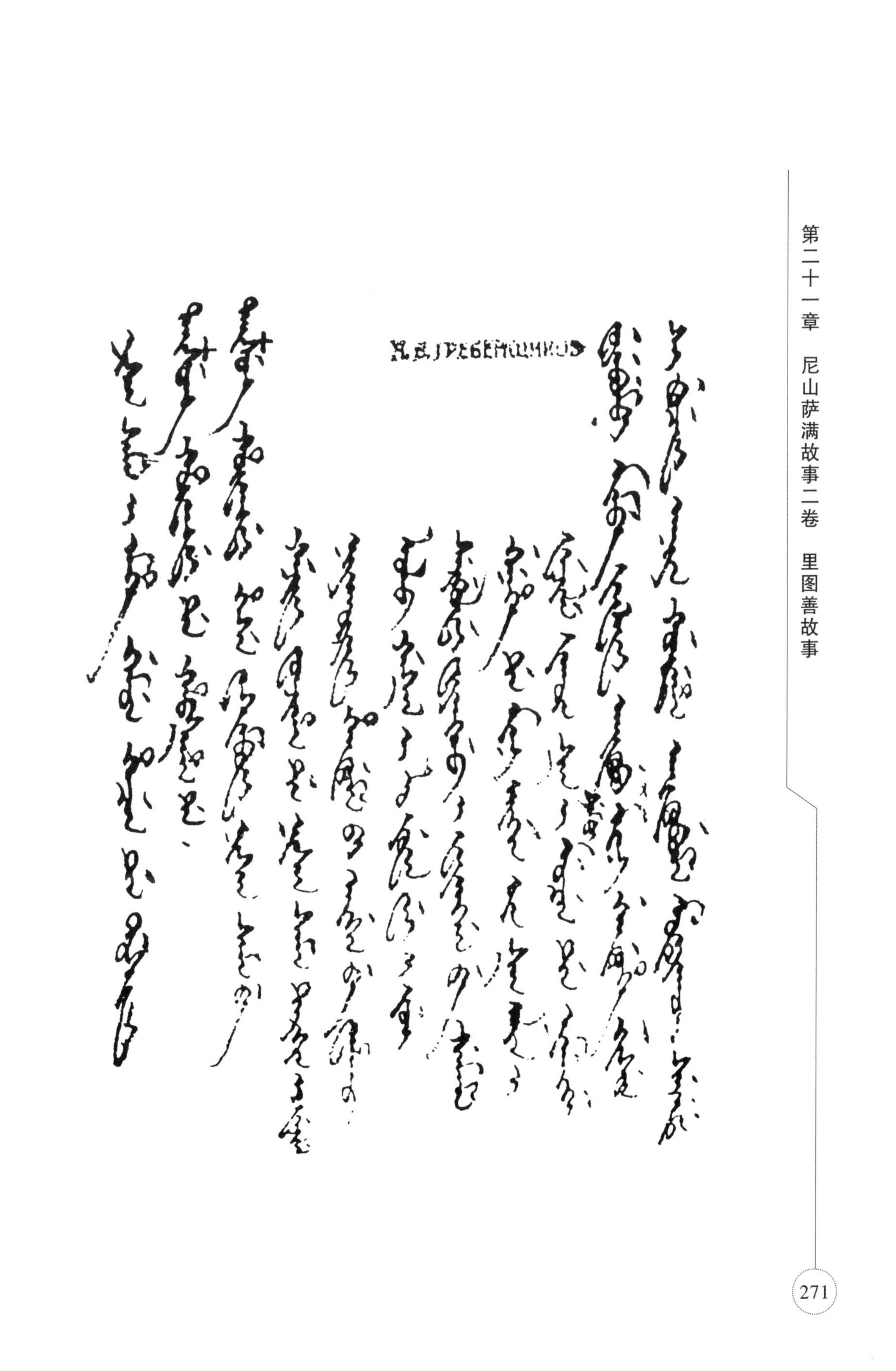

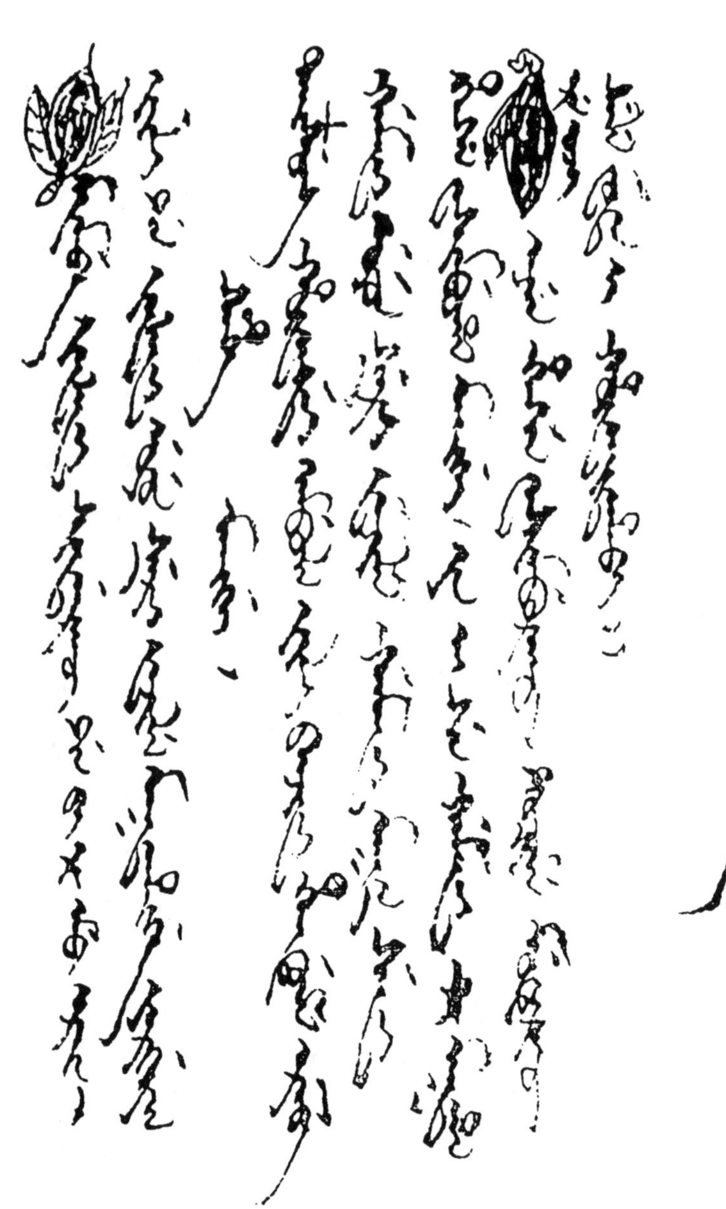

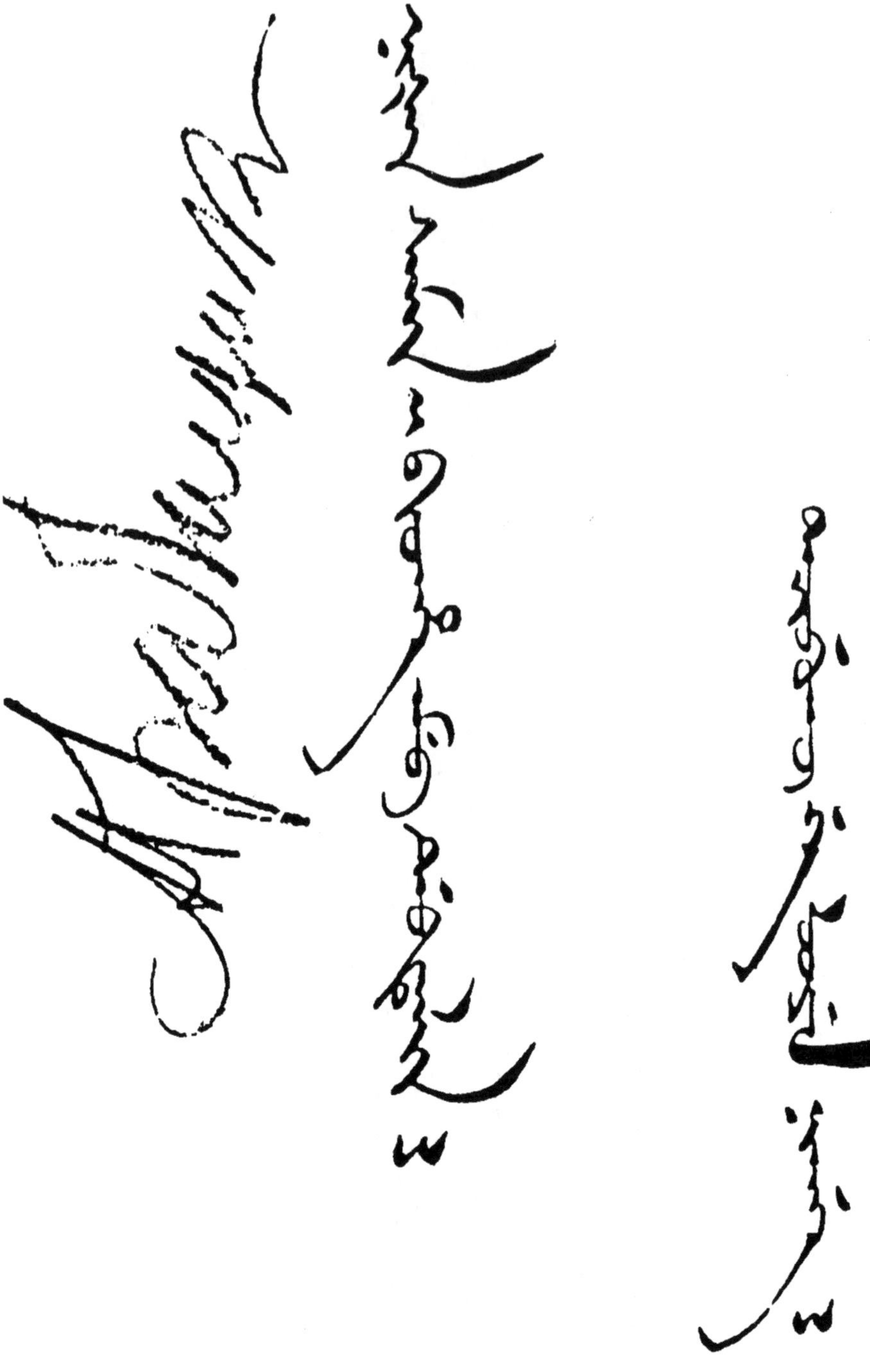